Oliver Ménard

FEDERSPIEL

Thriller

Die Ereignisse und Charaktere in *Federspiel* sind frei erfunden.
Einige Schauplätze des Romans wurden ihren Vorbildern nachempfunden
oder sind im Sinne der Geschichte vom Autor verändert.

Besuchen Sie uns im Internet:
www.knaur.de

Originalausgabe September 2015
© 2015 Knaur Verlag
Ein Imprint der Verlagsgruppe Droemer Knaur GmbH & Co. KG, München
Alle Rechte vorbehalten. Das Werk darf – auch teilweise – nur mit
Genehmigung des Verlags wiedergegeben werden.
Redaktion: Jutta Ressel
Covergestaltung: ZERO Werbeagentur, München
Coverabbildungen: © Mark Fearon / Arcangel Images;
FinePic®, München
Satz: Adobe InDesign im Verlag
Druck und Bindung: CPI books GmbH, Leck
ISBN 978-3-426-51656-0

2 4 5 3 1

Erster Teil

ASCHE

1

Die Nacht roch gut. Anders als all die Nächte zuvor. Er schloss die Augen und atmete die frische Luft ein. Er spürte, wie der Sauerstoff über das Blut in seine Muskeln gelangte. Es war einsam hier oben, auf dem Dach. Eine wolkenlose, kalte Herbstnacht in Berlin.

Er lehnte sich an einen Schornstein. Die kühlen Ziegel drückten gegen seine Schulterblätter. Das Sakko war zu dünn für diese Temperaturen. Aber er musste beweglich sein.

Er schob die Gummihandschuhe bis über die Ärmel seines Jacketts. Er überprüfte ihren Sitz ganz genau, zog an der Gummihaut, streckte dann die Finger und horchte auf das feine Knacken seiner Knöchel. Er lächelte.

Fast ein halbes Jahr lang hatte er sich vorbereitet. Zweifel oder Ängste, die ihm ohnehin fremd waren, würden ihn nicht aufhalten. In seinem Kopf war es schon längst geschehen. Er musste nur noch einen Knopf drücken, damit es auch in dieser Realität wahr wurde. Gleich war der Moment gekommen. Ein Augenblick noch.

Auf der Straße rumpelte ein Auto über das Kopfsteinpflaster. Geräusche von einem Fernseher drangen aus dem Mietshaus gegenüber. Eine kleine Gruppe Abendschüler diskutierte laut. Hunde bellten, Haustüren klappten. In diesem Viertel nahm das Leben keine Auszeit.

Er konzentrierte sich auf sein Atmen. Ein. Aus. Ein. Aus.

Sein Atem durchschnitt die kalte Luft. Nebliger Rauch, der sich aus seiner Lunge wand, feine Schwaden, die zerfaserten und in der Nacht verschwanden. Die Ruhe in ihm war absolut. Sein Geist war nur auf ein Ziel gerichtet. Es musste passieren. Es war unausweichlich und folgerichtig.

Eine Windböe fegte über das Dach, zerrte an seinem Jackett und zog hastig weiter über die Dächer Berlins.

All die Fenster und die Menschen dahinter. Träge Gesichter, die im bläulichen Licht flimmernder Fernsehbilder dahindämmerten. Sie waren nur Insekten. Die da unten ergötzten sich an den täglichen Katastrophen, während die wahre Bedrohung direkt über ihren Köpfen schwebte. Fast hätte er laut gelacht.

In der Dachgeschosswohnung unter ihm brannte eine kleine Lampe. Sie ließ das Licht immer an. Auch wenn sie schlief. Selbst wenn sie weg war. Es gab ihr ein Gefühl von Sicherheit. Ein törichter Selbstbetrug.

Er blickte durch die Glasscheibe der Luke und hauchte warme Luft gegen das Fenster. Sein Atem schlug sich auf der Scheibe nieder. Mit dem Finger zeichnete er ein Herz in das kondensierende Wasser.

Er erkundete ihr Schlafzimmer durch die Dachluke. Die schwache Lichtquelle reichte ihm dafür aus. Schon oft hatte er hier oben gestanden, aber heute war es etwas Besonderes. Die Strumpfhose hing über ihrem Stuhl. Aus einer geöffneten Schublade quoll ihre schwarze Unterwäsche. Die Stiefel lagen auf dem Boden. Er konnte ihr schweres, süßes Parfum fast riechen. Ihre Haut spüren.

»Ja«, flüsterte er, und sein Puls ging schneller.

Ihr Bett war noch so zerwühlt wie am Morgen. Er mochte ihr Schlafzimmer nicht. Er hatte hier zu viele fremde Männer beobachtet. Leptosome Muttersöhnchen, die bei ihr ein und aus gingen. Direkt vor seinen Augen. Es widerte ihn an.

Wenn sie mit einem Mann schlief, behielt sie komplett die Kontrolle. Sie bestimmte, wie weit es ging. Sie entschied, wann Schluss war.

Ihre Lustschreie waren kurz. Verhalten. Als würde sie sich dafür schämen. Wenn sie kam, warf sie ihren Kopf weit in den Nacken und hielt sich am Kopfende ihres Bettes fest, verkrallte sich in den schmalen Holzstäben, aber nie an dem Körper des Mannes, der es ihr besorgte.

Sie suchte sich grundsätzlich nur zierliche Männer mit femininen Zügen aus. Und er wusste auch, warum. Wie könnte er das nicht wissen?

Monatelang hatte er sie beobachtet, ihre Post kontrolliert, ihre Briefe gelesen, sie durch die Dachluke betrachtet. Er wusste, welches Wasser sie gern trank, welches Make-up sie benutzte, welche Musik sie hörte, wie viel Zeit verging, bevor sie einschlief. Er kannte ihre Stimmungen. Er hatte sie lachen und weinen sehen. Er wusste, wer sie wirklich war.

Er war Perfektionist. Für sie nahm er sich viel Zeit. Sie hatte nicht weniger verdient. Nicht sie. Sie würde sein Meisterstück werden.

Der Kirchturm mit seiner alten Uhr ragte zwischen den Häusern auf der anderen Straßenseite hoch in den Himmel. Das Licht einer Supermarktreklame fiel auf das Zifferblatt: zweiundzwanzig Uhr.

Gleich.

Der schwarze Nylonstrumpf in seiner Hand hatte kein Gewicht. Er zog ihn sich über den Kopf, zerrte am unteren Ende, strich ihn am Hals glatt und verschloss darüber den Kragen seines Hemdes. Mit der Zungenspitze berührte er den feinen Stoff. Sein zweites Gesicht.

Im Hof hörte er Schritte. Endlich. Das Klappern der Absätze, der unruhige Gang – er würde ihn überall erkennen. Es waren ihre Schritte.

Er ging in die Knie und wischte über das kleine Herz auf der Dachluke. Keine Spuren.

Mit einer schnellen Bewegung zog er aus seiner schwarzen Ledertasche die Spritze hervor. Prüfend hielt er die Kanüle hoch. Die helle Flüssigkeit war selbst in der Dunkelheit noch gut zu erkennen. Er ließ den kleinen Glaskörper in der Innentasche seines Jacketts verschwinden und ertastete von außen die Konturen der Spritze.

Alles war gut.

Im Treppenhaus ging das Licht an, es reflektierte in den Fensterscheiben des gegenüberliegenden Hauses. Ihre Silhouette hob sich dunkel in den Fenstern ab. Stufe um Stufe kam sie herauf. Näher zu ihm. Der Stoff über seinem Glied spannte sich. Er ignorierte die Erektion. Die Schließgeräusche an der Tür unter ihm lösten eine warme Welle aus, die seinen ganzen Körper ergriff.

Endlich konnte er ihr Gesicht durch die Scheibe der Dachluke sehen. So nah.

»Wollen wir beginnen?«, flüsterte er.

Er klammerte sich mit einer Hand an den Mauersteinen des Schornsteins fest und zog seinen Oberkörper hastig zurück. Sie durfte ihn nicht sehen. Niemals.

Und tatsächlich. Sarah Wagner ahnte nichts von dem Mann, der über ihr, verborgen zwischen Schornsteinen und Hochantennen, auf sie wartete.

2

Die Einkaufstüten ließ Sarah im Flur fallen. Ihre Pumps schleuderte sie im Gehen von den Füßen; sie polterten gegen die Wand. Ihr Mantel segelte auf den Boden. Sarah war fertig. Komplett erledigt.

Im ovalen Spiegel im Flur prüfte sie ihr Aussehen. Ihre Augen waren glanzlos, sie sah übermüdet aus. Sarah richtete sich kurz die Haare. Der Friseur hatte meisterhaft gearbeitet. Das Dunkelblond war wunderbar gelungen, eine Spur von Weizen und Honig im Ton. Perfekt. Sie drehte den Kopf nach rechts, dann nach links und richtete noch eine lose Strähne, die ihr in die Stirn gefallen war. Sie fühlte sich zwar völlig erschöpft, aber gut sah sie immer noch aus.

Es war fünf Minuten nach zehn. Finsterste Nacht. Sarah lief ins Wohnzimmer und ließ sich auf ihr Sofa fallen. Die Fernbedienung lag zwischen zwei zerknautschten Kissen. Sie drückte eine Taste, und sofort erklang das sonore Brummen des Flatscreens an der Wand. Gleißendes Licht flutete den Raum und brannte ihr in den Augen. Sarah blinzelte und betrachtete sich selbst im Fernsehen.

Ihr Talk-Magazin war vor fünf Stunden aufgezeichnet worden. Wieder einmal war es um ein sehr bewegendes Thema gegangen. Ein kleines Promiluder hatte allen Ernstes behauptet, sie würde mit in saurer Milch aufgelösten Krokodilexkrementen verhüten. Vor viertausend Jahren hätten das schon die alten Ägypter so gemacht. Das bewegte die Menschen. Das wollten sie hören. Da war sich Sarah sicher.

»Talk nach zehn« stand in dicken, roten Buchstaben unter dem Senderlogo. Kein besonders origineller Name, aber es ging ja um den Inhalt. Natürlich wäre »Talk mit Sarah« ein deutlich besserer Titel gewesen. Aber die Produzenten weigerten sich hartnäckig, eine Personalisierung der Sendung zuzulassen. Natürlich wusste Sarah, dass schon die nächste, jüngere Frau in den Startlöchern stand, auf der Jagd nach der großen Fernsehkarriere. Das würde dann nur ein Namenschaos geben. Und so etwas wollte natürlich niemand.

Sie rappelte sich vom Sofa auf. Auf dem Fensterbrett standen eine Flasche italienisches Mineralwasser und ein benutztes Glas. Sie ging über die knarrenden Dielen, goss sich etwas ein und nahm einen tiefen Schluck. Die Mattscheibe ließ sie nicht aus den Augen.

Sarah verschränkte die Arme vor der Brust. Ihre Interviewfragen konnte sie fast lippensynchron mitsprechen. Die Welt, die sich ihr im Licht der Scheinwerfer zeigte, erschien ihr viel natürlicher als das echte Leben. Sie liebte ihren Job. Wenn sie ganz ehrlich war, hätte sie ihn auch für viel weniger Geld gemacht. Aber natürlich würde sie das keinem verraten.

Sie nickte der Sarah im Fernsehen zustimmend zu und ging in die Küche. Vor dem Kühlschrank hielt sie inne. Sarah spiegelte sich in der Scheibe des Küchenfensters. Sie drehte den Kopf, überprüfte noch einmal den Sitz ihrer Frisur und strich sich mit der flachen Hand über den Bauch. Sie hatte zugenommen, nur zwei Kilo. Aber es ärgerte sie. Der tägliche Stress und die Schokolade, die sie in sich hineingestopft hatte, ließen sich nicht verleugnen. Essen musste sie jetzt trotzdem, zumindest eine Kleinigkeit. Mit den wenigen Zutaten, die der Kühlschrank hergab, belegte sie sich ein Brot. Die vergammelte Milch im Seitenfach warf sie in ihre Designermülltonne.

Sarah biss von ihrem Brot ab und ging ins Bad. Sie drehte den Wasserhahn über der Wanne auf und hielt eine Hand prüfend unter den heißen Strahl. Dann bewegte sie den Armaturhebel bis zum Anschlag in den roten Bereich. Sie zog sich langsam aus.

Das Blinken des Anrufbeantworters im Schlafzimmer nebenan fiel ihr erst jetzt auf. Drei neue Nachrichten, zwei von ihrer Mutter. Sarah setzte sich nackt auf ihr Bett. Seitdem sie nicht mehr bei ihren Eltern in Brandenburg lebte, meldete sich ihre Mutter im Minutentakt bei ihr. Eigentlich merkwürdig. Als Sarah noch bei ihr gewohnt hatte, war das anders gewesen. Von der schweigsamen und zurückhaltenden Frau, die ihre Mutter einmal gewesen war, spürte sie heute nicht mehr viel. Was Sarah so aber besser gefiel.

Der Anrufbeantworter knisterte, als er die Nachrichten abspielte. Viel Bedeutsames hatte ihre Mutter nicht zu erzählen. Es ging wieder einmal um ihren Vater, der sich mit seinen nervenden Klienten im Ausland herumärgerte. Der typische Alltag eines Anwalts. In der zweiten Nachricht ging es um den Baum hinter dem Haus, den der Herbststurm zum Wanken gebracht hatte und der in ein Blumenbeet gekippt war. So sahen sie aus, die schrecklichen Probleme in einem Potsdamer Nobelviertel.

Die dritte Nachricht stammte von Tom. Er schwärmte in seiner vorsichtigen Art von der vergangenen Nacht mit ihr.

Das war das Schönste, was ich je erlebt habe, echt, flüsterte die Stimme aus der Maschine.

Es waren deutliche Worte über Liebe und große Gefühle; sie mussten Tom viel Überwindung gekostet haben. Sie kannten sich seit einem halben Jahr. Die erste gemeinsame Nacht hatte ihn so bewegt, dass er offenbar gleich eheähnliche Zustände herbeisehnte. Heute Abend wollte er schon wieder bei ihr vorbeikommen.

Nein. Nicht heute. Vor allem nicht heute – an diesem Tag. Sie brauchte Abstand, zu viel Nähe bekam ihr nicht. Sie drückte den Knopf des Anrufbeantworters. Die Maschine war nun wieder bereit für neue Nachrichten.

Die Badewanne war halb voll. Sarah öffnete eine braune Glasflasche und träufelte ätherisches Lavendelöl ins Wasser. Es roch holzig, strohig; ein bisschen erinnerte sie der Duft an den Geruch frischer Leinentücher. Sie atmete tief ein, reckte sich und legte sich in die Wanne. Das einlaufende Wasser plätscherte laut über ihren Körper. Dampfschwaden stiegen auf. Sie badete grundsätzlich sehr heiß. Vielleicht, weil sie immer das Gefühl hatte, schmutzig zu sein. Sarah strich sich die Haarsträhnen aus dem Gesicht und tupfte mit einem Lappen den Schweiß von der Stirn. Dann drehte sie den Hahn zu und schloss die Augen.

Weit entfernt hörte sie das Geschrei eines Kindes, das wohl nicht ins Bett wollte. Der Kühlschrank in der Küche brummte. Die Uhr über dem Schreibtisch tickte. Sarah legte den Lappen über ihr Gesicht und atmete tief ein und aus.

Morgen wartete ein anstrengender Tag auf sie. Mehrere Klamottenproben vor laufender Kamera standen an, und eigentlich war es auch an der Zeit, sich die schnippische Maskenbildnerin vorzuknöpfen. Aber das war ja erst morgen, und wahrscheinlich würde ihr wieder der Mut dazu fehlen. Sie hasste Konfrontationen und ging ihnen gern aus dem Weg, auch wenn dies in ihrer Branche fast unmöglich war.

Das Badewasser reichte Sarah bis zum Kinn. Ihre Muskeln entspannten sich. Sie spürte, wie ihre Gedanken langsamer wurden. Das dumpfe Geräusch nahm sie nur unbewusst wahr. Es war eines dieser beiläufigen Geräusche, das die Sinne nur nebensächlich ansprach. Es schien von oben zu kommen. Das war im Herbst nicht ungewöhnlich. Bei starken Winden knickten oft dünnere Äste vom Baum nebenan ab und fielen polternd aufs Dach.

Beunruhigend war nur, dass diesem Geräusch ein weiteres folgte.

Diesmal irgendwie näher.

Sarah öffnete unter dem Lappen die Augen und starrte in die Dunkelheit. Es kam aus dem Zimmer nebenan. Ein dumpfes Knarren, das normalerweise nur entstand, wenn jemand ganz langsam mit Gummisohlen über den Dielenboden ging. So langsam, wie sich nur jemand bewegte, der nicht gehört werden wollte.

Ein weiteres Knarren. Noch näher.

Sarah riss sich den Lappen vom Gesicht. Die Wohnungstür hatte sie verschlossen. Ihr Nachbar war im Urlaub, ihre Mutter zu Hause. Tom hatte keine Schlüssel. Es gab keine Erklärung. Keine, die sie beruhigen konnte.

Die Tür zum Badezimmer wurde knarrend geöffnet. Sarah spürte den kalten Lufthauch auf ihrem Gesicht. Sie wollte sich an der Kante der Badewanne hochziehen. Doch das ließ er nicht zu.

Der Mann mit der schwarzen Strumpfmaske.

Er umklammerte mit beiden Händen ihren Hals und drückte sie nach unten in die Wanne. Ihr Hinterkopf schlug gegen den Wannenrand. Sie schnappte nach Luft, zappelte hin und her und versuchte, seinen Griff zu lockern. Seine Finger steckten in hautfarbenen Gummihandschuhen, wie sie Sarah von den Putzfrauen im Sender kannte. Sie riss an den Ärmeln des Mannes, verkrallte sich im Stoff seines Sakkos und zerrte

15

daran. Vergeblich. Seine Hände lagen starr wie eine Stahl-
manschette um ihren Hals.

Er musste ein Einbrecher sein. Erst vergangene Woche war
die Tür im Nachbarhaus aufgebrochen worden. Aber das
Licht in ihrer Wohnung musste er doch gesehen haben. Das
alles ergab keinen Sinn.

Sein Gesicht unter dem Nylonstrumpf war verzerrt, sein
Mund unnatürlich weit aufgerissen. Sarah suchte seine Augen. Sie lagen wie schwarze Löcher hinter der Strumpfmaske.
Er hielt sie reglos in dieser Position fest, als würde er sich
diesen Moment für alle Ewigkeit einprägen wollen.

Sarah spürte den Lappen zwischen ihren Zehen. Das Wasser
war lauwarm. Die Emaillewanne drückte hart gegen ihren
Rücken. Sie roch den Schweiß des Mannes. Sein warmer
Atem schlug ihr ins Gesicht.

Der Mann mit der Strumpfmaske lockerte seinen Griff. Ihr
Herz raste. Jetzt musste sie reagieren. Sie riss den Mund auf.
Sie wollte um Hilfe schreien. Das Fenster im Badezimmer
war gekippt. Irgendjemand da draußen würde sie hören.

Sie schrie, doch nur rauhe, hilflose Laute kamen über ihre
Lippen. Sie schlug mit den Armen wild um sich. Mit ihren
Beinen suchte sie nach Halt, verkantete sich mit den Füßen
am Wasserhahn, wand sich nach rechts und nach links und
versuchte so, sich aus der Umklammerung zu lösen. Vergeblich.

Das Wasser schlug über den Badewannenrand und spritzte
auf den Mann mit der Maske. Sarah hörte sein schweres Atmen. Der Druck an ihrem Hals nahm wieder zu. Ihr Kehlkopf knackte leise, als er ihn mit seinen Händen zusammen-
presste. Sie wurde nach unten auf den Badewannenboden
gedrückt. Das Wasser schlug über ihrem Kopf zusammen. Es

klatschte gegen ihre Ohren, drang in ihren Mund ein, in ihre Augen. Vor ihren Pupillen tanzten schwarze Flecken auf und ab. Ihr war schwindelig. Sie klammerte sich an den Ärmeln des Mannes fest, wollte sich daran hochziehen – und erkannte im nächsten Moment, dass ihr Widerstand zwecklos war. Sie ließ den Stoff los, ließ zu, dass ihre Arme auf den Badewannenboden sanken. Um sie herum wurde es still. Der Kopf des Mannes sah durch das Wasser eigentümlich verzerrt aus – wie ein schwarzer Fleck, der näher kam und sich nach allen Seiten ausdehnte.

Dann verlor sie das Bewusstsein.

Zehn Minuten. Nicht mehr. Zehn Minuten, in denen sie die Kontrolle über ihren Körper komplett verloren hatte.

Ihre Augenlider flatterten, als sie langsam aus der Ohnmacht erwachte.

In ihrem Mund steckte ein Knebel. Er presste ihre Zunge gegen den Gaumen. Sie wollte sprechen, schreien, doch mehr als ein Gurgeln brachte sie nicht heraus.

Sie lag nackt auf ihrem Bett.

Ihre Arme und Beine waren jeweils mit ummantelten Drahtschlingen an den Bettpfosten befestigt.

Sie lag auf einer Plastikfolie.

Und vor ihr stand der Mann mit der schwarzen Strumpfmaske.

Er hielt die Arme vor seiner Brust verschränkt und betrachtete sein Werk.

Sarah war kalt. Sie zitterte. Das war nur ein Traum, den sie durchlebte. Morgen wäre alles vergessen. Sie wollte es glauben. Doch im hölzernen Spiegel vor ihrem Bett sah sie ihren nackten, weit gespreizten Körper wie in einem obszönen

17

Bild, das der Mann mit der Strumpfmaske gemalt hatte. Das alles geschah wirklich. In ihrer Wohnung. In ihrem Leben.

Der Mann nahm eine Spritze aus seiner Sakkotasche, setzte die Nadel mit einem kurzen Stich in ihrer Armbeuge an und drückte mit seinem Daumen den weißen Stempel in den Kolben.

Sarah spürte den Druck. Sie riss an den Drahtschlingen, sie bäumte sich auf. Doch da war der Inhalt der Kanüle schon längst in ihren Blutbahnen unterwegs.

Der Mann steckte ihr vorsichtig zwei Finger in den Mund, eine fast schon zärtliche Geste. Mit einer schnellen Bewegung zog er den Knebel heraus und streichelte ihr Kinn. Es war diese eine Berührung, die Sarah erneut an den Schlingen zerren ließ. Sie musste weg von diesem Irren, sich mit aller Gewalt irgendwie befreien. Mit den Beinen um sich treten. Ihrem Angreifer das Gesicht zerkratzen.

Doch nichts geschah.

Sarahs Arme hingen schlaff in den Schlingen. Ihre Beine rührten sich nicht. Sie wollte schreien. Ihr Mund war geöffnet. Mit ihrer Zunge versuchte sie, die Luft zum Vibrieren zu bringen, Worte zu bilden, doch mehr als ein Zittern der Lippen brachte sie nicht zustande. Ihr Schrei raste ungehört durch ihren Körper.

Eine Träne lief ihr übers Gesicht, verschwand an ihrem Hals und tropfte auf die Plastikfolie. Sie war völlig hilflos.

Der Mann mit der Strumpfmaske hatte sie stumm beobachtet. Nun setzte er sich auf die Bettkante und strich mit seinen behandschuhten Fingern über ihren Hals, dort, wo ihre Träne eine feuchte Bahn hinterlassen hatte.

Er folgte dem Verlauf mit dem Zeigefinger. Sarah empfand die Berührung seiner Hand wie die Spitze eines Messers, das über ihre Haut gezogen wurde. Der Mann legte seinen Zeigefinger auf ihre Lippen.

»Pst … reg dich nicht auf. Entspann dich. Alles andere ist sowieso sinnlos«, flüsterte er.

Seine Stimme klang beruhigend, als ob er einem kleinen Kind Mut machen wollte. Er strich über ihr Haar, über ihre Stirn.

»Du bist intelligent. Du weißt doch, dass unausweichlich ist, was nun kommt. Das war es schon immer.«

Die Stimme klang auf irritierende Weise angenehm. Sie war dunkel. Wie eine gehauchte Melodie in C-Dur. Doch die langen Pausen zwischen seinen Sätzen nahm Sarah als bedrohlichen Unterton wahr.

»Als kleines Mädchen hast du geglaubt, dass nur bösen Menschen schlimme Dinge passieren. Das hast du geglaubt damals. Nicht wahr?«

Seine Stimme, seine Bewegungen. In ihnen lag etwas Vertrautes. Sie begegneten sich nicht zum ersten Mal. Sarah war sich sicher.

Der Mann mit der Strumpfmaske stand auf.

Neben dem Bett lag eine kleine schwarze Ledertasche. Er legte behutsam die Schlaufen zur Seite, um am Reißverschluss zu ziehen. Mit beiden Händen griff er hinein. Es raschelte. Eine undefinierte weiße Masse quoll aus den Fäusten des Mannes. Er näherte sich Sarah, beugte sich über sie und streckte die Finger aus. Wie Schnee rieselte etwas auf ihren nackten Körper hernieder.

Es waren Federn.

Weiße Federn.

Und endlich hatte Sarah verstanden. Ein Alptraum war zurückgekehrt. Sie wollte schreien, sie sehnte sich nach einem erlösenden, langen Schrei. Doch ihr Körper war betäubt.

19

Der Mann mit der Maske steckte ihr einige der langen, festen Federkiele ins Haar und bettete Sarahs Kopf vorsichtig auf ein Kissen. Er begutachtete sein Werk. Er schien zufrieden zu sein. Über Sarahs Gesicht liefen Tränen. Sie füllten ihre Augen, bis alles vor ihr verschwamm.

Das Lächeln hinter der Strumpfmaske zeugte von Mitleid.

»Du hast dich geirrt, Sarah. Auch guten Menschen können böse Dinge passieren.«

Dann begann er.

3

Sie war zweifelsohne intelligent. Nicht diese plumpe Intelligenz, die einen Menschen in die Lage versetzt, Zahlenkombinationen sinnvoll zu ergänzen oder trigonometrische Funktionen bis ins letzte Detail zu bestimmen. Ihre Intelligenz war gefährlich. Sie sah in ein fremdes Gesicht und kannte die ganze Geschichte dieses Menschen. Die Ängste. Die Hoffnungen.

Vielleicht hätte jemand anders diese Art Intelligenz als friedensstiftende Gabe verstanden. In Christine Lenèves Händen war sie jedoch eine Waffe. Ein Skalpell, das sie in ihrem journalistischen Alltag millimetergenau einzusetzen vermochte.

Vor allem unter männlichen Kollegen hatte Christine sich den Ruf einer unberechenbaren und kompromisslosen Frau erarbeitet. Ihr Gespür war untrüglich. Wo andere aufgaben, kam sie zum Ziel. Wo die anderen nichts sahen, entdeckte sie Intrigen und Verschwörungen.

Sie hatte korrupte Politiker im EU-Parlament zu Fall gebracht, Verstrickungen zwischen Pharmakonzernen und deutschen Drogenkartellen aufgedeckt und sogar einen Serienmörder gestellt. Christine lebte für diese Geschichten. Sie war berüchtigt. Sie war voller Leidenschaft. Sie war nicht gern allein.

Vielleicht kam sie deshalb hierher ins *Casa Molino*. Im schummrigen Licht des Restaurants fühlte sie sich wohl. Sie lief gern über das alte, knarrende Parkett und atmete den Duft von frischem Teig ein, der aus der Küche drang. Obwohl sie schon oft hier gewesen war, staunte sie jedes Mal wieder über die Glasamphoren auf den Fensterbrettern, die der italienische Hausherr mit Hunderten Korken gefüllt hatte. Eines Tages würde sie sie zählen. Das hatte sie sich vorgenommen.

Und dann war da noch Luigi. Ihr Luigi.

Eine halbe Stunde lang ließ sie sich von ihm ausgiebig beraten und diverse Weine vor ihrem Tisch auffahren und entkorken. Nach der Beratung entschied sie sich für einen zwanzig Jahre alten, sehr teuren Bordeaux Supérieur. Christine lehnte sich zurück und genoss Luigis bangen Blick, während sie den Wein mit einer gehörigen Portion Skepsis im Glas kreisen ließ. Nach dem ersten Schluck griff sie in das Wasserglas auf ihrem Tisch, um den guten Tropfen mit ein paar Eiswürfeln abzukühlen. Luigi ließ sie dabei nicht aus den Augen. Die Eisbrocken klirrten im Weinglas, während sich der kleine Italiener die Hände vor die Stirn schlug und wie eine zornige Stubenfliege vor sich hin brummte. Christine zerknackte einen Eiswürfel mit den Backenzähnen und strahlte Luigi an. Er reagierte auf das Geräusch mit einem wütenden Schnaufen, fuhr sich durch die pomadisierten Haare und verschwand in der Küche.

Es war ein gutes Spiel. Gut genug. Es verlangte Technik und Feingefühl.

Christine praktizierte dieses Spiel seit drei Jahren. Zweimal die Woche öffnete sie die Holztür des Restaurants, nahm ihren Lieblingsplatz unter dem »Dynamismus eines Radfahrers« ein, einem uneleganten Replikat von Umberto Boccioni, und freute sich im Kerzenschein auf Luigi.

Als er einmal wegen einer Nierensteinoperation für mehrere Wochen ins Krankenhaus musste, war sie besorgt gewesen.

Das *Casa Molino* ohne Luigi passte nicht in ihre liebgewonnene Welt der Rituale und Gewohnheiten. Jeden Tag hatte sie ihr Gesicht an die Fensterscheiben des Restaurants gepresst, um nach Luigi zu spähen. Und wie groß war ihre Erleichterung gewesen, als sie ihn endlich wieder zwischen all den alten Holztischen herumgleiten sah, als hätte er sich Fettstreifen unter die Lackschuhe montiert.

Alles war wieder beim Alten. Welch ein Glück.

Christine brauchte diese Momente von Beständigkeit in ihrem Leben, doch das würde sie Luigi nie verraten. Ihr Spiel würde dadurch nur komplizierter, und genau das wollte sie vermeiden.

Christine lehnte sich auf dem Holzstuhl zurück. Ihre Stirn schmerzte noch immer. Sie strich über den verkrusteten Schnitt an ihrer Schläfe und ertastete die feine Schorfspur. Die Erinnerungen an ihren letzten Auftrag in Verona ließen sie nicht los. Sie hatte die Messerattacke eines gesuchten Frauenmörders nur knapp überlebt, und das alles bloß für ihre Zeitungs-Story. Fast wäre sie zu weit gegangen. Wieder einmal. Sie seufzte leise. Ihr Gesicht spiegelte sich in dem blank polierten Suppenlöffel, der vor ihr auf dem Tisch lag. Sie schüttelte ihr Haar. Die Strähnen verdeckten die schmale Wunde: ein roter Strich. Gut.

Am Nachbartisch saß ein Paar, beide um die vierzig. Ein dünner, hagerer Mann und seine wohlbeleibte Gespielin. Die Frau hatte die Schinkenröllchen mit überbackenem Fetakäse, das Ofenschnitzel alla Bolognese und den Thunfischsalat wie einen Altar vor sich aufgebaut. Zumindest wirkte es so auf Christine. Umso erstaunter war sie, als die Frau sämtliche Teller zur Seite schob und mit ihren lackierten Fingernägeln über den Handrücken ihres Begleiters strich. Christine beobachtete, wie sich der Hagere der Berührung hingab. Die beiden blickten sich in die Augen und küssten sich.

Christine schaute aus dem Fenster in die Dunkelheit. Der Herbst fegte die Blätter durch die Straßen Berlins und rüttelte an den Hochantennen. Wintermäntel wurden wieder aus den hintersten Ecken der Kleiderschränke herausgekramt. Fast in allen Wohnungen brannten die Lichter. Familien und Freunde kamen zusammen. Die Türen wurden von innen verschlossen.

Christine nippte an ihrem Rotwein und verschluckte sich fast, als ihr Handy klingelte. Sie erwartete keinen Anruf, nicht so spät. Sie klappte ihr Handy auf. Die Nummer auf dem Display war ihr nicht bekannt. »Ja? Wer ist da?«

»Spreche ich mit Christine Lenève? Sind Sie allein?«

Die Stimme am anderen Ende klang weit entfernt. Es rauschte in der Leitung. Christine war sich allerdings sicher, dass die Stimme einem älteren Mann gehörte. »Wer ist denn da?«

»Ich bin Ralf Breinert.« Ein Räuspern war zu hören. »Sie wissen schon, oder …?«

Christine stutzte und starrte ihr Handy an. Ralf Breinert war der Chefredakteur eines Berliner Fernsehsenders. Ein unangenehmer Typ, der ausschließlich Journalisten einstellte, die ihm zutiefst ergeben waren und die aus karrieretechnischen Gründen die Darmwindungen ihres Vorgesetzten liebkosten. Ekelhaft und doch ganz alltäglich.

»Ach, Sie sind Breinert? Können Sie das beweisen?«

Einen Moment lang herrschte Stille am anderen Ende der Leitung, dann sagte der Mann: »Die Geschichten von Ihrer unerträglichen Arroganz scheinen wohl zu stimmen. Na, vielleicht trifft dann ja auch der Rest zu. Ich würde es begrüßen.«

»Woher haben Sie meine Nummer, und was wollen Sie von mir?«

Die Stimme am anderen Ende schwieg. Was Christine nervte. Sie betrachtete die futuristischen Farbspielereien des Bildes an der Wand und wischte mit dem Zeigefinger die Reste eines Spinnennetzes weg, das am Rahmen hing.

Vom anderen Ende der Leitung kam ein Seufzen. »Wenn Sie Lust auf einen Job haben, dann kommen Sie morgen um zehn in meinen Sender. Und ich meine Punkt zehn. Nicht früher. Nicht später.«

Christine presste den Hörer an ihr Ohr, bis es ihr weh tat.

»Um zehn? Ach, das passt mir ja eigentlich gar nicht. Da frühstücke ich immer, und darauf verzichte ich wirklich ungern.«

Der Mann ließ sich Zeit.

»Um Punkt zehn. In meinem Büro. Ich habe hier etwas, das Sie interessieren wird. Glauben Sie mir.«

Bevor Christine noch etwas erwidern konnte, hatte er aufgelegt. Sie klappte ihr Handy zu.

Sie hatte viele Gerüchte und Mutmaßungen über Breinert gehört. Er war politisch ein erklärter Rechtsaußenspieler. Ein Steinbeißer. Einer, der Dokumentationen über den Zweiten Weltkrieg liebte und in seinem Hobbykeller ein Waffenarsenal hortete. Warum er ausgerechnet ihr einen Job anbot, war ihr ein Rätsel.

Am Nachbartisch knallte eine Gabel auf den Teller. Christine zuckte zusammen. Es war die Dicke. Sie japste nach Luft, hustete und zitterte am ganzen Körper. Ihr Begleiter unternahm einen verzweifelten Rettungsversuch. Er sprang vom Stuhl auf und trommelte mit beiden Händen auf dem Rücken der Frau herum. Das animierte sie aber nur zu einem noch stärkeren Hustenanfall. Ihr ganzer Körper wurde in Zuckun-

25

gen versetzt. Sie klammerte sich mit den Fingern an der Tischkante fest und japste nach Luft.

Luigi huschte mit einer riesigen Serviette heran, in die die Frau einen Moment später abstrakte Muster hineinwürgte.

So wäre es wahrscheinlich ewig weitergegangen. Christine nickte dem verzweifelten Luigi zu. Sie fingerte die zusammengeschrumpften Eiswürfel aus ihrem Glas und schob sie ihrer Tischnachbarin ins Kleid. Die Frau erstarrte. Der unappetitliche Schwall aus ihrem Mund versiegte, und sie sackte erschlafft in ihrem Stuhl zusammen.

Christine war mit dem Ergebnis zufrieden. »Schocktherapie. Wirkt immer. Hat mir mein Vater beigebracht.« Sie kramte ein paar zerknüllte Scheine aus ihrer Lederjacke und entschied sich für ein großzügiges Trinkgeld. Das war sie Luigi schuldig. Zweimal trommelte sie mit ihren Fingern gegen das Weinglas, wie sie es immer tat, wenn sie sich verabschiedete. Beim Hinausgehen hörte sie Luigis Stimme.

»Zum Verrücktwerden, diese Frau, einfach nur zum Verrücktwerden.«

Christine blickte die Straße hinunter. Der Herbstwind wehte ihr ins Gesicht. Die Straßenlaternen gingen an. Sie dachte an ihre leere Wohnung und machte sich auf den Weg.

4

Stimmengewirr. Knallende Telefonhörer. Umgekippte Kaffeetassen. Flimmernde Bildschirme. Papierberge.

Der achte Stock des Fernsehsenders glich einer journalistischen Vorhölle. Christine genoss es. Das Chaos in der Redaktion erinnerte sie an ihre ersten Laufübungen als Reporterin und die Menschen, die ihr damals begegnet waren. Klischee-Typen. Zweidimensionale Abziehfiguren. Die gab es hier auch.

Eine falsche Rothaarige feilte ihre quallengrün lackierten Fingernägel, während sie bei einem Telefongespräch die neueste Haute Couture verriss. Im Hintergrund rätselte eine Redaktionspraktikantin mit beeindruckender Oberweite über die Funktionsweise des Fotokopierers; ihr gutes Verhältnis zum Chefredakteur dürfte diese Unfähigkeit ausgleichen. Direkt neben Christine saß eine Frau, die sich in eine Zeitung vertieft hatte. Sie murmelte mit gerunzelter Stirn unverständliche kantonesische Wortfetzen vor sich hin. Nur einmal blickte sie kurz auf und warf Christine einen abschätzigen Blick zu, als würde sie eine mögliche Konkurrentin nach Schwächen abtasten. Dann senkte sie wieder den Kopf.

Christine kam am Schreibtisch eines Mannes vorbei, dessen dunkler, lockiger Haarschopf nach allen Seiten abstand. Er war in die Analyse einer Nikkei-Kurve vertieft. Auf seinem Tisch stapelten sich Börsenberechnungen, aktuelle Goldkurse, Aufstellungen über die Brokerhäuser in Hongkong, Korea und Malaysia. Die Schnürsenkel des Mannes waren offen. Der Morgenkaffee hatte ein eigenwilliges Muster auf seinem Hemdsärmel hinterlassen. Seine Augenbrauen erstreckten sich wie die Tentakel eines Kraken über seine Stirn. Das längste Brauenhaar brachte es auf eine Länge von an die sechs Zentimeter. Christine hatte es einmal nachgemessen. Rekordverdächtig. So konnte nur einer aussehen.

Sie tippte dem Mann mit dem Zeigefinger auf die Schulter. Er zuckte zusammen und fuhr hoch. »Gott, was machst *du* denn hier? Bitte, sag nicht, dass du jetzt hier arbeitest. Bitte, bloß das nicht …«

Christine beugte sich etwas vor. »Keine Panik, Albert, es ist doch schon drei Jahre her. Bist du immer noch traumatisiert?«

Er stand langsam auf, wie in Zeitlupe. Die beeindruckende Farbpalette in seinem Gesicht reichte von einem blutleeren Schneeweiß bis zu einem rustikalen Kalkweiß.

Er zischte: »Du hast mich damals einfach sitzenlassen. Wir waren Partner. Du hast mich benutzt und einfach weggeworfen, und dann …« Albert stutzte. »Gott, wie siehst du überhaupt aus? Dieser Kratzer an deiner Stirn. Stammt der von dieser Geschichte in Verona?«

Christine schwieg.

»Bist du irre? Total durchgeknallt? Wann hörst du mit dieser Scheiße endlich auf?«

Christine studierte das Gesicht ihres früheren Partners. Sie zerlegte es in viele kleine Details, auf der Suche nach Spuren von Veränderungen, die die Jahre hinterlassen hatten. Die Denkfalte auf Alberts Stirn war tiefer geworden, typisch für einen hartnäckigen Grübler. Er trug die Haare länger. Sein Dreitagebart ließ ihn reifer erscheinen. Aber seine Augen waren noch immer dieselben. Sie mochte diesen Blick, der immer leicht verschlafen wirkte, dem jedoch selten etwas entging.

Christine nickte Albert zu. »Du bist immer noch der Alte. Du hast dich nicht wirklich verändert. Und ich auch nicht. Hast du eine Freundin?«

»Natürlich. Und sie ist großartig.«

»Und sehr langweilig?«

Albert verschränkte die Arme vor der Brust. »Was willst du hier überhaupt?«

»Ich habe einen Termin bei Breinert.«

Er sackte zusammen. »Bitte nicht. Bitte, Christine, ich kann das nicht ertragen. Du hier ... das geht nicht ...«

Christine klopfte Albert auf die Schulter. »Nun entspann dich doch. Ich habe bloß einen Termin. Mehr nicht. Pass auf dich auf. Du hast ein kleines bisschen zugenommen.«

Sie verschwand in Richtung Donnerbalken – so hieß der lange Tisch in der Mitte der Redaktion, der Platz des Chefredakteurs.

Wenn die Geschichten stimmten, dann saß Ralf Breinert normalerweise am Kopfende und steuerte von dort die Geschicke des Senders. Er hatte ein eigenes Büro, doch das benutzte er nur selten. Sein Platz war bei seinen Leuten. Das beteuerte er immer wieder, aber niemand glaubte ihm. Es war die Angst vor Intrigen, die ihn in die Weite des Raumes trieb. Grundsätzlich war er der Letzte, der die Redaktion verließ. Der letzte Gast auf einer Party. Der Erste, über den heimlich gelästert wurde.

Und dort an dem langen Tisch, nur wenige Meter weiter, stand er nun also, die Hemdsärmel bis zum Ellbogen hochgekrempelt. Breinert war zu klein geraten. Die fünfzig hatte er überschritten. Sein akkurat geschnittener Vollbart verlieh ihm den Charme eines mexikanischen Banditen und verfinsterte seinen Gesichtsausdruck zusätzlich. Selbst bei strahlendem Sonnenschein würde sich auf seinem Gesicht immer ein Schatten finden.

Vor ihm stand eine junge Frau mit Korkenzieherlocken. Ihr Köper wirkte verkrampft, die Augen hatte sie weit aufgerissen. Ralf Breinert schwenkte mehrere Blätter über seinem Kopf hin und her und schlug mit der Faust auf den Tisch. »Liebe Frau Metzold, wissen Sie, was ich hier in meinen Händen halte? Wollen Sie es wissen? Oder sind Ihre eintausendzweihundertundvierzig Gramm Hirn überfordert? Antworten Sie. Oder warten Sie, nein ... ich will es Ihnen sagen.« Breinerts Stimme war außergewöhnlich rauh, fast heiser. Am Ende einer Frage kippte sie in eine höhere Tonlage, was ihn noch bedrohlicher wirken ließ. Christine sah trotz der Entfernung, wie der Gescholtenen die Hände zitterten. In der Redaktion war es still. Die Frau starrte auf den kleinen Mann hinab, der wütend vor ihr auf und ab tanzte.

»Gegendarstellungen, Frau Metzold. Ein ganzer Stapel entzückender Gegendarstellungen. Ihre Story um den Aktendiebstahl im Außenministerium ist ein ausgemachtes Märchen. Eine Geschichte, die in Ihrem weiblichen Hohlkopf entstanden ist und meinen Sender mit Mist besudelt.«

»Das ist einfach unfair«, sagte sie leise. »Ich habe recherchiert ...«

»Was haben Sie recherchiert? Ein unbekannter Mann, der einen Dokumentensack mit geheimen Plänen für neue Anti-Terror-Gesetze direkt unter der Nase von über hundertfünfzig Leuten hinausbefördert? Ein mysteriöser Fremder, der Ihrer kindlichen Phantasie entsprungen ist. Aber ich will Ihnen auf die Sprünge helfen ...« Breinert warf die Blätter auf den Schreibtisch und stemmte seine Hände in die Hüften. Die Barthaare unter seiner Nase vibrierten. »Wissen Sie, was

die Sicherheitsprüfungen nach Ihrem kleinen Filmchen ergeben haben?«

»Ich weiß es wirklich nicht, aber …« Metzold drehte sich zu
ihren Kollegen um, als würde sie sich von ihnen eine Antwort
auf die Frage des Chefredakteurs erhoffen. Es war eine hilflose Geste. Christine sah die geröteten Gesichtszüge der
Frau. Sie stand kurz vor einem Weinkrampf. Ralf Breinert
schien das nicht zu stören.

»Ich verrate es Ihnen«, brüllte er in die Redaktion. »Der Wäschejunge ist an einem Dienstag ins Ministerium gekommen
und hat getan, was er an jedem verdammten Dienstag zwei-
undfünfzigmal im Jahr macht: Er sammelt die Drecklappen
der Putzfrauen ein, entsorgt sie in seinem Lieferwagen und
verschwindet. Das ist alles. Keine Agentenspielchen. Keine
Weltverschwörungen. Ein bepisster Wäschejunge, Frau Metzold. Und das alles, nachdem sich das Außenministerium eingeschaltet hat. Ich stehe da wie ein Vollidiot. Sie haben mich
und meinen Sender lächerlich gemacht!«

»Aber es war ein Tipp von Prohl. Sie haben mir doch selbst
gesagt, dass man Prohl vertrauen kann.«

Breinert stampfte zweimal mit dem Fuß auf und verdrehte
die Augen. Er beugte sich vor. »Prohl ist Alkoholiker. Ein
Scheißtyp, der für fünfzig Euro seine Mutter verkauft. Frau
Metzold, Sie haben auf das falsche Pferd gesetzt. Ihre Schind-
mähre hat das Ziel nicht erreicht. Sie sind raus. Verschwinden
Sie hier, räumen Sie Ihr Zeug zusammen. Und achten Sie darauf, dass sich unsere Wege nicht noch einmal kreuzen.«

Wie ein Kugelblitz verschwand Breinert in seinem Büro. Im
Gehen nickte er Christine zu. Die Tür ließ er offen stehen.
Bevor sie eintrat, schaute sie noch einmal in die verstummte
Redaktion. Es war ein unwirkliches Bild. Die Journalisten

31

wirkten, als wären sie mitten in der Bewegung eingefroren. Nur das Gluckern der Heizung durchschnitt die Stille des Raumes. Alle Augen waren auf Christine gerichtet. Mit einem Gefühl der Beschämung zog sie die Tür hinter sich zu.

Breinert tigerte durch sein Büro. Er schlug im Vorbeigehen mit der flachen Hand auf den Zweig eines Ficusbaumes. »Tja, wenn man seinen Laden nicht sauber hält, wachsen sich kleine Problemchen zu großen Katastrophen aus.«

Er warf sich in einen braunen Ledersessel und zupfte an seiner Krawatte herum. Sein Doppelkinn schaukelte mit unheimlicher Eigendynamik hin und her. Breinert wirkte nervös. Er griff in eine kleine Mahagonikiste auf seinem Tisch, angelte mit zwei Fingern eine Zigarre heraus und köpfte sie mit einer Stahlklinge. Es roch nach Butangas, als er die Spitze mit seinem Brenner röstete. Dunkle Rauchringe stiegen aus seinem Mund auf.

Christine konnte Breinerts Selbstzufriedenheit und seine Obermacker-Attitüde kaum ertragen. Am liebsten hätte sie ihn an seinem Schlips über den Tisch gezogen. »Sie haben sich da draußen aufgeführt wie der Diktator einer Bananenrepublik. Ein vertrauliches Gespräch mit Ihrer Reporterin kam wohl nicht in Frage, wie?«

»Schon. Aber dann hätten die anderen ja nichts mitgekriegt. Ich bin der Chefredakteur. Wo bleibt denn da der Spaß, wenn man seinen Job heimlich macht? Und wissen Sie was? Ich halte Demokratien ohnehin für überschätzt.«

Er nahm einen langen Zug an seiner Zigarre und sondierte Christines Gesicht. Er wollte sie provozieren. Christine durchschaute ihn. Es war ein plumper Versuch, ausgeführt ohne jegliche Raffinesse. Sie blieb gelassen.

Breinert seufzte, als würde er sich geschlagen geben. Mit

ernster Stimme sagte er: »Frau Lenève, wir sind Journalisten. Wir sind der Wahrheit verpflichtet. Und das da draußen«, mit seiner Zigarre fuchtelte er in Richtung Redaktion, »das konnte ich einfach nicht hinnehmen. Auf gar keinen Fall.«

Breinerts Füße steckten in handgenähten, klobigen Schuhen. Nach jedem Satz trat er einmal mit dem Absatz auf dem Boden auf, als wollte er seinen Worten besonderen Nachdruck verleihen. Das braune Leder ließ seine Füße seltsam deformiert wirken. Was Christine schon in der Redaktion aufgefallen war. »Sagen Sie mal, wie lange tragen Sie schon diese Schuhe aus Italien, die für ihre versteckten Einlagen berühmt sind? Diese Dinger kosten doch ein Vermögen, oder? Der Importweg soll auch umständlich sein. Ist das nicht etwas übertrieben? So viel Mühe für nur drei Zentimeter Zuwachs? Ich meine ja nur. Für einen Mann, der vorgibt, jeden Tag die Wahrheit zu suchen, investieren Sie jedenfalls viel Zeit und Geld in Vertuschungsmanöver.«

Breinert betrachtete seine Schuhe, als würde er sie zum ersten Mal sehen. Er nestelte wieder an seinem Schlips herum, zog zweimal an der Zigarre, und dann hatte er seine Fassung wiedergefunden. Er musterte Christine. »Ja, Sie sind genau so, wie man Sie beschrieben hat. Genau so.«

Er schwenkte seine Zigarre wie einen Taktstock durch die Luft auf der Suche nach den passenden Worten und schnalzte dann mit der Zunge. »Sie sehen ein bisschen aus wie dieses französische Mädchen aus dem Film, diese … wie hieß sie doch?«

Christine verdrehte die Augen. »Amélie. Nicht sehr originell. Das habe ich jetzt schon oft genug gehört.«

Breinert lachte mit seiner rauhen, wie von Teer gepolsterten Stimme. »Ja, wie die dunkle Version von Amélie. Eine sehr dunkle Version. Aber das kann ja auch seinen Reiz haben, glauben Sie mir. Ich habe einiges über Sie gelesen. Mutter Deutsche, Vater Franzose. Studium der Journalistik. Einsätze in Äthiopien, Mexiko, Moskau, Italien und, und, und … Sie arbeiten gern allein, und Sie sind schnell. Verdammt schnell. Ich habe großen Respekt vor Ihnen. Diese Geschichte in Verona hat mich wirklich umgehauen. Es passiert selten, dass eine Journalistin einen Serienmörder stellt. Wie viele Frauen hat der Typ eigentlich erledigt?«

Christine blickte aus dem Fenster. Die Erinnerung an die nackten, mit Klebeband gefesselten Leichen der jungen Frauen begleitete sie noch immer. Vor allem nachts ließen sich die Bilder schwer verdrängen. Ihre Finger zitterten. Sie steckte die Hände in die Taschen und ballte sie zu Fäusten. Sie wollte vor Ralf Breinert keine Schwäche zeigen.

»Vier. Es waren vier Frauen. Bis jetzt. Die Polizei in Verona hat die Suche noch immer nicht abgeschlossen«, sagte sie leise.

Breinert tippte sich mit dem Ende der Zigarre gegen die Stirn. »Ich krieg das hier oben nicht rein. Sie haben den Lockvogel für den Irren gespielt. Sie sind dabei fast draufgegangen. Warum haben Sie das gemacht? Keiner meiner Reporter würde das wagen. Die sitzen sich lieber den Hintern auf ihren Designerstühlen breit. Und ich kapier nicht, wie Sie so schnell auf den Täter gekommen sind. Ich komm da einfach nicht drauf.«

Christine holte tief Luft. Sie wollte das Thema so schnell wie möglich beenden. »Es war offensichtlich. So offensichtlich, dass sich niemand mit einer derart billigen Wahrheit begnügen wollte.« Sie ging auf Breinerts Schreibtisch zu. »Und es ist offensichtlich, dass Sie mich für etwas brauchen, das Sie selbst nicht lösen können. Etwas, das Ihnen schreckliches Kopfzerbrechen bereitet. Habe ich recht?«

Breinert nickte. Er kniff die Lippen zusammen. Wortlos legte er ein Foto auf den Tisch. Es zeigte eine junge Frau mit dem typischen mediengerechten Lächeln. Sie hatte langes, dunkelblondes Haar, blaue Augen und für Christines Geschmack ein viel zu tiefes Dekolleté.

»Sarah Wagner. Unsere Moderatorin.« Breinert legte die Zigarre in den Aschenbecher, erhob sich und stellte sich vor das Fenster, das einen weiten Blick auf das morgendliche Berlin bot. Die Hände faltete er hinter dem Rücken. Seine erklärte Lieblingspose, da war sich Christine sicher.

»Sarah … Frau Wagner – sie ist seit drei Tagen verschwunden. Weg. Es gibt keine Spur. Zwei Männer von der Schutzpolizei haben gestern ihre Wohnung durchsucht. Nichts Auffälliges. Keine Anzeichen eines Verbrechens. Die haben nicht mal die Kripo geschickt. Sie wollen erst mal bis zum Ende der Woche abwarten. Ich kann das nicht akzeptieren. Da ist was passiert.« Er tippte mit dem Zeigefinger auf seine Nase. »So was riech ich.«

Christine nahm das Foto in die Hand. Sarah Wagners Gesicht wirkte glatt und maskenhaft. Ihre Wimpern waren unnatürlich lang. Die Hände hatte sie gefaltet wie auf einem Heiligenbildchen. Die Geste sollte wohl unschuldig und mädchenhaft wirken, doch für Christine war sie nur affektiert und peinlich. Nichts an Sarah Wagner erschien ihr echt.

»Ich vermute schmerzhafte Chemo-Peelings im Gesicht. Falsche Wimpern, unechte Fingernägel. Diese Frau ist komplett karrieregeil. So ein Mensch verschwindet nicht einfach unangemeldet und riskiert seinen Job, nachdem er alles dafür getan hat.« Sie legte das Foto wieder zurück auf den Tisch. »Ich verstehe. Ich soll Sarah Wagner für Sie finden. Geht es darum?«

Breinert starrte noch immer aus dem Fenster. Er nickte. Christine gab sich mit dieser Antwort zufrieden.

»Ich bin keine Ermittlerin. Das dürfte Ihnen klar sein. Ich bin Journalistin. Fragen Sie doch in einer Detektei, ob ...«

Breinert drehte sich um und warf seine Hände in die Luft.

»Christine, darum geht es hier doch. Verstehen Sie mich? Ich gehe davon aus, dass wir es mit einem Verbrechen zu tun haben. Sarah würde niemals einfach so verschwinden. Und wenn sie einem Verbrechen zum Opfer gefallen ist, wer würde bitte aus dieser Redaktion in der Lage sein, über eine Kollegin zu berichten?«

Christine verschränkte die Arme vor der Brust. Auf ihrer privaten Skala der unbeliebtesten Menschen nahm Breinert nun einen der ersten Plätze ein. »Sie wollen das mögliche Verbrechen an Ihrer Moderatorin vermarkten? Habe ich das richtig verstanden?«

Breinert schwieg.

Christine schwieg ebenfalls.

Von draußen war in weiter Ferne das Hupen eines Autos zu hören. Im Raum nebenan ratterte ein Fotokopierer. Auf dem Gang klingelte ein Handy.

Breinert atmete mit einem Seufzer aus. »Ich werde Sie exorbitant gut bezahlen. Und sehen Sie die Sache doch einmal unter journalistischen Gesichtspunkten: Nur ein Außenstehender kann objektiv über so einen Fall berichten. Das klingt doch logisch, oder?«

Breinert suchte den Blickkontakt zu Christine. Seine Hände hingen schlaff an seinem Körper herab, dann steckte er sie mit gespielter Entschlossenheit in die Hosentaschen. Er war unsicher, das spürte Christine genau.

»Ich habe die Redaktion belogen. Die glauben alle, dass Sarah krankgeschrieben ist. Auch wenn Sie es mir nicht abnehmen: Ich lüge nur ungern. Sie halten mich für einen Unsympathen, das merke ich schon. Das brauchen Sie mir nicht ins Gesicht zu sagen. Und ändern kann ich es sowieso nicht. Aber Sie könnten darüber hinwegsehen und einfach diesen Job machen. Sind Sie so professionell?«

Christine griff in ihre Jackentasche, holte ihr Zippo heraus und spielte daran herum. Immer wieder ließ sie den Deckel auf- und zuklappen. Das metallische Geräusch durchschnitt die Stille im Büro. So ging es eine ganze Weile, und dabei ließ Christine die Fakten vor ihrem inneren Auge wie auf einer achtspurigen Autobahn bei vollem Tempo vorbeirasen.

Sie wog ab. Sie prüfte. Sarah Wagner würde niemals freiwillig auf einen Einsatz vor der Kamera verzichten oder ihren Job riskieren. Nein. Das passte nicht. Ihr musste etwas zugestoßen sein. Kein Zweifel. Diese Geschichte hier war gut. Vielleicht sogar sehr gut. Jedenfalls viel zu gut, um darauf zu verzichten. Ralf Breinert war nur ein alberner Giftzwerg auf hohen Hacken. Ihm musste sie nichts beweisen. Aber ihren Jagdtrieb konnte sie nicht austricksen.

»Ich mache es. Ich mache es, weil mich die Story interessiert.«

Breinert zog die Augenbrauen hoch. Er wirkte überrascht.

»Aber damit eines klar ist: Das wird teuer für Sie, siebenhundert am Tag; und es ist nur die Recherche, die Sie von mir bekommen. Ich behalte die Rechte für alle Print-Publikationen.«

Breinert streckte Christine die Hand hin. »Dann haben wir einen Deal.«

Sie betrachtete Breinerts fordernde Hand, die wie eine Haifischflosse im Raum schwebte. Sie steckte demonstrativ ihre geballten Hände in die Taschen und lächelte ihn an. »Und wieder einmal haben Sie recht behalten. Das ist Ihnen doch wichtig, oder? Ich halte Sie tatsächlich für einen unmoralischen Unsympathen.«

Breinert zog die ausgestreckte Hand zurück.

Christine genoss diesen Moment. Mit Sicherheit suchte Breinert nach einer passenden Antwort, um seine spürbare Kränkung zu überspielen, vielleicht ein wenig mit Ironie garniert, aber durchaus auch ernsthaft. Es musste schon eine gute Retourkutsche werden, schließlich war er ja der Chefredakteur. Christine erwartete nicht weniger. Doch ehe Breinert auch nur ein Wort verlauten ließ, hatte sie die Lust an diesem Gespräch verloren.

Sie verließ das Büro, lief am Donnerbalken vorbei und zwinkerte Albert noch einmal zu. Vor dem Fahrstuhl stand Frau Metzold. Tränen liefen ihr übers Gesicht. In den Händen hielt sie eine Pappkiste, in der wohl die Reste ihrer Fernsehkarriere ruhten. Schweigend fuhr Christine mit ihr die acht Stockwerke hinunter.

5

Ihr Atem ging ruhig, ihre Schritte waren kurz. Die Arme bewegte sie rhythmisch wie eine Aufziehpuppe. Sie lief schnell. Es war ihre dritte Runde im Volkspark Friedrichshain. Jeden zweiten Abend war Christine hier. Sie konzentrierte sich immer auf die nächsten drei Meter vor ihr. Runde für Runde. Aus den Augenwinkeln nahm sie ihre Umwelt dennoch mit ungeheurer Präzision wahr – eine über viele Jahre erlernte Fähigkeit.

Sie überholte gerade eine übergewichtige Joggerin, die einen scheppernden Schlüsselbund in ihrer Hosentasche spazieren führte. Das metallene Geräusch klang wie eine nervtötende Kindermelodie in Christines Ohren. Sie hasste dieses Scheppern. Es störte ihre Konzentration. Im Vorbeiziehen warf sie der Läuferin einen finsteren Blick zu und war überrascht, als sie in ihr die Frau erkannte, die sie am gestrigen Abend mit ihrem außergewöhnlichen Brechreiz so gut unterhalten hatte. Die Dicke keuchte wie eine Lokomotive, die sich einen Hang hochkämpft. Ihre Haut quoll aus den engen Schuhen heraus. Die Bemühungen der Frau stimmten Christine etwas milder. Sie warf ihr ein aufmunterndes Lächeln zu, das die Frau mit einem erschöpften Kopfnicken erwiderte.

Christine erhöhte die Geschwindigkeit. Nach einigen Metern wurde das Scheppern leiser, und sie konnte endlich wieder ihren Gedanken nachhängen, die um Sarah Wagner kreisten. Wenn ein Mensch verschwindet, dann zählt jede Sekunde. Sofort nach dem Gespräch mit Breinert hatte Christine das

Internet durchforstet. Sie fand Fotos von Sarah Wagner auf dem roten Teppich, Mitschnitte aus Sendungen, Foren, in denen alte Männer lebhaft über Sarahs Oberweite philosophierten. Und jede Menge Interviews, deren Inhalt beliebiger nicht sein konnte.

Wirkliche Fakten waren rar. Aber Christine entdeckte dann doch welche. Seit drei Jahren arbeitete Sarah in Breinerts Sender. Sie moderierte eine Lifestyle-Sendung: Modetrends, Promi-News und Beauty-Tipps. Ihr Moderationsstil war holprig. Sie wirkte künstlich und bemüht. Sarah war offenbar ein Mensch, der die Kamera brauchte, der nur diesen einen Lebenssinn hatte. Sie stammte aus einer einflussreichen Anwaltsfamilie. Aufgewachsen war sie in Wiesbaden, dann nach Brandenburg umgezogen. Ihr Vater unterhielt eine Kanzlei in Berlin. Geld spielte in dieser Familie offensichtlich keine Rolle, gute Beziehungen dürften selbstverständlich sein. Das erklärte jedenfalls, wie Sarah trotz ihres dürftigen Talents den Sprung auf den Fernsehschirm geschafft hatte.

Sie war sechsunddreißig Jahre alt, eins neunundsiebzig groß, fuhr einen Sportwagen der Marke BMW und hielt sich grundsätzlich nur in Restaurants auf, die eine erhöhte Frequentierung durch Prominente nachweisen konnten. Über einen möglichen Freund sagte das Internet nichts. Auf Fotos von öffentlichen Terminen fand sich nur ein Friseur an ihrer Seite, der um mediale Aufmerksamkeit buhlte. Nichts Außergewöhnliches. Berlin war für einige seiner von Minderwertigkeitskomplexen geplagten Coiffeure bekannt.

Das waren Christines Fakten. Für einen recherchetechnischen Erfolg viel zu wenig. Die entscheidende Frage blieb: Was war Sarah wirklich zugestoßen?

Christine lief noch schneller. Fünf Runden hatte sie bereits geschafft. Sie setzte zu einem Sprint an und raste an einer Dreiergruppe schlapper Fünfzigjähriger vorbei, die mit ihren Nordic-Walking-Stöcken die Laufbahn komplett in Beschlag genommen hatten. Ihre Baseballkappen wackelten synchron im Abendwind, die kleinen Wasserflaschen an ihren Gürteln schaukelten dazu im Takt. Christine schnappte ein paar Wortfetzen auf. Die Männer unterhielten sich in schwäbischem Dialekt. Als sich eine kleine Öffnung zwischen ihnen auftat, hechtete sie hindurch. Der Protest der Schwaben-Gang hallte in ihren Ohren nach.

»Da werd ih kreiznarred. So a daube Hährschell.«

Christine verstand kein Wort. Vorsichtshalber wollte sie ihnen den ausgestreckten Mittelfinger zeigen, da fiel ihr abseits der Strecke ein Mann auf. Er hielt sich im Schutz eines Baumes auf und bewegte den Kopf in ihre Richtung. Merkwürdig. Sein Gesicht verbarg er unter einer dunkelgrauen Kapuze.

Christine schlug sofort einen Seitenweg ein, parallel zur Laufbahn. Sie sprang über feuchte Erde, passierte eine Statue, die einen martialisch wirkenden Mann mit einem Schwert darstellte, und warf einen Blick über die Schulter. Sie war sich absolut sicher: Der Unbekannte hatte seine Position verändert und bewegte nun, da sie im Dickicht verschwunden war, aufgeregt den Kopf hin und her.

»Alles klar«, flüsterte Christine. Da prallte sie auf einen Widerstand.

Es war ein junger Typ mit eng anliegender Jogginghose, wie sie bevorzugt Männer trugen, die sich den Anstrich des Profiläufers geben wollten. Christine lächelte und fasste den Mann vertraulich am Arm. »Tut mir leid. Dir ist nichts passiert, oder?«

Der überraschte Jogger warf einen Blick auf Christine und drückte seine Brust heraus.

»Nein, natürlich nicht«, sagte er mit fast übertriebener Freundlichkeit. »Laufen wir eine Runde?«

Natürlich lief Christine mit ihm. Perfekt.

Meter für Meter bearbeitete der Typ ihre Gehörgänge, prahlte mit seinem Job in einer PR-Agentur und feierte seinen letzten Urlaub auf Kuba als bestmögliche Entspannung. Christine heuchelte Interesse, während sie in Wirklichkeit mit höchster Konzentration den Park durchforstete.

Sie entdeckte den Kapuzenmann während ihrer sechsten Runde neben dem Ausgang. Er stand hinter einem Zaun und schaute mit gesenktem Kopf zur Laufbahn. Als er Christine mit ihrem Joggingpartner sah, wandte er sich ab und verschwand zwischen den Autos auf der Straße. Christine hatte nichts anderes erwartet.

Bei ihrer siebten Runde fehlte jede Spur von ihm. Sie grübelte während des Laufens über den Mann nach. Da war etwas Auffälliges an ihm gewesen. Etwas Bekanntes. Eine Runde später war sie zu einer Lösung gekommen. Wieder einmal war es offensichtlich. Als ob sie so leicht auszuspionieren wäre. Und einen Aufpasser brauchte sie schon gar nicht.

Sie verabschiedete sich von ihrem Laufpartner, doch der sagte nichts. Er starrte Christine in die Augen und nestelte am Bund seiner Jogginghose herum.

Christine atmete hörbar aus. Das tat sie normalerweise nur, wenn ihr Briefkasten bis oben mit Werbung vollgepfropft war und sie den Papierkram wütend in den Mülleimer stopfte. Andere Situation, gleiche Reaktion.

»Hör zu, du bist wirklich ein netter Typ. Gleich wirst du mich fragen, ob ich mit dir essen gehe. Ich habe dich hier schon vor zwei Tagen gesehen. Nur, da hast du einen Kinderwagen vor dir hergeschoben. Stell mir die Frage also besser nicht. Behalt sie für dich. Denk doch einfach mal eine Sekunde an deine Würde, oder zumindest an die Mutter deines Kindes.«

Der Typ starrte sie verdutzt an. Christine lief zum Ausgang des Parks. Von dort waren es noch gut sechshundert Meter bis zu ihrer Wohnung. Sie blieb wachsam.

In den kleinen Cafés im Bötzowviertel gingen die Lampen an. Klappernd wurden Stühle vor den Restaurants nach drinnen geräumt. Hier und da hörte Christine die raschelnden Einkaufstüten, die die Heimkehrenden durch das Viertel schleppten.

Sie winkte im Vorbeigehen Luigi zu, der gerade eine riesige Pizza über seinem Kopf balancierte. Der kleine Italiener verdrehte die Augen und machte, dass er aus dem einsehbaren Bereich des Fensters verschwand.

Christine stapfte langsam durch die Straßen und atmete die frische Luft ein. Das Herbstlaub raschelte unter ihren Sportschuhen. Sie zählte die Schritte auf dem Nachhauseweg. Das tat sie immer. Es war eine Angewohnheit, ein Ritual. Ein Psychologe hätte ihr vermutlich eine krankhafte Zwangsneurose attestiert, daran hatte Christine keinen Zweifel. Für sie aber war es eine von vielen kleinen Inseln der Sicherheit, die sie sich in ihrer unbeständigen Welt geschaffen hatte. Sie brauchte solche Momente. Sie waren verlässlich.

Christine war an ihrem Haus angekommen. »Eintausendeinhunderteinundzwanzig«, flüsterte sie sich selbst zu. Hinter den Fenstern des stuckverzierten Altbaus brannten fast überall Lichter. Das Gefühl, dass sie beobachtet wurde, hatte sie nicht verlassen. Sie steckte den Schlüssel in die Haustür und drehte sich abrupt um.

43

Nein. Niemand zu sehen.

Christine trat ins Haus. Sie hetzte die vier Stockwerke zu ihrer Wohnung hinauf, nahm mehrere Stufen auf einmal.

Sie brauchte fünfzehn Minuten, um sich zu duschen und ihren Lieblingswollpulli überzuziehen. Dann klopfte es an ihrer Tür. Sie hatte fast damit gerechnet.

Auf Zehenspitzen näherte sie sich dem Spion und schob die kleine Metallscheibe über dem Guckloch zur Seite. Im Hausflur brannte kein Licht. Christine kniff die Augen zusammen. Es war zwecklos. Sie konnte in der Dunkelheit nicht einmal die Konturen einer Person erkennen. Draußen räusperte sich jemand, wie man es tat, wenn man aufgeregt war oder zu einer längeren Rede ansetzen wollte.

»Wer ist da? Na los, Licht an!«, rief Christine hinter ihrer Wohnungstür.

Das Licht sprang an, und sie sah die graue Kapuze aus dem Park, ein Büschel Haare, das Gesicht war noch immer verdeckt. Der Mann räusperte sich erneut.

Christine lächelte und öffnete die Tür. »Du wärst wirklich ein miserabler Spion geworden, Albert. Deine Beschattungsmethoden sind echt erbärmlich.«

Albert schob sich die Kapuze vom Kopf und betrat die Wohnung.

»Hast du mich schon im Park erkannt?«

Christine vergrub die Finger in ihrem Wollpullover. »Deinen schlendernden Gang würde ich überall erkennen.«

Er schnaufte. »Was hätte ich tun sollen? Ich wusste doch nicht, wo du wohnst. So oft, wie du ständig umziehst. Aber zum Laufen gehst du immer noch in diesen Park. Deine ständige Geheimniskrämerei, daran hat sich ja wohl nichts geändert.«

Christine verdrehte die Augen. »Setz dich irgendwohin.«
Albert suchte einen Platz. Es fiel ihm nicht leicht. Überall
lagen Bücher herum – auf dem Boden, im Regal. In kleinen
Stapeln, großen Bergen, sortiert, eingestaubt oder aufgeschlagen. Christine hatte nicht mit Besuch gerechnet. Albert sollte
sich also besser nicht beschweren. Sogar auf dem Sofa lag ein
Buch. Er beugte sich über den Titel. Es war eine Abhandlung
über Mörderprofile.
»Reizend. Ganz reizend«, flüsterte er und setzte sich vorsichtig auf das braune Ledersofa. Es hatte den Geruch der Jahrzehnte an sich, ein antiquarisches Stück aus den Zwanzigern.
Er kräuselte die Nase, was Christine nicht entging. Sie liebte
ihr Sofa. Und den Duft, den es verströmte, sogar noch viel
mehr. Sie beobachtete ihren früheren Partner ganz genau. Alberts Blick wanderte umher und blieb an dem alten schwarzen Schellack-Klavier hängen, das wie ein schlafender Koloss
neben der Tür ruhte. Die Tasten waren abgenutzt und schimmerten gelblich.
»Spielst du noch?«, fragte er.
»Möchtest du ›When the Saints Go Marching In‹ hören?«
»Sehr komisch.«
Christine lümmelte sich in ihren Sessel, beide Beine über eine
Lehne gelegt. Sie zog eine Zigarette aus einer zerbeulten Packung Gauloises, die auf dem Boden lag, und zündete sie mit
ihrem Zippo an. Dann nahm sie einen langen Zug und blies
den Rauch gegen die stuckverzierte Zimmerdecke. Sie wollte
gelassen wirken, entspannt, aber sie spürte den viel zu schnellen Schlag ihres Herzens. Es kam ihr merkwürdig vor, Albert
nach so vielen Jahren wieder nahe zu sein. Es irritierte sie.
Und deswegen verbarg sie ihre Gefühle hinter einer coolen
Fassade. »Also gut«, sagte sie schließlich. »Wir starren uns

jetzt seit einer Minute schweigend an. Weshalb bist du hier? Worum geht es?«

Albert legte einen Arm auf die Lehne des Sofas und richtete sich auf. »Ich habe einen sehr guten Draht zur Sekretärin von Breinert. Nachdem du da heute aufgetaucht bist, habe ich ein wenig gebohrt.«

»Das kann ich mir vorstellen. Du wolltest wissen, ob ich demnächst mit dir an einem Tisch sitzen werde. Das wäre ein echter Alptraum, oder?«

Albert knetete an seinen Fingern herum und starrte auf seine Schuhspitzen. »Ich mache mir Sorgen um dich. Nach dieser Geschichte in Verona halte ich bei dir alles für möglich.«

»Deswegen bist du hier? Nein. Komm schon.«

Das Leder des Sofas knirschte dumpf, als Albert unruhig hin und her rutschte. »Verdammt, Christine. Wir waren Partner. Zwei Jahre lang. Ist das nichts wert? Du bedeutest mir was. Für dich war ich vielleicht nur der kleine Sidekick, der das Internet für deine Recherchen hackt. Aber ich dachte, wir wären Freunde. Du hast den Kontakt abgebrochen. Einfach so. Mann, kannst du dir vorstellen, wie ich mich gefühlt habe?«

»Und jetzt willst du wissen, warum?«

Natürlich wollte Albert das. Es war sein Recht, nach allem, was sie miteinander erlebt hatten. Genau das machte es Christine aber so schwer.

Albert zählte zu den wenigen Menschen, die ihr jemals nahegestanden hatten. Er war etwas Besonderes. Als sie sich kennenlernten, gehörte er zu einer kleinen Kreuzberger Hackergemeinschaft, die die Websites von Pharmakonzernen lahmlegte. Nur mit Handy und Computer die ganze Gesellschaft auf den Kopf zu stellen, das war eine Perspektive, die es

Albert angetan hatte. Zwischen leeren Pizzapackungen und zerdrückten Zigarettenkippen hatte er unter seinen Kumpanen seinen Platz gefunden. Und dann war Christine mit ihrer eigenen Welt gekommen, und er war mit ihr gegangen. Er hatte die Wahrheit verdient.

»Die Jobs wurden immer gefährlicher. Ich habe wirklich geglaubt, dass ein anderes Leben besser zu dir passt. Meine Geschichten gehen nicht immer gut aus. Ich wollte nicht riskieren, dass du …«

Albert zerrte einen Stapel Papiere aus seiner Umhängetasche und warf sie auf den Tisch. »Gefährlich? Ich zeige dir, was wirklich gefährlich ist. Und verzeih mir, wenn ich dich bei deinem Selbstmordtrip störe.« Er schaute sie mit zusammengekniffenen Augen an. »Weißt du, worauf du dich bei der Geschichte mit Sarah Wagner eingelassen hast? Weißt du das?« Er tippte mit seinem Zeigefinger auf den Haufen Papier vor ihm. »Ich bin hier, um dich zu warnen. Du kannst mich gleich rausschmeißen. Ich werde mich nicht beklagen. Aber hör dir erst mal in Ruhe an, was ich zu sagen habe. Kriegst du das hin?«

Christine setzte sich kerzengerade in ihrem Sessel auf, drückte dabei die Zigarette aus und bemühte sich, besonders unschuldig dreinzublicken – wie man es von einem Kind angesichts einer gehörigen Standpauke erwarten würde. Sie war Alberts Warnungen gewohnt, und ein Widerspruch hätte jetzt gar nichts gebracht.

Albert griff sich ein paar Blätter und las vor: »Möchte gern mit deinen Titten spielen …« Er nahm das nächste Blatt. »Es dir mal richtig besorgen …« Und noch eines. »Geile Sau … vollspritzen …« Dann zog Albert drei kleine Fotos aus dem Stapel Papiere und warf sie auf den Tisch. Es waren männ-

47

liche Geschlechtsteile, alle erigiert, mal in besserer Qualität, mal in schlechterer aufgenommen.

Christine nahm die Fotos in die Hand. »Hm, verstehe. Post von heißblütigen Verehrern, ja?«

»Verstehst du wirklich?«, fragte Albert mit ernster Stimme. »Sarah ist Fernsehmoderatorin. Sie kriegt fast täglich Mails von irgendwelchen perversen Vollidioten. Daneben noch üble Fotos, benutzte Unterwäsche und so weiter. Wenn ihr wirklich etwas zugestoßen sein sollte, wo willst du überhaupt anfangen? Jeder von denen hier könnte einfach mal kurz ausgerastet sein. Das kann verdammt gefährlich werden. Sag mir, wo du anfangen willst, bei all diesen Irren hier.«

Er hob den Papierberg hoch und warf die Blätter auf den Tisch. »Wo?«

Christine kaute auf einer Haarsträhne herum. Albert hatte sich richtig in Rage geredet.

»Und noch eine Kleinigkeit. Sarah ist Mitte dreißig. Ihre beste Zeit hat sie schon hinter sich. Ich kenne die Branche. Da ist man schnell mal frustriert. Sie hat womöglich gekokst wie ein Pornostar aus den Siebzigern. Sie könnte völlig zugedröhnt in der Wohnung einer Freundin liegen oder sonst wo. Ermittlungstechnisch wäre das ja schon fast ein Glücksfall. Aber es gibt zu viele Fragen auf einmal. Verstehst du?«

Christine verstand. Aber je aussichtsloser Albert die Situation schilderte, desto faszinierender fand sie den Fall. »Wo wohnt Sarah eigentlich?«

Albert zuckte mit den Schultern. »Ein paar Straßen weiter. Komisch, oder? Ich habe vorhin mal kurz die Lohnbuchhaltung angezapft. Es sind wirklich nur ein paar Straßen. Merkwürdiger Zufall. Aber eigentlich auch wieder nicht. Du ziehst so was ja an.«

Christine schüttelte energisch den Kopf. »Quatsch. Und was ist daran schon merkwürdig? In meinem Viertel wohnen fast nur Medienleute, Schauspieler und Künstler. Wir sind in Prenzlauer Berg. Es ist einfach hip, hier zu wohnen. Trendy, Albert, verstehst du?« Die letzten Worte sagte sie, als ob sie es mit einem Schwerhörigen zu tun hätte. Das Bötzowviertel und die Leute, die hier wohnten, kannte nun wirklich jeder in Berlin. Sie hatte genug gehört. Jetzt musste endlich etwas passieren. Christine klopfte sich mit den Handflächen auf ihre Oberschenkel und sprang von ihrem Sessel auf. »Also gut. Dann werde ich doch einfach mal nachsehen.«

Albert streckte die Hände weit von sich. »Wie? Was willst du nachsehen?«

Aber Christine hatte schon die Haustür geöffnet.

Ein paar Minuten später stand sie mit Albert in einem schmuddeligen Getränkeshop, vertieft in ein Gespräch mit dem Besitzer des Ladens, ein kleiner Typ mit Bürstenfrisur, der ihren Worten mit verschwörerischer Aufmerksamkeit lauschte. Kurz darauf verschwand er im hinteren Bereich des Ladens.

Christine flüsterte Albert zu: »Das ist Karl, wir nennen ihn hier nur den Kiezkönig. Der sieht alles und kennt jeden. Der hat Kontakte zu den Hells Angels und anderen Leuten, denen du nicht nach Sonnenuntergang begegnen möchtest. Der besorgt uns jetzt erst mal einen Schlüsselmann.«

Die Denkfalte auf Alberts Stirn war nun besonders tief. »Ich verstehe nicht … Du willst in Sarahs Wohnung einbrechen?«

»Wir brechen nicht ein. Wir schließen einfach nur kurz die Tür auf und gucken uns das Ganze mal an. Völlig harmlos. Ich muss einfach wissen, mit was für einem Menschen wir es hier zu tun haben. Außerdem traue ich der Polizei nicht. Die haben Schutzpolizisten geschickt. Und die würden noch nicht mal eine Leiche finden, wenn sie mit einem Apfel im Mund auf dem Tisch aufgebahrt wäre.«

Albert war leichenblass. »Es geht wieder los. Mein Gott. Es fängt wieder an.«

Und ein paar Minuten später steckte er wirklich mittendrin.

6

Der Schlüsselmann kam und stellte sich knapp als Marius vor. Die schwarze Wollmütze hatte er so tief ins Gesicht gezogen, dass selbst die Augenbrauen darunter verschwanden. Unter seinem Arm klemmte eine kleine schwarze Ledermappe. Die drei liefen die Straße hinunter, Christine und Marius voran. Albert hatte seine Kapuze wieder übergestülpt und den Kopf gesenkt. Niemand bekam die wilden Verfluchungen mit, die er grimmig vor sich hin flüsterte. Sarah Wagner lebte in einer Dachgeschosswohnung. Mit dem Zugang zur Terrasse gab es drei Eingänge. Die Wohnungstür im fünften Stock auf der Nordseite zum Friedrichshain war von keiner Seite einsehbar. Einen direkten Nachbarn gab es nicht. Vor der Tür lagen die leeren Verpackungen eines Plasmafernsehers und von diversem anderen Elektrozeugs herum, das Sarah wohl vor kurzem gekauft hatte.

Im Treppenhaus war es dunkel. Christine hatte sich Handschuhe übergestreift und hielt den Strahl ihrer kleinen Kugelschreiberlampe auf das Türschloss gerichtet, während sich Marius mit zwei gebogenen Metallstäben, die an ein Zahnarztbesteck erinnerten, an die Arbeit machte. Er ging mit einem Ächzen in die Knie und stocherte in dem Schloss herum. Nach zwei Minuten war die Tür offen.

Marius zog sich seine Wollmütze noch tiefer ins Gesicht. »Macht die Tür zu, wenn ihr hier fertig seid.« Mit diesen Worten verschwand er im Treppenhaus – so lautlos, als wäre er nie da gewesen.

Christine schob Albert durch die geöffnete Tür. Er verkrampfte sich. »Ich wollte doch nichts Kriminelles mehr machen«, knurrte er. »Vor ein paar Stunden war meine Welt noch völlig in Ordnung und jetzt …«

»Ruhe«, zischte Christine und stolperte im Dunkeln herum. »Und lass bloß deine Handschuhe an.«

Sie tastete sich vorsichtig mit den Fingerspitzen an den Wänden entlang. Von draußen fielen die Lichter benachbarter Wohnungen in die Dunkelheit des Raumes. Christine zog die Vorhänge zu und ließ erst dann den Lichtstrahl ihrer Taschenlampe kreisen. Weiße Teppiche, ein cremefarbenes Sofa, eine helle Kommode und Spiegel. Viele Spiegel. An nahezu jeder Wand hing einer, wodurch das Licht der Lampe unnatürlich reflektiert und auf sie zurückgeworfen wurde.

Sie rümpfte die Nase. »Bah, hier scheint aber jemand sehr selbstverliebt zu sein. Wie peinlich.«

Der Raum war trotz der vielen Möbel sehr überschaubar. Christine öffnete die Schubladen einer Kommode. Rechnungen. Meist waren es Quittungen für Kleider und Schuhe.

»Wonach suchen wir eigentlich?«, raunte ihr Albert über die Schulter zu.

Christine leuchtete ihm mitten ins Gesicht. »Wir? Du bist also doch mit im Boot? Und du weißt, dass es gefährlich werden kann? Ich frage ja nur.«

Albert kniff die Augen zusammen und seufzte einmal tief. Das war Antwort genug. Christine hielt einen Packen Rechnungen hoch und ließ sie provozierend laut in die Schublade knallen. »Wir suchen hier nach etwas Auffälligem. Alles so wie immer. Wenn ich es sehe, dann weiß ich es.«

Sie löste eine kleine Lampe vom Schlüsselbund und reichte sie ihm, dann deutete sie zur Küche. »Kontrollier den Anrufbeantworter und such dann mal da drüben. Frauen verstecken ihre Geheimnisse gern in Kochtöpfen. Ich gehe nach hinten, wo ihr Bett und der Kleiderschrank stehen.«

Christine tastete sich Schritt für Schritt durch die Räume. Weiß. Weiß. Weiß.

Sie schüttelte den Kopf. Die ganze Wohnung sah aus, als hätte hier ein Innenarchitekt mit Psychiatrieerfahrung gewerkelt. Alles wirkte steril und übertrieben sauber wie auf der Station einer teuren Privatklinik.

Aus der Küche kamen die Geräusche klappernder Kochtöpfe. Christine setzte sich im Schein ihrer Taschenlampe auf den Boden. Wenn Sarah wirklich geplant hatte zu verschwinden, würde es dafür eindeutige Zeichen in der Wohnung geben. Und genau diese Hinweise musste sie finden.

Sie durchstöberte das Badezimmer und die Kosmetika, die vor dem Spiegel aufgereiht standen. Daneben lagen falsche Wimpern und Fingernägel zum Ankleben. Nichts an Sarah Wagner war echt. Dies waren die besten Beweise.

Auf der Toilette lag ein pinkfarbener Reiseföhn. Im Gebläse der Maschine entdeckte Christine ein paar dunkelblonde Haare. Sie legte alles wieder so an seinen Platz zurück, wie sie es vorgefunden hatte.

Dann inspizierte sie das Schlafzimmer, öffnete einen Kleiderschrank und durchwühlte Dutzende Schuhkartons. Sie nahm ein Paar braune Wildlederstiefel in die Hand und drehte sie um. Die Absätze waren mindestens zwanzig Zentimeter hoch. Unvorstellbar, dass Sarah auf diesen Dingern auch nur einen Meter gegangen war, doch die Sohlen sahen abgenutzt aus. Christine zerrte an Schubladen, griff in aufeinandergestapelte Shirts und betrachtete einen BH im Leopardenlook genauer. Unfassbar. Es gab kein Klischee, für das sich Sarah

53

nicht zu schade war. Anschließend checkte sie die große Kommode neben dem Bett und die Einkaufstüten auf dem Boden.

Nein. Sie war sich ganz sicher.

Wer zu einem Trip aufbricht und tagelang verschwindet, aus welchem Grund auch immer, der nimmt seine Kreditkarten, seinen Föhn, seine Zahnbürste und die kostspieligen Kosmetika mit auf die Reise. Und sicher auch die neu gekauften Klamotten, die Sarah nicht einmal aus den Tüten geholt hatte. Das alles passte so gar nicht in das Bild, das sich Christine von der Moderatorin gemacht hatte. Wo immer Sarah auch sein mochte, von Planung zeugte hier nichts.

Nun gut, etwas stimmte hier also nicht. Diese Erkenntnis bereitete Christine eine fast unanständige Befriedigung. Ihr Jagdinstinkt hatte längst komplett die Kontrolle übernommen. Sie ließ ihre Lampe kreisen. Sie vermisste in dieser Wohnung etwas Simples, etwas, das doch jeder Mensch besitzt. Fotos, Briefe, ganz einfach privaten Krimskrams, den man sich nicht kaufen konnte.

Christine ließ den Lichtstrahl von rechts nach links durch den Raum kreisen. Sie leuchtete das Bett aus. Es war peinlich genau gemacht. Am Kopfende lag ein Kissen, in der Mitte eine exakte Falte wie von einem perfekt ausgeführten Handkantenschlag. Daneben lagen zwei kleine Federn. Wahrscheinlich gehörten sie zur Füllung des Kopfkissens. Sie ließ den Lichtkegel am Bett heruntergleiten, wo er sich an der feinen Rille des hölzernen Unterbaus verfing.

Der Bettkasten.

Mit enormer Kraftanstrengung rüttelte Christine an der Schublade. Sie gab mit einem Knirschen nach und ließ sich aufziehen.

»Sieh an, sieh an.« Im Innern des Kastens lagen sauber sortiert rote Medikamentenschachteln, mindestens vierzig Stück. Die meisten der Packungen waren leer. Sie drehte eine in ihrer Hand. Auf der Schmalseite waren ein Datum und der Name eines Arztes zu erkennen. Beides stand schwer leserlich mit einem blauen Kugelschreiber auf den Papieraufkleber gekritzelt. Daneben prangte in Großbuchstaben SSRI. Das sah nicht nach harmlosen Aspirintabletten aus. Christine machte die Schachtel platt und ließ sie in ihrer Tasche verschwinden. Sie wühlte weiter und stieß auf eine kleine Pappkiste. Darin befanden sich ein paar ausländische Münzen, diverse handgeschriebene Zettel, ein alter Blechring mit einer Blume, eine verzierte Gürtelschnalle und einige Kinderfotos. Christine klemmte sich die Pappkiste unter den Arm und schob den Kasten wieder unters Bett.

Zufrieden wollte sie sich einen Moment auf die Bettkante setzen, um sich den Inhalt der Kiste in Ruhe anzusehen. Da nahm sie aus den Augenwinkeln einen kleinen weißen Gegenstand wahr, der wie durch Zufall im Licht der Lampe aufblitzte.

Christine stutzte. Was war das?

Sie richtete den Lichtkegel direkt neben den hinteren Bettpfosten.

Tatsächlich.

Sie kniff die Augen zusammen. Es sah aus wie ein kleiner weißer Stein. Sie streckte ihre Hand aus, nahm den Gegenstand mit den Fingerspitzen und erschauderte. Sie ließ den Strahl der Lampe über ihre Handfläche wandern.

Kein Zweifel.

»Albert, komm bitte sofort hierher.«

Das Klappern in der Küche stoppte wie auf Knopfdruck.

55

»Was ist? Hast du was gefunden?« Albert trat durch die Schlaf-
zimmertür und schlich auf Zehenspitzen näher an sie heran.
Christine hielt den Lichtstrahl kommentarlos auf ihre Hand
gerichtet. Dann sah er es auch. »Verdammt, das ist ja ein …«
»Ein Zahn. Ganz genau. Der Zahn eines erwachsenen Menschen, an dem noch Blut klebt.«
Albert stöhnte auf. »O Gott, glaubst du, dass Sarah wirklich
etwas passiert ist? Hier in ihrer Wohnung? Und wo ist sie
jetzt?«
Christine starrte den Zahn an. Es war ein Schneidezahn. Das
Blut hatte eine dunkle Trübung an der Wurzel hinterlassen.
Sie stellte sich vor, wie er gewaltsam aus Sarahs Zahnfleisch
gerissen worden war, wie eine Männerhand ihr den Hals zu-
sammengepresst und sie zu Boden gedrückt hatte. Die Bilder
in ihrem Kopf vermischten sich mit der Erinnerung an ihren
Job in Verona. Christine musste sich fast gewaltsam davon
losreißen.
Die Uhr am Kirchturm nebenan schlug zweimal zur halben
Stunde. Draußen wehte der Wind, und der Ast eines Baumes
pochte gegen das Schlafzimmerfenster.
»Mein Gott, mein Gott«, flüsterte Albert. »Das sieht wirklich
nicht gut aus. Der Zahn gehört Sarah. Daran besteht ja wohl
kein Zweifel, oder? Wir können das natürlich noch mal überprüfen lassen, aber …«
Christine ballte ihre Hand zur Faust. Das kleine, knochige Etwas bohrte sich in ihre Haut. Sie ließ den Strahl ihrer Lampe
über einen Stuhl wandern und dann die Wand emporgleiten.
Albert legte den Kopf in die Hände. »Was mir nicht klar ist …
Wenn sie hier überwältigt wurde, hat sie dann den Typen mit-
gebracht? Oder ist er eingedrungen, oder …«
»Er ist eingedrungen.«

Albert folgte dem Lichtstrahl der Taschenlampe in Christines Hand. Er glitt zur Dachluke über ihnen. Christine sah, wie Albert die Augen zusammenkniff. Er hatte die Druckstelle neben der Luke entdeckt.

»Der Metallrahmen der Dachluke ist irgendwie verzogen. Nur leicht. Aber doch verzogen. Meinst du das?«

Albert ging ein Stückchen näher an die Luke heran und reckte den Hals.

»Vielleicht auch das«, sagte Christine. Aber sie hatte noch etwas ganz anderes gesehen. Sie verschwand im Bad und kam mit dem Reiseföhn zurück. Sie kletterte auf den Stuhl und hielt das röhrende Gebläse direkt auf das Fenster.

Unter der heißen Luft zeichnete sich etwas auf der Glasscheibe ab. Es war verwischt und nur wie ein unwirklicher, gespenstischer Schatten erkennbar. Doch es bestand kein Zweifel: Jemand hatte ein Herz auf die Dachluke gemalt.

7

In Sarahs Mundwinkeln klebte Blut. Der Geschmack von Eisen war überall. Sie fuhr mit der Zungenspitze das Zahnfleisch entlang und ertastete eine Lücke in der oberen Zahnreihe.

Das schwere Rauschen in ihrem Kopf nahm zu. Sarah stöhnte und zitterte.

Er hatte ihr einen Zahn ausgeschlagen. Dieser Umstand versetzte sie auf irre Weise in Panik. Vielleicht, weil ihr bewusst wurde, dass ihr nun ein Stück ihres Körpers fehlte. Vielleicht auch, weil sie ahnte, dass dies nur der Anfang war.

Sarah lag nackt auf einem großen Bett. Ihre Arme schwebten in der Luft, gehalten durch schwere Eisenketten, die bei jeder Bewegung klirrten. Die Ketten waren in der Decke verankert. Sie zog schwerfällig daran, und wieder klirrten die Ketten so eindringlich und gemein, als würden die Eisenglieder sie verhöhnen.

Sie wusste nicht, wo sie war. Die Deckenstrahler gaben nur wenig Licht ab. Angestrengt blinzelte sie in das schummrige Licht des Raumes und versuchte, einen Punkt zu finden, den sie fokussieren konnte. Doch alles blieb unscharf.

Überall waren Kacheln, an der Decke, an der Wand und auf dem Boden. Der Raum wirkte steril, wie ein Schlachthaus vor einem großen Fest. Ein Handwaschbecken, eine Toilette, ein Tisch neben dem Bett. An der Wand hing ein Spiegel. In der Mauer neben ihr entdeckte sie ein kleines Fenster, doch es war mit einem Holzbrett verstellt. Ob draußen Tag oder

58

Nacht war, konnte sie nicht erkennen. Sie hatte kein Gefühl mehr für die Zeit. Sie wusste nicht einmal, wie viele Stunden oder Tage vergangen waren nach dem Überfall in ihrer Wohnung.

Der Überfall. Die Vergewaltigung.

Sarah blickte an sich herab. Erst jetzt nahm sie die Schmerzen zwischen ihren Beinen wahr. Ein pulsierender Schmerz. Dumpf und ganz schwer. Pochend, wie eine offene Wunde.

Sie wollte ihre Hände in den Schritt legen, sich bedecken, doch die Ketten ließen das nicht zu. Sie zerrte wütend an ihren Fesseln. Tränen schossen ihr in die Augen. Sie schrie um Hilfe. Sie brüllte ihre Wut, Verzweiflung und Angst heraus. Vor allem die Angst.

Umsonst. Natürlich hörte sie niemand.

Diesem Gefängnis konnte sie nicht entkommen. Sie war intelligent genug, um das zu erkennen. Langsam gewöhnten sich ihre Augen an das schummrige Licht. Der Raum war etwa dreißig Quadratmeter groß. Die Decke befand sich vielleicht drei Meter über ihrem Kopf. Weiter hinten, ein paar Schritte von ihrem Bett entfernt, sah sie sehr undeutlich Gitterstäbe. Metallene Stäbe, die im Licht rostrot schimmerten. Dahinter zeichnete sich eine Tür ab.

Er hatte sie gefangen wie ein Tier, mit dem er machen konnte, was er wollte. Aber Sarahs Überlebensinstinkt war stark. Sie hatte vieles in ihrem Leben überstanden. Sie würde nicht aufgeben.

Sarah wollte sich aufrichten, auf den eigenen Beinen stehen. Mühsam schob sie sich über die Kante des Bettes. Die Arme nach oben gestreckt, fühlte sie sich wie eine Marionette, die statt an feinen Fäden an schweren, klirrenden Ketten hing.

Sie torkelte, knickte ein, wurde aber von den Ketten aufrecht gehalten. Alles drehte sich. Die Kacheln an den Wänden verschwammen vor ihren Augen zu einer amorphen Masse.

Konzentration. Mehr Konzentration.

Sie schloss die Augen.

Die Atmung kontrollieren und dabei das Gleichgewicht halten. Das konnte sie schaffen. Sie brauchte dazu nur einen klaren Kopf. Mehrere Minuten stand sie wankend vor dem Bett. Sie beruhigte sich langsam. Ihre Gedanken wurden klarer. Das Zittern nahm ab. Dann holte sie noch einmal ganz tief Luft und öffnete die Augen.

Da klatschte es. Zwei kräftige Hände schlugen laut gegeneinander, immer wieder, ein donnernder Applaus, als ob soeben der letzte Vorhang in einem Theaterstück gefallen wäre.

Aus dem Schatten löste sich eine Gestalt.

Er war es. Er. Wie lange hatte er dort schon gestanden?

»Bravo, Sarah, bravo. Das war gar nicht schlecht. Du bist wirklich etwas Besonderes, aber das weiß ich ja schon lange. Das ist nichts Neues, nichts Neues für mich jedenfalls«, flüsterte er.

Langsam ging er auf sie zu. Jeden Schritt schien er ganz bewusst auf dem gekachelten Boden aufzusetzen, als ob er ahnte, dass er damit ihre Angst noch steigern würde. Er glitt über den Boden. Seine schwarzen Lederschuhe machten kein Geräusch. Das Szenario hatte etwas Unwirkliches.

Er trug die Strumpfmaske. Diese schwarze Hülle, die anstelle eines wahren Gesichtes wie eine Nebelwand über seinem Hals schwebte. Alles konnte sich dahinter abspielen – Wut, Freude, Häme.

In der Hand hielt er einen kleinen Holzschemel. Er stellte ihn vor Sarahs Bett ab. Das Klappern hallte von den kahlen Wänden wider. Das Holz des Stuhles knackte, als er sich setzte.

Er schwieg und starrte Sarah an.

Sie wollte die Tränen zurückhalten und das Zittern ihrer Lippen kontrollieren.

Keine Schwäche. Jetzt keine Schwäche.

Es war vergeblich.

Hinter der Maske zeichnete sich ein feines Lächeln ab.

»Ich hätte dich nicht geschlagen, Sarah. Aber du warst unartig. So unartig …« Seine leise Stimme klang so freundlich. So unterschwellig böse. Er senkte den Kopf. »Du hast dich gewehrt. Das solltest du nicht. Habe ich es dir nicht gesagt?«, flüsterte er. »Ich habe es dir sehr wohl gesagt.« Er strich sanft über ihren Mund. Vorsichtig schob er seinen Zeigefinger zwischen ihre Lippen und presste ihn dann mit roher Gewalt gegen Sarahs Zahnfleisch, wo nun die Lücke klaffte.

Sarah zuckte vor Schmerz zusammen und nickte schnell. Sie wollte sich nicht widersetzen. Diesmal nicht.

Noch in ihrer Wohnung hatte sie versucht, sich gegen die Vergewaltigung zu wehren und ihrem Angreifer in die Unterlippe zu beißen. Er hatte ihr mit der geballten Faust, ohne auch nur eine Sekunde zu zögern, ins Gesicht geschlagen. Er hatte prompt reagiert, gnadenlos und ohne jede Rücksicht.

»Weißt du, Kleines, du fragst dich ja nun sicher, was noch auf dich zukommt, oder?«

Sarah starrte auf den Boden und schwieg.

»Oder?«, flüsterte er, und diesmal klang die Frage bedrohlicher als alles, was Sarah bisher aus seinem Mund gehört hatte.

Ein Neonlicht über ihr summte, und die Eisenglieder an ihren Handgelenken klirrten leise.

Der Mann mit der Maske knetete seine behandschuhten Finger und legte den Kopf in den Nacken, als würde er die eingetretene Stille genießen.

61

Sarah nahm ihren ganzen Mut zusammen. »Warum tun Sie mir das an? Was wollen Sie von mir?«

Unter der Strumpfmaske öffnete er langsam den Mund. Seine Zähne zeichneten sich wie Klingen gegen das Nylon ab.

Er lachte leise.

Mit einer schnellen Bewegung griff er nach ihrem Hals, umklammerte ihn und presste seine Finger gewaltsam in ihr Fleisch. Sarah wollte atmen, die Luft in ihrer Lunge spüren, doch er ließ es nicht zu. Sie wehrte sich nicht, weil ihr der Mut fehlte. Sarah wusste, dass er sie schlagen würde, wenn sie sich widersetzte. Er schob sie auf das Bett zurück. Sein Gesicht war dem ihren so nahe, dass sie seinen warmen Atem spürte.

»Warum ich dir etwas antue? Weil ich es kann. Weil ich es will. Du gehörst mir. Ich habe so lange gewartet … so lange …«

Sein Arm zitterte vor Erregung. Der Druck an Sarahs Hals wurde stärker. Dann zog er seine Hand plötzlich zurück. Sarah atmete hastig mit kleinen Zügen ein.

Der Mann mit der Maske warf sein schwarzes Sakko auf den Boden und riss sich das Hemd auf. Seine nackte Haut kam zum Vorschein. Er atmete schwer, lief unruhig vor Sarahs Bett auf und ab, stemmte dabei seine Arme in die Hüften und blieb dann abrupt stehen.

»Du bist intelligent, Sarah. Sehr intelligent. Du weißt genau, warum du hier bist.«

Seine Stimme hatte wieder diesen freundlichen Ton angenommen.

Er ging vor ihr in die Knie. »Bitte, zeig mir, dass du intelligent bist. Zeig es mir.«

Sarah wusste, was er von ihr wollte. Sie hatte es schon die ganze Zeit gewusst. Doch statt einer Antwort brachte sie nur

62

ein langes Schluchzen heraus. Er stand auf, neigte den Kopf zur Seite und fuhr ihr mit der Hand über die Haare, wobei er flüsterte: »Du und ich, Sarah, wir beide ... endlich schließt sich der Kreis.«

Er küsste ganz langsam ihre Stirn. Seine Lippen glitten fast unmerklich über ihre Nase, wanderten über ihre Wange, ihren Hals und weiter bis zu ihrer Brust. Er biss so fest zu, dass sie sich aufbäumte. Er biss noch fester zu. Sarah schrie auf, und ihr Schrei klang, als hätte ihn ein wildes Tier ausgestoßen. Er riss seinen Kopf hoch. Speichel sickerte durch die Nylonmaske. Er wischte ihn fort und betrachtete den tiefen, blutunterlaufenen Zahnabdruck, der sich um Sarahs linke Brustwarze abzeichnete.

In ihr Schluchzen und Weinen mischten sich nun auch Wortfetzen, immer schneller, bis sie zu einem sinnlosen Gestammel anschwollen. »Warum ... ich ... Mutter ruft an ... bald ... bald ...« Sarah wollte sprechen. Aber sie konnte nicht. Sie traute sich nicht. Jede Antwort konnte einen neuen Angriff auslösen.

Der Mann mit der Maske schüttelte den Kopf. »So schwach. So unglaublich schwach und hilflos. Meinst du, das wird deinen Fans da draußen gefallen, wenn sie sehen, wie das kleine Fernsehsternchen wirklich ist? Wollen wir es ihnen zeigen?« Er deutete in eine Ecke. Dort blinkte eine kleine rote Lampe in der Dunkelheit. »Das gefällt dir doch. Du und die Kamera. Das ist dir vertraut. Wir müssen dem Publikum doch etwas bieten, oder? Immer an die Quote denken, immer an die Quote ...«

Sarah zerrte an ihren Ketten und bäumte sich auf. »Verdammte Drecksau. Du Drecksau!« Dann sank sie zurück auf das Bett. Der Mann mit der Maske stützte den Kopf auf die Hände.

63

»Ah … Ich habe dich nie vergessen und du mich auch nicht. Gib es ruhig zu. Was wir beide teilen, Sarah, das haben nur wenige Menschen erlebt. Es war etwas ganz Großes, oder?« Sarah kauerte sich zitternd vor ihm zusammen.

»Lass uns ein Spiel spielen, Sarah. Wir tun es ja sowieso schon. Lass uns ruhig auch noch die Regeln festlegen. Ohne Regeln läuft im Leben nun mal nichts. Und hier auch nicht.«

Er wanderte durch den Raum, die Hände hinter dem Rücken gefaltet. »Du fragst dich sicher, warum ich jetzt noch diese Maske trage. Natürlich hast du darauf bereits eine Antwort gefunden.«

Sarah blickte hinauf zu dem roten Licht der Kamera. Mit jedem Blinken verging eine Sekunde. Ihr Schweigen war gefährlich. Er würde sich nicht damit zufriedengeben. Der Mann mit der Maske wartete einen Moment. Sie spürte, wie er auf ihre Antwort lauerte. Doch bis auf ein Wimmern und Jammern brachte sie nichts zustande. Er drehte die leeren Handflächen nach oben. »Nein? Keine Idee? Dann will ich es dir sagen. Meine Maske gibt dir die Hoffnung, dass du vielleicht doch noch entkommen kannst.« Der Mann sprach leise wie zu sich selbst. »Wenn ich sicher vorhätte, dich zu töten, könnte ich die Maske jetzt abnehmen. Ich tue es nicht. Und genau das führt uns zur nächsten Frage. Was hätte ich davon, dich am Leben zu lassen?«

Er setzte sich auf die Kante des Bettes und streichelte Sarahs Kopf, strich ihr übers Haar. »Es ist doch ganz einfach, Sarah, Liebes. Ich möchte für immer in deinen Gedanken sein. Für immer. Wenn ich dich gehen lasse, wird das so sein. Ich werde immer wissen, wo du bist. Und du wirst immer wissen, dass es mich gibt, irgendwo da draußen. Ich finde diese Vorstellung sehr schön. So schön …«

Sie konnte ihm nicht vertrauen. Er wollte ihr nur falsche Hoffnungen machen. Sie würde diesen Raum nie wieder verlassen, sondern hier sterben. Aber vielleicht musste sie ihm einfach glauben, so schwer es ihr auch fiel. Der Mann mit der Maske stellte die Regeln auf. Vielleicht meinte er es ja ernst. Er redete von einem Spiel. Dann musste sie es gewinnen, nur dann bestand Hoffnung.

Er erhob sich. »Es gibt bloß ein Problem. Ein klitzekleines Problem. Unsere Beziehung funktioniert nur, wenn du mitmachst, und eine Frage müssen wir dabei noch klären.«

Sarahs Mund war trocken. »Was … was müssen wir klären?«

Der Mann mit der Maske lachte leise und zurückhaltend, wie man es in vornehmer Gesellschaft mit strenger Etikette erwarten würde.

»Wir beide müssen zu unserer gemeinsamen Vergangenheit stehen. Hast du mich jemals vergessen? Hast du jeden Tag an mich gedacht? Hast du wirklich geglaubt, ich würde nicht zu dir zurückkehren? Oder hast du nicht sogar auf mich gewartet? Erzähl es mir, Sarah. Erzähl es mir. Du kannst mir vertrauen. Das musst du sogar. Wie sollte unser Spiel sonst funktionieren?«

Er zog eine weiße Feder aus seiner Hosentasche und hielt sie Sarah vors Gesicht. Er rollte sie zwischen seinen Fingern hin und her. »Lügen gilt nicht, Sarah. Wir müssen alles ganz sicher wissen. Henriette hätte es so gewollt. Wie sehr sie es gewollt hätte, das kannst du dir gar nicht vorstellen.«

Sarah kniff die Lippen zusammen. Sie hatte es die ganze Zeit geahnt. Er wollte den alten Schmerz wieder aufleben lassen. Alles begann wieder von vorn. Das war sein Spiel. Ehe sie antworten konnte, hatte der Mann mit der Maske den Käfig verlassen. Nur sein leises Lachen drang noch an ihre Ohren.

65

8

Nichts. Nichts. Nichts. Absolut gar nichts. Das macht mich total verrückt.«

Albert wanderte rastlos durch Christines Wohnung. »Das ist schlimm. Wirklich schlimm. Sie ist seit fast fünf Tagen verschwunden. Mit jedem weiteren Tag wird es noch schwieriger, Sarah zu finden.«

Christine saß auf ihrem Klavierhocker. Ein Arm lag angewinkelt auf dem schwarzen Schellackklavier, ihr Kopf ruhte in der Armbeuge, mit einem Finger klimperte sie abwechselnd auf zwei Tasten herum.

Die hohen Fis-Töne zerrten an Alberts Nerven. Er wurde langsam wütend. »Warum bist du so ruhig? Du weißt doch, dass ich recht habe. Wir müssen etwas unternehmen. Du hast doch nicht etwa resigniert?«

Albert wollte provozieren. Christine würde niemals aufgeben, aber ihre Ruhe brachte ihn um den Verstand. Sie wusste anscheinend etwas, das ihm entgangen war. Das spürte er.

Christine rappelte sich auf. Ein paar Strähnen ihres Pagenschnitts fielen ihr ins Gesicht. Sie zog die Ärmel ihres schwarzen Strickpullovers über beide Hände und grinste Albert an. »Vielleicht haben wir ja etwas. Lass uns mal kurz zusammenfassen.«

Sie lehnte sich mit dem Rücken an ihr Klavier und ließ den Blick über die stuckverzierte Decke wandern. »Wer immer Sarah überwältigt hat, und davon gehen wir jetzt mal aus, ist höchstwahrscheinlich durch die Dachluke eingestiegen. Es ist

66

zu einer gewaltsamen Auseinandersetzung gekommen. Einen Schneidezahn verliert man nicht einfach so.«

Albert war immer noch verärgert, deswegen wollte er Christines Erklärungen nicht einfach so hinnehmen.

»Einen normalen Einbruch schließt du aus?«

Christine lachte laut. »Du brichst in eine Wohnung ein und das Einzige, was du mitnimmst, ist die Bewohnerin des Apartments? Da müssten ja sämtliche Handbücher für Einbrecher komplett umgeschrieben werden. Plus: Selbst wenn du bei einem Einbruch überrascht würdest, dann wäre es ja wohl plausibler, die Zeugin gleich vor Ort zu erledigen. Wer immer das hier veranstaltet hat, der hat alles genau geplant.«

Womit sie wohl recht hatte. Albert steckte die Hände in die Hosentaschen und klimperte mit dem Kleingeld. Er drehte die Münzen zwischen seinen Fingern hin und her – wie immer, wenn er nachdachte. Er mochte diese Eigenschaft an sich nicht, weil sie ihn an seinen verhassten Großvater erinnerte. Als ihm sein Verhalten bewusst wurde, zog er seine Hände deshalb schnell aus den Taschen. »Ich habe alles Mögliche im Netz gecheckt. Ich hab mich mal wieder für dich strafbar gemacht. Das will ich dir nur sagen. Jedenfalls habe ich in der vergangenen Nacht einige fremde Firewalls geknackt. Sarahs Fahrzeugnummer, ihre Krankenversicherung, ihre Kontoauszüge, Strafzettel. Ich weiß eigentlich alles. Theoretisch, meine ich.« Er war ratlos und hatte Angst, dass Christine es an seinem Blick ablesen könnte.

»Und?«, fragte sie.

»Sarahs BMW steht vor der Haustür, was dafür spricht, dass sie nicht einfach aus freien Stücken abgehauen ist. Sie würde niemals mit der Bahn fahren. Sie hat alle öffentlichen Verkehrsmittel gemieden. Sie ist nicht einmal Taxi gefahren. Man

67

könnte fast meinen, dass sie fremden Menschen grundsätzlich
aus dem Weg geht.«

Christine nickte. »Was ist mit der Krankenversicherung?«

»Sie ist privat versichert. Aber auch hier nichts Auffälliges: ein
paar Zahnbehandlungen, eine Krebsvorsorgeuntersuchung,
nichts weiter.«

Christine setzte ihr ausgebufftestes Pokergesicht auf. Albert
kannte diesen Ausdruck. Sie zog dabei die Mundwinkel nach
unten und kniff zusätzlich die Augen ein wenig zusammen.

»Hat sie die Arztrechnungen von ihrem Konto bezahlt?«

Albert kam die Frage merkwürdig vor. Er fürchtete, dass ihm
etwas entgangen sein könnte. »Klar. Ja. Sicher. Was ist daran
so wichtig?«

»Ist dort der Name eines Dr. Viktor Lindfeld aufgetaucht?«

Albert ging zu seiner Laptoptasche, die er im Flur stehen gelassen hatte, und schob einen alten Medizinball zur Seite, der
ihm im Weg lag. Er klappte sein MacBook auf und tippte den
Namen in die Suchmaske ein. »Nein. Kein Dr. Viktor Lindfeld.« Er schüttelte den Kopf. »In den vergangenen fünf Jahren taucht der Name nicht einmal auf. Was hast du entdeckt,
Christine?«

»Ach … wahrscheinlich gar nichts.«

Albert kniff den Mund zusammen. Das passte ihm gar nicht.
Er war ein Mensch, der logisch dachte. Ein Mathematiker. Es
machte ihn verrückt, dass Christine ihm stets ein Stück voraus war. Die kleine Frau mit dem grob gestrickten, schwarzen
Rollkragenpullover, aus dem ihr Kopf aufmüpfig herauslug-
te, war ihm überlegen. So war es schon immer gewesen. Es
war ihm unbegreiflich.

Er stand auf, lief durch den Raum und verpasste dem Medizinball einen ordentlichen Stoß. Das Leder knallte gegen die

Wand. »Na los, spuck's aus. Du weißt doch was. Nun sag schon!«

Christine steckte sich eine Zigarette an. »Interessant ist doch eigentlich, was sich bei deiner Recherche nicht abzeichnet, welche Überweisungen ganz einfach unter den Kontoauszügen fehlen. Zum Beispiel die hier.« Sie schwenkte die Medikamentenschachtel hin und her, die sie in Sarahs Bettkasten gefunden hatte. »Das hier, Albert, sind SSRI-Tabletten. Die nimmt Sarah seit vielen Jahren ein. Ich habe gestern mal überprüft, wofür sie eigentlich gut sind. Es sind Serotonin-Wiederaufnahmehemmer. Sie blockieren Rezeptoren der Nervenzellen im Gehirn. Das heißt im Klartext …«

Sie nahm einen Zug an ihrer Zigarette und blies den Rauch gegen die Decke. Albert war genervt. Er hing an Christines Lippen, die jedes einzelne Wort kunstvoll hinauszögerte.

»Es ist ein starkes Medikament, das zur Behandlung von Depressionen oder Angststörungen eingesetzt wird. Dieses Zeug kann dir nur ein Arzt verschreiben. In der Regel ein Facharzt für Neurologie und Psychiatrie. Warum brauchte Sarah diese Tabletten? Und vielleicht noch viel wichtiger: Weshalb scheint sie das mit aller Gewalt verbergen zu wollen? Überleg mal, warum sollte ein Privatpatient sein Geld für psychiatrische Sitzungen nicht ganz normal von seinem Konto überweisen, wenn er alle anderen Arztbesuche auf diese Weise begleicht? Ihre Termine bei diesem Arzt hat sie aber offensichtlich bar bezahlt. Das erscheint mir irgendwie übertrieben. Dafür muss es einen Grund geben.« Sie drehte die Tablettenschachtel um und tippte mit der Fingerspitze auf die mit Kugelschreiber auf dem Etikett vermerkten Daten. »Ich habe mir Sarahs Tablettenverpackungen ganz genau angeschaut, als wir in ihrer Wohnung waren. Sie hat die leeren

69

Schachteln gesammelt und versteckt. Warum tut ein Mensch so was? Und das wirklich Spannende an der Sache ist …« Christine aschte ihre Zigarette in einer riesigen Porzellanschale ab, in der locker dreißig Kippen lagen. »In den vergangenen vier Monaten ist sowohl die Dosierung als auch die Menge der Tabletten deutlich gestiegen. Dafür muss es doch einen Grund geben.«

Albert legte den Kopf in die Hände. »Du meinst, es besteht womöglich ein Zusammenhang zwischen dem erhöhten Tablettenkonsum und dem Überfall?« Er kratzte sich am Kopf. »Ehrlich, das kriege ich nicht zusammen. Klingt irgendwie auch weit hergeholt.«

Christine drückte die Zigarette aus und stand auf. »Warum? Sarah ist prominent. Sie moderiert im Fernsehen. Und sie hatte anscheinend grundsätzlich Angst vor Menschen. Das passt doch gut in das Bild, das du von ihr gezeichnet hast. Jetzt stell dir mal vor, dass nun auch noch ein Stalker in ihr Leben tritt. Er wird immer zudringlicher. Er versetzt sie in Angst und Schrecken. Denk mal an das Herz auf der Dachluke. Sie schluckt immer mehr von ihren Tabletten. Und dann, eines Tages, will er es wissen, und es kommt zur Katastrophe – *bamm!*«

Christine schlug abrupt die Hände zusammen. Albert schreckte auf. »Verstehe.«

»Es könnte so viele Gründe geben. Sarah wollte ihre psychiatrischen Sitzungen jedenfalls geheim halten. So viel steht fest. Und genau da setzen wir an.«

Albert musste das alles erst einmal verarbeiten, und dabei ließ er sich ungern von Christine beobachten. Er ging in die Küche und öffnete den gewaltigen roten Retro-Kühlschrank. Die Maschine brummte leise, während Albert den Inhalt inspizierte. Ernüchternd: Zu essen gab es hier nichts. Er entschied sich für einen Energydrink aus dem Seitenfach. Die silbrig graue Dose zischte, als er sie öffnete, und er nahm einen langen Schluck. »Bah, Christine. Bah, bah, das Zeug schmeckt ja widerlich nach Gummibärchen.«

»Warum trinkst du es dann?«

»Weil in deinem Kühlschschrank zwanzig Dosen von diesem Zeugs stehen und ein Liter Milch. Mehr nicht. Und Milch mag ich noch weniger. Wieso trinkst du denn diesen Energy-Kram?«

»Ich schlafe nicht gern. Und wenn ich nicht schlafe, will ich richtig wach sein. Ist doch logisch.«

Natürlich. Ihre Schlaflosigkeit. Tagelang konnte Christine fast ohne Schlaf auskommen. Es war, als ob sich ihr Körper die Ruhe komplett verboten hätte. Sie nahm Schlaftabletten, lutschte sie wie andere Leute Bonbons. Sie war der ruheloseste Mensch, dem Albert jemals begegnet war. Christine dürfte in ihren seltsamen Schlafgewohnheiten wohl eher einem Delphin gleichen. Wenn ein Delphin schläft, dann schaltet er seine beiden Hirnhälften abwechselnd an und aus, so dass er selbst im Schlaf noch in ständiger Wahrnehmungsbereitschaft bleibt.

Der Gedanke an Christine mit einer ausgeschalteten Gehirnhälfte amüsierte ihn. Albert nahm einen weiteren Schluck, griff sich die Tablettenschachtel, zog das MacBook wieder näher zu sich und legte los. »Mal sehen, Dr. Lindfeld, was ich bei Ihnen rausholen kann. Da geht sicher was. Vorausgesetzt, er verwaltet seine Krankenakten digital.«

Nach fünfunddreißig Minuten und zwei weiteren Energydrinks klappte Albert sein MacBook wieder zu. »Das Einzige, was ich bieten kann, sind die konkreten Termine, die Sarah in der Praxis hatte. Ich würde mal sagen, durchschnittlich vier im Monat, im vergangenen Vierteljahr allerdings deutlich mehr. Keine Ahnung, warum. Ich komme nicht an die Krankenakte ran. Was nun?« Er rief es in Richtung Schlafzimmer.

Christine hatte sich umgezogen. Sie trug einen eng anliegenden Rock, ein schwarzes Top und einen eleganten dunkelgrauen Mantel mit Gürtel.

Albert pfiff anerkennend.

Sie lächelte und tippte an seinen Oberarm. »Wir gehen jetzt in die Offensive, mein Lieber. Ich habe am Nachmittag einen Termin bei Dr. Viktor Lindfeld. Den habe ich heute Morgen vorsichtshalber schon mal eingefädelt.«

Albert schaute zu Boden. Anscheinend traute sie ihm nicht zu, die notwendigen Informationen zu besorgen. Sein Selbstbewusstsein war nicht sonderlich ausgeprägt. Manchmal genügten Kleinigkeiten, um ihn ins Wanken zu bringen. Am liebsten hätte er dem Medizinball noch einmal einen Tritt verpasst, aber er behielt seine Enttäuschung dann doch lieber für sich.

Christine setzte ihr schönstes Lächeln auf. »Nun schau mich nicht so an. Das fällt mir nicht leicht. Meinst du, ich gehe gern zu einem Shrink? Wirklich nicht. Ich hasse Menschen, die gegen Geld in fremden Köpfen herumwühlen. Ich kann sie nicht ausstehen.«

Es war ein herbstlicher Vormittag im Bötzowviertel. Ein Obsthändler sortierte noch seine Auslagen, vor einem Restaurant wurde ein Heizpilz aufgebaut, und die vielen Mütter mit ihren Kinderwagen liefen so schnell, als würden sie ein Wettrennen fahren.

Albert marschierte mit Christine durch die Straßen. Er betrachtete sie von der Seite. Christines Gang war gerade, ihre schönen dunklen Augen wirkten hellwach. Ein normales Auge brachte es auf zwölf Lidschläge in der Minute. Sie brauchte höchstens zwei. Da war er sich sicher. Sie nahm alles wahr, und in ihrem Blick lag eine unbeugsame Entschlossenheit und etwas Furchtloses. Aber da war noch mehr. Etwas Verborgenes. Man musste sie lange kennen, um zu wissen, wonach man suchen musste. Es war etwas Zerbrechliches. Wenn man ihr lang genug ins Gesicht blickte, sah man für einen Sekundenbruchteil die wahre Christine. Er liebte diese Momente. Er würde es ihr nie sagen.

Christine blieb vor dem *La Tour* stehen. Sie blickte durch die Scheiben des Cafés. Albert schaute ihr über die Schulter. Die alten Holzstühle, die getäfelten Wände und die Schwarzweißfotografien aus den Vierzigern gefielen ihm. Das kleine Café war fast leer. Christine zog eine schwarze Lederbörse aus ihrer Manteltasche. »Ich hole mir jetzt ein Baguette mit Serrano-Schinken und ein Fläschchen Orangina. Es ist fast elf Uhr. Ich brauche mein *petit déjeuner*, und zwar jetzt.«

Albert betrachtete Christines Gesicht in der Spiegelung des Fensters. Er wusste, dass sie ihre Kindheit in Frankreich verbracht hatte. Manchmal, wenn sie nicht aufpasste oder zu vielen Gedanken gleichzeitig nachjagte, vermischte sie das Deutsche mit dem Französischen, obwohl sie keinerlei Akzent hatte.

»Kommst du mit?«

Lust hätte Albert schon gehabt, aber er wollte endlich auch etwas Brauchbares zu diesem Fall beitragen. »Nein, ich werde einer anderen Spur folgen. Tom Gobner. Er ist Sarahs Freund. Der Typ arbeitet auch in unserer Redaktion. Die beiden wollten das wohl geheim halten. Ich habe ihren Anrufbeantworter abgehört, nachdem wir das Herz auf der Dachluke entdeckt hatten. Der liebe Tom hat ihr die heißesten Liebesschwüre aufs Band gehaucht. Wenn du recht hast, dann muss dem Kerl doch in den vergangenen Wochen etwas aufgefallen sein. Ich werde mit ihm Kontakt aufnehmen. Außerdem muss ich mich noch mal in der Redaktion umhören. Wir können alles, wirklich alles gebrauchen, wenn du mich fragst.« Albert senkte den Kopf und starrte auf seine Schuhe. »Na ja, und dann werde ich wohl mal kurz mit Breinert sprechen müssen. Zwei Wochen Urlaub wären jetzt nicht schlecht, was? Ich kann dich doch nicht allein lassen.«

Christine wirkte gerührt. Sie umarmte Albert, und er blickte überrascht auf die kleine Person herab, die sich da an ihn schmiegte.

»Danke, Albert«, flüsterte sie.

Er zog an den Kordeln seines Kapuzenshirts und nickte einmal kurz. Dann ging er davon in Richtung Redaktion.

9

Die Zellen des menschlichen Körpers erneuern sich nach sieben Jahren einmal komplett. Ganz praktisch gesehen, müsste dann ein neues Wesen entstehen – fast so, als würde man eine Festplatte löschen und wieder ganz von vorn anfangen. Christine war von diesem Gedanken fasziniert.

Alles auf null. Einfach wieder mit einer blütenweißen Weste durchs Leben laufen. Als wäre nichts geschehen. Das klang verführerisch.

Natürlich wusste sie, dass dies völliger Unsinn war.

Christine war achtundzwanzig Jahre alt, sah allerdings jünger aus. Sie verabscheute Eier, egal ob weich oder hart. Sie mochte Sonnenuntergänge lieber als die ersten Strahlen der Morgensonne. Sie liebte schnelles Autofahren und hasste jeden Schleicher. Wenn sie aß, dann nur sehr hastig. Sie lag immer auf der linken Seite ihres Bettes. Sie stritt grundsätzlich gern mit ihrem Friseur und lehnte Menschen ab, die im Flugzeug Tomatensaft tranken. So war es schon immer gewesen. Zellerneuerung hin oder her.

Doch tief in ihrem Innersten verbarg Christine ein Geheimnis. Sie wollte nicht darüber reden und niemanden daran teilhaben lassen. Vielleicht hatte sie deshalb Angst vor Psychiatern, denen sie grundsätzlich mit höflichem Abscheu begegnete. Christine kramte ihre Packung Gauloises aus der Manteltasche und steckte sich eine Zigarette an. Die leere Packung zerknüllte sie. Sie nahm zwei tiefe Züge. Ihr war kalt, und sie schlug den Kragen ihres Mantels hoch.

Das alte Gebäude mit den Steinfiguren vor ihr war in der Gründerzeit erbaut worden. Die wuchtige, verzierte Eichentür mit den Intarsien wirkte wie eine Pforte zum neunzehnten Jahrhundert.

Natürlich würde sich ein Mann, der sich gegen exorbitante Bezahlung durch die Hirnwindungen fremder Menschen bohrte, nicht mit weniger zufriedengeben. Dr. Viktor Lindfeld zählte zur Berliner Ärzteprominenz, glänzte mit zahlreichen Veröffentlichungen in Fachzeitschriften, und mit Sicherheit hätte er sich eine Fernsehmoderatorin als Patientin gern wie einen Orden stolz an die Brust geheftet. Sein Ego musste schrecklich unter dem Patientengeheimnis leiden. Aber vielleicht war das ja ein möglicher Ansatzpunkt. Die Eitelkeit war eine Tür, durch die sie treten konnte.

Christine warf ihre brennende Zigarette auf den Boden. Mit einer jahrelang ritualisierten Geste rammte sie ihren Absatz in das glühende Tabakhäufchen. Dann drückte sie die Klinke der Tür herunter. Einen Moment später stand sie in der Praxis.

Ein getäfelter Empfang, in gedämpftes Licht getaucht. Hier und da Kunstobjekte. Das Übliche. Mal eben einen Innenarchitekten kaufen und alles vollstellen.

Eine Brünette mit hochgestecktem Haar lächelte Christine an und notierte ihre Daten. »Sie können sofort durchgehen. Dr. Lindfeld erwartet Sie.«

Christine atmete tief durch: leise. Sie wollte keine Schwäche zeigen. Grundsätzlich nicht. Vor allem aber nicht hier.

Dr. Viktor Lindfeld saß vollkommen aufrecht hinter seinem aufgeräumten, blitzblanken Schreibtisch mit schwarzer Lackoberfläche. Er blickte ins Leere. Als er Christine sah, blinzelte er wie ein Erwachender und stand dann ruckartig von seinem Stuhl auf.

»Frau Lenève, herzlich willkommen.«

Christine nahm in einem Freischwinger Platz. Sie bemühte sich, offen und freundlich zu wirken, presste aber dennoch ihren Rücken gegen die Lehne. Als sie bewusst atmete, um sich zu beruhigen, fiel ihr etwas auf. »Mhm, hier riecht es nach Vanille. Es ist doch Vanille, oder?«

Dr. Lindfeld nickte und klopfte mit seiner flachen Hand auf den Tisch. »Ja, stimmt. Bettina, meine Empfangsdame, hat mir zum Geburtstag eine Aromaschale geschenkt. Heute ist Vanille dran. Die Wochen davor hatte ich Zitrone, Zimt und – was mich besonders irritiert hat – Butterkaramell. Die meisten meiner Patienten reagieren aber sehr positiv. Gerüche sind etwas Vertrautes. Sie nehmen vielleicht auch etwas die Hemmungen. Sie verstehen schon … Es fällt nicht jedem leicht, sich hinzusetzen und einfach zu erzählen. Wirklich nicht. Wenn Sie der Geruch stört, stelle ich die Schale gern nach draußen. Bettina muss es ja nicht mitkriegen.« Er lächelte verschwörerisch.

Christine schüttelte den Kopf. »Nein, ist schon in Ordnung. Der Duft erinnert mich an meine Oma. Die stand ständig in der Küche und hat Kuchen gebacken. Der Vanillegeruch hat etwas von der guten alten Zeit, als ich noch ein Kind war.«

»Sehen Sie? Genau das meine ich!«, rief Dr. Lindfeld. »Das ist ja wohl eine positive Erinnerung. Bettinas Geheimwaffe funktioniert. Sehr gut sogar.«

Er fuhr sich mit den Händen durch die gescheitelten Haare und rückte seinen Hemdkragen gerade. Sein Alter ließ sich schwer sagen, aber Christine hätte ihn auf Mitte vierzig geschätzt.

Die Praxis hatte hellbraune Wände, hohe Decken und Wandleuchten aus Chrom. Der Raum wirkte aalglatt. Der Blick

77

konnte sich hier nur mit Mühe verfangen, ein Effekt, der wohl geplant war.

»Sie haben ganz schön viel Prominenz hier, was? Funktioniert die Duftschale bei denen auch so gut?«, fragte Christine.

Dr. Lindfeld grinste so breit, dass Christine seine perfekten Zähne ausgiebig betrachten konnte. »Frau Lenève, glauben Sie es mir, das sind alles ganz normale Menschen. Als ich mit meiner Arbeit hier in Berlin begann, war ich auch perplex, als dort, genau auf dem Stuhl, wo Sie jetzt sitzen, ein sehr bekannter deutscher Schauspieler in Tränen aufgelöst zusammenbrach. Ja, es war irritierend. Normalerweise gab er den knallharten Fernsehkommissar, und dann das. Damals war ich selbst noch sehr unerfahren. Aber so war es. Natürlich muss ich, um es mal platt auszudrücken, durch die äußere Fassade schauen. Das ist meine Aufgabe.« Er stützte beide Ellbogen auf seinen Schreibtisch und balancierte einen vergoldeten Waterman-Kugelschreiber zwischen den Fingern.

»Die Selbstmordrate von Frauen mit vergrößerten Brüsten ist dreimal höher als die von Frauen mit natürlicher Oberweite. Ahnen Sie, was ich damit sagen will?«

Dr. Lindfeld ließ drei Sekunden verstreichen, in denen sich Christine um einen besonders interessierten Gesichtsausdruck bemühte. Das Thema begeisterte sie keineswegs, aber sie hatte in den vielen Jahren ihrer journalistischen Arbeit gelernt, wie sie mit ein wenig Heuchelei an Informationen herankommen konnte. Der Arzt würde ihr das Interesse schon abkaufen.

Dr. Lindfeld klopfte mit der Spitze seines Kugelschreibers auf den Tisch. »Masken. Alles äußere Masken, kunstvoll gestaltet, um über unser Innerstes hinwegzutäuschen. Masken, die viel wichtiger sind als das, was uns wirklich ausmacht. Natürlich, es ist das reinste Klischee, aber gerade deshalb besonders bestürzend: weil es einfach stimmt. Wir sind umgeben von Menschen, die uns eine perfekte Welt vorspielen, während in ihrem Innern alles zerfällt. Man müsste zu seinen Schwächen stehen. Aber wer tut das schon? Deshalb gibt es Ärzte wie mich. Was ich damit sagen will: Es läuft immer wieder auf ein und dieselben Faktoren hinaus. Egal, wer wir sind, berühmt oder nicht, oder was wir beruflich tun. Es ist völlig unwichtig. Immer wieder Masken. Überall.« Dr. Lindfeld blickte wie beiläufig auf seine Uhr. »Ach je, Himmel, schon so spät. Ich rede und rede – zweifelsohne eine meiner schlechteren Eigenschaften. Dabei geht es doch gar nicht um mich. Frau Lenève, lassen Sie mich einen Moment überlegen.«

Er inspizierte Christine ausgiebig und beugte sich dann etwas vor. »Wann haben Sie das letzte Mal einen Brief an sich selbst erhalten?«

Die Frage passte ihr nicht. Christine wollte nicht psychologisch durchleuchtet werden. Auf gar keinen Fall.

»Sie meinen das natürlich im übertragenen Sinn.«

»Ganz recht. Freud hat uns erklärt, dass jeder Traum ein Brief an uns selbst ist. Um zu träumen, muss man schlafen. Ich würde annehmen, dass Sie davon zu wenig bekommen.«

Christine verschränkte die Arme vor ihrer Brust und legte die Beine übereinander. »Wissen Sie, ich bin skeptisch, was Freud betrifft. Und ich bin auch kein Freund der Traumdeutung, Herr Dr. Lindfeld. Jemand, der mir weismachen möchte, jeder Traum, in dem ich fliege, sei grundsätzlich ein Sextraum, hat bei mir schon verloren. Ich frage mich nämlich, was es dann bedeutet, wenn ich wirklich von Sex träume?«

Dr. Lindfeld zog die Mundwinkel hoch und präsentierte erneut seine prachtvollen Zähne. »Sex bedeutet Sex. Ein Messer ist ein Phallussymbol. Höhlen stehen für den Mutterleib. Zahnausfall ist ein Zeichen für Selbstbefriedigung. Irgendwie ist bei Freud alles Sex. Man muss da auch skeptisch sein. Aber eines steht dennoch fest: Es gibt nur eine begrenzte Anzahl von Emotionen. Wir können keine neuen dazuerfinden. Und dann läuft es wie in der Mathematik. Ich suche innerhalb dieses beschränkten Spektrums nach einer Lösung für meine Patienten.«

Fast unmerklich beugte er sich noch ein Stückchen weiter vor, was Christine nicht entging. Er kniff die Augen zusammen. »Wenn ich Ihre Körperhaltung richtig interpretiere, dann liege ich mit meiner ersten Vermutung wohl nicht ganz falsch? Insomnia hat viele Gesichter.«

Christine verkrampfte sich noch mehr. Dabei kämpfte sie gegen ihren seit vielen Jahren erprobten rebellischen Gesichtsausdruck an. Sie brauchte die Krankenakte von Sarah. Das war ihr Ziel, das sie nicht aus den Augen verlieren durfte. Sie wollte Dr. Viktor Lindfeld auf ihrer Seite wissen, auch wenn sie am liebsten einfach auf und davon gelaufen wäre.

»Wären Sie bereit, sich auf ein kurzes Assoziationsspiel einzulassen? Das ist sehr, sehr spannend. Unser Verstand wäre ohne Assoziationen hilflos. Alles, was wir erlebt und gelernt haben, jeder Sinneseindruck, ist mit unseren Assoziationen verbunden. Ich lerne Sie dadurch besser kennen. Also, ich gebe jetzt ein Wort vor, und Sie sagen mir spontan, was Ihnen dazu einfällt. Machen Sie mit?«

Christine legte ein falsches Lächeln auf ihre Lippen, als würde ein samtroter Theatervorhang über ihr Gesicht fallen. So sah ihre persönliche Maske aus, hinter der sie ihre Abneigung verbarg, und sie konnte nur hoffen, dass Dr. Lindfeld sie nicht durchschaute.

»Selbstverständlich bin ich bereit.« Sie war selbst über diese Antwort am meisten erstaunt.

Christine legte die Arme auf die Lehnen und tippte mit den Fingerspitzen auf das Leder. Draußen vor dem Fenster stand ein Kastanienbaum, durch den der Wind fegte. Die Äste bogen sich so stark hin und her, als würde der Baum in den nächsten Sekunden aus der Erde gerissen und in den Hof kippen.

Dr. Lindfeld beugte sich weiter vor. Leise fragte er: »Was fällt Ihnen zu dem Wort *Luft* ein?«

Christine überlegte nicht eine Sekunde. »*Leben.*«

Dr. Lindfeld nickte. »*Wasser.*«

»*Tod*«, schoss es aus Christine heraus.

»*Bewegung.*«

»*Flucht*«, flüsterte sie und blickte Dr. Lindfeld direkt ins Gesicht.

»*Ketten*«, erwiderte der ohne Zögern.

»*Rache.*«

Fast unmerklich hob Dr. Lindfeld die rechte Augenbraue an. »*Ende.*«

Christine legte den Kopf in den Nacken. »*Vater.*«

Das Leder unter ihr knirschte. Am Empfang wurde ein Telefonhörer aufgelegt. Dr. Lindfeld klopfte mit der Spitze des Kugelschreibers auf den Tisch. Christine atmete tief ein. Dr. Lindfeld beugte sich noch weiter über den Tisch. »*Schuld.*«

Sie konzentrierte sich auf die antiken Stuckleisten an der Decke. Sie zählte die Lilien, die in die Ornamente und Verzierungen eingearbeitet waren, und bemerkte, wie ihre Lider flatterten. Sie würde nicht die Kontrolle verlieren. Nicht hier. Nicht jetzt. Es gab schließlich einen Grund, warum sie gekommen war: Sarah Wagner.

81

»Okay. Genug. Es reicht.« Sie klang stark und beherrscht. »Lassen Sie mich ganz ehrlich sein: Ich bin nicht meinetwegen hier. Es geht um jemand anderen. Es geht um eine Ihrer Patientinnen.«

Dr. Lindfeld zog beide Augenbrauen hoch. »Hm. Wie schade, das hätte interessant werden können. Eine Sitzung hätte Ihnen vielleicht gutgetan.« Wieder ließ er den Kugelschreiber langsam zwischen den Fingern kreisen und zuckte dann mit den Schultern. »Also gut. Worum geht es wirklich?«

Christine stand auf. Sie zog ein Foto aus ihrer Manteltasche, Sarahs Autogrammkarte. Sie legte das Bild auf den Tisch. Und da lag es nun, das lächelnde Gesicht einer verschwundenen Frau. Auf der schwarzen Lackoberfläche des Tisches wirkte es wie ein Fremdkörper.

Dr. Viktor Lindfeld nahm das Foto vorsichtig in die Hände. »Verraten Sie mir doch bitte, worum es hier geht.«

Wärme pulsierte durch Christines Körper. Es war ein Grundgefühl von Kontrolle und Sicherheit, das sie kurzfristig verloren hatte. »Sarah Wagner wird seit fast fünf Tagen vermisst. So, wie es aussieht, wurde sie aus ihrer Wohnung entführt. Es gibt Anzeichen von Gewalt.« Sie sprach langsam und betont. »Sarah ist prominent. Eine Fernsehmoderatorin zieht unter Umständen viele verrückte Geister an. Das ist nicht ungewöhnlich. Nur frage ich mich, ob sie vor diesem Vorfall schon etwas geahnt haben könnte. Ist Ihnen etwas aufgefallen? Hatte sie Angst? Hat sie Ihnen etwas verraten?«

Dr. Lindfeld fuhr sich durch die Haare, legte den Kopf in den Nacken und flüsterte wie zu sich selbst: »Mein Gott.«

Christine kramte in ihrer Manteltasche herum und stellte die rote Medikamentenschachtel auf den Tisch. »Sie haben Sarah diese Tabletten vor etwa vier Monaten verschrieben.«

Dr. Lindfeld nahm die Packung in die Hand und schüttelte sie vorsichtig. »Fast leer. Sie hat die Tabletten fast vollständig aufgebraucht. Das sollte sie eigentlich nicht.«

Er legte die Schachtel auf den Tisch und faltete dann die Hände. »Sie sind keine Polizistin. Ganz sicher nicht. So etwas spüre ich. Wer also sind Sie, Frau Lenève?«

»Ich bin Journalistin. Sarah Wagners Chef hat mich eingeschaltet. Sie können sich vorstellen, was passiert, wenn die Polizei aktiv wird. Befragungen. Viele Befragungen, und das auch noch ausgerechnet unter Journalisten. So etwas lässt sich nicht geheim halten. Für die Boulevardpresse wäre das ein gefundenes Fressen. Genau das möchte Sarahs Chef verhindern. Deswegen hat er mich angeheuert.« Das entsprach zwar nicht ganz der Wahrheit, aber Dr. Lindfeld brauchte mehr nicht zu wissen.

Er tippte sich mit dem Finger auf die Lippen. »Warum ausgerechnet Sie?«

Christine verschränkte die Arme vor der Brust. »Weil ich gut bin. Weil er mir vertraut. Weil ich Dinge sehe, die andere nicht sehen.«

Dr. Lindfeld nickte. »Natürlich. Journalisten unter sich. Haifische, die gemeinsam durch ein Becken schwimmen. Ich verstehe.«

Er stand auf und ging langsam zum Fenster. Noch immer rüttelte draußen der Herbstwind an der Kastanie. Wolken waren aufgezogen, und einen Moment später schlugen die ersten Regentropfen gegen die Scheibe. »Das ist wirklich schlimm. Sarah hat bis jetzt wahrlich kein leichtes Leben gehabt«, sagte er dann, zu der Scheibe gewandt. »Ihnen ist sicherlich klar, dass ich als Arzt der Schweigepflicht unterliege. Das wissen Sie. Ich frage mich nun natürlich, weshalb

Sie dennoch zu mir gekommen sind. Was erwarten Sie von mir? Wie kann ich Ihnen helfen, ohne meine Schweigepflicht zu verletzen?«

Christine stand ebenfalls auf und stellte sich neben Dr. Lindfeld. Der Regen prasselte gegen das Fenster. »Ich will ganz ehrlich sein. Ich hatte darauf gehofft, dass Ihnen das Leben Ihrer Patientin wichtiger ist als Ihre Schweigepflicht. Letztlich wollen auch Sie doch nur helfen, oder? Ich schätze Sie nicht als einen Mann ein, dem es nur ums Geld geht. Ich muss einen Blick in die Krankenakte werfen. Ich möchte wissen, wovor Sarah Angst hatte, warum sie überhaupt hier war. Ich kann sie nur finden, wenn Sie mir helfen. Mein Gefühl sagt mir, dass ich hier richtig bin.«

Er schwieg. Tiefe Falten zogen sich über Dr. Lindfelds Stirn. Christine war zufrieden mit der Reaktion, die sie ausgelöst hatte. Sein Dilemma war ein Ausgleich für das Psychospiel, das er mit ihr getrieben hatte. Aber natürlich hätte sie das niemals zugegeben.

Dr. Lindfeld stützte beide Hände gegen die Fensterscheiben. »Ich habe schon viele schwierige Entscheidungen in meiner Karriere treffen müssen. Diese hier ist etwas Besonderes.« Er wandte sich mit zusammengepresstem Mund zu Christine. »Sie appellieren an mein Ethikverständnis. Aber Sie liefern mir keine Beweise dafür, dass Sarah entführt wurde und ihr Leben in Gefahr ist. Sie könnten sich auch irren. Mehr als Ihr Wort habe ich nicht – zu wenig für mich, um eine so schwerwiegende Entscheidung zu fällen. Und es verwundert mich auch, dass an Ihrer Stelle hier nicht die Polizei steht. Aber selbst dann wäre ich nicht zu einer Auskunft verpflichtet. Sie sagen mir, dass Sie in Ihrem Job gut sind. Nun, das bin ich auch. Ich kann Ihnen nicht helfen … selbst wenn ich eine

Entscheidung gegen mein Gefühl treffen muss. Verzeihen Sie mir ... bitte ...«

Christine nickte. Betont langsam knöpfte sie ihren Mantel zu, schloss den Gürtel. Dr. Lindfeld blickte noch immer nach draußen. Er tippte sich mit dem Zeigefinger gegen die Lippen. Sie konnte schier spüren, wie die Gedanken durch den Kopf des Arztes rasten. Sie reichte ihm die Hand. Er ergriff sie zaghaft.

»Bedenken Sie eines ...« Christines letzte Chance war gekommen, das Blatt noch zu wenden, und die wollte sie nutzen. »Was werden Sie tun, wenn Sarah Wagner tot aufgefunden wird? Wenn Sie morgens bei einem Brötchen und einer Tasse heißem Kaffee die Schlagzeilen in der Zeitung lesen? Wie werden Sie das mit Ihrem Ethikverständnis vereinbaren können?«

Dr. Lindfeld ließ sich in seinen Stuhl fallen. »Ich kann Ihnen nicht helfen. So gern ich es auch täte. Verstehen Sie mich doch.«

Als Christine den Türgriff schon in der Hand hatte, drehte sie sich noch einmal kurz um. »Ich habe verstanden.«

Leise zog sie die Tür des Sprechzimmers hinter sich zu.

10

Albert war nicht amüsiert. Die Ellbogen auf seinen Schreibtisch gestützt, betrachtete er das Chaos in seiner Redaktion.

Jochen, der übergewichtige Sportreporter aus Merseburg, brüllte seine sexistischen Scherze durch das Büro und wartete artig wie ein Hündchen auf seine Belohnung. Jeder noch so gekünstelte Lacher brachte ihn zum Schwanzwedeln.

Lena, die Doppel-D-Redaktionsassistentin, lackierte sich gelangweilt die Fingernägel und nahm als Unterlage die aktuellen Börsennotierungen. Der pinkfarbene Lack kleckerte über die Nikkei-Kurven.

Daneben hockte der fast sechzigjährige Hartmut, der, nur aus Mitleid toleriert, noch immer in der Redaktion arbeitete. Er gehörte zu den Reportern, die aufgrund ihrer seriösen Erscheinung – grauer Bart, graues Haar, grauer Pulli, mausgraue Hose – gern zum Witwenschütteln entsandt wurden. Ein spektakulärer Todesfall? Hier kommt Hartmut, der sich freundschaftlich durch die Familie des Opfers gräbt. Für ein paar Stunden ist er euer Kumpel – so lange, bis ihr ihm alles erzählt habt und sein herzergreifendes Filmchen on air ist. Dann ist er auch schon wieder bei einer anderen Familie. Tragödien ereignen sich jeden Tag. Was für ein Glück. Vor allem für Hartmut.

Ein paar Meter weiter biss Carla in ihr eigenhändig geschmiertes Brot. Carla sammelte gern die leeren Flaschen der Redakteure ein, weil sie für Sauberkeit sorgen wollte, wie sie behauptete. Heimlich kassierte sie das Flaschenpfand. Doppelmoral und Geiz in einer Person. Na und? Carla war Journalistin und eine verdammt gute. So meinte sie jedenfalls selbst. Albert sah das ein bisschen anders.

Und dazwischen thronte Ralf Breinert. Der Chefredakteur. Der Macher. Der Puppenspieler. Sein Schlips schwang hin und her, wenn er einen Mitarbeiter in den Boden stampfen konnte. Einmal pro Tag sollte das schon sein. Dann ging es Breinert bestens. Wer wie er zu Hause den treusorgenden Familienvater mimte, sollte sich ein Hobby suchen, bei dem man sich mal so richtig austoben konnte. Breinert hatte eines gefunden. Katharsis und noch einmal Katharsis. Alles musste raus. Die Mitarbeiter gegeneinander ausspielen und dann entspannt die sich entfaltenden Ränkespiele beobachten, das reduzierte den ermüdenden Tag auf ein kurzweiliges Spektakel. Allmacht war schon eine feine Sache.

Sie alle waren problemlos untereinander austauschbar. Manchmal hätte Albert die Kollegen in seiner Redaktion mit ganzen Kübeln voller Verachtung überschütten können. Dann sehnte er sich zurück nach den stillen Stunden in seiner Kreuzberger Kellerwohnung, wo er als Hacker wenigstens das Gefühl gehabt hatte, sein Leben kontrollieren zu können.

Schon damals, als er mit Christine unterwegs gewesen war und er die Sicherheit seines früheren Lebens vermisst hatte, flüsterte sie ihm immer zu: »Denk an die Thailänderin, Albert. Denk immer an die Thailänderin.«

Die Thailänderin. Um genau zu sein, ging es um Jaeyaena Beuraheng. Die Frau wollte eines Morgens einkaufen und erwischte den falschen Bus. Nach einer Irrfahrt landete sie 1200 Kilometer entfernt im Norden Thailands. Und dort war sie für die nächsten fünfundzwanzig Jahre geblieben.

Auf Knopfdruck sein Leben komplett ändern. Fehler machen. Sich treiben lassen in den Wellen, die mal von Norden, mal von Süden kamen. Sich überraschen lassen ohne Angst vor dem Unbekannten. Jedes Mal, wenn Albert daran dachte, hatte er das Gefühl, er würde in seinem Gehirn die Tür zu einem anderen Planeten öffnen. Es war eine wundersame Geschichte.

Albert drückte die Play-Taste an seinem Computer und kümmerte sich wieder um seine heimliche Aufgabe. Die Sendungen der vergangenen Wochen rasten über den Bildschirm. Sarah. Immer wieder Sarah. Albert inspizierte die Aufzeichnungen genau. Es handelte sich um digitale Mitschnitte der Livesendungen – und noch ein wenig mehr. Kurz bevor die Sendungen begannen, zeichnete die Regie über die Studiokamera stets das Geschehen vor der Übertragung auf. Das war normal. Von jeder Sendung wurde eine Kopie auf den Server gelegt. Es waren ungefähr fünf Minuten extra. Vorbereitungen, Hektik, Kabel, die noch schnell gerade gezogen wurden. Bilder, die die Zuschauer nie zu Gesicht bekamen. Albert betrachtete sie und analysierte Sarah. Er studierte ihr Gesicht, von Sendung zu Sendung, Woche um Woche. Und tatsächlich, in den letzten Tagen vor ihrem Verschwinden stellte er Veränderungen fest. Die Minuten vor der Sendung verrieten sie ihm. In Sarahs Blick lag immer etwas Unsicheres. Sie wirkte zurückhaltend, gedankenverloren. Wenn der Aufnahmeleiter sie ansprach, schien es, als erwachte sie aus einer Trance. Dann lächelte sie, kurz nur, warf einen Blick auf die Studiouhr und verfiel wieder in Schweigen. Doch wenn dann die Jingles der Sendung ertönten und es endlich losging, war sie wie auf Knopfdruck wieder die freundliche und hochkonzentrierte Moderatorin, die man draußen kannte. Von den Zuschauern hatte sicher niemand eine Veränderung bemerkt.

Albert stoppte die Aufzeichnung. *Freeze* – Sarahs Gesicht stand bildfüllend auf dem Monitor. Er strich mit dem Zeigefinger über den Bildschirm und spürte die feine elektrische Spannung.

»Sie ist wirklich ganz hübsch, oder?«

Albert zuckte zusammen. Er drehte sich um. Ralf Breinert stand hinter ihm. Die welligen Sorgenfalten auf der Stirn seines Chefs wirkten, als hätte sie ein engagierter Maurer besonders tief einbetoniert. Er hatte Breinert noch nie so betroffen erlebt.

Albert blickte zu Boden. Da spürte er Breinerts Hand auf seiner Schulter. »Wollen Sie mal kurz in mein Büro kommen?«

Eine Kältewelle durchpulste Alberts Körper. »Ja, aber …«

»Nein, machen Sie sich keine Sorgen. Es geht nicht um Ihren Job. Nicht wirklich.« Breinert beschwichtigte ihn so beiläufig und leise wie möglich. Aber nicht leise genug.

Albert spürte die konzentrierten Blicke aller Redaktionsmitglieder und die verborgene Häme wie Stacheln in seinem Rücken. Der Vorzeigebubi wurde zum Chef zitiert. Eine Sensation.

Als Breinerts Tür hinter ihnen beiden zufiel, verspannte Albert sich noch mehr. Er setzte sich auf den abgewetzten Lederstuhl vor dem Schreibtisch, knetete seine Finger und wartete ab.

»Ich habe Ihren Urlaubsantrag gesehen, Herr Heidrich. Er kam sehr plötzlich.«

Das Blatt Papier lag auf dem Schreibtisch, Breinerts Unterschrift fehlte. Wenn Albert jetzt auch nur versuchte, einen Satz über die Lippen zu bringen, käme mit Sicherheit eine

89

Stammelei der Extraklasse heraus. Also schwieg er und senkte seinen Kopf.

Breinert legte ihm beide Hände auf die Schultern. Er musste seine Verlegenheit wohl spüren.

»Nein, nein, lassen Sie mich erklären, worauf ich hinauswill. Lassen Sie es mich erklären.« Breinert nestelte einen Moment an seinem Schlips herum. »Sie kennen Christine Lenève?«

Da stand die Frage nun also im Raum. Albert entschied sofort, dass er bei der Wahrheit bleiben würde. »Wir waren mal Partner.« Aber nur, wenn es wirklich nicht anders ging.

»Ich meine … wir haben zusammen Geschichten recherchiert, an Storys gearbeitet und so. Ich habe viel von Christine gelernt. Das ist allerdings schon ein paar Jahre her.«

Breinert drückte die Brust heraus und faltete die Hände auf dem Rücken, was ihm einen patriarchalischen Zug verlieh.

»Ich frage nur, weil mir aufgefallen ist, dass Sie beide gestern in der Redaktion miteinander gesprochen haben. Und dann liegt hier einen Tag später überraschend Ihr Urlaubsantrag auf dem Tisch. Ich frage mich, ob es da einen Zusammenhang geben könnte?«

»Welcher Art sollte der sein?«, erwiderte Albert und zupfte an einem Faden herum, der sich am Ärmel seines Kapuzenshirts gelöst hatte.

Breinert grinste breit. »Ich sehe schon. Sie haben wirklich viel von Christine Lenève gelernt, sehr viel sogar. Ich lege die Karten jetzt auf den Tisch. Sarah Wagner ist verschwunden. Vermutlich entführt. Ich habe Christine Lenève auf den Fall angesetzt. Sie ist gut, und für diesen Auftrag ist sie schlichtweg perfekt. Ich weiß, ich weiß, natürlich ist sie keine Ermittlerin. Sie ist Journalistin. Schauen Sie mich nicht so an, Herr Heidrich. Wenn es eine Geschichte gibt, muss ich jemanden darauf ansetzen. Selbst wenn mich die Angelegenheit persönlich betrifft.« Er ging zu seinem Schreibtisch, griff den Zigarrencutter und ließ die Stahlklinge mit zwei Fingern auf- und zufahren. »Und betrachten Sie es einfach als kleines Geschenk, dass Sie mich nicht anlügen müssen. Sie haben doch bereits gewusst, dass Sarah verschwunden ist, oder?«

Albert spürte, wie ihm das Blut in den Kopf schoss.

Breinert machte zwei Schritte auf ihn zu. »Ich ziehe meine Frage selbstverständlich zurück.« Dabei wippte er in den Knien ein wenig hin und her, seine übliche Lauerstellung. »Sie fragen sich sicher, was ich von Ihnen will. Zunächst mal: Ihr Urlaubsantrag ist nicht bewilligt.«

Breinert nahm das Blatt Papier, zerknüllte es und warf es aus dem halb geöffneten Fenster.

»Aber …«, protestierte Albert.

»Kein Aber. Ich setze Sie auf den Fall Sarah Wagner an. Sie können sich mit Frau Lenève zusammentun. Dafür brauchen Sie keinen Urlaub. Sie arbeiten für mich. Für mich allein. Vergessen Sie das nicht. Sie wissen schon, was ich meine. Alle Infos gehen direkt an mich. Und letztendlich ist das doch auch, was Sie wollen, richtig?«

Albert erhob sich von dem Ledersthul. Ihm war fast ein wenig schwindelig. Mit dieser Wendung hatte er nicht gerechnet. Er konnte wieder mit Christine zusammenarbeiten, hatte die Ressourcen des Senders zur Verfügung, und Breinert stand auch noch hinter ihm. Unfassbar. Er flüsterte: »Was sage ich in der Redaktion?«

»Da ist doch wieder dieser Wirtschaftsgipfel in München. Wäre doch eine gute Entschuldigung, oder?«

Albert nickte.

»Seien Sie kreativ, Herr Heidrich. Und bringen Sie mir Resultate. Das hier ist eine sehr, sehr ernste Geschichte. Aber das wissen Sie ja bereits.«

Albert wankte aus dem Chefzimmer. Er wollte Christine anrufen und ihr die Neuigkeit mitteilen, da bemerkte er die neugierigen Blicke seiner Kollegen. Lena hatte den Nagellack zur Seite gestellt. Hartmut starrte ihn über den Rand seiner Zeitung an, und Jochen schwieg, was mehr als ungewöhnlich war.

»München. Ich muss nach München. Wirtschaftsgipfel«, verkündete Albert. Dabei bemühte er sich, das gekünstelte Lächeln, das er aufgesetzt hatte, nicht überzustrapazieren. Die Blicke der Redakteure übersah er. Ja, manchmal kann der Bürostreber auch Zähne zeigen. Mit durchgedrücktem Kreuz setzte er sich auf seinen Stuhl.

In diesem Moment kam Tom Gobner an seinem Tisch vorbei. Der attraktive Tom. Ein schmaler Typ, geschmeidiger Gang, trug immer moderne Anzüge, fast schon das perfekte Klischee einer Augenweide. Tom kümmerte sich um die Promi-Stücke, die öden Beiträge über die letzten Alkoholexzesse der Royals, die Eskapaden von zickenden Fußballer-Frauen und den Hüftspeck von in die Jahre gekommenen Schauspielerinnen. Billiger Journalismus. Bequem und schnell gemacht für die moderne Fernseh-Blubberbrühe.

Dabei war Tom nicht unsympathisch. Er wusste, wann er den Mund zu halten hatte. Er eckte nie an. Er war charmant. Ein weißes, undefiniertes Blatt. Er war erst seit acht Monaten in der Redaktion. Niemand hier wusste viel über ihn. Auch Albert nicht. Doch das hatte sich geändert, seit er gestern in Sarahs Wohnung gewesen war.

In der Redaktion kursierten schon lange Gerüchte, dass Tom womöglich eine Affäre mit Sarah hatte. Die beiden waren oft zusammen gesehen worden. Gut, Zeugen für eine wirklich verfängliche Situation gab es nicht. Kein leidenschaftlicher Kuss im Halbdunkeln. Keine versteckte Berührung. Nichts. Und doch stimmte es. Die Nachricht auf Sarahs Anrufbeantworter war eindeutig. Kein Zweifel. Die beiden hatten etwas am Laufen.

Tom setzte sich vor seinen Computer. Die Redakteure für die Promi-Berichterstattung saßen immer etwas abseits vom Donnerbalken in einer dunklen Ecke, weil ihre Tätigkeit das geringste Ansehen in der Redaktion hatte. Die Wirtschafts- und Politredakteure hingegen hatten Fensterplätze, wie es sich für die Business Class der Journalisten gehörte. Breinert hatte sich dieses System einfallen lassen.

Tom öffnete den obersten Knopf seines Hemdes und wirkte eigentlich so wie immer. Wenn ihn etwas bedrückte, ließ er es sich nicht anmerken.

Aber halt – war da nicht doch etwas? Immer wieder starrte Tom auf das Handy neben seiner Tastatur. Er schien auf etwas zu warten. Auf einen Anruf? Von Sarah womöglich?

Albert lehnte sich in seinem Stuhl zurück. Zeit für einen kleinen Angriff. Er tippte eine kurze E-Mail.

Betreff: Sarah. In zehn Minuten auf der Raucherterrasse?

Einen Moment später ertönte das *Pling* der eingehenden Mail auf Toms Computer. Sein Gesicht veränderte sich in drei Stufen. Zuerst erstarrte er. Seine Mimik wirkte wie eingefroren. Dann folgte der Unglaube. Er schien die Mail immer wieder zu lesen, was in Anbetracht der Kürze des Textes verwunderlich war. Und dann dämmerte die Erkenntnis.

Er starrte Albert mit zusammengekniffenen Augen über die zahlreichen Tische hinweg verstört an und tippte.

O.k., erschien die Antwort in Alberts Mailbox.

93

Na also. Er warf sich seine Jacke über und verließ die Redaktion.

Die Raucherterrasse war leer, bei diesen herbstlichen Temperaturen durchaus verständlich. Er ging zum Geländer.
Das backsteinfarbene Gebäude beschrieb einen Halbkreis.
Von hier aus konnte Albert in fast alle Büros des Senders schauen, die nach Norden ausgerichtet waren, sogar in das von Ralf Breinert.
Üblicherweise hatte der Alte die Jalousien heruntergelassen, heute allerdings nicht. Der Herbsttag war wohl auch ihm zu düster dazu.
Breinert saß an seinem Schreibtisch und qualmte eine seiner Zigarren, die wie ein schweres braunes Stöckchen in seiner Hand ruhte. Vielleicht wollte Breinert ja nur seine Story on air sehen. Oder es lag ihm wirklich etwas an Sarah Wagner, schließlich war sie ja seine Mitarbeiterin. Aber Albert hatte das Gefühl, als ginge es Breinert um mehr. Er wollte wohl seine wundervoll entwickelte, harte Schale hüten, weil ihn Sarahs Verschwinden mehr traf, als er zugeben mochte. Seine Rolle in dieser Geschichte blieb rätselhaft. Albert beschloss, ein sehr waches Auge auf seinen Vorgesetzten zu werfen. Nur zur Sicherheit.
Die Schritte hinter ihm ließen ihn herumfahren. Tom kam zu ihm auf die Terrasse heraus. Es war ein vorsichtiges Herantasten. Tom schlich. Er hielt sich im Gehen mit einer Hand am Geländer fest und zupfte an seinem Ohrläppchen. Als Tom endlich vor ihm stand, suchte Albert sein Gesicht nach Anhaltspunkten ab, aus denen sich der Verlauf des Gesprächs voraussagen ließ. Er wollte vorsichtig sein. Christine hätte es genauso gemacht.

»Also, Albert. Worum geht es? Ich meine, klar, es geht um Sarah, ja? Das habe ich kapiert. Aber was willst du von mir?«

»Wir müssen über alles reden.«

»Was meinst du damit?«

Albert entging nicht, dass Toms Augenlider zuckten. »Pass auf, Tom. Wollen wir hier ehrlich miteinander sein, oder nicht? Ich frage dich direkt, weil das, was jetzt kommt, für dich hart werden könnte.«

»Ja. Gut. Nur, ich weiß immer noch nicht, worum es hier geht.«

»Du und Sarah, ihr habt da was am Laufen und …«

»So ein Quatsch. Das Gerede nervt mich wirklich.« Tom erhob seinen Zeigefinger und fuchtelte damit vor Alberts Gesicht herum. »Ich kann es nicht mehr hören.«

»Du bist nicht ehrlich, Tom. Absolut nicht.« Albert blickte in den Himmel hinauf. Ein Vogelschwarm flog in V-Formation über den Sender in Richtung Süden. In einem Büro nebenan wurde ein Fenster zugeklappt. Albert zog an den Kordeln seines Kapuzenshirts und blickte Tom in die Augen. »Ich mache es kurz: Sarah ist verschwunden. Vermutlich entführt. Ihr beide habt eine Beziehung oder eine Affäre oder sonst was. Ich meine das nicht anklagend, aber du bist die letzte Spur zu ihr, verstehst du?«

Tom wandte sich ab und umklammerte das Geländer. Die Haut zwischen seinen Knöcheln war weiß. Er presste die Kiefer zusammen und schien mit sich zu kämpfen. Oder er tat nur so. »Deswegen hat sie mich nicht zurückgerufen. Ich warte seit Tagen auf einen Anruf. Nichts. Absolut nichts. Und die Sache mit der Krankheit ist gelogen. Und jetzt kommst du auch noch mit so einer Geschichte um die Ecke. Woher weißt du das überhaupt? Warum sprichst du mich an?

Was willst du von mir?« Tom ballte beide Fäuste und trat einen Schritt näher an Albert heran.

»Ich versuche, Sarah zu finden, bevor es jemand anders tut. Wenn diese Geschichte durch die Medien geht … Du weißt, was das bedeutet, auch für dich. Da werden dann viele Fragen gestellt.«

»Was?« Tom ließ die Schultern sacken und schüttelte den Kopf. »Was soll das heißen? Meinst du etwa, ich habe Sarah verschwinden lassen?«

»Das habe ich nicht gesagt. Aber du bist Journalist, und du weißt doch ganz genau, wie unser Geschäft läuft. Da reicht doch schon ein klitzekleiner Verdacht, und es bleibt immer etwas an einem hängen. Das sind die Geschichten, über die wir berichten. Verstehst du denn nicht, was ich dir damit sagen will? Wenn du mir behilflich bist, hilfst du dir unter Umständen selbst.«

»Ja hast du sie noch alle? Ich lasse mir keine Vorwürfe machen. Von niemandem. Ist das klar? Was fällt dir überhaupt ein, mich hier unter Druck zu setzen? Das ist doch bloß deine Absicht, oder? Wer gibt dir das Recht dazu? Wie kommst ausgerechnet du dazu? Du hast sie doch wohl nicht mehr alle. Was zwischen mir und Sarah läuft, geht niemanden was an. Niemanden, hast du das verstanden, *Albert?*« Er drehte sich um und verschwand schnellen Schritts im Gebäude.

Erst jetzt bemerkte Albert die Gesichter hinter den Fenstern. Mit Kaffeetassen in den Händen standen seine Kollegen in der warmen Redaktion und beobachteten ihn hier unten auf der kühlen Terrasse. Sie hatten alles gesehen. Wenn etwas schiefging, dann wenigstens richtig.

Das Gespräch mit Tom war nicht gut gelaufen. Gar nicht gut. Albert hatte den harten Mann spielen wollen und dadurch alles vermasselt. Christine wäre das nicht passiert. Natürlich nicht.

Eine halbe Stunde später war er auf dem Nachhauseweg und lief durch die Straßen Kreuzbergs. Die italienischen Gemüsehändler, die türkischen Trödler und die indischen Imbissbetreiber hatten die Bergmannstraße am Nachmittag fest im Griff. Die roten und grünen Markisen der Cafés und die hellgrauen Fassaden der Gründerzeithäuser entlang der Straße saugten die letzten Sonnenstrahlen des Oktobers auf.
Albert liebte Kreuzberg. Hier hatte er vor Jahren seine Wurzeln geschlagen, von hier würde er niemals freiwillig weggehen. Er überquerte die Straße und warf beiläufig einen Blick in die Auslagen diverser Geschäfte mit Kunsthandwerk. Ketten mit Salzkristallen und Magnetschmuck – der übliche Ramsch, der Touristen und Altlinken angeboten wurde. Albert fragte sich, wie viele ehemalige Aussteiger hier wohl lebten. Eben noch Brot gebacken auf La Gomera, und dann zackizacki mal eben schnell einen Laden in Kreuzberg eröffnet. Das wäre nichts für ihn. Zu viele Unsicherheiten. Er erkannte mal wieder sein altes Problem.
Die große Uhr über dem alten Marktgebäude zeigte genau zwei Minuten vor vier, als er sein Lieblingscafé betrat. Es roch nach frisch gerösteten, fein gemahlenen Bohnen, nach Nicaragua, Kolumbien und Brasilien. Und das alles versammelt an einem Ort, ohne dass man dafür durch die ganze Welt tuckern musste.
Albert atmete einmal tief durch. An einem kleinen Tisch in der Ecke saß Petra. Das Fenster neben ihr ging auf den grauen Hinterhof des Hauses hinaus, wo ein paar Kinder spielten. Petra beobachtete das Treiben. Sie hätte irgendeine Frau sein

können. Eine Fremde, an der Albert einfach vorbeigehen konnte. Doch so war es nicht.

Ihre braunen Haare hatte sie zu einem Zopf geflochten. Hinter den Brillengläsern glitzerten ihre Augen vor Freude, als sie ihn erspähte. Sie sprang von dem kleinen Tisch an der Ecke auf und umarmte ihn ungestüm. Lange küsste sie ihn auf den Mund, und er erwiderte die Begrüßung automatisch. Sie war seine Freundin. So einfach konnte die Welt sein.

Petra redete und redete. Sie berichtete von ihrem Germanistikstudium, von übergewichtigen und talentlosen Professoren, von ihrer Mutter, die ihren Besuch in Berlin angemeldet hatte und sich darauf freute, ihn endlich wiederzusehen. Ihre Stimme kam ihm so weit entfernt vor, als würde er unter einer Glasglocke sitzen.

Er betrachtete Petra, wie sie ihre Worte mit schnellen Bewegungen untermalte und dabei so gehetzt wirkte, als müsste sie auf einen fahrenden Zug springen.

Petra.

Da saß sie nun.

Er bestellte einen Arabica-Kaffee und genoss die feinen Aromen von Zimt und Haselnüssen.

Der erste Kuss und der allererste Streit. Die Tränen. Der Schluss und die Versöhnung. Die Bilder der vergangenen drei Jahre rasten durch Alberts Kopf. Petra wusste am Morgen nach dem Aufwachen nie, wo ihre Brille lag. Dann klimperte sie mit den Lidern wie ein Schmetterling im Flug. Manchmal saß sie vor dem Computer und guckte sich Hunde in Tierheimen an, und danach weinte sie stundenlang. Sie schenkte ihm neue Kapuzenshirts und schickte ihn zum Zahnarzt, wenn er es selbst am liebsten vergessen hätte. Eigentlich war Albert in dieser Beziehung glücklich. Glücklich gewesen. Doch jetzt war er sich nicht mehr sicher. Da war ein anderes Gefühl. Er konnte es nicht genau beschreiben. Aber es war da.

In der vergangenen Nacht hatte er Petra im Arm gehalten und sie lange angeschaut. In diesem Moment wusste er, dass ihre Beziehung unmöglich für immer anhalten konnte. Nun saß sie vor ihm und ahnte nichts von dem, was ihm durch den Kopf ging.

Petra griff nach Alberts Hand. Sie legte ihre Finger behutsam auf seine. Der graue Samt ihres Ärmels fuhr über seine Haut, und er schreckte auf.

»Was ist los? Ich merke doch, dass da was nicht stimmt.«

Ihre Augenbrauen schwangen sich wie zwei kleine Rundbögen über den Rand der Brille.

Albert fühlte sich ertappt. Er nahm einen tiefen Schluck aus seiner Tasse. »Ich werde wohl in den nächsten zwei Wochen wenig Zeit für dich … ich meine, für uns haben.« Er lächelte bemüht. »Christine ist wieder da, und ich bin mit ihr an so einer Sache dran, die wir …«

»Christine? Die Christine? Christine Lenève?« Abrupt lehnte Petra ihren Oberkörper zurück. Ihre Hand verkrampfte sich. Diese Reaktion erstaunte Albert. Petra kannte seine Vergangenheit mit Christine. Obwohl sie nur beruflicher Art gewesen war, hörte er Eifersucht aus ihren Worten heraus.

»Albert, ich verstehe dich einfach nicht. Diese Christine lässt dich hängen, und nun willst du wieder mit ihr arbeiten? Das krieg ich nicht in meinen Kopf rein. Erklär es mir.«

Da war er wieder, der Faden am Ärmel seines Kapuzenshirts, den er nun mit einem Finger bearbeitete.

»Ich habe das Gefühl, dass ich das machen muss. Kennst du das nicht? Manchmal ist das einfach so eine Entscheidung aus dem Bauch.«

Petra schüttelte den Kopf und schob dabei ihre Brille die Nase hoch. Albert kannte diese Geste. Es war Petras Achtung-mein-Freund-hier-ist-Riesenärger-im-Anmarsch-Reaktion.

»Du redest schon wie ein Süchtiger. Mir gefällt das nicht. Du hättest das vorher mit mir besprechen sollen. Und denk mal darüber nach. Wir haben uns kennengelernt, als du völlig fertig warst, damals, als Christine einfach verschwunden war. Es gefällt mir absolut nicht.«

Albert zuckte leicht mit den Schultern. »Ich muss das machen.«

»Typischer Spruch eines Abhängigen«, zischte Petra. »Du wirst schon sehen, wohin dich diese Nummer bringen wird.« Sie raffte ihre Sachen zusammen und lief aus dem Café.

Als sie schon draußen stand, trafen sich noch einmal ihre Blicke. Petra schaute ihn durch die Glasscheibe des Cafés an, schüttelte den Kopf und verschwand endgültig aus seinem Blickfeld.

»Rennt nur alle weg. Lauft davon. Ich bin's ja gewohnt«, brummte Albert vor sich hin und fragte sich, was Christine jetzt wohl gerade machte.

11

Christine lief schnellen Schritts durch ihr Viertel. Luigi stand vor dem *Casa Molino* und grüßte sie mit einem Kopfnicken, doch es wurde von ihr nicht erwidert; sie hatte für ihn wohl keine Zeit. Luigi hätte ihr Verhalten als Arroganz deuten können, doch das tat er nicht. Diese Frau war für ihn eine Landschaft aus Wundern und Rätseln, irgendwie nicht greifbar. Wahrscheinlich war sie gedanklich gerade in einer anderen Welt unterwegs, während ihre Füße automatisch ihren Dienst taten. Luigi legte die Hände auf den Rücken und blickte der grübelnden Frau im Abendlicht nach.

Christine spielte im Kopf ihre nächsten Rechercheschritte durch. Wenn Sarah nicht auftauchte, würde die Kriminalpolizei aktiv werden. Die Beamten würden versuchen, ihr Handy zu orten und Daten abzugleichen. Kreditkartenumsätze, Passagierlisten, Telefonverbindungen. Krankenhäuser würden gecheckt, Personen im sozialen Umfeld überprüft, Adressbücher, Briefe und Computerdaten analysiert werden.

Das konnte dauern, und außerdem brachte das alles nichts. Es waren die falschen Fährten. Da war sie sich sicher, intuitiv. Sarah war nicht einfach abgehauen, und jemand, der eine Entführung präzise geplant hatte, würde sich keine derart offensichtlichen Fehler erlauben. Aber auf diese Weise bekamen sie und Albert mehr Zeit. Und die brauchten sie auch. Sobald die offizielle Fahndung begann, würde die Hölle in den Boulevardmedien losbrechen. Bis dahin mussten sie etwas Brauchbares in den Händen halten.

Ein Kinderwagen schoss aus einem düsteren Hauseingang hervor. Er rammte Christine an den Beinen und brachte sie fast zum Stolpern. Was aber viel schlimmer war: Der Stoß unterbrach ihren Gedankenfluss.

Natürlich, eine dieser Prenzlauer-Berg-Muttis. Ihr knallroter Kopf ragte aus einem weißen Esprit-Jäckchen. Sie hielt sich am Gestänge ihres Edel-Kinderwagens fest.

»Können Sie nicht aufpassen, wo Sie hinlaufen?«, schnauzte sie Christine an.

Na toll, mal wieder so eine vierzigjährige Mutter, die auf dem Weg zu ihrem Biomarkt rücksichtslos alles wegplättete, was ihr vor die Räder kam. Eine Frau, deren Terminkalender prall gefüllt mit Spielplatzverabredungen war und die dabei das Gefühl hatte, etwas Einzigartiges erreicht zu haben. Christine liebte ihre Vorurteile.

Sie stellte ihren Fuß auf eines der Vorderräder. »Warum legst du dich nicht wieder auf deine Naturgummi-Yogamatte und trinkst ein paar Liter Yogi-Tee?«

Die Frau schnaufte wütend und verschwand erhobenen Hauptes im Licht der Straßenlaternen. Es war alles gesagt.

Christine ging zu ihrem Haus weiter und kramte die Schlüssel aus ihrer Tasche, um die Haustür zu öffnen.

»Also, ich denke schon, dass Sie Wege aus Ihrer Aggression finden könnten, wenn Sie nur wollten«, sagte eine sanfte Stimme hinter ihrem Rücken.

Christine fuhr herum. Dr. Viktor Lindfeld.

Da stand er und lächelte. Seine Augen wirkten müde, und seine Schultern hingen schlaff herab. Von seinem energiegeladenen Auftritt in der Praxis spürte Christine nichts mehr.

Sie brauchte einen Moment, um ins Gleichgewicht zu kommen. Wenn Dr. Lindfeld hier war, musste etwas passiert sein.

Sie flüsterte ihm ein unwirkliches »Hallo« zu, als würde sie es in einen Telefonhörer raunen, an eine Person gerichtet, die weit, weit weg war und unmöglich vor ihr stehen konnte.

»Ich komme überraschend. Das ist mir schon klar. Ich habe auf Sie gewartet. Was ich hier habe, müssen Sie sehen. Unbedingt.« Er klopfte auf den Deckel eines Papphefters, der unter seinem Arm klemmte.

»Wollen wir nach oben gehen?«, fragte Christine.

»Das wäre wohl besser.«

Schweigend erklommen sie die Treppen bis zum vierten Stock. Ein paar Minuten später saß Dr. Lindfeld auf dem alten Ledersofa und nippte an seinem Earl-Grey-Tee, den ihm Christine gereicht hatte. Er hielt die Tasse vorsichtig in den Händen und betrachtete den Aufdruck, der eine Stadt aus der Vogelperspektive zeigte. Er fuhr mit den Fingern über die Buchstaben.

»Cancale«, sagte er.

»Ich habe einen Teil meiner Kindheit dort verbracht. Mein Vater kam aus Cancale. Aus Frankreich.« Christine lächelte.

»Kam?«

»Er … lebt nicht mehr«, sagte sie mit bemühter Nebensächlichkeit in der Stimme und blickte dabei auf ihre Schuhspitzen, an denen ein paar nasse Blätter von der Straße klebten.

»Ich verstehe.«

Christine hielt es kaum noch aus. Mit ihren Armen umkrampfte sie die Sessellehnen, die Knie presste sie hart gegeneinander. Der Papphefter lag vor ihr auf dem Tisch. Ein kleiner Stapel handschriftlich beschriebener Seiten klemmte lose zwischen den Deckeln des Ordners. Dr. Lindfeld griff danach und blätterte darin herum. »Was ich Ihnen heute Nachmittag in meiner Praxis gesagt habe, meinte ich ehrlich. Es war eine

103

schwere ethische Entscheidung, vor die Sie mich gestellt haben, als Sie Informationen über Sarahs Therapie von mir verlangt haben. Mir geht es immer um meine Patienten. Viele mögen mir das nicht zutrauen. Ich weiß, was die Branche da draußen über mich denkt. Die halten mich für einen mediengeilen Zampano. Aber das, was ich heute hier tue, dürfte Ihnen das Gegenteil beweisen, gerade weil niemand davon erfahren darf.« Er nahm einen Schluck Tee.

Für einen Moment empfand Christine fast Mitleid mit Lindfeld. Er blätterte die Seiten mit einem Kopfschütteln durch, als würde er nur mit Widerwillen akzeptieren, was auf dem Papier geschrieben stand.

»Ich habe mir die Krankenakte noch einmal detailliert angeschaut. Seite für Seite. Dabei bin ich auf etwas sehr Verstörendes gestoßen. Es war die ganze Zeit da. Ich habe es jedoch noch deutlicher gespürt, nachdem Sie bei mir waren. Als ich es dann fand, war mir klar, dass ich mich bei Ihnen melden muss. Es ist schrecklich. Es gibt kein anderes Wort dafür. Einfach nur schrecklich.« Er reichte Christine den Papphefter über den Tisch.

Sie überflog die erste Seite, während Dr. Lindfeld sich im Sofa zurücklehnte.

»Sarah kam vor über drei Jahren in meine Praxis. Sie gehörte zu den Patienten, die ihr Problem nicht selbst benennen wollten. Das ist nicht ungewöhnlich. Die meisten Menschen sind so.«

Christine bemerkte den langen Blick, den Dr. Lindfeld auf ihrem Körper ruhen ließ, als würde er diese Aussage auch auf sie beziehen.

»Menschen, die von den Geschehnissen der Vergangenheit eingeholt werden – sie zählen in erster Linie zu meinen Patien-

104

ten. Sie konfrontieren mich mit den schwierigsten therapeutischen Prozessen. Kleine Segmente müssen zusammengesetzt werden, bis sich das Gesamtbild ergibt. Zumindest das war bei Sarah anders. Bei ihr lag die ganze Geschichte auf der Hand. Sie ist in Wiesbaden aufgewachsen. Ihr Vater ist der Rechtsanwalt Ottmar Wagner. Er hat eine sehr, sehr gut gehende Kanzlei. Sarahs Mutter ist einfach nur Frau Wagner. Die Frau Anwalt, wenn Sie verstehen, was ich meine. Ein etwas archaisch anmutendes Eheverhältnis. Eine nachtemperierte Spätsommerliebe, die man aus Gewohnheit und Bequemlichkeit einfach aufrechterhalten hat. Ein gutes, konservatives Haus. Das würde jeder sagen, der von außen auf diese Familie blickt. Sarah hat eine Zwillingsschwester. Ich meine: Sie hatte eine Schwester. Henriette. Aber dazu komme ich gleich.«

Christine nickte, obwohl ihr eher nach einem Kopfschütteln zumute war. Eine Zwillingsschwester tauchte bei ihren Recherchen über die Familie Wagner nicht auf.

»Sarah war zwölf Jahre alt, als sie mit ihrer Familie nach Potsdam umzog. Sie und ihre Schwester sind dort zur Schule gegangen. Natürlich auf ein Gymnasium. Drunter ging da gar nichts. Ihr Vater wollte es so. Sarah war intelligent. Für die Schule interessierte sie sich trotzdem kaum. Henriette war die typische Einserschülerin, Papas Lieblingskind.

Jetzt müsste man eigentlich Geschwisterrivalität und die damit verbundenen negativen Gefühle wie Eifersucht und Aggression miteinbeziehen. Doch dieser Fall liegt anders. Henriette war eben eher der verschüchterte Bücherwurm und Sarah das offene, extrovertierte Mädchen, das auch schon Jungs als Freunde hatte. Und trotzdem sind die beiden wunderbar miteinander ausgekommen. Sie besaßen unter-

schiedliche Charaktere, die sich ergänzten. Sarah und Henriette waren unzertrennlich. Dann kam dieser Tag im Herbst.«
Dr. Lindfeld beugte sich vor. Er nahm einen weiteren Schluck Tee und starrte dann an die Decke. »Das, was ich Ihnen jetzt erzähle, entstammt natürlich ausschließlich Sarahs subjektiver Wahrnehmung. Das dürfen Sie nicht vergessen. Und noch eines: Was ich Ihnen jetzt erzählen werde, darf niemals diesen Raum verlassen. Niemals, hören Sie?«
Christine nickte zweimal kurz. Es musste ernst sein, sehr ernst, wenn Dr. Lindfeld bereit war, seine Schweigepflicht zu brechen. Er hatte die Hände wie zwei Stahlklammern um die Teetasse gelegt. Christine sah das Porzellan schon zerbrechen.
»Sarah und Henriette waren sechzehn Jahre alt, als es passierte. Beide besaßen ein besonderes sportliches Talent. Sie waren ausgezeichnete Kunstturnerinnen. Olympiataugliches Material. Das hatte jeder kapiert, der von diesem Sport auch nur ein bisschen was verstand.«
Christine konzentrierte sich auf jedes einzelne Wort. Sie wollte sich alles merken. Jede Information, jedes Detail konnte wichtig sein. Sie schloss die Augen halb und stellte sich alles bildlich vor. So machte sie es immer, wenn sie sicher sein wollte, dass ihr auch nichts entging.
»Es war Herbst, Oktober, als Henriette und Sarah am Abend ihre Übungen in der Sporthalle absolvierten. Seit drei Jahren arbeiteten Sportlehrer mit den Zwillingen. Zweimal die Woche ging es zum Training. Wenn ein Wettkampf anstand, sogar noch öfter.
Es war ein altes Haus mit Holzschindeln, ein backsteinfarbenes Gemäuer mit großen Fenstern und massigen Heizkörpern, durch die das Wasser gurgelte. Das Gebäude stammte

aus einer Zeit, als es noch Männerturnvereine gab. Sarah mochte den Geruch dort sehr. Eine Mischung aus Gummi, Holz und Leder. Sie fühlte sich dort wie zu Hause.

An diesem Abend konnte ihr Trainer sie nicht betreuen, sondern eine Sportlehrerin aus Bern war für die beiden da. Sarah und Henriette machten ihre Übungen in der leeren Halle. Es lief gut an dem Tag. Die Lehrerin war sehr zufrieden. Sie begleitete die Geschwister zu den Umkleidekabinen und verabschiedete sich.

Sarah und Henriette zogen sich aus. Sie drehten die Hähne der Duschen auf und stellten sich unter den Wasserstrahl. Sie waren erschöpft. Sie hörten nichts. Sie nahmen nicht wahr, wie ein Mann die Dusche betrat und die Tür hinter sich verschloss. Sie bemerkten nicht, wie er sich ihnen hinter den Kachelwänden näherte und wie aus dem Nichts vor ihnen stand. Sarah sah ihn zuerst. Ein großer Mann in einer schwarzen Hose und einem dunklen Rollkragenpullover. Er trug eine Strumpfmaske über dem Gesicht.

Sarah schlug er mit der Faust auf die Stirn. Sie sank zu Boden und blieb dort liegen. Das Wasser prasselte auf ihren Körper. Sie musste mit ansehen, wie der Maskierte ihrer Schwester ein Chloroformtuch auf das Gesicht drückte. Henriettes Arme fielen schlaff nach unten. Sie glitt auf den Boden und bewegte sich nicht mehr.

Der Maskierte packte Sarah. Sie war leicht. Kein Gewicht. Aus seiner Hosentasche zog er eine transparente Plastikfolie, die er ihr über den Kopf stülpte. Er wollte sie ersticken. Sarah wehrte sich. Sie schlug mit beiden Händen auf den Kopf des Mannes ein. Auf sein Gesicht, seine Ohren. Sie wollte ihm ihre Finger in die Augen stoßen. Sie schrie. Es half nichts. Das Plastik lag fest über ihrem Mund. Die Luft wurde knapp.

Der Maskierte atmete schwer. Ihr Widerstand erregte ihn. Sie spürte seine Erektion an ihrem Oberschenkel. Mit einer Hand presste er ihren Kopf gegen die gekachelte Wand. Mit der anderen Hand öffnete er den Gürtel seiner Hose.

Sarah nahm alles in Zeitlupe wahr. Das prasselnde Wasser aus dem Duschkopf über ihr. Der Sauerstoffmangel. Der Schwindel. Der Schmerz, der ihren Unterleib durchbohrte. Die brutalen Stöße, die ihren Körper immer wieder gegen die Wand krachen ließen. Der schwere Atem des Mannes, der immer schneller ging, die warme Luft, die aus seinem Mund kam und gegen die Plastikfolie schlug. Alles drehte sich. Er vergewaltigte sie, während er ihr beim Sterben zusah.

Dann hörte der Maskierte abrupt auf. Er blickte hinauf zu dem gekippten Fenster unter der Decke. Da waren Geräusche. Schritte. Er hörte sie. Der Maskierte reagierte sofort. Er schlug Sarah die geballte Faust in den Bauch. Sie klappte zusammen. Sie zitterte am ganzen Leib und hatte das Gefühl, sie müsse sich jeden Moment übergeben, konnte sich aber die Folie vom Kopf reißen. Sie schnappte nach Luft. Vor ihr waberte eine Nebelwand auf und ab. Sie sah nur noch wenig von dem, was sich direkt vor ihr abspielte. Henriette lag noch immer reglos auf dem Boden. Sie konnte ihr nicht helfen.

Obwohl das Wasser laut rauschte, hörte Sarah draußen vor der Sporthalle Schritte. Diesmal näher. Eine laute Stimme rief: ›Hallo? Ist da wer?‹ Es war der Hausmeister. Er machte immer seinen Rundgang, kurz bevor die Halle geschlossen wurde. Sarah erkannte ihn am Klappern seines Schlüsselbundes. Sie wollte schreien, brachte aber nur ein Gurgeln zustande. Es war sinnlos.

Der Maskierte griff nach der ohnmächtigen Henriette. Er warf sie sich über die Schulter und drehte sich noch einmal zu

Sarah um. Es war, als würde er sich das Mädchen, das da hilflos am Boden lag, für immer einprägen wollen. Sarah legte die Arme vor die Brust, zitternd. Für sie stand die Zeit still in diesem Moment. Der Blick des Mannes. Das prasselnde Wasser. Die Schmerzen in ihrem Unterleib. Die Angst vor den nächsten Sekunden.

Der Mann griff in seine Hosentasche und zog ein paar Federn heraus. Er flüsterte etwas. So leise, dass sie es kaum verstehen konnte. ›Sie wird fliegen.‹ Das waren seine Worte.

Er verließ mit der bewusstlosen Henriette die Duschen. Dann war es vorbei.«

Christine ließ die Bilder in ihrem Kopf wirken. Ihr zitterten die Hände. Wäre Albert hier, würde er ihr die Arme auf die Schultern legen und sie beruhigen, weil er genau wusste, dass ihre Entschlossenheit, diesen Fall zu lösen, nun eine ganz neue Qualität bekam. Doch er war nicht da. Sie atmete tief durch und schüttelte den Kopf. »Aber das war ja wohl nicht das Ende, oder?«

Dr. Lindfeld starrte in seine Teetasse. »Aus kriminalistischer und psychotherapeutischer Sicht fängt diese Geschichte erst an. Das ist richtig. Henriette tauchte nie wieder auf. Das allein ist schon schrecklich genug, aber es kommt noch schlimmer. Deswegen bin ich heute hier.«

Christine verkrallte sich in ihren Sessel, sie spürte das rissige Leder unter ihren Fingern. Am liebsten hätte sie Dr. Lindfeld mit tausend Fragen bombardiert. Der Maskierte musste schließlich irgendwelche Spuren hinterlassen haben. Er kannte sich für einen Fremden viel zu gut in der Turnhalle aus. Aber sie wartete. Sie wusste, dass es jetzt um etwas Entscheidendes ging.

Dr. Lindfeld stellte die Teetasse auf den Tisch. Dann legte er die Hände wie eine Schale aneinander und ließ seinen Kopf hineinsinken. »Über den Täter ist nichts, rein gar nichts bekannt. Er trug eine Strumpfmaske. Und das Ganze passierte am 4. Oktober. Vor zwanzig Jahren.«

Christine rechnete nach. Der Besuch in der Redaktion und davor Breinerts Anruf – sie ließ schwarze Zahlen rückwärts durch ihren Kopf laufen. »Der 4. Oktober … Das heißt ja … Das ist genau der Tag, an dem Sarah verschwunden ist.«

Dr. Lindfeld hob den Kopf. Er kniff die Lippen zusammen und nickte. »Er hat sich auch Sarah geholt. Auf den Tag genau nach zwanzig Jahren. Er hat sie sich einfach … geholt.«

12

Der Halogenstrahler blendete sie. Das Licht fiel genau auf Sarahs Stuhl. Er hatte sie auf einem harten Lederstuhl mit unbequemen Gurten an den Beinen und den Armen festgeschnallt. Die Riemen spannten. Die Kanten des Holzrahmens schnitten ihr in die Haut. Sie trug ein weißes Kleid.

Sarah winkelte die Knie etwas an, spreizte die Beine und starrte auf die dunklen Schatten in dem abgewetzten Leder, auf dem sie saß. Ihr Blut war fast vollständig aufgesogen worden. Wie merkwürdig. Etwas von ihr war nun Bestandteil dieses Stuhles geworden.

Als Kind war sie einmal beim Fahrradfahren gestürzt und hatte sich an ihrem Lenker einen Zahn ausgeschlagen. Die Stelle am Griff ließ noch Jahre nach dem Unfall eine kleine Kerbe sehen. Jedes Mal, wenn sie auf ihr Fahrrad gestiegen war, hatte sie darüber nachgedacht. Aber sie war weiterhin gefahren, so, als ob nichts passiert wäre.

Die Wärme im Raum war drückend und schwül. Die Heizung arbeitete auf vollen Touren. Er wollte nicht, dass ihr kalt war. Er war besorgt. Er kümmerte sich. In den langen Nächten hatte er immer wieder versprochen, sie freizulassen, sie am nächsten Morgen einfach irgendwo auszusetzen.

Am Anfang hatte sie noch gehofft und jeden Morgen der Freiheit entgegengefiebert. Er hatte sie dabei beobachtet, da war sie sich sicher. Der Maskierte genoss, wie die Hoffnung sich in ihr ausbreitete, um sie ihr danach wieder zu nehmen und sie noch verzweifelter zurückzulassen.

Es war sein Spiel, und er spielte es gut. Doch Sarah hatte ihn durchschaut.

Ihre Lider waren verklebt, sie blinzelte. Das grelle Licht des Strahlers brannte ihr in den Augen. Unter ihrem linken Fuß spürte sie ein kleines Steinchen. Sie zog das Bein an, soweit es die Lederriemen zuließen. Ein krampfartiger Schmerz durchzuckte ihren Unterschenkel. Sarah kniff die Augen zusammen. Tatsächlich. Ein schwarz geädertes Kieselsteinchen, wie es oft in Ziergärten verwendet wurde. Mit der Zehenspitze tippte sie es an. Und noch einmal. Sie rollte es hin und her. Sie stellte sich vor, wie der Maskierte mit einer Gießkanne durch einen exotischen Garten spazierte, an besonders prachtvollen Blüten roch und vorsichtig mit der Hand über grüne Blätter strich. Es war eine absurde Vorstellung, aber sie half ihr, ihm ein menschliches Gesicht zu geben. Bei einem Mann, der Blumen liebte, hatte sie vielleicht noch eine Chance. Dieses Bild nahm ihr die Angst. Wenn auch nur ein wenig.

Sarah verlagerte ihr Gewicht, und der Schmerz in ihren Gliedern ließ etwas nach. Sie legte den Kopf in den Nacken.

Das monotone Tropfen einer lecken Leitung irgendwo über ihr war das einzige fortwährende Geräusch neben dem elektrischen Surren der Überwachungskamera, die sie mit ihrem blinkenden, roten Zyklopenauge nicht eine Sekunde allein ließ.

Es fiel ihr schwer, die Geräusche auszublenden, denn das bedeutete auch, dass sie sich nicht mehr auf seine Schritte konzentrieren konnte. Oft tauchte er lautlos wie ein Geist neben ihr auf. Selbst wenn er vor ihr hin und her ging, machte er kaum Geräusche. Zumindest hörte sie fast nichts. Vielleicht waren es die Drogen, die er ihr immer wieder spritzte. Sie benebelten sie und versetzten sie in einen angenehmen

Schwindel. Machten sie träge. Sie lösten ihren Charakter auf. Normalerweise war sie willensstark. Sie konnte sich immer wehren. Den meisten Menschen war sie verbal überlegen. Doch schon bald existierte diese Sarah Wagner nicht mehr. An ihrer Stelle würde ein dumpfes Wesen sitzen. Das war sein Plan, sie wusste es. Er wollte sie zermürben, sie zerstören.

In ihrer linken Armbeuge zählte sie sieben dunkle Punkte, die Einstiche der Nadeln. Feine Löcher, durch die er seine Stoffe in ihren Körper geschossen hatte. Sie verheilten nicht, und ganz sicher würden Narben zurückbleiben. Die Erinnerung an diese Zeit würde sie nie wieder loswerden, egal wie lange sie noch lebte. Aber schon dieser Gedanke fühlte sich grundlegend falsch an. Diesen Raum hier würde sie niemals lebend verlassen. Das wusste sie.

Er würde dafür sorgen. Er sorgte für alles. Der Maskierte hatte ihr einen Rock und eine Bluse gebracht und Unterwäsche. Alles in weiß. Dabei strich er ihr über den Kopf. Zwei Stunden später zerriss er ihre Kleidung, fesselte sie an den Stuhl und vergewaltigte sie. Immer wieder.

Wenn er sie nahm, spürte Sarah die Spannung des Leders unter ihr und an ihrem Rücken. Das Knirschen des Holzrahmens. Das ächzende Geräusch, das erst leise war und dann immer lauter wurde. Sie konzentrierte sich darauf. Nur auf das Geräusch. Jedem Knirschen ordnete sie im Geist eine Zahl zu. Fünf, Acht, Neun. Sie addierte. Sie subtrahierte. Sie multiplizierte die Zahlen mit sich selbst und überprüfte dann das Ergebnis. Die Gesetze der Mathematk. Steril. Sauber. Zahlen. Einfach nur Zahlen.

Sie hatte es gelernt.

Der 4. Oktober vor zwanzig Jahren hatte alles verändert. Dieser eine verdammte Tag, der sie fast völlig zerstört hatte.

Sarah versteckte diesen Tag, verbarg ihn vor allen Menschen, distanzierte ihn von ihrem täglichen Handeln. So hielt sie sich am Leben.

Leben.

Sie drehte ihre Handinnenflächen nach oben. Die Spuren verkrusteten Blutes klebten an ihnen. Wenn sie jetzt aufgab, dann war der lange Kampf völlig sinnlos gewesen. Sie hatte sich ganz bewusst für den harten Job vor der Kamera entschieden. Sie wollte es sich beweisen. Die Anerkennung der Menschen da draußen hatte Sarah gezeigt, dass ihre Narben für andere unsichtbar waren. Wenn sie jetzt aufgab, war alles umsonst gewesen.

Das konnte sie nicht zulassen. Sie musste kämpfen.

Physisch konnte sie dem Maskierten nur wenig entgegensetzen. Ihre einzige Chance war, ihn mit psychologischen Attacken in die Knie zu zwingen. Er musste eine Schwäche haben. Ein Mann, der zwanzig Jahre auf sie gewartet hatte und dann tat, was er jetzt tat, war verletzlich. Angreifbar.

Sie musste den psychischen Hebel finden, den sie ausnutzen konnte, bevor die Drogen ihr die Fähigkeit zum Denken raubten.

Diesmal würde er bezahlen. Für sie und Henriette.

Henriette ... ihr ernstes Gesicht und ihre klugen Augen. Er hatte ihr die Schwester genommen. Wenn sie sterben musste, dann würde sie ihn mit sich in den Tod nehmen. Dafür würde sie alles tun. Selbst wenn es bedeutete, die Tür zu ihren schlimmsten Ängsten wieder aufzustoßen.

Der Maskierte.

Er schien sich nicht verändert zu haben. Damals, als Sarah nackt auf dem gefliesten Boden unter der Dusche in der alten Turnhalle gelegen hatte, war ihr der Mann wie ein überle-

bensgroßes Monstrum erschienen. Über die Jahre hatte er an
Größe verloren, doch wenn er sich nun über sie beugte, kam
er Sarah wieder wie ein Riese vor. Er hatte sich in der langen
Zeit körperlich nicht verändert. Zumindest erkannte Sarah
keinen Unterschied zu dem Maskierten, der sie und Henriette in der Dusche überfallen hatte.

Seine Bewegungen waren prägnant und schnell. Wie damals
verbarg er seine Hände unter Handschuhen. Genau wie sein
Gesicht, das er niemals zeigte. Der Griff an ihren Hals, wenn
er erregt war, fast automatisch. Wie damals. Sein schwerer
Atem. Die Art seiner Gewalt. Er kam nie in ihr. Er ließ es
nicht zu. Kurz davor stoppte er, lockerte den Griff an ihrem
Hals und wandte sich ab.

Nach jeder Vergewaltigung legte er ihr ein in Chloroform ge-
tränktes Tuch übers Gesicht, als wolle er ein Spielzeug aus-
schalten, für das er sich nicht mehr begeistern konnte. Am
Anfang hatte Sarah noch versucht, die Luft anzuhalten, den
süßlich stechenden Geruch nicht einzuatmen, doch er durchschaute ihren Trick und presste ihr das Tuch nur noch fester
aufs Gesicht.

Damals in der Turnhalle blieb dem Maskierten keine Zeit.
Heute nahm er sie sich. Er wollte genießen, jede einzelne Sekunde zu einem besonderen Erlebnis machen. Zwanzig Jahre
hatte er darauf gewartet, sie beobachtet, wie sie langsam wieder auf die Beine kam. Und als sie dann den Sprung ins Fernsehen schaffte und eine erfolgreiche Karriere hinlegte, musste
er völlig ausgerastet sein. Nur so konnte es sein. Sarah hatte
keinen Zweifel daran.

Seine Stimme.

Es war unmöglich, seinen geflüsterten Worten Gefühle zuzu-
ordnen. War da ein freundlicher Unterton? Oder eine ver-

115

steckte Aggressivität? Oder beides? Sarah wusste es nicht zu sagen.

Sie wird fliegen.

Das hatte er ihr vor zwanzig Jahren zugeflüstert, bevor er verschwunden war.

Dann die Federn.

Womöglich sah er in ihr einen Engel, den er zerstören musste. Das könnte der Grund sein, weshalb er ihr ausschließlich weiße Sachen zum Anziehen gab. Aber all das erkärte nicht, wie der Maskierte überhaupt auf sie und ihre Schwester gekommen war.

Draußen rauschte leise der Wind. Und dann war da noch etwas. Ein stetes, feines Plätschern. Wasser, das irgendwo tröpfelte. Oder vom Wind getrieben wurde? War sie in der Nähe eines Sees oder Flusses? Sarah wusste es nicht. Sie wusste nicht, wie viele Tage sie hier verbracht hatte. Sie wusste absolut gar nichts.

Leicht, gleichmäßig und völlig unaufgeregt kamen Schritte näher. Seine Schritte.

Die Tür hinter ihrem Käfig wurde aufgeschlossen. Dort befand sich der Zugang zu einem anderen Raum. Sarah hatte eine Wendeltreppe erspäht, die nach oben führte. Demnach musste sie sich in einem Keller befinden.

Und da stand er. Hinter dem Gitter.

Er schaute sie durch die Stäbe an, als würde er ein gefangenes Tier betrachten. Das elektronische Schloss an der Tür des Käfigs brummte sanft, als er einen Code eingab. Er schob die Eisentür lautlos auf und stellte sich vor Sarah. In den Händen hielt er ein Tablett. Frischer Orangensaft. Milchreis. Apfelmus.

Sarah blinzelte ihn an. Er hätte ein Kellner in einem Restaurant sein können, so, wie er jetzt vor ihr stand. Wenn nur die schwarze Maske und die Handschuhe nicht wären.

»Das ist dein Frühstück. Komm, ich helfe dir«, flüsterte der Maskierte. Er tauchte einen kleinen Löffel in den Milchreis und begann, sie zu füttern wie ein Kleinkind. Sarah ließ es geschehen. Es war ein Frühstück, wie sie es sich jeden Morgen in ihrer Wohnung zubereitet hatte. Er kannte sie gut.

Der Maskierte strich ihr ein wenig Milchreis aus dem Mundwinkel. Seine Lippen hinter der Maske formten sich zu einem spitzen Lächeln. »So ist es gut, oder? Eine Schande, dass wir beide so lange getrennt waren. Denk nur einmal über die Zeit nach, die wir vergeudet haben. All die vielen Monate und Jahre. Zum Glück gab es ja Henriette. Undenkbar, wenn ich sie nicht gehabt hätte.«

Sarah blickte ihm ins Gesicht, an die Stelle, wo sie die Augen vermutete. Sie presste die Lippen aufeinander. Dann spie sie den Milchreis aus. Die weißen Brocken klebten an seiner Wange und am Revers seines schwarzen Sakkos.

Der Maskierte stellte die Schale auf dem Tischchen neben dem Bett ab. Er wischte die breiigen Klumpen von seiner Strumpfmaske und trat einen Schritt beiseite, als betrachtete er Sarah wie in einem Experiment. Er verschränkte die Arme vor seiner Brust und sah nachdenklich aus.

Sein schwarzer Anzug und die hautfarbenen Gummihandschuhe wirkten auf Sarah inzwischen wie ein Arbeitskittel. Als hätte er sich für einen Job in einer Werkstatt angezogen.

»So viel Wut. So viel unreflektierte Wut. Meinst du, das trägt zur Verbesserung deiner Situation bei? Glaubst du das wirklich? Henriette war da ganz anders. Sie hat sich recht schnell mit ihrer neuen Lebenssituation abgefunden. Erstaunlich schnell sogar. Sie schien ihr sogar zu gefallen.«

117

Sarah schloss kurz die Augen. Henriette hatte oft am Bootssteg hinter dem Haus gesessen und in ihren Kunstbänden gelesen. Manchmal hatte sich Sarah zu ihr gesetzt und sich Gemälde von ihr erklären lassen. Henriette hatte jede Frage so genau und ernsthaft beantwortet, als wäre sie ihre Lehrerin. Diese Momente, in der sie mit ihrer Schwester allein gewesen war, hatte sie nie vergessen.

Sarah verpasste dem Kieselstein unter ihrem Fuß einen Tritt, dass er durch den Raum rollte. Sie zerrte an ihren Fesseln. Nicht die Kontrolle verlieren. Darauf war er aus. Sie atmete tief durch. Er würde nicht gewinnen. Dann hatte sie sich gefasst. »Das ist alles, was du nach zwanzig Jahren zu bieten hast?« Sie versuchte, ihrer Stimme einen ruhigen Klang zu verleihen, konnte aber dennoch nicht verhindern, dass ihre Angst mitschwang. »Lügen, Provokationen und Vergewaltigungen? Mehr nicht? Dafür diese ganze Planung? Das hätte jeder andere mit weniger Aufwand geschafft. Es gibt nichts, worauf du stolz sein kannst. Gar nichts. Du bist einfach nur krank. Und mir ist es mittlerweile egal, ob ich hier sterbe.«

Der Mann schien hinter seiner Maske zu lächeln. Er starrte Sarah an und legte einen Finger auf seine Lippen, als hätte er an ihr etwas Neues entdeckt, das sein Interesse weckte.

Sarah drückte ihr Rückgrat durch. Sie wollte, dass er ihre Stärke spürte. Sie fixierte die schwarze Maske. »Ich werde dir etwas erzählen. Eine Geschichte. Damit du weißt, wer hier überhaupt vor dir sitzt. Damit du verstehst, wer ich wirklich bin. Hör gut zu.« Sie ballte die Fäuste und presste die nackten Füße hart auf den Boden. »Ich war ein Kind. Vielleicht sieben Jahre alt. Ich lag im Bett. Draußen war es Nacht. Ein Sturm tobte. Ich konnte die grellen Blitze durch das Fenster meines Zimmers sehen und das Grollen des Donners hören. Ich hatte furchtbare Angst. Ich kletterte aus dem Bett und lief zu meiner Mutter. Sie stand in ihrem Arbeitszimmer. Ihre weiße Bluse war hochgeschlossen. Sie guckte mich durch ihre wuchtige Brille an. Anstatt mich zu trösten, stand sie nur da und steckte die Hände in die Taschen ihres Rocks. Sie sagte: *Du musst deine Furcht bekämpfen. Allein. Ohne die Hilfe anderer Menschen. Sonst wirst du immer schwach bleiben. Du musst es lernen, Sarah.* Draußen donnerte und blitzte es weiter. Ich ging allein in mein Bett zurück. Der Sturm rüttelte an unserem Haus. Aber ich hatte keine Angst mehr. Nie mehr. Ich habe mir dieses Gefühl nicht mehr erlaubt. Verstehst du? Begreifst du das?«

Der Maskierte schien es zu verstehen. Die schwarze Masse, die sein Gesicht war, starrte auf sie herab. Das hilflose Opfer, das sich plötzlich in den Widerstand begab. Ihre aufrechte Kopfhaltung. Ihr zusammengepresster Mund. Er musste ihre Stärke spüren. Sie sehen. Sarah wollte es so. Es gab ihr Mut.

Der Mann wandte sich ab. Langsam strich er mit den behandschuhten Fingern über seinen Handrücken. Wahrscheinlich war es eine jahrzehntelange Angewohnheit, wie sie nur ein Mensch entwickelte, der jeden Schritt mit äußerster Sorgfalt bedachte. Sarah konnte ihren Blick nicht von den streichelnden Bewegungen lösen. Und als hätte es der Maskierte bemerkt, hielt er abrupt inne.

»Hier tobt ein ganz anderes Unwetter, Sarah. Und wir sind hier nicht im Arbeitszimmer deiner Mutter. Es gibt niemanden mehr, zu dem du rennen kannst. Nicht einmal mehr zu dir selbst. Und dabei fängt unser Spiel doch erst an.«

Er stützte beide Hände auf die Armlehnen des Stuhls. Fast hätte er Sarah berühren können, doch er tat es nicht. Seine Stimme war ein zeitloses Flüstern. »Sarah, ist dir der Unterschied zwischen Verlangen und Gier bekannt? Nein? Warte, ich will es dir verraten.«

Er kam noch ein wenig näher.

»Vor zwanzig Jahren war es das Verlangen nach dir. Das Verlangen nach etwas Verbotenem, nach etwas Unerreichbarem. Verlangen empfinden wir nach etwas, das wir nicht haben können. Ich habe es mir geholt. Und dann kam die Gier. Gier empfinden wir für etwas, das wir bereits haben, von dem wir aber mehr wollen. Viel mehr.« Er legte ihr seine behandschuhte Hand auf den Kopf und streichelte ihr übers Haar. »Du siehst, Sarah, ich habe dich niemals vergessen. All die langen Jahre war ich immer bei dir. Und selbstverständlich gibt es auch noch eine dritte Stufe: die Sättigung. Das komplette Ersterben der Gier, weil man genug von etwas hat und sich nun auf ein neues Verlangen stürzen kann.«

Sarah nickte. »Ich habe verstanden.« Sie lächelte. Der Maskierte hatte nur bestätigt, was sie die ganze Zeit schon vermutet hatte. Vielleicht wollte er sie jetzt zerbrechen sehen, doch den Gefallen würde sie ihm niemals tun. »Stufe drei endet mit meinem Tod. Das willst du mir damit doch sagen, oder? Du wirst mich nie gehen lassen. Ebenso wenig wie Henriette. Du hast sie vergewaltigt und umgebracht. Du bist bloß ein armseliger Verlierer, der keine abbekommt, wenn er sie nicht in der Dusche überfällt oder in ihrem Schlafzimmer betäubt und entführt. Du bist einfach erbärmlich und krank.«

Der Maskierte kicherte leise. »Krank? Keineswegs, Sarah. Ich bin gesund. Völlig gesund. Nur ... eben auf meine Weise. Schau dir das an ...«

Er griff in seine Tasche und holte ein Foto heraus. An den Ecken war es abgegriffen. Feine Risse zogen sich durch die matten Farben. Ein unscharfes Bild lag in der Innenfläche seiner ausgestreckten behandschuhten Hand, ruhig, wie ein Pfeil auf der gespannten Sehne eines Bogens. Der Maskierte spitzte seine Lippen und lächelte hinter dem schwarzen Nylon.

Sarah konnte nur Konturen auf dem Foto erkennen, aber es reichte, um ihren ganzen Körper zum Zittern zu bringen. Mit ihrer gespielten Stärke war es vorbei. Was sich vor dem Maskierten nicht verheimlichen ließ.

»Ja, Kindchen, der Kreis schließt sich, nicht wahr?«

Sarah betrachtete das Foto, ohne zu atmen. Ein alter Lederstuhl mit Riemen. Das Licht eines Halogenstrahlers. Auf dem Stuhl ein gefesseltes Mädchen in einem weißen Kleid.

Henriette.

Sarah schloss die Augen. Sie weigerte sich, das Bild auf ihrer Netzhaut zuzulassen. Die Geräusche der leckenden Leitung über ihr nahm sie wie einen Strudel wahr, der sie in die Tiefe riss. »Mein Gott. Mein Gott«, stammelte sie leise.

Die Stimme des Maskierten drang wie aus weiter Ferne an ihre Ohren.

»Oh ja, Sarah, du hast es erkannt, nicht wahr? Derselbe Stuhl, dasselbe Erlebnis. Sarah und Henriette sind in ihrer gemeinsamen Geschichte wieder vereint. Dort, wo sie saß, bist nun du. Wie die Bilder sich gleichen. Wie vollendet und wundervoll dieser Moment doch ist. Gott scheint Humor zu haben, nicht wahr? Humor. Durchaus, durchaus …«

Sarah starrte das unscharfe Foto an. Die dünnen Arme des Mädchens ragten wie Stöcke aus dem Kleid. Die Haare hingen ihr wirr ins Gesicht. An ihrem Hals und an den Armen waren blutige Rötungen zu erkennen. Schläge, Verbrennungen oder andere Folgen brutaler Misshandlungen. Sarah brachte kein Wort heraus.

Wenn ein Mensch sich jahrelang mit einer Frage quält und

dann endlich eine Antwort bekommt, wenn nagende Unge-
wissheit zur Wahrheit wird und unnachgiebig an den Funda-
menten eines ganzen Lebens rüttelt und es schließlich und
endlich doch zum Einsturz bringt, was bleibt dann noch übrig von dem, was diese Person einmal war?

Sarah riss an den Ledergurten. Sie spürte, wie sich ihre Hals-
muskeln verkrampften, und sie hörte ihren eigenen Schrei. Es
war ein nervenzerfetzender Laut, der aus ihrem Mund drang.
Dann sackte sie in sich zusammen.

Der Maskierte schüttelte den Kopf, als wäre er enttäuscht. Er
strich Sarah eine Haarsträhne aus dem Gesicht. »Der Kreis
schließt sich, mein Kind. Der Kreis schließt sich endlich.«

13

Da, das da oben ist eine Lufthansa-Maschine. Ganz bestimmt. Das erkenne ich am Logo, sogar auf diese Entfernung, und das da drüben, westlich, dort … das ist eine LTU.« Albert tippte mit seinem butterverschmierten Zeigefinger an die Frontscheibe des dahinrasenden Citroën. Dann ließ er sich in den Beifahrersitz zurücksinken und machte sich über die Tüte mit den Chips auf seinen Knien her.

Christine drehte das Lenkrad ihres Citroën ganz ruhig hin und her. Sie hatte sich am Morgen die Nägel schwarz lackiert, und ihr gefiel, dass ihre Fingerspitzen jetzt wie kleine Käfer über das Lenkrad krabbelten. Sie betrachtete Albert von der Seite. Der schüchterne, hochintelligente Albert mit seinem braunen Wuschelkopf. Das Flugzeugspiel. Wie oft hatten sie es in den langen Stunden gespielt, wenn sie während ihrer Recherchen Wartezeiten totschlagen mussten. Meistens gewann Albert, allerdings nur, weil Christine ihn gewinnen ließ. Sie würde es ihm nie verraten. Sie wollte ihn nicht verletzen. Nie wieder. Das hatte sie sich geschworen.

»Wow, Christine, du fährst, als würde dir die Straße gehören. Du weißt doch, dass die Cops hier an der Glienicker Brücke ständig blitzen.«

Christine grinste. »Du erkennst Flugzeuge. Ich erkenne Blitzer. Hier sitzt eine Frau mit erstaunlichen null Punkten in Flensburg.« Sie drückte das Gaspedal noch ein Stück durch und jagte die vibrierende Tachonadel bis an den Anschlag.

Albert schob sich eine Handvoll Chips in den Mund und

krampfte sich in seinem Sitz zusammen. Christine bemerkte es und lächelte. Sie fuhr im fünften Gang. Ihr ganzes Leben lang. Ohne Unterbrechung. Er müsste es gewohnt sein.

»Meinst du, das ist eine gute Idee? So ein Überfallkommando? Ich weiß nicht …«, sagte er.

»Ja, definitiv. Wir müssen Sarahs Eltern anzapfen. Wir reden über eine Geschichte, die zwanzig Jahre in der Vergangenheit zurückliegt. Da hat das mit dem Internet gerade mal angefangen. Die Leute haben Musik von Whitney Houston gehört, und die Schulterpolster in den Sakkos der Männer sahen aus wie einzementierte Bauklötze. Und ich war acht Jahre alt.«

Albert schaute sie an, wortlos. Warst du ein glückliches Kind? Wer war bei dir? Deine Eltern? Warst du damals noch in Frankreich? Christine, wer bist du eigentlich wirklich? Sie spürte förmlich, wie all diese unausgesprochenen Fragen zwischen ihnen in der Luft lagen. Sie wollte sie nicht beantworten. Christine hätte über ihren Vater reden müssen, über ihr Leben nach seinem Tod, von dem alten, mit Efeu überwucherten Haus in Cancale. Sie brachte es nicht über sich. Alberts enttäuschter Blick entging ihr nicht.

Er öffnete einen Energydrink, den er unter dem Sitz gefunden hatte. Der gummibärchenartige Geruch verbreitete sich schlagartig im Auto und stieg Christine in die Nase. Albert nahm einen langen Schluck. »Bah, lauwarm. Das Zeug schmeckt kalt schon ekelhaft, aber das ist wirklich ein neuer Tiefpunkt.«

Sie hatten Wälder passiert, Motorradfahrer und Autos mit Wahnsinnstempo überholt und fuhren nun über die Glienicker Brücke, die Agentenbrücke, wie die Berliner sie nannten. Christine hatte sich oft vorgestellt, wie hier in der Zeit des Kalten Krieges der Osten und der Westen ihre Spione im dichten Nebel austauschten. Das alte Metall der Brücke schimmerte in der Nachmittagssonne dunkelgrau. Sie waren in Potsdam angekommen.

Albert nahm noch einen Schluck aus seiner Dose. »Weißt du, was mir wirklich nicht in den Kopf will? Was ist das für ein Mensch, der sich zwanzig Jahre Zeit lässt, um ein so schreckliches Verbrechen zu vollenden? Ich kapier das nicht. Zwanzig Jahre!«

»Würdest du ihn besser verstehen, wenn er die beiden Mädchen sofort an Ort und Stelle ermordet hätte?« Christine wandte ihren Blick nicht von der Straße ab. Der Citroën lag ganz ruhig auf dem Asphalt, als sie in eine scharfe Kurve fuhr.

»Nein, nein, so meine ich das nicht. Ich denke nur, also …«

Typisch Albert. Wenn ihm etwas peinlich war, bekam er keinen klaren Satz mehr heraus. Christine mochte seine Hilflosigkeit, weil sie ihm etwas Jungenhaftes verlieh.

»Bleib ruhig. Wenn wir rauskriegen, wie sein Hirn funktioniert, schnappen wir ihn. Und für mich ist völlig egal, wie viele Jahre er gewartet hat. Sein irrer Kopf ist mit Sicherheit derselbe geblieben. Es gibt da etwas anderes, das mich wirklich wundert …«

Albert reichte ihr die Blechdose mit dem sprudelnden Gummibärchensaft rüber, eine Geste, mit der er wohl ein paar Sekunden schinden wollte, um selbst auf Christines Anspielung zu kommen. Schließlich wollte er nicht immer der Zweite sein. Sie nahm einen besonders langen Zug und dann noch einen. Sie durchschaute Alberts Plan. Als sein Gesicht weiterhin von Ratlosigkeit zeugte, schmunzelte sie.

»Pass auf. Ein Mann will ein Mädchen in einer Turnhalle entführen. Aber ihre Schwester ist auch dabei. Er muss es gewusst haben, bevor er zuschlug. Sicher hatte er den Eingang

125

des Gebäudes beobachtet. Ich frage mich nun, ob er auch von vornherein die Vergewaltigung von Sarah geplant hatte.«

»Könnte er die Entführung denn nicht einfach im Affekt durchgezogen haben?«

»Nein, dafür war er viel zu gut vorbereitet. Denk mal an das mit Chloroform getränkte Tuch und die Plastikfolie. Er war maskiert. Er hat Henriette und Sarah in den Duschkabinen überrascht. Zwei Mädchen. Da hätte auch was schiefgehen können. Aber hat ihn das abgeschreckt? Nein. Ganz im Gegenteil. Er nahm sich sogar noch die Zeit, Sarah zu vergewaltigen. Schon das allein heißt für mich zweierlei. Erstens: Der Typ war absolut von sich überzeugt. Keine Angst. Kein Stress. Bemerkenswert.«

Der Gedanke gefiel Christine. Der Täter hatte sich auf ein Risiko eingelassen. Unter Umständen war ihm ein Fehler unterlaufen. Selbstüberschätzung konnte schnell zu einer Falle werden, das hatte sie während ihrer journalistischen Arbeit gelernt. »Und zweitens: Er muss die Familie Wagner eine Weile beobachtet haben, um ihre Lebensumstände und Gewohnheiten kennenzulernen. Warum entschied er sich dann aber gezielt für Henriette anstatt für Sarah? Die beiden sind Zwillingsschwestern. Zwei Mädchen aus einer Familie. Wir müssen die Unterschiede im Leben und im Charakter der beiden herausfinden. Wenn uns das gelingt, sind wir dem Täter einen Riesenschritt näher gekommen.«

»Klingt logisch.«

»Es ist logisch, und es ist ein Anfang«, sagte Christine und trommelte mit einer Hand auf dem Lenkrad herum. Albert schien diese Geschichte mehr mitzunehmen, als er zugeben wollte. Natürlich wäre es angenehmer für ihn gewesen, den Tag in der warmen Redaktion mit der Analyse von Aktienkursen zu verbringen. Aber das hier war nun mal das echte Leben. Sie musste vorsichtiger mit ihm umgehen. Er war das alles nicht mehr gewohnt. »Albert, so ein Kerl sitzt nicht am Frühstückstisch und beschließt spontan, ein Vergewaltiger, Entführer und womöglich Mörder zu werden – und dann legt er auch schon los. Dafür war seine Vorgehensweise viel zu systematisch. Der Typ hat sich vermutlich lange vorbereitet, vielleicht sogar in seinem persönlichen Umfeld. Und dann könnte jemand etwas davon mitgekriegt haben. Nach diesen Spuren müssen wir suchen.«

»Gut. Und was machst du aus diesem Spruch über das Fliegen und mit dieser Feder als Symbol?«

Federn als schamanische Ritualwerkzeuge oder als Zeichen für das Engelhafte – stundenlang hatte Christine darüber nachgesonnen. Im Ersten Weltkrieg wurden in England Kriegsdienstverweigerern weiße Federn überreicht – als Symbol der Feigheit. Als kleines Kind hatte sie sich einmal einen Indianerschmuck aus Gänsefedern gebastelt. Theoretisch war alles möglich. »Schwierig«, sagte sie. »Erinnerst du dich an die Federn auf Sarahs Kopfkissen? Er hat eine Nachricht hinterlassen. Wie die Unterschrift auf einem Gemälde. Was nur zeigt, wie selbstsicher er ist. Alles andere ist Spekulation. Ich warte erst einmal die Antworten von Sarahs und Henriettes Eltern ab.« In diesem Moment tauchte vor ihr am Straßenrand ein grünes Holzschild auf. Das Piktogramm für einen Badesee war mit schwarzer Farbe aufgemalt. Christine sah es gerade noch und schlug abrupt das Lenkrad nach rechts ein. Steine wirbelten auf, als der schwarze Citroën fünf Minuten später unter einem verzierten Torbogen hindurchraste und auf einen Weg einbog, der in einen parkähnlichen Garten führte, an dessen Ende ein gewaltiges Haus aufragte.

Es war ein architektonisches Prachtstück des ausklingenden neunzehnten Jahrhunderts, eine wunderschöne Villa mit großen Galeriefenstern, zwei hohen ionischen Säulen, die den Haupteingang an beiden Seiten rahmten, und grünen Fensterläden. Der Rasen davor war akkurat geschnitten, aber nicht übertrieben. Christine war überrascht. Sie hätte Hecken mit breiten Kronen als Sichtschutz erwartet. Aber nein, das Haus stand ganz offen und ungeschützt in der Natur. Dahinter lag ein Birkenwäldchen mit einem kleinen See. Im Schatten der Bäume ruhten Blumenkübel und Bänke, und unten am Wasser knarrte ein Bootssteg im Wind.

Die herbstlich gelben Azaleen, die fast verblühten Rosengärten, die Kugelbäume und Schmucklilien rundeten das Bild dieses prachtvollen Domizils ab. Davor harkten zwei Männer in dunkelgrünen Latzhosen Laub zusammen. Es waren Gärtner im fortgeschrittenen Alter. Fast übertrieben schnell schwangen sie ihre Harken, als würde jede Sekunde und jedes einzelne Blatt zählen.

Albert schüttelte den Kopf. »Meine Güte. Die arbeiten ja wie die Wilden. So spät am Nachmittag. Gar nicht typisch für den Osten. Sind das Menschen oder Roboter?«

In der Nähe der Zufahrt fiel Christine eine Frau mit hohen Pumps auf. »Das sind Menschen, die tierische Angst vor der Hausherrin haben. Guck mal.« Christine deutete mit ihrem Finger direkt vor Alberts Nase nach rechts.

Im Schatten eines Baumes stand eine Frau in einem streng geschnittenen grauen Kleid, das perfekt ihrer Haarfarbe entsprach. Mit verschränkten Armen vor der Brust und messerscharfem Blick inspizierte sie jede Bewegung der Gärtner. Sie war hager. Kein Gramm Fett. Selbst auf diese Entfernung wirkte ihr Körper auf Christine wie ein Mahnmal der Selbstkontrolle und Disziplin. Immer wieder blickte sie nach oben in den blauen Herbsthimmel, den nur ein paar verstreute Wolken bevölkerten.

Christine hielt den Wagen an. Das Gespräch würde nicht einfach werden. Eine solche Frau ließ sich bestimmt nicht über ihre Töchter ausfragen.

Als sie ruckartig den Kopf zu ihren Besuchern drehte, zuckte Albert zusammen.

»Mannomann, die erinnert mich an meine Biolehrerin. Mindestens. Mann, hatte ich damals Schiss vor der. Ist das Sarahs Mutter?«

»Na klar. Wer sonst soll sie denn sein?« Christine klopfte Albert auf die Hand. »Bleib hier. Ich mach das schon.«

Sie öffnete die Tür des Citroën und ging geradewegs auf die Frau zu. Als Christine näher kam, hob sie ihre schmalen Augenbrauen. »Was wollen Sie hier? Wer sind Sie?«

Christine hielt den ganzen Weg über Blickkontakt. Als sie endlich vor ihr stand, sagte sie nur ein Wort.

»Sarah.«

Die Frau schnappte kurz nach Luft, aber dann hatte sie sich sofort wieder unter Kontrolle. Die beiden Gärtner stützten sich auf ihre Harken und starrten neugierig zu den beiden hinüber. Erst als ihnen die Hausherrin einen betont langen Blick zuwarf, huschten sie mit ihren Harken und den Laubsäcken über die Wiese, um schließlich hinter den Bäumen zu verschwinden.

»Mein Name ist Christine Lenève. Ich bin Journalistin. Ralf Breinert, der Chefredakteur Ihrer Tochter, hat mich beauftragt, nach ihr zu suchen.«

Frau Wagner – Christine war sich gewiss, dass sie Sarahs Mutter vor sich hatte – ließ sich nur ein Stirnrunzeln entlocken. Das Haar der Frau war streng hochgesteckt. Ihr Gesicht wirkte so faltenfrei, als hätte sie die zersetzende Kraft der Jahrzehnte heimlich ausgetrickst. Christine vermutete ihr wahres Alter irgendwo in den Sechzigern. Doch auch das war reine Spekulation.

Die Frau verzog die Lippen zu einem spitzen Lächeln. »Ich bin Magdalena Wagner, wie Sie sicher schon erraten haben. Und Sie wurden also geschickt, um meine Tochter aufzuspüren. Interessant. So sieht also der erste Geier aus, der über meinem Kopf kreist, ja? Sie wirken auf mich sehr sensibel, fast schon zerbrechlich. Ich hätte mir einen Journalisten, der auf so eine Geschichte angesetzt wird, eigentlich anders vorgestellt.«

Nein, höflich war Sarahs Mutter nicht unbedingt. Na gut, dann würde Christine eben die Zerbrechliche spielen. Hauptsache, sie bekam etwas aus dieser Frau heraus. »Sie haben damit gerechnet, dass jemand kommt?«

»Natürlich. Es ist nicht das erste Mal, dass ich so was erlebe. Ich kenne Ihre Brut. Wollen Sie meine Tochter ernsthaft suchen oder nur eine tolle Story für Ihre Karriere?«

»Beides. Allerdings hat mich Ralf Breinert gebeten, nach Sarah zu suchen. Verstehen Sie? Es war eine Bitte, wenn Ihnen die Bedeutung dieses Wortes geläufig ist. Bis vor ein paar Sekunden wollte ich sie ihm auch gern erfüllen.«

Ein sanftes Lächeln spielte um Magdalena Wagners Mundwinkel. Es verriet Christine eine jahrzehntelange Routine im Umgang mit beleidigten Menschen.

»Sehr gut, Christine. Ich darf doch Christine sagen, oder?« Sie wartete die Antwort gar nicht erst ab. »Natürlich wird Breinert Sie fürstlich entlohnen, altruistisch veranlagt wirken Sie nämlich nicht unbedingt auf mich. Aber keine Sorge. Das

130

gefällt mir auch besser so. Uneigennützige Menschen sind mir unheimlich. Und nur zu Ihrer Information: Ralf Breinert ist mir nicht unbekannt.«

Christine fühlte sich in ihren Vorurteilen gegenüber Sarah bestätigt. Eine reiche Familie möchte ihre Tochter gern vor der Fernsehkamera sehen und – *schwups* – ein Anruf beim Chefredakteur, den man vermutlich aus dem gemeinsamen Club kennt, und die Sache läuft. Sie ließ sich ihre Gedanken nicht anmerken. Das hätte sie nicht weitergebracht.

Magdalena Wagner reckte herrisch das Kinn nach vorn. An ihrer Brust hing eine ovale grüne Brosche, die auf Christine eher wie ein Verdienstorden für besondere militärische Leistungen wirkte. Der Wind wehte ein paar Blätter vor ihre Schuhspitzen. In der Ferne läutete eine Glocke.

»Sagen Sie mal«, Magdalena Wagner deutete auf Christines Auto, »das ist doch ein Citroën DS, an die vierzig Jahre alt, oder?«

Christine nickte. Sie hätte nicht damit gerechnet, dass sich Sarahs Mutter mit Autos auskannte. »Er gehörte meinem Vater.«

»Ich habe auch einmal so einen Wagen gefahren. Als ich jünger war. Ich habe das Auto geliebt, obwohl es schon damals fast komplett durchgerostet war. Gott, wo ich überall mit diesem Schrotthaufen war. Das können Sie sich gar nicht vorstellen. Aber das war damals, als alles noch ganz anders war.« Magdalena Wagner blickte in die Sonne, streckte ihre feingliedrige Hand aus und deutete ein Lächeln an. »Ihr Vater hat einen guten Geschmack. Mal sehen, was seine Tochter zu bieten hat. Kommen Sie rein. Und dieser komische Kauz da in Ihrem Auto, der uns durch die Scheibe anstarrt, der kann ruhig auch mitkommen.«

Christine schüttelte Magdalena Wagner die Hand. »Das ist Albert Heidrich. Mein Partner.«

»Wer auch immer. Kommen Sie rein. Wir reden.«

Draußen vor den hohen Fenstern neigte sich die Sonne weit in Richtung Westen. Christine saß in einem schwarzen Corbusier-Sessel und trank Earl Grey No. 69 mit einem Hauch Zitrone. Die Größe des Hauses war umwerfend. Vom Salon aus, wo Magdalena Wagner Christine und Albert Tee hatte servieren lassen, waren zwei Galerien zu sehen, die sich zur Süd- und Ostseite erstreckten. Filigrane Metallregale reichten bis zur Decke, vollgepackt mit Bildbänden und Büchern. Keine Pflanzen, keine Hängelampen. Der Stil war klar und nüchtern. Nur hier und dort lagen auf den Sofas ein paar Kissen schief herum. Zum Glück konnte das Dienstpersonal diese Unzulänglichkeit unter den strengen Augen der Hausherrin gerade noch mit einigen gezielten Handkantenschlägen beseitigen. Es war eines dieser Häuser, das seinen Besuchern unweigerlich einen Flüsterton abverlangte, kaum dass man es betreten hatte.

Albert deutete auf ein bläuliches Gemälde. Es zeigte eine verwinkelte Treppe. Auf ihr gingen puppenhaft wirkende Menschen mit runden Gesichtern, gemalt mit klaren, sachlichen Linien und expressiven Farben. Das ganze Bild strahlte eine übertriebene Ordnung aus, die perfekt zur Atmosphäre des Hauses passte. Albert schnippte mit den Fingern. »Das Bild kenne ich. Es ist von Oskar Schlemmer. Vor über zehn Jahren habe ich es mal im MoMA gesehen. Eine erstaunlich gute Kopie. Wahnsinn.«

»Ist es wirklich eine Kopie?« Magdalena Wagner stellte diese Frage mit einer ernsten Sachlichkeit, die keinen Zweifel an

132

der wahren Herkunft des Gemäldes aufkommen ließ. Albert schaute noch einmal genauer hin, rutschte in seinem Sessel ein Stück nach unten und schwieg.

Mit Eleganz glitt die Hausherrin in einen Charles-&-Ray-Eames-Stuhl. Die weiße eiförmige Rückenschale des Sitzes ließ sie so unwirklich wie einen Raumschiffkommandanten aussehen. Sie legte die Handflächen aneinander und verharrte in dieser Position. Christine fiel auf, dass Magdalena Wagners dunkelroter Nagellack perfekt auf ihren Lippenstift abgestimmt war.

»Frau Wagner, ich bin hier, weil ich davon überzeugt bin, dass Sarah nicht einfach verschwunden ist, sondern entführt wurde. Hier wird etwas fortgesetzt, das vor zwanzig Jahren begonnen hat.«

Magdalena Wagner schlug die Beine übereinander. Sie wartete offensichtlich ab. Erst jetzt erkannte Christine, dass Sarah die blauen Augen von ihrer Mutter geerbt haben musste. Doch was bei ihr freundlich und offen wirkte, verlieh ihrer Mutter etwas Distanziertes. Ihr Gesicht verriet keine Regung. Christine berichtete von ihrem Einbruch in Sarahs Wohnung, doch erst als sie die Vergewaltigung ansprach, reagierte Magdalena Wagner. »Woher wissen Sie das? Wer hat Ihnen gesagt, dass Sarah vergewaltigt wurde?«

Christine beugte sich ein Stück vor. »Sarah war noch vor kurzem in psychiatrischer Behandlung. Wir haben die Akten eingesehen.«

Magdalena Wagner legte die Stirn in Falten. Ihr Gehirn schien zu arbeiten. Dann zogen sich ihre Mundwinkel nach unten. »Das habe ich nicht gewusst. Sarah hat es mir nicht erzählt. Ich dachte, das hätten wir hinter uns.«

Albert stellte seine Teetasse auf dem kleinen Glastisch vor

133

sich ab. Das Löffelchen schlug gegen die Keramiktasse und klirrte dabei so laut, dass es durch den Raum hallte wie ein Paukenschlag. Christine zuckte zusammen. Großartig, wo sich die Wagner gerade etwas geöffnet hatte. Albert warf ihr einen Blick zu, als würde er sich bei ihr entschuldigen wollen. »Mich wundert eines«, sagte er, »ich habe sämtliche Textarchive nach Meldungen zu diesem Fall durchforstet, Artikel für Artikel. Und glauben Sie mir, ich bin wirklich gründlich. Aber ich habe praktisch so gut wie nichts gefunden. Henriette Wagner wurde am 4. Oktober 1993 nach ihrem Turntraining entführt. Das ist alles. Mehr nicht. Keine Rede von Sarah. Keine Vergewaltigung. Nichts. Absolut gar nichts. Wie kann das sein?«

Magdalena Wagner erhob sich von ihrem Sessel. Ihre Unterlippe zitterte leicht, und als ob sie es bemerkt hätte, wandte sie sich von ihren Gästen ab und blickte aus dem Fenster.

»Es ging mir immer um meine Familie. Was sich hier vor über zwanzig Jahren ereignet hat, hätte uns fast alle vernichtet. Wir sind einflussreich, das dürften Sie ja wohl wissen. Die Kanzlei meines Mannes vertritt Politiker und Industrielle. Vor zwanzig Jahren haben wir alle Hebel in Bewegung gesetzt, um Sarah aus den Polizeiberichten und aus den Medien herauszuhalten. Wir haben es getan, um sie zu schützen. Nur der mit dem Fall betraute Kommissar und seine Leute wussten, was wirklich in der Turnhalle passiert war. Nur sie. Den Medien haben wir ausschließlich die Entführung von Henriette zum Fraß vorgeworfen. Und wie genüsslich sie alles durchgekaut haben. Immer und immer wieder. Die Spekulationen über Henriettes Verschwinden reichten von Mädchenhändlerringen bis hin zu fanatischen Sekten. Jeden Tag eine neue Geschichte. Wir hatten so sehr gehofft, dass es dem Entführer nur ums Lösegeld ging. Aber dann verstrich eine Woche nach der anderen, und nichts passierte. Sie können sich nicht vorstellen, was diese Situation damals mit uns gemacht hat. Sie wissen nicht, wie sehr so etwas einen Menschen verändern kann. Wir haben es an Sarah gesehen. Sie hat nicht mehr gesprochen. Kein Wort. Sie hat ihre Umwelt nicht mehr wahrgenommen. Wir sind nicht mehr an sie herangekommen. Zwei Wochen nach diesem Vorfall haben wir sie nach Washington zu meiner Schwester geschickt. Das war ohnehin geplant gewesen. Sarah und Henriette waren fast siebzehn. Sie waren hochintelligent und standen mitten im Abitur. Ihr Auslandsjahr wollten sie in den USA verbringen und später dann dort studieren. Henriette plante ein Medizinstudium, und Sarah wollte in den Journalismus gehen. Stattdessen brauchten wir in Washington zwei Jahre psychologische Betreuung, um Sarah wieder ins Leben zurückzuholen. Aber wenigstens hatte ich das Gefühl, dass sie da drüben sicher war. Sarah ist stark. Sie hat gekämpft. Sie hat es geschafft. Ich wusste, dass sie es schaffen würde. Sie ist mein Mädchen. Und jetzt fängt diese Geschichte wieder von vorn an ...«

Magdalena Wagner ballte die Faust. Dann entkrampften sich ihre Finger. Sie setzte sich ungelenk in ihren Stuhl. Ihre physische Leichtigkeit war verschwunden, doch in ihrem Gesicht ließ sie kein Zeichen von Schmerz zu. Sie kam Christine wie einer der Menschen auf dem Oskar-Schlemmer-Bild vor: puppenhaft, mit einer stoischen Fassade, die jeden Moment zerbröckeln konnte, es aber nicht tat.

»Sarah und Henriette waren an diesem Abend im Oktober zusammen in der Sporthalle. Haben Sie denn außer dem Turnen auch sonst viel gemeinsam gemacht?«, fragte Christine.

Müde schüttelte Magdalena Wagner den Kopf. »Sie waren

135

sehr unterschiedlich. Henriette war immer verschlossen, kein vorlautes Mädchen. Das war sie nie. Sie hatte ganz andere Freunde und Interessen als Sarah. Sie war religiös. Sie half meinem Mann in der Kanzlei. Wenn er zu seinen Mandanten flog, begleitete Henriette ihn sogar manchmal.

Das interessierte Sarah alles nicht. Sie war das Partymädchen, frech, immer mit irgendwelchen Jungs unterwegs, das war … das ist Sarah. Die beiden haben sich dennoch wirklich geliebt. Sie waren zwei Teile, die ein Ganzes ergaben, wenn Sie verstehen, was ich meine. Alles, unser ganzes Leben, war perfekt bis zu diesem Tag im Oktober. Dann begannen die Wochen des Wartens. Auf ein Zeichen, irgendetwas, und dann …«

Magdalena Wagner zuckte mit den Schultern. Ihr Körper verspannte sich, und sie presste die Knie aneinander. Christine kam es vor, als würde Sarahs Mutter Luft atmen, die schwerer war als Blei. Mit einem Mal wirkte sie in dem fragilen Sessel wie ein Fremdkörper.

Christine beugte sich vor und griff nach ihrer Hand. »Hören Sie mir zu, das ist alles, worum ich Sie bitte. Die Polizei hat bei dieser Geschichte damals versagt. Das wissen Sie. Und ich weiß, dass es Ihnen unglaublich schwerfällt, mir zu vertrauen. Ich würde Ihnen aber gern beweisen, dass ich Ihr Vertrauen wert bin. Ich will Sarah finden, und Albert hier will es auch. Wir können das schaffen. Aber wir müssen schnell sein. Sehr schnell. Jede Minute arbeitet gegen uns.«

Magdalena Wagner studierte Christines Gesicht mit größter Sorgfalt. Ihre blauen Augen wanderten hin und her, aber ihre Mimik blieb seltsam leer. Nur einmal tippte sie mit ihrem Zeigefinger gegen die grüne Brosche an ihrer Brust, als wollte sie Christine mitteilen, dass sie kurz vor einer Entscheidung stand. Draußen warfen die Gärtner einen elektrischen Rasenmäher an. Die Schritte von Hausangestellten waren auf dem frisch gebohnerten Parkett zu vernehmen. So verging eine halbe Minute.

»Also gut. Was ich Ihnen beiden jetzt zeigen werde, das hat noch niemand gesehen. Niemand außer mir und dem Mörder. Ich habe es all die Jahre verborgen. Vor meinem Mann. Vor der Polizei. Vor Sarah. Vor jedem. Verstehen Sie?«

»Der Mörder? Sie wissen, was mit Henriette geschehen ist?«, fragte Christine.

»Er hat Henriette umgebracht. Wenn Sie es sehen, werden Sie begreifen, warum ich es vor allen verborgen habe. Und Sie werden verstehen, worauf Sie sich hier eingelassen haben. Wenn Sie Sarah dann überhaupt noch finden wollen.«

Sie erhob sich und gab ihnen ein Zeichen, ihr zu folgen. Die zwölf Zentimeter hohen Absätze ihrer Louboutin-Pumps und ihr aufrechter Gang ließen sie auf dem Eichenparkett wie die Königin auf einem Schachbrett wirken, mit der gerade ein entscheidender Zug ausgeführt wurde. Sie liefen von Raum zu Raum, vorbei an Gemälden, Büchern und beschäftigten Hausangestellten.

Vor einer unauffälligen, zwei Meter hohen Nische unter einer Treppe blieben sie stehen. Magdalena Wagner drückte einen Knopf. Die hintere Wand der Nische glitt zur Seite, und eine steile Treppe wurde sichtbar. Sie führte in einen kellerartigen Raum hinab. Christine hatte Mühe, Magdalena Wagner zu folgen, die trotz ihrer Pumps erstaunlich elegant die Treppe hinabschritt.

Bilderrahmen, Kleiderboxen und Koffer waren unten ordentlich sortiert und bis unter die Decke gestapelt. Magdalena Wagner schob einige der Boxen zur Seite. Ein Wandsafe kam knapp über dem Boden zum Vorschein. Sie ging in die Hocke, gab einen Code ein und wartete. Wenige Sekunden später war das elektrische Surren des Schließmechanismus zu hören. Die Metallklappe sprang auf und schlug gegen die Wand. Christine fröstelte es. Dieser Raum, die Kälte und die Ankündigung des Bevorstehenden lösten in ihr ein ungutes Gefühl aus.

Magdalena Wagner holte etwas aus dem Safe und richtete sich langsam auf. Sie umklammerte eine angerostete Blechkiste, die sie fast übertrieben zärtlich an sich drückte. »Das ist es. Das ist alles, was von meiner Tochter übrig geblieben ist.« Ihre Unterlippe zitterte wieder. »Hier ist alles drin.«

Christine griff vorsichtig nach der Blechkiste, hielt dabei dem Blick Magdalena Wagners stand und ertastete die Rillen der Außenkanten, die feinen Beulen in dem Metall. Die Kiste war leicht. Sie wog vielleicht achthundert Gramm. Kein Scheppern. Kein Klappern.

Christine öffnete den Deckel, der widerstrebend nachgab. Dunkler Staub füllte das Metallgehäuse fast bis zum Rand. Ganz oben lagen ein paar Federn, daneben ein vergilbtes, mattes Foto. Darauf war eine rote Jacke mit dem Aufdruck UNIVERSITY OF MICHIGAN zu sehen.

Albert blickte Christine über die Schulter.

»Dieses Foto. Ist das Henriettes Jacke?«

»Es ist die Jacke, die sie anhatte, als sie entführt wurde«, flüsterte Magdalena Wagner.

Christine hielt die Blechkiste schräg ins Licht. Sie kniff die Augen zusammen: feiner grauer Staub und dazwischen helle Splitter. »Mein Gott. Jetzt verstehe ich – er hat sie verbrannt.«

Magdalena Wagner nickte. »Es ist die Asche meiner Tochter. Was immer er ihr angetan hat, er hat sie danach verbrannt. Und dann hat er uns ihre Asche und das Bild geschickt. Anderthalb Jahre danach. Verstehen Sie? Ich konnte das niemandem zeigen. Wozu auch? Es reichte Henriettes Mörder nicht, sie zu töten. Er wollte meine Familie zerstören. Begreifen Sie jetzt, mit was für einer Bestie Sie es hier zu tun haben?«

Christine hob die Kiste an. Nichts Auffälliges. Es war eine einfache Blechkiste. Kein Geruch. Die Farben auf dem Foto waren verblasst und matt. Die Federn hatten an einigen Stellen von der Asche dunkle Trübungen bekommen. Sie waren vielleicht zehn Zentimeter lang. Christine blickte Albert an, der um Atem ringend neben ihr stand. Das Gesehene konnte er wohl nur mühsam verarbeiten. Vielleicht wollte er es auch nicht.

»Können wir wirklich sicher sein, dass es sich um die Asche Ihrer Tochter handelt?«, fragte er.

Magdalena Wagner nickte. »Ich habe keinen Zweifel. Das Foto von ihrer Kleidung ist ja eindeutig. Das ist die Asche meiner Tochter. Für mich ist das klar. Ich habe Jahre gebraucht, um diese Wahrheit zu akzeptieren.« Ihre Stimme klang dünn. »Und nun hat er auch noch Sarah.«

Christine starrte wie in Trance in die Kiste. Es war die Arbeit eines Experten, zweifelsohne. Eine Leiche ließ sich nicht einfach so verbrennen. Der Mörder brauchte einen Ort, wo er unbeobachtet handeln konnte. Er musste alles sorgfältig geplant haben. Was ihn umso gefährlicher machte. Christine hielt eine der Federn in ihrer ausgestreckten Hand und drehte sie im schummrigen Licht hin und her. »Sie ist geflogen. Er hatte es versprochen, und er hat Wort gehalten.«

Christine reichte Magdalena Wagner die Kiste. »Sie werden das nicht hören wollen, ich muss es aber trotzdem sagen. Das hier …«, und dabei deutete sie auf die Kiste, »… das ist so außerordentlich krank, dass eine lange Geschichte dahinterstehen muss. Sie hätten den Kommissar sofort informieren

139

müssen. Jemand, der so etwas tut, hat irgendwann klein angefangen. So etwas entsteht nicht aus dem Nichts. Der Täter
muss Spuren hinterlassen haben. Wir haben es hier mit je-
mandem zu tun, der fasziniert ist von seiner Macht über Leben und Tod. Warum sonst hätte er Ihnen die Kiste geschickt?
Er muss Sie beobachtet haben. Mit Sicherheit war er ganz in
Ihrer Nähe. Er muss auch gewusst haben, dass Henriette und
Sarah schon bald in die USA gehen würden. Das könnte erklären, weshalb er Henriette nicht zu einem Zeitpunkt entführt hat, als sie nicht mit Sarah zusammen war. Die Zeit
wurde knapp. Er musste handeln. Ich könnte mir vorstellen,
dass Ihnen dieser Unbekannte gar nicht so unbekannt ist.«
Aus Magdalena Wagners strenger Frisur hatten sich ein paar
graue Strähnen gelöst, die ihr nun über die Augen fielen. Sie
drückte die Blechkiste an ihren Bauch. »Ich soll den Mörder
kennen?«
»Vielleicht. Ich jedenfalls würde darauf wetten. Haben Sie
denn nie darüber nachgedacht?« So war es meist. Niemand
wollte das Offensichtliche akzeptieren. Christine hatte es in
den seltensten Fällen anders erlebt. »Natürlich, ich kann Sie
ja verstehen. Etwas Schreckliches passiert, und das Innerste
wehrt sich, so gut es kann, und will nicht noch mehr Schrecken zulassen. Aber Henriette ist tot. Sie haben nur noch
Sarah. Gehen Sie den 4. Oktober vor zwanzig Jahren noch
einmal in Ruhe durch. Und ich, ich brauche alles, was Sie haben. Sämtliche Fotos Ihrer Kinder, Videoaufnahmen, Zeug-
nisse, einfach alles, was Sie je im Leben der beiden Mädchen
dokumentiert haben. Und ich brauche dieses Material noch
heute. Wir müssen herauskriegen, warum sich der Mörder
damals für Henriette entschieden hat. Hier liegt der Schlüssel
verborgen. Wir brauchen diesen Schlüssel.« Und vor allem

brauchte Christine die Ermittlungsakte Henriette Wagner – alles, was das Team der Polizei damals an Spuren hatte sichern können. »Einer wird uns dabei helfen müssen.«

»Der Kommissar.« Albert kapierte sofort, was sie meinte. »Wir brauchen den Mann, der bei dem Fall damals ermittelt hat.«

»Absolut richtig«, stimmte Christine ihm zu.

Magdalena Wagner setzte sich auf einen alten braunen Reisekoffer und legte die Kiste auf ihre Knie. Christine konnte am Namensschild erkennen, dass der Koffer einmal Henriette gehört hatte.

»Erik Bergmann«, sagte Magdalena Wagner und schüttelte den Kopf. »Aber ob der uns wirklich eine Hilfe sein kann? Der Mann kommt aus dem Osten und müsste heute schon um die siebzig sein. An was soll der sich noch groß erinnern? Der hat schon damals einen desolaten Eindruck auf mich gemacht. Ständig dieser Geruch nach Zigaretten und Alkohol. Der war schon vor zwanzig Jahren fertig und mit diesem Fall völlig überfordert. Wahrscheinlich auch noch Stasi. Das würde mich nicht wundern. Er hat gar nicht so weit von hier gewohnt. Bertolina, meine Hausangestellte, wird Ihnen sofort die Kontaktdaten besorgen. Und vielleicht wäre es ja gut, wenn Sie beide hier in der Nähe blieben. Mein Mann kommt erst in ein paar Tagen aus Denver zurück. Sie könnten unten im Seehaus wohnen. Vielleicht sparen wir so etwas Zeit.«

Aber wahrscheinlich wollte Magdalena Wagner nur nicht allein sein. Oder sie wollte, was ihr von Henriette geblieben war, nicht aus der Hand geben. Oder beides. Für Christine war die Sache klar. Frau Wagner war eine stolze Frau und hätte sich nie eine Blöße gegeben.

»Ich habe meinem Mann noch nichts von Sarahs Verschwin-

141

den erzählt. Diese Sache damals hat ihn fast umgebracht. Ein Schlaganfall. Bis heute hat er Henriettes Verschwinden nicht verarbeitet. Er ist wie ein Getriebener. Bitte tun Sie mir einen Gefallen, ich bitte Sie sehr darum. Bitte denken Sie an meinen Mann und …« Sie brach ab, steckte sich eine lose Strähne in ihre Frisur und ließ Christine nicht aus den Augen.

»Ja, ich nehme das Angebot mit dem Seehaus an«, sagte Christine. »Und nein, ich werde Ihrem Mann nichts von der Kiste erzählen. Das müssen Sie mit sich selbst ausmachen. Vielleicht war es sogar richtig, dass Sie die Asche vor ihm verborgen haben. Vielleicht.«

Magdalena Wagner umfasste Christines Hände. »Sie erstaunen mich. Ich gebe es wirklich gern zu. Sie scheinen einiges von solchen Sachen zu verstehen. Aber nicht wie Menschen, die sich ihr Wissen nur aus Büchern aneignen, sondern anders, ganz anders … Habe ich recht?«

Christine blickte zu Albert hinüber. Auf seinem Gesicht lag ein gespannter Ausdruck. Sie lächelte ihn kurz an. In Gedanken entschuldigte sie sich bei ihm. Er würde nicht verstehen, warum sie einer fremden Frau Dinge anvertraute, über die sie mit ihm nie gesprochen hatte. »Mein Vater. Er war Inspektor in der *Brigade de recherche et d'intervention*. Eine Spezialeinheit der französischen Polizei. Die Menschen, mit denen er sich jeden Tag beschäftigte, waren Dealer, Vergewaltiger und Mörder. Ich habe viel mehr mitgekriegt, als ich wollte und sollte. Aber es hat ja nicht geschadet. Es war seine Art, mich auf das Leben vorzubereiten. Das wird uns jetzt helfen.«

Mit sanftem Druck presste Magdalena Wagner ihre Finger in Christines Handflächen. Sie tastete das Innere ab, als suche sie nach einem geheimnisvollen Knopf, mit dem sie erzwingen konnte, dass Christine Sarah finden würde. »Ich will meine Tochter wiederhaben. Aber seien Sie bitte … seien Sie beide vorsichtig. Ich könnte es mir nicht verzeihen, wenn Ihnen auch noch was zustoßen würde. Es ist so schon schrecklich genug.«

Auf dem Weg zum Auto schwieg Albert. Es war ein beleidigtes Schweigen, wie es nur unter guten Freunden vorkam, wenn der eine dem anderen etwas verheimlicht hatte, das dann doch herauskam. Albert fühlte sich betrogen, und er hoffte, dass Christine es bemerken würde. Er vergrub die Hände in den Taschen und blickte demonstrativ in eine andere Richtung.

»Ich rede nicht gern über meine Vergangenheit und meine Familie. Das weißt du doch.« Christine legte ihm eine Hand auf die Schulter. Sie schaute ihn mit ihren großen, dunklen Augen an. Am liebsten hätte er weiter beleidigt den Kopf weggedreht, aber er konnte sich ihr nicht entziehen.

»Es war wichtig, es ihr zu sagen, verstehst du, Albert? Wir brauchen ihr Vertrauen. Sie und die Geheimnisse, die sie in ihrem Haus verborgen hält, sind die einzigen wirklichen Spuren in dieser Geschichte. Nur so kommen wir weiter.«

»Ist schon klar«, grummelte Albert. »Die Wagner muss dir vertrauen, aber ob ich das auch tue, ist dir wohl völlig egal, was? Dieses Luxusweib ist dir wichtiger als ich, obwohl wir uns schon so viele Jahre kennen, ja? Das stinkt mich echt an. Was ist denn schon so schlimm daran, mir zu erzählen, welchen Job dein Vater hatte? Ich hätte es gern gewusst. Warum hast du mir nie etwas davon gesagt? Vertraust du mir nicht?«

Albert hatte sich schon immer gewundert, wie Christine bei ihren Recherchen logische Zusammenhänge hergestellt hatte,

143

die ihm verborgen geblieben waren. Und wie oft hatte er ihr dafür seine Bewunderung ausgesprochen. Es wäre für sie eine Kleinigkeit gewesen, von ihrem Vater zu erzählen.

»Jetzt sei doch nicht sauer auf mich. Jeder Mensch hat Dinge, über die er nicht gern spricht. Du erzählst mir doch auch nichts über deine Freundin, diese ... Petra.«

»Was ist denn das für ein Vergleich?« Albert konnte nicht fassen, wie einfach Christine das Thema gewechselt hatte. Aber bitte, er hatte nichts zu verheimlichen. »Wenn du es wirklich wissen willst: Petra mag dich nicht und glaubt, dass ich nur meine Zeit mit dir vertrödele. Sie sagt, du hast mich schon einmal hängenlassen und wirst es wieder tun. Das denkt Petra über dich. Willst du noch mehr wissen?«

Christine zuckte mit den Schultern, eine alte, ihm gut bekannte Geste, mit der sie ihr höchstes Missfallen möglichst beiläufig ausdrückte.

»Eifersucht. Ist doch klar. Fällst du auf so was rein? Kennt man doch von kleinen Mädchen. Ich muss nicht mehr hören.« Ein verzagtes Kopfschütteln, ratlose Sprachlosigkeit und ein hörbares Schnauben – mehr brachte Albert nicht zustande. Christine setzte sich schwungvoll hinter das Lenkrad ihres Citroën und legte die Blechkiste auf den Beifahrersitz. Sie fingerte nach einer Zigarette, ließ sie lässig in ihrem Mundwinkel baumeln und grinste Albert unschuldig an.

»Ich fahre jetzt sofort zu diesem Erik Bergmann. Wir dürfen keine Zeit mehr verlieren. Die Kiste mit Henriettes Asche nehme ich mit. Ich muss etwas überprüfen. Es ist nur ein Gefühl, aber ... egal. Wir sehen uns dann gleich im Seehaus, ja?« Albert bemerkte, wie sich seine Nase kräuselte. Das tat sie automatisch, wenn er verärgert war, sich aber darauf vorbereitete, seinem Gegenüber zu verzeihen. »Ja, Mylady, Ihr getreuer

Vasall wird schon mal alle Dokumente bündeln und sie lesegerecht aufbereiten, so dass Sie nur noch Ihr wachsames Auge darauf werfen müssen. Ist es so genehm?«

»Aber natürlich, lieber Watson. Selbstverständlich.«

Christines leises Lachen wurde durch den aufheulenden Motor des Wagens verschluckt. Die durchdrehenden Räder des Citroën wirbelten eine Wolke aus Staub auf, die Albert in den Mund drang, ihn in der Kehle kratzte und zum Husten brachte. Er sah gerade noch das immer kleiner werdende Auto und fragte sich, was Christine wohl so eilig überprüfen wollte. Wieder einmal war sie ihm einen Schritt voraus. Ein paar Sekunden später war der Citroën auch schon aus seinem Blickfeld verschwunden.

Albert marschierte den Weg zwischen den Azaleen hinab und erreichte den kleinen See. Von hier konnte er den Bootssteg und das Seehaus ausmachen. Der Wind trieb kleine Wellen über das Wasser, gelbbraune Blätter wurden ans Ufer gespült. Er merkte, wie die Spannung von ihm abfiel, doch dann funkte etwas dazwischen. Ein merkwürdiges Gefühl. Nur für einen kurzen Moment. Ihm war, als würde er beobachtet werden. Er drehte sich um. Im Schatten eines alten Baumes nahm er eine Bewegung wahr, doch als er sich darauf konzentrierte, war dort niemand zu sehen. »Jetzt fange ich auch noch an zu spinnen. Das hat mir gerade noch gefehlt«, flüsterte er vor sich hin. Dann machte er sich auf den Weg zum Seehaus.

14

Erik Bergmann mochte so etwas nicht. Ganz und gar nicht. Das war ihm deutlich anzusehen. Es war die Zeit vor dem Abendbrot. Der Teekessel blubberte wie eine alte Dampfmaschine auf der schmutzigen Herdplatte, und die Jagdwurst lag schon vorsortiert und feinschichtig auf seinem Brotbrett. Ein Stück Butter, in dem sich die dünne Spur eines Messers abzeichnete, und ein braunes Ei mit eingeschlagener Schale rundeten das Bild seines prachtvollen Abendessens ab.

Alles war eigentlich so wie immer. Nur dass heute diese merkwürdige Frau mit den schwarzen Haaren und den riesigen dunklen Augen vor ihm stand, sonderbare Fragen stellte und jede seiner Bewegungen belauerte, als hätte sie es mit einem Kleinkriminellen zu tun.

Christine konnte Bergmanns Gedanken wie in einem aufgeschlagenen Buch lesen. Sie war nicht willkommen. Absolut nicht.

Bergmann hämmerte gelangweilt mit einem Teelöffel auf der Schale des Eis herum. »Ich habe keine Ahnung, was Sie von mir wollen. Himmel, ich war das letzte Mal vor achtzehn Jahren im Dienst. Die haben mich nach der Wende einfach abgewickelt. Wenn man einmal Kommissar war, macht man danach nichts anderes mehr. Da ist dann Schluss mit dem Berufsleben. Ich sag's nur, damit Sie nicht glauben, ich wäre so ein fauler alter Sack wie die meisten anderen hier.« Er fuhr sich durch seinen buschigen dunklen Haarschopf und knetete dann mit Inbrunst seinen Bauch.

Erik Bergmann war ein alter Mann. Ein Rentner. Wie er da so auf seiner Eckbank aus morschem Holz saß, die jede seiner Bewegungen mit einem ächzenden Knarren zu kommentieren schien, tat er Christine fast leid. Er vermittelte ihr den Eindruck, dass sein Lebenswille bereits auf gepackten Koffern saß und sich langsam bereit machte, den ausgemergelten Körper zu verlassen.

Insgeheim hatte sie mehr erwartet. Auf ihre vorsichtigen Fragen zum Fall Henriette Wagner hatte Bergmann lustlos und ausweichend geantwortet, wie es eben jemand tat, der sich nicht mehr richtig an die Vergangenheit erinnern konnte oder wollte. Der alte Mann vor ihr war fertig. Es war sinnlos gewesen, hierherzukommen in der Hoffnung, dass Bergmann aus den Windungen seines Gehirns brauchbare Informationen ans Tageslicht zerren konnte.

Ein letzter Versuch noch. Wenigstens das.

Christine legte ihre Jacke auf den Tisch, zog dann langsam an einem Ärmel, und wie durch einen Zaubertrick lag nun die Blechkiste mit Henriettes Asche auf dem Tisch. »Wenn Sie sich an nichts erinnern können, dann sagt Ihnen die hier wahrscheinlich auch nichts.«

Erik Bergmann schwieg. Er war erstarrt. Sein Mund stand weit offen, und es sah so aus, als hätte seine Zunge ihre angeborene Fähigkeit als Sprechwerkzeug verloren. Zitternd und gierig streckte er beide Hände nach der Kiste aus. »Ist das … ist es …?« Er umfasste das Metall mit den Fingern und riss mit einer schnellen Geste gewaltsam den Deckel auf.

Als er den Inhalt der Kiste vor sich sah, pressten sich seine Kiefer hart aufeinander. Er berührte den Haufen Asche vor ihm mit dem Zeigefinger und hob dann eine der weißen Federn kurz an. Dann verschloss er die Kiste so hastig, als wollte

147

er einen bösen Geist daran hindern, aus seinem Gefängnis zu entkommen. Er stand auf und stellte die Kiste auf die Küchenspüle. Weit fort von sich. »Er ist wieder da.«

»Wer? Wer ist wieder da?«

»Ikarus.« Erik Bergmann flüsterte das Wort nur, und es klang wie ein Schluchzen. Er ließ sich auf einen Stuhl sacken und krümmte den Rücken, bis er fast vornüberfiel.

Ikarus. Christine hatte den Namen deutlich gehört. Bergmann wusste also, worum es hier ging. Die Kiste stand auf der Küchenspüle zwischen schmutzigem Geschirr und ein paar zerfledderten Topflappen. Sie sah fast harmlos aus, aber Bergmann hatte sie betrachtet wie einen alten, ungeliebten Bekannten, der gewaltsam in sein Haus eingedrungen war.

Er stemmte sich auf dem Tisch ab und zog sich langsam in die Höhe. »Wo haben Sie die her? Wer hat sie Ihnen gegeben? Sagen Sie es mir. Ich muss es wissen«, flüsterte er. »Sagen Sie es mir!«

Eigentlich wollte Christine ja Informationen von Bergmann haben. Aber wahrscheinlich kam sie nur weiter, wenn sie ihm alles erzählte. *Give and take* – das alte journalistische Spiel.

»Von Magdalena Wagner. Etwa anderthalb Jahre nach dem Verschwinden ihrer Tochter hat sie diese Blechkiste zugeschickt bekommen.«

Bergmann trommelte mit beiden Händen auf den Tisch. »Warum hat sie uns das damals nicht gemeldet? Warum? Wissen Sie überhaupt, was das hier ist? Haben Sie überhaupt eine Vorstellung?« Auf Bergmanns Stirn war eine tiefe Falte erschienen, die sein Gesicht zu teilen schien. »Nach all diesen Jahren. Nach all diesen Jahren das. Diese elende Drecksau.«

Auf seinem grauen Polohemd bildeten sich Schweißflecken, er atmete schwer. Bergmann trat vor Christine und packte sie an den Schultern. »Sie müssen mir sofort alles sagen, was Sie wissen. Alles. Setzen Sie sich hin. Reden Sie mit mir. Und dann bin ich dran.«

Christine setzte sich an den Küchentisch und erzählte ihre Geschichte heute nun also zum zweiten Mal. Sie hatte das Gefühl, dass Bergmann mit jeder Sekunde an Kraft gewann – als ob das Leben wieder in seinen alten Leib zurückkehrte. Er saß ganz aufrecht auf seinem Stuhl, die Augen hatte er zu Schlitzen zusammengekniffen. Er saugte jedes Wort förmlich auf, das Christine von sich gab. Als sie den Fall der verschwundenen Sarah ansprach, legte Bergmann nur den Kopf in den Nacken. »Das wäre dann Nummer sieben.«

Christine hatte es die ganze Zeit vermutet. Der Überfall in der Turnhalle, die Kiste, die Asche – all das war viel zu perfekt für einen Mann, der sein erstes Verbrechen begangen hatte. »Nummer sieben? Das siebte Opfer? Wer oder was ist Ikarus? Jetzt verraten Sie mir endlich mal, was hier überhaupt los ist.«

Bergmann stand auf und ging zu seiner Küchenspüle, kramte zwischen zwei alten Eimern und Putzmitteln herum und kam mit einem Paar Gartenhandschuhen zurück. Er öffnete die Kiste und streifte sich das Gummi über die Hände. Dann griff er in die Asche der toten Henriette und wühlte darin herum. »Es hat ihm nie gereicht, die Opfer nur zu töten. Er wollte immer mehr. Er wollte sich feiern lassen. Für ihn war es Kunst. Abartige, perverse Kunst, für die wir auch noch applaudieren sollten.«

Ein paar Sekunden später hielt Bergmann einen kleinen, durchsichtigen Plastikbeutel mit einer Acht-Millimeter-Filmspule in der Hand, an dem noch Asche klebte. »Gehen Sie rüber in mein Wohnzimmer. Ziehen Sie die Vorhänge zu. Ich komme sofort.«

Ein Mörder, der den Angehörigen der Opfer Asche, Fotos und Filme schickte, musste sich absolut sicher fühlen. Es gab Christine Hoffnung, denn je aufwendiger der Täter sich und seine Taten inszenierte, desto höher war auch die Wahrscheinlichkeit, dass ihm Fehler unterlaufen waren.

Sie stand auf und lief durch das kleine Haus in die Richtung, in die Bergmann gedeutet hatte. Die muffigen Möbel im Wohnzimmer verströmten den Geruch des Alten, des Kaputtgelebten. Die Rauhfasertapeten waren bestimmt ein Dutzend Mal überstrichen worden, und dennoch wiesen sie einen Gelbstich auf. Wie abgeblätterte Haut hingen hier und da kleine Papierfetzen an den Wänden.

In einer Ecke waren besonders gut sichtbar zwei vergilbte Urkunden angebracht worden. Hammer, Zirkel und Ährenkranz säumten den oberen Rand des Schriftstücks. Es waren Auszeichnungen für besondere Leistungen im Polizeidienst, verliehen vom Ministerium des Innern. Darunter prangte eine krakelige Unterschrift von einem Mann namens Franz Menk, einem Armeegeneral. Daneben hingen mehrere grüne Orden der Deutschen Volkspolizei in hellen, selbstgezimmerten Holzrahmen. In Bergmanns Welt schien die DDR weiterzuleben wie ein goldener Schatten der Erinnerung.

Draußen ging die Sonne unter. Noch eine Stunde, bis sie ganz verschwunden war. Christine zog die zerschlissenen Vorhänge vor die Fenster und atmete tief durch. Im Raum war eine graue Dunkelheit entstanden. Sie setzte sich in einen alten Ledersessel. Die Armlehnen waren mit Brandlöchern durchsetzt, in denen sie herumpulte, während sie wartete.

Bergmann polterte ins Wohnzimmer. Krachend stellte er ein Metallgerät auf den Tisch. »Mein Projektor, ein alter Weimar 3. Ich hätte nicht gedacht, dass ich den noch einmal für so was gebrauchen könnte. Es ist nicht das erste Mal, dass auf ihm ein Film von Ikarus läuft.«

»Wollen Sie jetzt nicht endlich mal Klartext mit mir reden?«

»Gleich, gleich geht es los. Gucken Sie ganz genau hin. Achten Sie auf jedes Detail. Dann kann ich mir die Worte sparen.« Bergmann kippte einen Schalter. »Sie sagen, wenn es Ihnen reicht.«

Das rhythmische Klackern des Projektors erfüllte den Raum. Ein Lichtstrahl bohrte sich durch die staubige Luft. In körnigem Schwarzweiß zeigten sich an der Wand tonlose Bilder.

Ein junges Mädchen. Henriette. Sie hing in der Luft. Nackt. Schwebend. Aufgehängt an der Decke eines Raumes. Über ihrem Kopf baumelte eine Glühbirne, ein weißes Stromkabel lag am Boden. Henriettes Füße zappelten. Sie berührten den Boden nicht. Im Lichtkegel der Lampe sah ihre Haut schneeweiß aus. Um sie herum herrschte nur Dunkelheit. Es war Christine unmöglich, die Größe des Raumes zu bestimmen. Henriette starrte in die Kamera. Sie lebte. Ihr Brustkorb hob und senkte sich. Kein Bild wackelte – die Kamera musste auf einem Stativ stehen. Vielleicht fünf Meter von Henriette entfernt.

Eine dunkle Gestalt betrat das Bild von der rechten Seite. Nur der Oberkörper war von hinten zu sehen: ein dunkles Sakko, eine schwarze Strumpfmaske, helle Handschuhe. Der Mann mit der Maske ging ganz gerade. Über seinen Körperbau konnte Christine nur spekulieren. Das wuchtige Sakko verriet wenig über sein Gewicht. Er war wahrscheinlich größer als eins fünfundsiebzig. Mehr gaben die Bilder nicht preis über ihn.

Der Mann mit der Maske hielt eine feine Strippe, vermutlich Klingeldraht, in seinen Händen und formte eine Schlinge. Er

151

legte den Draht um Henriettes Hals und zog ihn zu, bis sich Kerben in ihre Haut gruben. Er befestigte das Ende an einem Stück Metall, das unter der Decke sichtbar war. Ein Haken. Christine erkannte die Rundung des Metalls. Er hatte Henriettes Kopf fixiert. Wenn sie ihn bewegte, schnitt der Draht noch stärker in ihre Haut.

Schnitt.

Das Bild sprang näher an Henriettes Gesicht heran. Wieder tauchten die behandschuhten Hände des Mannes mit der Maske auf. Er umwickelte Henriettes Kopf mit einem breiten, hellen Isolierband. Nur eine kleine Öffnung unter der Nase ließ er frei. Endlich reagierte Henriette. Wie auf Knopfdruck warf sie ihren Kopf hin und her. Ihr Körper zitterte, zuckte spastisch.

Schnitt.

Henriettes Oberkörper. Die Arme des Mannes. Er umwickelte sorgsam ihre Handgelenke mit dem Draht. Das dünne Metall lag über ihren Pulsschlagadern. Die langen Enden der beiden Drähte hielt er prüfend in seiner Hand wie ein Marionettenspieler vor dem großen Auftritt. Er zog einmal zu. Dann lief er aus dem Bild.

Ein Ruck ging durch die beiden Drähte. Sie wurden gespannt, Henriettes Arme hochgerissen. Sie waren weit von ihrem Körper abgespreizt, als würde sie auf einem Schwebebalken die Balance halten.

Wieder trat der Mann mit der Maske ins Bild. In seinen Händen hielt er Federkiele mit rasiermesserscharfen Spitzen. So scharf, dass er sie in Henriettes Haut treiben konnte. Er rammte ihr den ersten Kiel mit unglaublicher Kraft in die Schulter. Dort, wo sich die Spitze in ihre Haut bohrte, bildete sich ein dunkler Fleck. Blut perlte aus der Haut. Henriette riss an den Schlingen der Drähte. Der Mann mit der Maske ließ sich nicht beirren. Immer wieder holte er aus und stach die Federn in den Leib des Mädchens. Dutzende Male. Nach einer Weile bewegte Henriette sich nicht mehr. Ihr Körper war still. Sie musste das Bewusstsein verloren haben. Der Mann mit der Maske ging aus dem Bild.

Die Kamera zoomte näher, schwenkte über Henriettes schwebenden Körper. Das mit Isolierband umwickelte Gesicht. Die Federn in ihren Schultern, ihre weit abgespreizten Arme.

Schnitt.

Die Kamera nahm das Geschehen in der Totalen auf. Henriette schwebte über dem Boden. Ihr Körper näherte sich wie in Zeitlupe der Kamera, er flog langsam auf die Linse zu. Die Arme und Beine hatte sie weit gespreizt. Die Federn in ihrem Leib standen aufrecht. Sie hing noch immer in der Luft. Der Mann mit der Maske näherte sich ihr. Aus einem durchsichtigen Plastikbehälter kippte er eine helle Flüssigkeit über den Körper des Mädchens. Immer wieder. Er ging in die Knie und strich über ihre nackten Füße, tastete ihre Zehen ab, glitt in die feinen Zwischenräume und liebkoste sie. Henriette war offenbar wieder bei Bewusstsein. Ihr Fuß reagierte, er zuckte bei den Berührungen.

Fast beiläufig tauchte zwischen den Fingern des Mannes ein Feuerzeug auf. Die Flamme sprang an, berührte Henriette am Fuß. Es war eine kleine Explosion. Eine auflodernde Stichflamme, die sich sofort ausbreitete. Das Feuer züngelte über Henriettes Haut, trieb von ihren Beinen hoch über die Brust bis zu ihrem Gesicht.

Henriette brannte.

Sie warf sich in der Luft hin und her. Das Feuer schlug über

153

ihren Körper, fraß sich durch ihre Haare, durch ihre Haut, zerschmolz langsam das Isolierband um ihren Kopf.

Henriette löste sich auf.

Und dann ... nichts.

Ende.

Auf der Rauhfasertapete des Wohnzimmers brannte das grelle Licht des Projektors. Das lose Ende der Filmrolle schlug gegen die Halterung der Maschine. Christine zuckte zusammen. Sie starrte in dem halbdunklen Raum auf ihre zitternde, geballte Faust. Sie hatte das Gefühl, den Geruch von verbrannter Haut in ihrer Nase zu spüren. Jedes Klackern der Filmrolle war ihr wie ein unmenschlicher Schrei vorgekommen.

Erik Bergmann zog den Vorhang auf. Draußen war die Sonne fast untergegangen. Die Äste einer Buche schwankten im Wind. Die klapprigen Stühle im Zimmer und das zerschlissene Sofa vor ihr erinnerten Christine daran, dass sie sich in Bergmanns Haus befand.

Er stand angespannt wie eine Stahlfeder am Fenster. Sein Gesicht war versteinert. Mit der Hand fuhr er immer wieder fest über das Fensterbrett, bis es quietschte. »Versuchen Sie, Wut zu fühlen. Lassen Sie Ihre Wut zu. Das hilft. Mir hat es jedenfalls immer geholfen.« Seine Stimme klang trocken und brüchig. »Lassen Sie nicht zu, dass Ihnen diese Drecksau die Kraft raubt. Ich habe es immer so gemacht. Dieses Schwein konnte mich nicht kleinkriegen. Nein, das hat er nicht geschafft. Schon vor zwanzig Jahren nicht. Und auch heute nicht. Ich bin ein alter Mann, aber eines will ich noch erledigen in meinem Leben ...« Bergmann legte die Hände auf den Bauch und drückte die Brust heraus. Mit dem Schuhabsatz klopfte er auf den Teppich wie ein scharrendes Pferd im Stall, das auf die Rennbahn hinauswill.

Christine nickte. »Ich weiß. Genau das will ich auch. Ich werde ihn kriegen.«

Bergmann warf ihr einen irritierten Blick zu. Er lachte, ging zum Projektor und schlug mit dem Zeigefinger auf das lose Ende der Filmspule. »Wie denn? Diese Aufnahmen sind über zwei Jahrzehnte alt. Meinen Sie, die Mordkommission hat damals nicht alles versucht? Oder glauben Sie, wir waren nicht gut genug, bloß weil wir im Osten waren? Glauben Sie das?«

Christine schüttelte den Kopf. Der Haken an der Decke, die Federn, die brennende Henriette – sie sortierte die Bilder und analysierte sie. Für den beleidigten Erik Bergmann konnte sie jetzt kein Mitgefühl aufbringen.

Der alte Mann schwieg einen Moment und betrachtete Christine, die in seinem Ledersessel saß, noch einmal von oben bis unten – als würde er ihre Vertrauenswürdigkeit prüfen. Dann ließ er sich schwer auf sein altes Cordsofa fallen. »Tut mir leid. Ich wollte nicht ausrasten. Wirklich nicht. Ich weiß, was jetzt in Ihnen vorgeht, nachdem Sie den Film gesehen haben. Ich weiß es nur zu gut. Wissen Sie, Ikarus ist wie mein persönlicher Fluch, mein ganz eigener Privatfluch. Ich habe versucht, Frieden mit dieser ganzen Sache zu machen und sie einfach abzuhaken und nicht mehr daran zu denken. Nach zwanzig Jahren habe ich es nicht geschafft. Es geht einfach nicht. Nachts, wenn ich im Bett liege, kehren die Bilder zurück, und ich frage mich, was ich damals, verdammt noch mal, übersehen habe. War ich Ikarus je wirklich nahe? Oder hat sich dieses Schwein über mich kaputtgelacht?« Bergmann fuhr sich durch die Haare und kratzte mit den Fingern über sein stoppeliges Kinn. Christine sah die weiße Stelle an seinem Ringfinger.

»Verstehen Sie eines, Frau Lenève, der Kampf gegen Ikarus lief unter völlig ungleichen Bedingungen ab. Wie sollte ein Kommissar ermitteln, wenn Nachrichten über die Morde nicht an die Öffentlichkeit dringen durften? Niemand durfte davon wissen. Es war eines der bestgehüteten Geheimnisse in der DDR. Eine Anordnung des Ministeriums des Innern. Offiziell existierte Ikarus gar nicht, weil es in unserem sozialistischen System einfach keinen Serienmörder geben durfte. Aber Ikarus war ein krankhafter Killer, der aus dem Nichts auftauchte, junge Frauen entführte, tötete und ihren Angehörigen dann die Asche ihrer Töchter in einer Blechkiste zukommen ließ. Immer dasselbe Muster, der gleiche Opfertyp. Immer wieder. Sechs dokumentierte Fälle. Und das bei uns in der DDR? Nein, nein, so etwas gab es doch bloß im Westen. Perversion, Blutrausch und Gewalt existierten bei uns nicht, nicht offiziell. Und jetzt stellen Sie sich mal vor, wie ich als Kommissar in so einem Fall ermitteln sollte. Keine Aufrufe an die Bevölkerung. Keine Zeugen, die uns unterstützen konnten. Nur wenige Indizien. Ich habe mein Land wirklich geliebt, aber das war der reine Irrsinn. Das Ministerium hat ungeheuren Druck auf mich und die Mordkommission ausgeübt. Stellen Sie sich mal vor, irgendwelche West-Medien hätten davon Wind bekommen. Wir haben Tag und Nacht an diesen Fällen gearbeitet. Ich habe meine Ehe dafür ruiniert. Meine Frau hat mich verlassen. Danach habe ich sogar mit dem Trinken angefangen. Dieser Mist verändert einen Menschen. Das passiert alles ganz automatisch. Mein ganzes Leben wurde von dieser Scheiße überschattet. Und am Ende stand ich trotzdem mit leeren Händen da. Und dann ist die Mauer gefallen.« Bergmann presste die Lippen zusammen.

»Und Sie haben weiter an diesen Fällen gearbeitet? Mit Ermittlern aus dem Westen?«

»Nein. Die haben mich ganz langsam abgewickelt. Von Ikarus habe ich nie wieder etwas gehört. Absolute Funkstille. Gerade so, als ob der Kerl nur in meiner Vorstellung existiert hätte. Und dann gab es '89 ja auch noch eine letzte, ganz klare Order vom Ministerium, was die Akten zu diesen Fällen betraf. Wenn Sie verstehen, was ich meine …«

Christine sprang von dem Ledersessel auf. »Was? Sie meinen, es wurde alles vernichtet? Um das Geheimnis zu wahren, dass es auch in der DDR Serienkiller gab? Sagen Sie mir, dass das nicht wahr ist.«

Bergmann grinste. »Es ist wahr. Und auch wieder nicht.«

»Sie sollten die Akten vernichten, haben Sie aber heimlich aufbewahrt?«

Er setzte sich mit einem Ruck auf. »Worauf Sie sich verlassen können. Das hätte wohl jeder gemacht, der so viel Lebenszeit in diesen Irren investiert hat wie ich.«

»Sie müssen mir die Akten geben. Sie sind meine Chance, den Fall von hinten aufzurollen. Irgendetwas werde ich finden, um Ikarus zu stoppen. Ich habe keine Zeit. Es geht hier um Sarah. Ich muss sie finden, bevor er auch aus ihr eine lebendige Fackel macht.«

Bergmann erhob sich von dem Sofa. Er lief durchs Zimmer und strich über sein unrasiertes Kinn. »Wenn Sie Sarah retten wollen, müssen Sie kapieren, wie Ikarus tickt. Wollen Sie wirklich in den Kopf dieses Wahnsinnigen eindringen?«

»Ja, das will ich. Um den Künstler zu verstehen, muss man seine Kunst begreifen. Ich komme nicht drum herum.«

Bergmann beäugte sie. Er taxierte Christine geradezu. Seine wässrigen grauen Augen wirkten dabei hellwach.

Dann legte sich ein sanfter Zug um seine Lippen, so als hätte er etwas gefunden, das ihn hoffen ließ.

»Da kommt so'n zierliches, kleines Ding in mein Haus und will den gefährlichsten Serienmörder jagen, der jemals in der DDR gewütet hat. Und das Irre daran ist, ich glaube fast, dass wir es schaffen könnten.«

»Wir?« Christine konnte sich nicht vorstellen, wie sie mit diesem Rentner an der Seite Jagd auf Ikarus machen sollte.

»Natürlich. Ich kann Sie das doch nicht allein durchziehen lassen. Das ist meine Chance nach all den Jahren. Dieser Spuk muss endlich enden. Und werden Sie jetzt mal bloß nicht komisch, ja? Ohne mich hätten Sie nicht mal den Film in der Kiste gefunden. Ich bin dabei, klar?«

»Aber ich habe schon einen Partner.«

»Ist mir doch schnuppe. Ich bin mit im Team, oder hier läuft nix.«

Christine seufzte. »Also schön, Herr Bergmann. Wenn Sie das wirklich wollen.«

»Erik, Kindchen, nennen Sie mich einfach Erik.«

15

Er kannte seinen Namen nicht. Er hatte ihn vergessen. Weil er es wollte. Die schwarze Maske über seinem Gesicht verlieh ihm Stärke. Sie machte ihn so viel stärker als den Mann, der sich unter ihr verbarg. Sie machte ihn unantastbar. Wenn er sie trug, existierten die Gesetze der anderen nicht. Nur seine eigenen. Er hatte sich ein strenges Regelsystem geschaffen. Eine eigene Welt, in der er mit Gewalt und Liebe herrschte. Ja, natürlich auch mit Liebe. Wer würde es hier schon wagen, seine Leidenschaft als pervertiert und krank zu bezeichnen? Es war seine Welt. Er hatte sie erschaffen. In ihr gab es nur einen Herrscher. Nur ihn.

Die halbdunklen Bilder der Überwachungskamera flimmerten auf dem Monitor. Sarah schlief. Erstaunlich, wie ein Mensch den Schlaf als Flucht aus der Realität nutzen konnte. Er änderte nichts. Natürlich nicht. Nur ein weiterer Selbstbetrug. Der Stress und die Angst vor einem seiner überraschenden Besuche hatten Sarah vor Erschöpfung zusammenbrechen lassen. Sie war stark. Das konnte er spüren. Aber was war der Wille noch wert, wenn ihr Körper einem anderen gehörte? Er würde sie zerbrechen. Zerreißen. Ihren Geist unterjochen. Und wenn das erreicht war, dann endlich …

Er berührte mit dem Zeigefinger den Monitor, spürte das feine elektrostatische Glühen auf seiner Haut. Eine Welle der Wärme zog durch seinen Körper. Es war so unbeschreiblich schön, dieses Gefühl der Erfüllung. Einen Gedanken wahr werden zu lassen. Einem Bild in seinem Kopf den Anspruch auf Materialisierung in der wirklichen Welt zu erlauben. Ein Gedanke wird Haut. Eine Vorstellung wird Körper. Er kann ihn anfassen. Ihn streicheln.

Er erhob sich. Es war spät am Abend. Er ging ins Badezimmer. Widerwillig zog er sich die Strumpfmaske vom Gesicht. Er tippte den Lichtschalter an und starrte in den Spiegel.

Es war ein gutes Gesicht. Das markante Kinn. Die hohen Wangenknochen und seine Augen, die eine verborgene archaische Wildheit besaßen. Er registrierte oft die Blicke der Frauen, die neidvollen Reaktionen der Männer. Sie bedeuteten ihm nichts. Niemand ahnte, dass sie in ein falsches Gesicht starrten. Die Kunst der alltäglichen Verstellung beherrschte er perfekt. Er strich über das schwarze Nylon in seiner Hand. Das hier war sein wahres Gesicht. Morgen würde er die Welt da draußen wieder betreten, den Postboten freundlich grüßen, an roten Ampeln halten, nachmittags eine Tasse Kaffee trinken. Aber heute Nacht war er hier, in seinem Reich, in dem er alles beherrschte.

Die anderen ahnten nicht, wer sich zwischen ihnen verbarg. Sie konnten sein wirkliches Wesen nicht erkennen. Nicht die Gedanken erahnen, die er unter seiner Schädeldecke verbarg. Die perfektionierte Dualität seines Wesens war seine gefährlichste Waffe.

Schon bald würden sie ihn jagen. Es war unausweichlich. Auf seinem Schachbrett hatten alle ihre Positionen eingenommen. Zug um Zug würden sie nun versuchen, ihn schachmatt zu setzen. Die Gegner waren in der Überzahl. Aber was hatten sie seinem Geist schon entgegenzusetzen? Sie würden scheitern. An ihm und dem unsichtbaren Netz, das er längst gesponnen hatte. Die Vergangenheit arbeitete für ihn. Sie machte die Gegenwart und die Zukunft zu seinen Freunden.

Zweiter Teil

IKARUS

16

Der halbe Oktobermond stand am Himmel und tauchte das Seehaus in sein unwirkliches Licht. Das würfelförmige weiße Haus mit seiner riesigen Glasfassade wirkte wie das Raumschiff eines Außerirdischen, der sich für eine kurze Zwischenlandung auf der Erde eingefunden hat. Der wahnwitzige Traum eines Architekten. Ein Fremdkörper in der Natur, die sich dagegen nicht wehren konnte. Der Wind trieb einzelne Blätter über den Bootssteg und über das Dach des Hauses, wirbelte sie gegen die Scheiben, wo sie einen kurzen Moment hängen blieben, um dann auf den Boden zu segeln.

Henriette und Sarah hatten hier ihre Sommer verbracht. Auf dem Steg sitzend, die Füße im Wasser baumelnd, hatten sie sich Geschichten erzählt, gelacht und die vielen beschaulichen Augenblicke ihrer Kindheit genossen. Aber das war damals gewesen.

Vor langer Zeit. In einer anderen Zeit.

Wer heute in das Innere des Hauses blickte, wurde Zeuge einer bedrückenden Szene. Schweigend und hochkonzentriert stand dort eine zierliche Frau mit schwarzen Haaren, umgeben von Papieren, grauen Pappkartons und zahllosen Wäscheleinen, die quer durch den Raum gespannt waren. Daran aufgehängt waren Bilder, die einen maskierten Mann, brennende Körper und Federn zeigten.

Ein junger Mann mit Lockenschopf saß etwas abseits vor seinem Laptop in einer Ecke und blickte aus dem Fenster. Immer wieder griff er sich in die Haare und zog daran, als könne er die Erschöpfung, die sich in seinem Gesicht abzeichnete, damit vertreiben.

Ein älterer Mann tauchte auf. Er ging durch den Raum, die Hände hinter dem Rücken verschränkt. Er schien auf einen Einfall zu warten, eine Eingebung, die dem Chaos, das ihn umgab, einen heimlichen Sinn verlieh.

Christine, Albert und Erik Bergmann standen vor der größten Herausforderung ihres Lebens.

Albert bereitete der Fall die meisten Sorgen. Er war kein Getriebener. Er verspürte keine Wut. Er war nicht wie die anderen beiden. Albert war hier, weil Christine hier war. Er beobachtete sie in den vielen nächtlichen Stunden. Sie war schweigsam. In ihrem Gehirn sortierten sich wohl die Eindrücke des Tages. Sie brauchte nur wenig Schlaf. Sie hasste die Ruhe. Er hatte sie nie anders erlebt. Diese Eigenschaften machten sie zu einer gefährlichen Jägerin. Albert konnte mit ihr nur schwer mithalten, und diese Erkenntnis bedrückte ihn.

Christine hatte die schrecklichen Bilder, Standfotos aus den Filmen von Ikarus, genau analysiert und sich Notizen gemacht. Albert fragte sich, wie sie diesen Schrecken verarbeiten, wie sie sich das Grauen begreiflich machen konnte, während er daran scheiterte.

Auf einem alten, ratternden Projektor hatten sie sich vier Filme angesehen, die ihn fast an den Rand des Wahnsinns trieben. Oft musste er wegschauen. Dann, als der Maskierte die Keile in die Haut seiner Opfers stach, wurde ihm beinah schwarz vor Augen. In diesen Momenten presste er die Zähne zusammen, und er hörte das Knirschen in seinem Mund, eine von vielen verhassten Angewohnheiten, die er sich seit seiner Kindheit eigentlich mühsam abgewöhnt hatte.

Und dann war da noch dieser Bergmann. Ein merkwürdiger Kauz mit verschwitzter Stirn und gehetztem Blick. Wer auch immer Ikarus sein mochte, Bergmann wollte eine persönliche Rechnung begleichen. Es ging ihm weniger um die Opfer und erst recht nicht um die verschwundene Sarah. Er war kein besonders mitfühlender Mensch. Das spürte Albert. Bergmann wollte Rache, bedingungslose Vergeltung. Es mochte eine Art Absolution für sein verpfuschtes Leben sein. Sympathie hegte Albert keine für ihn. Aber Bergmann konnte der entscheidende Faktor sein, durch den sie die Spur zu Sarah fanden. Sie brauchten ihn. Und Bergmann brauchte sie. Albert und Christine jagten einen Gegner, Bergmann jagte seinen Erzfeind.

Diese Zweckgemeinschaft, die sich in einer kühlen Oktobernacht im Seehaus zusammengefunden hatte, würde Ikarus zu Fall bringen. Das hoffte Albert jedenfalls. Er wollte es glauben. Das beklemmende Gefühl in seinem Hals ließ sich dennoch nicht vertreiben.

Christine lächelte ihn an. »Kannst du noch?«

Er klopfte auf den silbrig grauen Blechhaufen geleerter Energydrink-Dosen auf seinem Tisch und gab sich schwungvoll. »Klar. Ich habe mindestens zwölf Liter von dem Zeugs intus. Ich fühle mich wie eine Rakete.«

Christine legte ihm eine Hand auf die Schulter, natürlich durchschaute sie seine Lüge. »Du kannst dich wirklich hinlegen, wenn du möchtest. Das war ein harter Tag.«

»Nein. Kann er nicht. Ich bin auch müde, und ich bin sogar doppelt so alt wie er. Wir sind noch längst nicht fertig.« Bergmann stemmte die Hände in die Hüften.

Christine warf ihm aus zusammengekniffenen Augen einen giftigen Blick zu. »Verzeihen Sie, Erik, ich werde künftig

165

mehr Verständnis für die Belange deutscher Rentner aufbringen. Versprochen.«

Bergmann verdrehte die Augen und klemmte die Daumen hinter seine Hosenträger.

Ein wohliges Gefühl kroch Albert über den Rücken. Christine verteidigte ihn. »Ich schaff das schon. Keine Sorge. Erik, fassen Sie doch bitte für uns Ihren letzten Ermittlungsstand zusammen. Damit wir uns in den vielen Details nicht verlieren.«

Das gefiel Erik Bergmann nun sichtlich. Er zog an seinen elastischen Hosenträgern und ließ sie auf sein Polohemd schnalzen. Mit schnellen Schritten lief er an den Wäscheleinen entlang und blieb vor den grauen Pappkisten stehen, die sich auf dem Boden neben dem Eingang stapelten. In ihnen lagen sämtliche Details zum Fall Ikarus, die Bergmann mit seiner Mordkommission vor über zwanzig Jahren ermittelt hatte. Er tippte zweimal mit der Schuhspitze gegen einen Karton. »Wir haben Ikarus rund drei Jahre gejagt. Dann fiel die Mauer, und die Hatz wurde beendet. Als wäre es nur ein Spiel gewesen, das irgendeiner heimlich abgepfiffen hatte. Ich habe nie wieder etwas von ihm gehört, bis ihr heute bei mir mit Henriette Wagners Asche und der Geschichte von der verschwundenen Sarah aufgetaucht seid.« Bergmann gab seiner Stimme den gewissen polierten Schliff, den er sich wohl in den Jahren als Kommissar in der DDR angeeignet hatte. »Aber natürlich haben wir einiges über ihn in Erfahrung gebracht. Wir waren ja nicht blöd in der DDR. Wir haben versucht, sein System zu durchschauen. Eines wissen wir jedenfalls sicher: Ikarus liebt die Perfektion. Ihr müsst ihn euch vorstellen wie einen Künstler, der sein Material so lange bearbeitet, an ihm feilt und hobelt, bis die Oberfläche spiegelglatt ist und er darin sein eigenes Gesicht sehen kann. Kapiert?«

Christine und Albert nickten synchron. Bergmann brummte und fuhr sich durch die buschigen Haare. »Ikarus ist nie mit sich selbst zufrieden. Er will immer noch besser, noch perfekter werden. Das ist eine seiner entscheidenden Charaktereigenschaften. Schaut euch mal seine Botschaften an. Guckt genau hin. Die Metallkisten und die Gänsefedern hat er von Anfang an benutzt. Nach seinem zweiten Mord sind Fotos von der Kleidung der toten Mädchen dazugekommen. Bei seinem vierten Mord ist er noch einen Schritt weitergegangen und hat seine Taten auf Film festgehalten. Er arbeitet an sich, und dafür braucht er die Mädchen. Alle sind blond, alle im Alter zwischen sechzehn und achtzehn Jahren. Alle aus Brandenburg. Viel rumgekommen ist er bei seinen Verbrechen also nicht. Ikarus hatte einen Aktionsradius von ungefähr achtzig Kilometern. Überschaubar, nicht wahr? Wahrscheinlich ist er nach vollbrachter Tat wieder nach Hause gefahren. Ikarus war mit Sicherheit DDR-Bürger. Unsere Forensiker haben sich die Filmaufnahmen genau angeschaut. Die Hämatome am Körper einiger Opfer weisen darauf hin, dass er die Mädchen zwischen sieben und neun Tagen gefangen gehalten hat, bevor er sie verbrannte. Ein Besucher der DDR hätte das niemals mit einem Tagesvisum in vierundzwanzig Stunden geschafft, ganz sicher nicht. Wir haben sogar Einreisebescheide kontrolliert, jedoch nichts Auffälliges gefunden. Nein, Ikarus kam aus der DDR. Seine Morde hatte er präzise geplant, dazu musste er seine Opfer intensiv studieren. Am Ende hat er die Mädchen verbrannt. Wer so handelt, braucht einen Zufluchtsort, ein Refugium, in dem er ungestört arbeiten kann. Jedenfalls wenn er dem aufwendigen Ikarus-Muster folgt.«

»Die größte Schwäche ist sein Modus Operandi, das sehe ich

auch so.« Christine nahm eines der Fotos von der Wäscheleine. Es zeigte den aufgehängten, brennenden Körper eines Mädchens. Sie legte das Bild auf den Tisch und klopfte mit den Fingerspitzen darauf. »Das Feuer. Wie konnte er gefahrlos die Leichen verbrennen? Und vor allem: wo?«

Bergmann zerrte mehrmals an seinen Hosenträgern. Sie schnalzten so laut auf sein Hemd, dass Albert erschrocken auffuhr. Was Bergmann mit einem Lächeln registrierte.

»Tja«, sagte er, »tja, tja … mit Henriette Wagner hat er sieben Mädchen getötet. Sieben Mal bekamen die Familien der Opfer eine Metallkiste mit der Asche. Die Kisten selbst waren in der DDR nicht unüblich gewesen. In landwirtschaftlichen Betrieben wurden Düngerkonzentrate darin gelagert. Logisch, dass wir uns die Produktionsgenossenschaften näher angeguckt haben. Es war einer unserer ersten Verdachtsmomente, weil Ikarus hier unbemerkt eine Leiche verbrennen konnte. Wir haben Bauernhöfe durchsucht. Alles auf den Kopf gestellt. Unter jedem Stein zweimal nachgesehen. Nichts. Eine echte Spur haben wir nie entdeckt. So sieht es aus. Tja …«

Bergmann streckte die Arme wie zwei Flügel von sich. Sein gewaltiger Schatten an der Wand erinnerte Albert an einen düsteren Raubvogel, der gerade zum Flug ansetzen will.

»Ikarus. Den Namen hat er von unserer Mordkommission verpasst bekommen. Ist ja auch nicht verwunderlich. Die Federn, die er den Opfern in die Haut treibt, und das Feuer, das sind mythologische Motive, die an Ikarus erinnern.«

Albert kannte die Geschichte von Ikarus noch aus dem Schulunterricht. Er hatte sie nie besonders gemocht. Da traut sich einer mal was und wird dafür gleich mit dem Tod bestraft. »Der junge Ikarus, der mit seinen selbstgebauten Flügeln der

Sonne so nahe kam, dass das Wachs der Flügel schmolz und er in den Tod stürzte. Ja, irgendwie könnte das passen. Obwohl es ja eigentlich eher umgekehrt ist.«

»Wie meinst du das?«, fragte Bergmann mit genervtem Unterton in der Stimme. Er wollte sich wohl die Arbeit seiner Mordkommission nicht madig machen lassen.

Albert richtete sich gerade auf, doch Christine kam ihm zuvor. Sie drehte ihre Zigarette zwischen den Fingern hin und her, steckte sie in den Mund, zündete sie aber nicht an. »Ich verstehe schon, was Albert meint. In der Ikarus-Sage ist Überheblichkeit das hintergründige Motiv. Der anmaßende Griff nach der Sonne, der von den Göttern bestraft wird. Der Mörder sieht sich aber nicht als Ikarus, sondern als derjenige, der die Strafe verhängt. Er hat die Mädchen in der Rolle des Ikarus inszeniert. Aber warum? Was verbindet sie miteinander?«

Bergmann knetete seinen Bauch und zuckte mit den Schultern. »Nichts. Da ist absolut nichts, was die Mädchen verbindet. Sie stammten alle aus völlig unterschiedlichen Familien. Sie kannten sich nicht. Der Fall der Wagners ist ja erst jetzt dazugekommen. Ich bezweifle, dass wir da etwas finden werden. Ikarus hat in all den Jahren nur einmal einen Fehler gemacht. Wenn es überhaupt ein Fehler war.« Bergmann griff in eine der grauen Pappkisten vor ihm. In ihnen schlummerten seit Jahrzehnten die Akten und Fotos des Falls, dennoch wusste er genau, wo sich jedes einzelne ermittelte Detail befand. Für Albert nur ein weiterer Beweis für die Obsession, die Bergmann in Bezug auf Ikarus hatte.

Zwei durchsichtige, kleine Plastikbeutel lagen in seinen zerfurchten Händen. Voller Stolz streckte er sie den beiden nun hin. Der Beutel in seiner rechten Hand schien gar keinen Inhalt zu beherbergen. Erst als Albert genauer hinsah, erkannte er feine kristalline Krümel. Der andere Beutel war bis auf eine unverdächtig wirkende kleine weiße Pille leer.

»Amphetamin«, sagte Bergmann und hielt den Beutel mit der Tablette hoch. »Die haben wir in einem der Häuser gefunden, in die Ikarus eingedrungen war, um an ein Mädchen zu kommen. Sie muss sich gewehrt haben. Mit aller Kraft. Die halbe Einrichtung ist bei dem Kampf zu Bruch gegangen. In dem Wohnzimmer sah es aus wie auf einem Schlachtfeld. Aber diese Pille hier – wer die schluckt, der will mehrere Tage am Stück ohne Schlaf auskommen, würde ich mal meinen.«

Albert schob den Berg geleerter Energydrinks auf seinem Tisch zur Seite. Das Zeug schmeckte ihm immer noch nicht, und trotzdem schüttete er es in sich hinein, weil er wach bleiben musste. Was ihn ärgerte. Christine lächelte ihn an, als hätte sie seine Gedanken erraten.

»Wo konnte man in der DDR denn so was kriegen?«, fragte sie.

»Na ja, offiziell gab es diesen Stoff nicht. Eingesetzt wurde so was unter der Hand bei unseren Athleten. Aber ich will jetzt nichts hören, das habt ihr im Westen schließlich genauso gemacht. Ganz genauso. Aber das ist noch nicht alles.« Bergmann hielt das andere Beutelchen hoch. »Auf dem Boden des Wohnzimmers haben wir feine Spuren von Steinsalz entdeckt. Die Familie sagte damals aus, dass sie Steinsalz niemals benutzt hätte. Deshalb muss es wohl von Ikarus sein. Ich habe aber noch immer keine Ahnung, was es mit diesem Salz auf sich hat.«

Albert nahm die kleine Tablette an sich und betrachtete sie genau. Er sah Henriette und Sarah bei ihren Turnübungen in der Sporthalle vor sich.

170

»Ich weiß, was du jetzt denkst.« Christine nahm ihm den Beutel aus der Hand. »Amphetamin gleich Sport gleich Turnhalle gleich Turnlehrer, der ja am Abend der Entführung von Henriette durch jemanden vertreten wurde. Du verdächtigst ihn, richtig?«

Albert nickte.

Bergmann starrte die beiden an. »Da seid ihr jetzt so einfach draufgekommen?«

»Liegt doch auf der Hand, oder? Ist aber ganz sicher nicht die Lösung«, erwiderte Christine.

Bergmann schüttelte den Kopf. »Nein, wohl kaum. Der Turnlehrer hatte an dem Abend ein wasserdichtes Alibi. Der war bei einem Wettkampf. Hunderte haben ihn dort gesehen.«

Albert ließ den Kopf hängen. »Dann war das wohl nichts.«

»Genau. Nichts«, sagte Bergmann. »Wäre ja auch zu einfach gewesen, oder?«

Christine strich mit der flachen Hand über die Landkarte Brandenburgs, die neben Bergmann an die Wand gepinnt war. Die roten Punkte markierten die Orte, an denen Ikarus zugeschlagen hatte. Daneben, auf einem grünen Aufkleber, stand das Datum vermerkt. Sie griff in die rechte Tasche ihrer Jeans und zog ein paar braune Krümel hervor. Christine schob sie sich in den Mund und zerknackte sie. Albert wusste, dass es Cornflakes waren. Eine ihrer alten Angewohnheiten. Immer wenn Christines Gedanken umherwanderten und sie in ihrem Kopf alle Möglichkeiten durchspielte, dann ließ sie ihre Zähne wie ein Mahlwerk arbeiten. Kaugummi kam nicht in Frage, es mussten Cornflakes sein. Wahrscheinlich hatte sie in jeder ihrer Hosen ein paar von den Flocken für den Ernstfall. Albert hatte Christine nie anders erlebt. Er freute sich über das vertraute Gefühl. Als sie ein Cornflake besonders laut mit den Backenzähnen zerknackte, wusste er, dass sie eine Antwort parat hatte.

»Nun gut. Im Moment stellen sich uns bei jedem Fakt gleich drei neue Fragen. Ich denke, einen so selbstherrlichen Killer wie Ikarus kriegen wir anders. Erstens: Schauen wir noch einmal genau auf die Karte. Ikarus hat zwischen der ersten und der zweiten Tat über zehn Monate verstreichen lassen. In Gedanken plante er schon den nächsten Mord und guckte sich die Mädchen aus, die er zur Erfüllung seiner Phantasien brauchte. Er hat seine Pläne mit äußerster Sorgfalt organisiert und ausgeführt. Und jetzt sehen wir noch einmal hin.« Sie tippte mit dem Finger auf die grünen Aufkleber neben den Markierungspunkten. »Die Zeitspannen zwischen den Morden, die Abkühlphasen, werden immer kürzer. Monate werden zu Wochen und am Ende schließlich zu Tagen. Und dann plötzlich: nichts. Gar nichts. Der Kerl hat doch keinen Aus-Knopf. Das kann mir keiner erzählen. Jemand, der sich so aufgeheizt hat, hört doch nicht einfach auf. Gott ist auf einmal nicht wieder ein Normalsterblicher.« Sie zuckte mit den Schultern. »Das kann doch einfach nicht sein, oder? Henriettes Tod ist neben Sarahs Verschwinden die letzte bekannte Tat nach dem Mauerfall. Offenbar haben die politischen Ereignisse also auch Einfluss auf Ikarus gehabt. Er musste seine Mordserie für eine Weile unterbrechen, bevor er sich Henriette holte. Und danach hat er einfach zwanzig Jahre lang eine Pause eingelegt, bevor er wieder Lust aufs Töten bekam? Vielleicht will er uns das ja nur weismachen.« Christine senkte ihren Kopf, so dass ihr ein paar Haarsträhnen vor die Augen fielen. Erst nach einer Weile hob sie ihre Stirn wie in Zeitlupe. Ihre Mundwinkel hatten einen hämischen Zug angenommen. Albert schluckte. Christine sah aus wie ein böser

Geist der Vergangenheit, der gerade einer von Bergmanns grauen Pappkisten entstiegen war.

»Ich bin Ikarus. Ich bin ein Künstler. Die Mauer fällt. Ich war in diesem Land eingesperrt. Jetzt nicht mehr. Die Kriminalbeamten in der DDR haben sich nicht getraut, öffentlich nach mir zu fahnden. Aber jetzt ist alles ganz anders. Ich werde diese neue Situation nutzen. Sie wird mich noch stärker machen. Ich lasse die Mädchen an ganz anderen Orten fliegen. Ich kann jetzt gehen, wohin immer ich will. Keine Grenze stoppt mich. Es ist eine neue Welt. Neue Jagdreviere. Ich bin intelligent. Ich bin selbstsicher. Mein vertrautes Umfeld brauche ich nicht mehr. Ich bin euch allen überlegen. Ich bin ein Gott. Meine nächste Tat habe ich schon längst geplant. Ihr werdet niemals herauskriegen, wo ich als Nächstes zuschlagen werde, denn dazu müsstet ihr wissen, wer ich bin.«

Erik Bergmann schwieg. Und auch Albert war perplex. Christine hatte sich förmlich in das Gehirn dieser Bestie gebohrt. Ihre unheimliche Empathie für einen Serienmörder überraschte ihn.

Christine klopfte wieder mit der flachen Hand auf die Landkarte. Und noch einmal. Albert kam es vor, als schlage sie ihm persönlich auf den Hinterkopf, um seine Denkaktivität zu steigern. Er wurde an die Schulzeit erinnert. Christine blickte ihn an, als erwarte sie von ihm die richtige Antwort.

Christine wandte sich zu Bergmann, dann wieder zur Karte. »Versteht ihr denn nicht? Wir kennen seinen Modus Operandi besser als jeder andere. Jetzt müssen wir prüfen, ob Ikarus nicht irgendwo in Deutschland, Europa oder sonst wo weitergemacht hat. Wenn es den Fall Sarah Wagner nicht gäbe, hätten wir doch geglaubt, er wäre irgendwann einfach gestorben.«

Albert zupfte an seinen Haaren herum. Jetzt war er dran. Endlich konnte er etwas Entscheidendes zu diesem Fall beitragen. »Das bedeutet, dass ich mich europaweit in die Rechner von Kriminalbehörden einhacken muss. Das dauert ein bisschen. Ich werde ein paar alte Freunde anrufen müssen. Gleich morgen fange ich mit Europol an. Die sitzen in Den Haag. Miserable Sicherheitsvorkehrungen. Das macht es wenigstens etwas einfacher. Aber das ist echt viel Zeit, die wir hier investieren.«

»Ich weiß, Albert, das ist mir schon klar. Wir müssen aber sichergehen, dass es in den Jahren nicht noch mehr Fälle wie Henriette Wagner und die vorherigen gegeben hat. Und jetzt zu Punkt zwei. Viele Serientäter heben sich Presseberichte über ihre Taten auf, Zeitungsausschnitte oder Aufzeichnungen von Nachrichtensendungen. Sie dokumentieren ihre Leistungen. Sie brauchen das. Für sie sind es besondere Erfolge, mit denen sie sich in ihren Abkühlphasen nach einem Mord beschäftigen und sich alles noch einmal ins Gedächtnis zurückrufen. Was aber hat Ikarus gemacht? Durch die Pressesperre wurde er seiner Öffentlichkeit komplett beraubt. Für sein Ego muss das schrecklich gewesen sein. Er vollbringt Großes, doch niemand darf es erfahren. Für einen Serientäter ist das ein Alptraum. Er braucht die Reaktion auf seine Taten. Was also macht er? Er schickt die Asche der toten Mädchen an die Eltern. Er will Emotionen auslösen, er will seine Leistung in ihren Gesichtern gespiegelt sehen. Und was haben die Eltern mit der Asche gemacht?«

Bergmann strich sich über die Arme. »Na, was wir alle damit gemacht hätten. Sie haben sie heimlich, still und leise begraben, um mit der Sache abzuschließen.«

»Exakt.« Christine nickte. »Und wenn Sie Ikarus wären und

174

gemordet hätten, würden Sie sich diese Momente entgehen lassen? Diese wenigen Momente, in denen Sie Ihre Leistung endlich genießen könnten? Warum würden Sie auch noch einen Film in der Asche verstecken? Würde er die Angehörigen der Opfer nicht noch zusätzlich aufwühlen? Noch mehr Schmerz, um sich daran zu laben.«

»Verdammt.« Bergmann schlug die Hände zusammen, als wollte er lästige Fliegen vertreiben. »Verdammt. Verdammt. Verdammt. Wir hätten damals Beamte zu den Beisetzungen schicken sollen. Verdammt noch mal.«

»Aber dort wurden doch sicher von den Angehörigen Fotos gemacht, oder? Das war doch im Osten nicht anders als im Westen. Oder waren Filme rationiert?« Die ordentliche Portion Herablassung, die Christine in ihre Worte legte, ließ sich nicht überhören.

Bergmann lief durch den Raum. »Ich rufe gleich morgen die Familien der Opfer an. Das schaffe ich. Irgendwie kriege ich das hin. Und dann gucken wir uns die Fotos der Beerdigungen mal genauer an. Gleich morgen.«

»Und noch eines. Könnten Sie Henriette Wagners Asche in ein Labor geben? Wir müssen wissen, ob es überhaupt die Asche eines Menschen ist. Sie haben doch noch Kontakte, über die wir schnell an ein Ergebnis kommen?«

Bergmann nickte kurz und senkte den Kopf. Die verpasste Chance mit den Fotos schien ihn bis in die Grundfesten seiner Existenz zu ärgern. Er strich die Falten seines Polohemds glatt, blickte von Albert zu Christine und verabschiedete sich. Einen Moment später stapfte er über knackende Äste und raschelnde Blätter in der Dunkelheit davon.

Albert stand neben Christine vor dem Haus. Der Wind fuhr ihm durchs Haar, und ihn fröstelte. Selbst aus einiger Entfer-

175

nung konnte er noch Bergmanns düstere Entschlossenheit spüren. »Der ist gefährlich. Der will Ikarus mit aller Gewalt erlegen. Auf den müssen wir aufpassen.«

»Ich weiß.« Christine lehnte sich an die geöffnete Tür des Seehauses und ließ ihr Feuerzeug aufflammen. Der kleine glühende Punkt ihrer Zigarette tanzte in der Nacht vor ihrem Mund auf und ab.

Albert blickte auf die Uhr. Es war kurz vor Mitternacht. »Ich muss jetzt doch mal nach Hause. Petra wird sauer, wenn ich hier übernachte. Das kann ich nicht bringen.«

Sie nickte. »Nein, klar, das geht nicht.« Ein feines Lächeln umspielte ihre Lippen. »Nimm mein Auto. Morgen machen wir weiter.«

»Danke übrigens, dass du mich vorhin verteidigt hast. Das war wirklich …«

»Schon gut.« Sie drückte ganz kurz seine Hand. Er spürte ihre Fingerspitzen, als würde von dort aus ein elektrischer Impuls durch seinen Körper jagen. Dann ging er. Das gute Gefühl, das er empfunden hatte, nahm er mit auf seinen Weg zurück zu Petra.

17

Im Seehaus kehrte Stille ein, doch Christine konnte mit der Ruhe nichts anfangen. Sie lief zwischen den Wäscheleinen auf und ab, die sie so kunstvoll gespannt hatte, betrachtete jedes einzelne Foto immer und immer wieder und prägte sich die vielen kleinen Details ein.

Fast zwei Stunden später hatte sie dann genug. Sie trat aus dem Seehaus ins Freie, warf die Tür hinter sich zu und ging im Mondlicht über den Bootssteg. Mit nackten Zehen ertastete sie die feinen Rillen im Holz unter ihr. Ein leichter Oktoberwind fuhr durch ihr Haar, trieb einzelne Strähnen vor ihre Augen. Sie setzte sich ans Ende des Stegs. Mit den Beinen berührte sie die goldgelb verfärbten Schilfgräser, die sich im schwachen Licht abzeichneten.

Bilder von Asche, Federn und Feuer verursachten ein Chaos in ihrem Kopf, das sie verstehen wollte. Christine suchte das Unstimmige, das Falsche, das sich nie ganz verbergen konnte. Den Riss im Blendwerk. Den meisten Menschen fiel es leichter, eine Lüge zu akzeptieren, die sie schon Hunderte Male gehört hatten, als eine ihnen neue Wahrheit anzunehmen. Doch die Wahrheit war meist ganz offensichtlich. Das hatte Christine gelernt. Von ihrem Vater. Von Remy.

Er war Inspektor gewesen. Ein Kriminologe, der die dunkelste Seite der Welt gesehen hatte. Bis zur Erschöpfung war er für seine Täterprofile in die Psyche von Mördern eingetaucht und dem Bösen so nah gewesen, wie es ein guter Mensch nur sein konnte. Manchmal, wenn er in der Dunkelheit über seinen Papieren saß und nur das Summen des Lüfters zu hören war, beobachtete ihn Christine. Einmal, sie war vielleicht zehn Jahre alt gewesen, war sie ganz dicht an seinen Schreibtisch herangetreten. Alte Fotos hatten auf der Holzplatte gelegen. Sie zeigten einen jungen Mann im Anzug, dann denselben Mann ein paar Jahre später mit gelichteten Haaren, dann wieder etwas später mit einem Schnauzer, Glatze und Brille. Sie studierte die Fotos genau, betrachtete das Gesicht des Mannes, seine Falten, seine Veränderungen. Seine Augen. Er hatte einen freundlichen Ausdruck im Gesicht, einen offenen, sympathischen Blick.

»Wer ist das?«, fragte sie.

Ihr Vater blickte sie zögernd an, als wollte er ihr die Antwort verschweigen. Er zog Christine an sich heran, legte ihr einen Arm um die Schulter und nahm eines der Bilder in die Hand.

»Das hier ist ein Mörder. Ein Mann, der viele Menschen umgebracht hat. Ganz heimlich. Bis wir ihn gekriegt haben. Und irgendwo zwischen diesen Aufnahmen liegt der Grund für seine Taten. Irgendetwas, eine Veränderung, vielleicht nur eine Kleinigkeit, hat ihn zu dem werden lassen, der er heute ist. Manchmal«, mit Zeigefinger und Daumen deutete ihr Vater einen minimalen Abstand an, »manchmal ist es nur so viel, was einen Menschen davon abhält, sich in einen Mörder zu verwandeln. Es genügt viel weniger, als wir wahrhaben wollen. Und meine Aufgabe ist es, den Moment, den Auslöser für die Verwandlung zu finden. Ich lerne daraus für den nächsten Fall. Ich muss verstehen, wie diese Menschen denken, weshalb sie so handeln, wie sie handeln. Wenn ich das begreife, kann ich Schlimmes verhindern. Aber eines ist mir ganz besonders wichtig, Christine. Deswegen erkläre ich dir das alles: Das, was wir sind, zeigt sich nicht im Äußeren des

Menschen. Der Körper ist nur das Gefäß für unsere Gedanken. Was hier oben passiert«, er tippte mit dem Finger an seine Stirn, »das sind nicht nur elektrische Synapsen und Neuronen, die Informationen weiterleiten. Es sind die verborgenen Gefühle und Wünsche, die uns unser wirkliches Gesicht geben, und die erkennst du an den Taten der Menschen, nicht an ihrem Aussehen. Die meisten verraten sich nur durch Kleinigkeiten. Das Wesentliche ist für das Auge unsichtbar. Man sieht es nur, wenn man weiß, wonach man suchen muss.«

Christine überlegte einen Moment. »Wie in dem Buch? Wie beim kleinen Prinzen? Da ist alles Wesentliche auch verborgen.«

Ihr Vater lachte laut. Er drückte seine Tochter ganz fest an sich und flüsterte: »Ja, Christine, genau wie beim kleinen Prinzen. Genau so.«

Ihr Vater war tot. Er war ermordet worden.

Sie vermisste das braune knittrige Cordsakko, das er immer so gern getragen hatte, sein Rasierwasser, das den Duft von Sandelholz verströmt hatte. Seine Wärme, sein Witz, seine Ratschläge – alles, was ihr von ihrem Vater geblieben war, lag in der Vergangenheit, weit entfernt und dennoch ganz nah.

Christine steckte die Hände in die Hosentaschen. Die Cornflakes piksten ihr in die Haut wie kleine scharfe Steinchen. Sie nahm ein paar der weizengelben Flocken in die Hand. Jahrelang hatte sie an Essstörungen gelitten. Magersucht.

Ein engagierter Klinikarzt war auf die Idee mit den Cornflakes gekommen, um sie auf diese Weise ans Essen zu erinnern. Noch heute aß sie zu wenig und wenn, dann viel zu schnell.

Kurz vor ihrem achtzehnten Geburtstag hatte sie sich auf dem Flohmarkt in Cancale eine schwarze Motorradleder-

179

jacke gekauft, die sie viele Jahre lang wie einen Panzer trug.
Die Haare hatte sich Christine zum Entsetzen ihrer Groß-
mutter kurz schneiden lassen. Wenn sie mit einem Mann
schlief, war sie schon am nächsten Tag wieder verschwunden.
Sie verließ sich auf ihren Verstand und ignorierte ihre Gefühle. Es gab niemanden, der ihr sagte, welcher ihr Weg war.
Das war die Christine, die an dem Tag geboren wurde, als ihr
Vater starb. Eine andere Christine. Eine Geburt der Umstände, die ein siebzehnjähriges Mädchen von einer Sekunde auf
die andere zu einem völlig neuen Wesen gemacht hatte, das
keine Nahrung und keine Freunde mehr brauchte, das allein
und unberechenbar durch die Welt ging.
Sie warf die Cornflakes ins Wasser. Wie kleine Käfer schwam-
men sie auf dem See, bevor sie lautlos untergingen.
Ihre Hände zitterten ganz leicht. Das beunruhigte sie. Ein
Gefühl. Nur ein Gefühl. Es hatte sie völlig unvorbereitet getroffen, sich von hinten angeschlichen und sie einfach über-
rumpelt. So vertraut. Es machte ihr Angst. Albert.
Er war wie eine warme Welle in ihr, die gegen die Eiseskälte
ihres Verstandes ankämpfte. Da war etwas Verbotenes. Eine
unsynchronisierte Leidenschaft zwischen ihnen. Sie spürte es
ganz deutlich. Es erregte sie.
Sie wollte Albert nicht in Gefahr bringen. Nicht wie damals.
Nie würde sie es sich verzeihen, wenn ihm etwas zustieße. Sie
hatte ihn in den Fall hineingezogen. Hatte zugelassen, dass
sie wieder Partner waren. Vielleicht aus Selbstsucht, vielleicht
aus mehr, und nun war sie ihm wieder ganz nah. Es war ein
schönes, ein gefährliches Gefühl.
Sie berührte den Kratzer an ihrer Stirn. Der feine, verschorfte
Strich zeichnete sich unter ihrer Fingerspitze wie ein Mahnmal ab. Sie wäre in Verona fast gestorben. Sie war zu weit

gegangen, viel zu weit. Sie hatte auf törichte Weise ihr Leben riskiert. Doch diesmal ging es nicht nur um sie. Beim Fall Ikarus musste sie vorsichtiger sein.

Ein Blatt traf Christine an der Stirn, der Bootssteg vibrierte. Der Wind an dem kleinen See hatte an Stärke zugenommen. Sie blickte auf ihre geballte, zitternde Faust. Sie öffnete sie und schaute in ihre leere Hand. Ein paar Wellen schlugen gegen die Uferböschung, Wasser spritzte auf ihre Zehen. Sie atmete die kalte Luft in langen Zügen ein und stand auf. Sie musste fokussiert bleiben. Für Sarah. Für Albert. Für Erik Bergmann. Und für sich selbst.

Ikarus war der Gegner. Ein gesichtsloses, selbstherrliches Phantom, das ihren Weg gekreuzt hatte. Er musste zur Strecke gebracht werden.

Natürlich hatte sie dem Unbekannten längst die Züge des Mörders ihres Vaters verliehen. Wie sie es immer tat, wenn sie mit dem Bösen konfrontiert war.

Doch das würde sie sich niemals eingestehen.

Christine ging zurück zum Seehaus. Die weißen Designerschränke und das moderne Bett passten nicht zu den Wäscheleinen, den Papieren und schmutzigen Pappkartons, die überall auf dem Boden verteilt herumlagen. Sie sprang über die Kisten und ließ sich auf die Matratze fallen. Der Mond strahlte ihr ins Gesicht. Christine fragte sich, wo Albert jetzt war und wie er wohl sein Leben lebte, wenn sie nicht dabei war. Langsam ließ sie sich in das wärmende Gefühl fallen. In dieser Nacht schlief sie gut.

Fünfzig Kilometer weiter östlich, aber unter demselben Mond, erklomm Albert die letzten knarrenden Stufen im Treppenhaus zu Petras Wohnung. Durch die Fenster des Mietshauses fiel sanftes Licht. Er stand erschöpft und glücklich vor der Wohnungstür und fühlte sich so lebendig wie schon lange nicht mehr.

Mit einem Griff in die Tasche seiner ausgebeulten Cordhose fingerte er den Schlüssel hervor. Einmal umgedreht, dann schob er die Wohnungstür vorsichtig auf. Alle Lichter waren gelöscht. Petra schlief wohl. Er würde ihr am Morgen alles erzählen.

Albert lief, so leise er konnte, auf Zehenspitzen durch Petras Wohnung. Er trank ein Glas Leitungswasser. Nach all den süßlichen Energydrinks der vergangenen Tage schmeckte es merkwürdig fade. Als er sich mit dem Glas in der Hand an die Spüle lehnte, hörte er Petra hinter sich in die Küche treten.

»Ich habe nicht damit gerechnet, dass du noch kommst.« Ihre Stimme hatte einen anklagenden Unterton. Sie trug ein langes weißes T-Shirt. Die Arme hielt sie vor die Brust, und in ihrem Gesicht fehlte jedes Zeichen von Verschlafenheit. Sie musste wohl auf ihn gewartet haben.

»Petra«, flüsterte Albert und legte in seine Stimme eine versöhnliche Note. Er ahnte, was nun kommen würde.

»Ich dachte, du verbringst die ganze Nacht mit Christine. Wie in guten alten Zeiten, was?«, sagte sie mit einem unerwartet zynischen Unterton.

Ja, diese Vorwürfe hatte er erwartet. Petra war in ihrem Verhalten durchaus berechenbar. Er ging langsam auf sie zu und legte ihr seine freie Hand auf die Schulter. Sofort schämte er sich für diese durchschaubare Geste. Petra wischte seine Hand mit einer raschen Bewegung fort. Das restliche Wasser in Alberts Glas schwappte über den Rand und sickerte in seinen Grobstrickpullover. Er ignorierte das unangenehm feuchte Gefühl an seinem Unterarm. »Petra, du weißt nicht,

182

was wir heute herausgefunden haben. Diese Geschichte hier ist … ganz anders. Es ist schrecklich. Wir haben es hier mit einem Serienmörder zu tun. Stell dir nur vor, ein Serienmörder! Und er hat Sarah Wagner.«

Das verächtliche Lächeln auf Petras Lippen registrierte Albert mit Erstaunen. »Du bist Wirtschaftsredakteur bei einem Fernsehsender. Und du glaubst, dass du einen Serienmörder stellen kannst? Glaubst du das wirklich, Albert? Ist das dein Ernst?«

Sie ließ eine Pause verstreichen, in der Albert nach einer Antwort suchte. Der Wasserhahn neben ihm tropfte. Der Kühlschrank brummte. Petras schnaubender Atem übertönte beide Geräusche. Es fiel ihm schwer, sich zu konzentrieren. Er hätte Petra die Wahrheit sagen können. Er hätte erklären können, dass er mit Christine an seiner Seite die Arbeit im Fernsehsender vergaß, auf die er sowieso nicht wirklich Lust hatte. Die langweiligen und sinnlosen Streitereien mit den Kollegen in der Redaktion und die törichten Ansichten dieser Menschen nervten ihn nur noch. Er fühlte sich frei mit Christine, und gemeinsam würden sie Ikarus zu Fall bringen. Albert glaubte das wirklich, obwohl sich Petras Argumente nicht so einfach vom Tisch fegen ließen. Doch bevor er noch etwas erwidern konnte, gab sie ihm selbst die Antwort.

»Ich habe dich damals kennengelernt, kurz nachdem dich deine tolle Partnerin sitzengelassen hat. Sie ist ohne ein Wort verschwunden. Hast du das alles vergessen? Ich habe dich wieder aufgebaut. Ich habe zu dir gehalten. Es war keine leichte Zeit für uns beide. Und jetzt geht das Ganze wieder von vorn los. Ich kapier nicht, was du da draußen machst. Ich kapier es nicht. Du bist nicht der Typ für solche Geschichten. Albert, mein Gott, ein Serienmörder … Bist du

183

verrückt geworden? Mein Albert sitzt gern vor seinem Computer. Er trinkt gern Tee und guckt sich mit mir zusammen Comedy-Shows an. Das ist mein Albert. Das bist du. Und was ich noch weniger verstehe: Warum lässt du dich wieder auf diese Frau ein? Sie hat dich hängenlassen, und du läufst ihr wie ein treudoofer Köter hinterher. Hast du denn keine Selbstachtung? Was muss man dir noch antun?« Sie stellte die Fragen, als würde sie mit einem uneinsichtigen Kleinkind reden.

Natürlich war es Alberts größte Sorge, dass ihn Christine wieder abservieren würde, und Petra spielte diese Karte sehr geschickt aus. Wenn sie so vor ihm stand, konnte er seine Selbstzweifel nur schwer überwinden. Mit Erstaunen stellte er fest, wie seine Gefühle sich im Kreis drehten, und war überrascht, dass die Euphorie und das Adrenalin in seinem Körper komplett verpufft waren. »Ich würde es dir so gern erklären, Petra.« Er hörte, dass er fast flehend klang. »Ich muss das tun. Hattest du noch nie so ein Gefühl in dir? Ich werde es einfach nicht los. Ich muss einfach wissen, wohin mich diese Geschichte führt. Das ist doch auch wichtig für uns beide. Ich weiß nicht, welcher Albert ich wirklich bin – der Albert, der mit dir auf dem Sofa sitzt und Comedy-Shows guckt. Oder der Albert, der einen Serienkiller jagt. Ich muss es rauskriegen.«

Die Falten zwischen Petras Brauen vertieften sich. »Nein. Das ist nur ein Aspekt, um den es hier geht. Es geht hier doch in Wirklichkeit um Christine, oder? Da ist etwas zwischen euch, und du nimmst einfach nur den Faden wieder auf. Du weißt es doch auch. Darum geht es. Es geht nur darum. Sie hat dich damals gekränkt, und jetzt willst du eine Wiedergutmachung oder vielleicht sogar mehr. Meinst du, ich spüre das nicht? Ich habe mir den ganzen Abend um dich Sorgen gemacht. Und um uns. Warum tust du uns beiden das an? Warum?«

Es war ein maschinenhafter Ton, den Petra anschlug. Roboterhaft. Unpersönlich. Als würde sie mit einem fremden Menschen sprechen, der ihr zufällig auf der Straße begegnet war.

»Aber, ich liebe dich ... ich ... will das doch hier nicht einfach alles wegwerfen«, stöhnte er.

Petra umarmte Albert, und sie schwiegen beide. Er spürte ihre Haare an seiner Wange, ihre Finger auf seinem Rücken und wusste, noch bevor der Moment da war, dass es das Ende war. Sie löste sich von ihm und blickte ihn lange an. »Ich liebe dich auch. Ich liebe dich wirklich. Aber ich mag den Menschen nicht mehr, der jetzt hier vor mir steht. Ich mag ihn nicht. Du hast dich entschieden, und ich habe mich auch entschieden. Es tut mir leid. Für uns beide.«

Ihm war, als würde er in einem Flugzeug sitzen. Die Motoren heulten. Ein Ruckeln ging durch die Maschine. Die Tragfläche auf seiner Seite kippte nach unten. Albert klammerte sich an seinen Sitz. Das Klirren der Turbinen dröhnte in seinen Ohren. Das Flugzeug ging in einen steilen Sinkflug über. Es vibrierte und brummte. Grauer Rauch stieg in der Kabine auf. Die Maschine stürzte ab. Er sah aus seinem kleinen Fenster ganz deutlich, wie er in die Tiefe gerissen wurde, wo sein Leben einfach aufhören würde.

Petra blickte ihn traurig an.

Albert hatte verstanden.

Er hätte so vieles sagen, bitten, beschwören und flehen können. Er tat es nicht.

Die selbstgestrickten Topflappen, die Petras Mutter ihnen einmal zu Weihnachten geschickt hatte und die seit Jahren un-

185

benutzt über dem Herd hingen. Die eingerahmten Schwarz-
weißfotos von ihrem gemeinsamen Urlaub in Ankara. Die
grüne Wanduhr mit dem Aufdruck WE HAVE HOPES
BECAUSE WE HAVE LOVE.

Er prägte sich jedes Detail in der Küche ein, wie er es sonst nur
tat, wenn er sich auf Reisen an einem Ort aufhielt, den er niemals wiedersehen würde.

Albert lief durch den Flur und zog die Tür hinter sich zu.
Seine leere Wohnung wartete nur ein paar Straßen weiter auf
ihn. Schlafen konnte er jetzt sowieso nicht. Vielleicht würde
er einfach bei einem alten Hackerkumpel klingeln. Jetzt, wo
seine Beziehung erledigt war, gab es für ihn nur noch eines:
den Fall Ikarus.

Er lief die drei Stockwerke des alten Mietshauses hinunter
und setzte seinen Weg im fahlen Schein des Mondes durch
Kreuzbergs leere Straßen fort.

Der Mond nervte ihn. Bergmann saß hellwach und aufrecht
in seinem Bett. Er konnte nicht schlafen. Er blickte durch die
seit Jahren ungeputzten Fenster seines kleinen Hauses in den
Nachthimmel.

Er war ein Versager. Andere Menschen mochten auf ein er-
folgreiches Leben zurückblicken, Bergmann hatte nur eine
Bilanz des Scheiterns vorzuweisen. Ikarus war dafür verantwortlich. Oft hatte sich Bergmann den gesichtslosen Mann in
den unzähligen langen und schlaflosen Nächten vorgestellt.
Es hatte ihn fast wahnsinnig gemacht.

Der dickliche Bäcker an der Ecke mit seinen teigigen Pfoten,
der ihm immer irgendwie merkwürdig nachblickte. Sein Friseur, der ihn mit seinem fröhlichen Geplapper in Gespräche
verwickelte, womöglich, um ihn auszuhorchen. Sein Nach-

186

bar, der ihm grundsätzlich aus dem Weg ging und ganze Tage in seiner Garage verbrachte.

Jeder konnte Ikarus sein.

Jeder.

Erik Bergmann hatte Christine nicht alles erzählt. Doch er war sich nicht sicher, ob diese Frau mit den großen, forschenden Augen es nicht schon ahnte. Ikarus brauchte die Reflexion seiner Taten, und er hatte sie sich geholt. Niemandem hatte Bergmann je davon erzählt. Allein der Gedanke beschämte ihn. Die Telefonate, die Anrufe mitten in der Nacht und die weit entfernte, flüsternde Stimme, die ihn verhöhnte. All das war Bestandteil seines Geheimnisses, das er mit keinem Menschen teilen wollte.

»Erik, du hast doch nicht geschlafen? Wach auf, Erik. Es ist bald wieder so weit. Ich bin hellwach, und du weißt ja, was ich dann gern mache. Lass dich überraschen. Schlaf gut, Erik … schlaf gut …«

Meist hörte Bergmann dann noch ein leises Atmen in der Leitung, als wartete die fremde Stimme auf irgendeine Gefühlsregung, die sie durch die elektrischen Kabel aufsaugen konnte. Dann folgte das Klicken und die unvermeidliche Stille.

Ikarus kannte seinen Gegner. Bergmann schien ihn zu erheitern. Wie mächtig musste sich der Unbekannte bei diesem Spiel mit seinem Verfolger fühlen. Und er, Bergmann, war allein mit seinem Scheitern konfrontiert. Manchmal dachte er darüber nach, seinem Leben einfach ein Ende zu setzen.

Es wäre so einfach gewesen. Einfach Schluss machen. Seine alte Dienstpistole lag hinten in der Schreibtischschublade. Ein Schuss, und alles wäre endlich vorbei. Damals, als ihn Ruth verließ, hätte er den letzten Schritt fast gewagt. Nur sein Hass auf Ikarus hatte ihn am Leben erhalten.

Bergmann starrte in das Mondlicht und tastete mit den Fingerspitzen die feinen Rillen seines Unterhemds ab. Er folgte den dünnen Bahnen. Immer wieder. Auf und ab. Kleine Straßen, die irgendwo begannen und doch unausweichlich endeten. Er hob seine Hände und blickte in die leeren Handflächen, als läge dort die Antwort auf alle seine Fragen. Doch da war nichts.

Bergmann hatte nichts mehr zu verlieren. Er war ein alter Mann, der in der DDR zunächst hochdekoriert gewesen war, dann mit einem unbesiegbaren Gegner konfrontiert wurde und am Ende durch den Fall der Mauer alles verloren hatte. Sein Leben war wertlos. Wenn er ihm einen Sinn geben wollte, war Ikarus seine letzte Chance.

Christine Lenève und ihr gelockter Freund waren für ihn nur Werkzeuge in diesem Kampf. Er tat sich schwer, sie in sein Herz zu schließen. Er verabscheute die Arroganz des Westens. Ikarus war sein Krieg, den er nun mit ungeliebten Verbündeten führen musste.

Wenigstens nahm diese Christine Lenève die Herausforderung an. In ihr schlummerte etwas Unausgesprochenes. Er konnte es fühlen. Sie würde Grenzen überschreiten, um an ihr Ziel zu gelangen, und dieser Gedanke gefiel ihm ausgesprochen gut.

Bergmann musste schlafen. Die letzte Runde hatte begonnen. Das fühlte er.

Dann schloss er die Augen.

18

Die schwarzen Zeiger an der großen Uhr der Kreuzberger Markthalle machten die Stunde fast voll. Noch sieben Minuten bis elf. Es war ein sonniger Vormittag.

Er beobachtete den türkischen Gemüsehändler, der mit angestrengter Miene das Obst in den Auslagen sortierte, die guten Bananen nach oben, die schlechten schwarzen nach unten. Der Mann drehte, wendete und zupfte, und ein zufriedenes Lächeln glitt über sein unrasiertes Gesicht, als er sein betrügerisches Werk betrachtete.

Eine alte Frau schleppte sich über die Straße, gebeugt unter der Last ihrer Einkäufe in einem Billigdiscounter. Die roten Adern und Altersflecken in ihrem Gesicht waren einer Landkarte nicht unähnlich. Sie atmete schwer. Viele Jahre blieben ihr wohl nicht mehr.

Ein gegelter Typ mit betont lässiger Haltung schlenderte in ein Café. Auf seinem Kopf thronten überdimensionale Kopfhörer, wie sie in den Siebzigern modern gewesen waren, einer Zeit, in der dieser Kerl noch nicht einmal geboren war. Aus den Augenwinkeln prüfte er, wie sein Coolnessfaktor bei zwei kichernden Mädchen ankam.

Er sah alles, bemühte sich aber, so unbeteiligt wie möglich zu wirken.

Er saß vor einem indischen Restaurant und nippte an einer Tasse Chai-Tee. Die Bank, auf der er hockte, war abgewetzt und unbequem, eine Holzbank ohne Rückenlehne, wie man sie im Sommer in Biergärten fand. Der schmutzige, abgenutzte

189

Holztisch ekelte ihn an. Und das war keineswegs alles, was ihn störte.

Das Pärchen auf der anderen Seite des Tisches befummelte sich die ganze Zeit. Das Mädchen schob ihrem langhaarigen Freund die Zunge ins Ohr, drehte sie in seiner Muschel hin und her und flüsterte ihm Schweinereien zu.

Er bekam alles mit. Jede Bewegung. Jedes Wort. Wie er das alles hasste. Als der Langhaarige dann auch noch ohne Nachfrage mit koksgetrübten Pupillen nach dem Zuckerstreuer griff, der sich genau vor ihm, in seinem klar abgesteckten Revier befand, wäre er fast explodiert. Mit seinen dünn behandschuhten Fingern kratzte er unruhig über die Rillen des Tisches. Er verkrallte sich in ihnen und atmete schwer aus. Nein. Er war es nicht gewohnt, mit fremden Menschen diese Art gesellige Nähe zu teilen. Das war ihm wesensfremd. Er lehnte es ab.

Kontrolle. Er durfte hier nicht auffallen.

Mehr Kontrolle.

Die Sonne hatte ihren höchsten Stand noch nicht erreicht. Es war dennoch übertrieben warm. Viel zu warm für diesen Sonnabend im Oktober. Der Heizpilz hinter ihm schlummerte vor sich hin. Dennoch trug er eine Wollmütze, die er sich tief ins Gesicht gezogen hatte. Die dunkelbraunen Gläser seiner Sonnenbrille machten ihn vollends unidentifizierbar. Er nahm einen Schluck von seinem Tee, trommelte beim Trinken mit dem Zeigefinger ans Glas und betrachtete all diese beschämend kleinen Menschen und ihr hektisches Treiben. Dieses sinnlose und alberne Gewusel. Wie sie hin und her huschten. Stumpfsinnige, krabbelnde Ameisen, die an kleingeistigen Illusionen klebten. Er kannte ihre Gefühle. Er durchschaute sie. Es war einfach. Sie waren alle gleich hinter ihren Verkleidungen. Es wäre ein Irrglaube gewesen, anzunehmen, dass selbst Menschen, die willig alle Wahrheiten über sich preisgaben, deshalb interessanter wären. Sie waren es nicht. Sie langweilten ihn. Ihre Regeln und ihre Bedürfnisse hatten für ihn keine Bedeutung. Er musste nur zutreten, um ihnen seine Macht zu demonstrieren, und er würde es tun.

Bald.

Er hatte eine günstige Position. Von hier aus konnte er große Teile der Kreuzung überblicken. Er würde sie sehen, wenn sie die Straße herunterkam. Sie war bloß eine weitere Figur auf dem Spielbrett, die er unter strategischen Gesichtspunkten verschieben musste. Ein Opfer, das sich seiner eigentlichen Rolle nur noch bewusst werden musste. Er half gern dabei.

So wie bei Sarah.

Die Tageszeitung lag ausgebreitet vor ihm auf dem wackligen Holztisch. Er strich das Papier glatt und streichelte die Worte. Das hier war er. Das hier hatte er erreicht. Das Blatt rätselte in fetten Buchstaben über Sarah Wagners Verschwinden. War es ein Gewaltverbrechen? Lebte die Moderatorin noch? *Aber ja doch. Gewiss,* hätte er am liebsten laut gerufen. Was wäre das denn für eine Dramaturgie, wenn die Hauptfigur in einem Stück so schnell beseitigt würde?

Sicher, Sarah hatte in den vergangenen Tagen etwas von ihrem Glanz eingebüßt. Ihre eingefallenen Augen. Die zitternden Arme, sobald er nur den Raum betrat. Ihre Sprache, die wirr war und nur noch bruchstückhaft. Sie zu zerstören ging viel schneller, als er angenommen hatte. Ihr Widerstand war nach sechs Tagen gebrochen. Er bedauerte es. Sarah hatte verstanden, dass er sie töten würde. Die Hoffnung auf ihre Freilassung hatte sie längst aufgegeben. Schade.

Mit diesem Versprechen ließ es sich eine Weile ganz fein spielen. Nun war sie nur noch eine Aufziehuhr, in deren fragilem Räderwerk er eine Feder überspannt hatte. Ein irreparabler Schaden. Es ärgerte ihn ein wenig.

Der Kellner kam an seinen Tisch. Das Kännchen Milch in der Hand balancierte er mit einer Aufmerksamkeit, die seinem Stundenlohn von fünf Euro achtzig und den zehn Stunden Arbeit entsprach, die er heute noch vor sich hatte. Er hielt das Kännchen zu schief, und der weiße Schwall traf die Schuhspitze seines Gastes und lief in einem Rinnsal auf das Kopfsteinpflaster.

»Sorry, tut mir leid.« Der Kellner senkte beschämt den Kopf. Er zog sich die Wollmütze noch tiefer in die Stirn und starrte den Kellner an, fixierte ihn unverblümt. Diese dümmlichen, eng stehenden Augen und dazu dieses alberne indische Getue mit dem bunten, kragenlosen Hemd, das ihm bis über die Knie hing. Eine Maskerade für die Touristen, die unbedingt einen Blick auf das ach so alternative Kreuzberg werfen wollten. Dieser Typ hier kannte die Straßen Bombays doch bestenfalls aus Filmen, die vielleicht eine gehörige Portion Fernweh in ihm geweckt hatten und ihn dann ausgerechnet in dieses Café in Berlin gespült hatten. An seinen Tisch.

»Macht nichts. Ist ja viel los hier.« Er presste die freundlichen Worte zwischen den Zähnen hervor. Er durfte nicht auffallen. Zum Glück für den Kellner.

»Ich hole Ihnen gleich eine Serviette. Entschuldigen Sie nochmals.« Der Kellner huschte davon. Die Serviette vergaß er sofort wieder. Natürlich.

Viel länger hielt er es selbst aber auch nicht mehr aus. Doch das musste er ja nicht. Es war so weit. Auf der anderen Seite der Straße sah er sie.

In einer riesigen beigen Tasche klapperten ihre Einkäufe. Ihr brauner Zopf wippte auf und ab. Er analysierte ihr Schritttempo, prägte es sich ein.

Er stand auf, hielt einen gefalteten Fünf-Euro-Schein in die Luft und signalisierte so seinem Kellner, diesem linkischen Idioten, dass er nun gehen würde. Das Geld klemmte er unter die Teetasse und überquerte dann die Straße.

Sein Timing war perfekt. Er wählte einen Winkel, der willkürlich wirkte, jedoch so präzise war, dass er fünf Meter hinter der Frau den Bordstein erreichte. Wie zufällig blickte er in die Auslagen der Geschäfte, während er ihr folgte. Seine Schritte verlangsamte er, wenn er das Gefühl hatte, zu dicht an sie heranzukommen. Er kannte ihr Ziel. Das erleichterte seine Berechnungen.

Als sie vor dem alten grünen Mietshaus anhielt und ihre Tasche abstellte, kam der schwierigste Teil des Unterfangens. Er musste genau den Moment abpassen, in dem sie den Schlüssel ins Schloss steckte.

Der silberne BKS-Schlüssel verschwand im Türschloss. Gut. Er trat neben sie.

»Mann, habe ich ein Glück. Da komm ich gleich mal mit rein.« Die Frau guckte ihn verwundert an und rückte ihre Brille gerade. Ihre Augen waren leicht gerötet, als hätte sie vor kurzem geweint. »Wohnen Sie hier?«, fragte sie.

»Nein, aber meine Freunde, im vierten Stock. Die Brandstetters. Sie kennen die ja vielleicht …«

»Nur ein bisschen. Die wohnen über mir.«

Natürlich überraschte ihn diese Information nicht. Er beugte sich nach unten, nahm die Einkaufstasche in die Hand und drückte die Tür auf. »Kommen Sie, ich trage Ihnen die Sachen hoch. Wir haben ja fast denselben Weg.«

Sie ließ es geschehen und lächelte ihn an. »Wenn ich das gewusst hätte, dann hätte ich mir auch noch einen Kasten Selters geholt.«

»Sie können ja oben klingeln, wenn Sie noch etwas brauchen. Ich komme dann runter. Solange ich keine Schrankwände zusammenbauen muss …«

Sie lachten beide, als sie durch das Treppenhaus liefen. Er ließ ihr den Vortritt, so dass er ihre schlanken Fesseln in den Absatzschuhen betrachten konnte. Stufe um Stufe bewunderte er ihre wundervollen Beine unter dem knielangen Rock. Rasch wandte er den Blick zum frisch verlegten Linoleum auf den Treppenstufen. Er durfte die Konzentration nicht verlieren. Nicht jetzt.

Aus den Augenwinkeln überprüfte er die Spione an den Türen. Gab es irgendwo eine unerwartete Bewegung, eine Lichtveränderung? Nein. Alles lief gut.

»Sie müssen furchtbar schwitzen unter Ihrer Wollmütze. Ist ja ein wirklich warmer Oktober.«

»Ach, ich war vor ein paar Tagen krank. Temperaturen rauf. Temperaturen runter. Das macht mein Körper einfach nicht mit. Ist jedes Jahr das Gleiche.« Mit gespielt schwerem Atem zog er sich am Treppengeländer hoch, passierte Stockwerk um Stockwerk und warf dabei Blicke durch die farbigen Antikgläser der Fenster. Der Hof wirkte still. Er konnte keine Bewegung ausmachen. Perfekt.

Sie erreichten den dritten Stock, sie drehte sich zu ihm um und griff nach der Einkaufstasche.

Zu früh. Verdammt. Zu früh. Steck den Schlüssel ins Schloss. Steck ihn rein.

Sie standen beide vor der Tür.

»Die paar Sekunden kann ich die Tasche schon noch halten.«

Er bemühte sich um einen betont fröhlich-blöden Gesichtsausdruck, auch wenn es ihm schwerfiel.

Sie steckte den Schlüssel ins Schloss und drehte ihn um. Die Tür stand einen kleinen Spalt offen. Er reichte ihr die Tasche. Sie lächelte. »Danke. Das war wirklich supernett. Und über das Angebot mit dem Selters-Kasten denke ich noch mal nach.«

Sie drehte sich um und hob die Hand zum Abschied.

Jetzt. Er stieß sie in die Wohnung. Eine schnelle Bewegung, die sie aus ihren Augenwinkeln nicht hatte erkennen können. Völlig unerwartet. Er presste seinen Handschuh auf ihren Mund, hielt ihr mit Zeigefinger und Daumen die Nase zu. Mit der anderen Hand zog er die schwere Altbautür zu. Sie zappelte wie irre. Sie wollte schreien und konnte es nicht. Sie wollte ihre Absätze in seine Füße rammen. Es gelang ihr nicht. Er hatte sie völlig in seiner Gewalt.

Von hinten presste er seinen Körper an sie, riss an ihrem Zopf und drehte sie mit einer schnellen Bewegung zu sich um. Seine Faust traf sie mitten ins Gesicht. Sie sackte abrupt nach hinten. Er fing sie auf, um das Geräusch des fallenden Körpers zu vermeiden. Ihre Brille flog durch den Eingangsbereich der Wohnung, fiel gegen die Wand und von dort zu Boden. Unter einer Kommode blieb sie liegen. Er presste seine Hand wieder auf ihren Mund und zog sie langsam zu Boden. Mit der freien Hand öffnete er seinen Mantel und legte sich auf sie. Sein Gesicht war ihrem ganz nah.

»Ein Schrei, und du bist tot. Hörst du? Nur ein Schrei.«

Sie nickte panisch unter seiner Hand.

Er öffnete seine Hose und drückte seinen Unterleib gegen sie, so dass sie sein Glied spüren musste. Sie wehrte sich, wand sich unter ihm fort, wollte sich wegdrehen. Er riss sie an ihrem Zopf zu sich. Sie wollte schreien. Doch er presste seine Hand wieder auf ihren Mund, und ihr Schrei erstickte im Leder seines Handschuhs.

Er packte ihren Hals. »Du hast wohl nicht gehört, was ich dir gesagt habe«, zischte er ihr ins Ohr. »Was habe ich dir gesagt? Du dummes Ding. Du dummes, dummes Ding.«

Er legte seine Hände wie Eisenklammern um ihren Hals, presste ihre Halsschlagader zusammen, während sie unter ihm zappelte. Ihre Finger krallten sich erst in den Läufer, dann versuchte sie, sein Gesicht zu erwischen. Er lächelte. Sie brauchte Sauerstoff. Schnell wich er ihrem Angriff aus und drückte noch fester zu. Seine Brille fiel herunter. Es war ihm egal. Die Brille hatte ihren Zweck erfüllt. Er drückte so stark zu, dass sich seine Hände verkrampften. Es dauerte Minuten, die ihm endlos vorkamen. Und endlich, endlich spürte er, wie ihre Muskulatur erschlaffte. Blutgefäße platzten in ihren Augen. Ihr Blick wurde leer. Doch er gab nicht nach. Mehr Druck.

»Ja. Ja …«, flüsterte er.

Mit voller Wucht schlug er ihren Hinterkopf auf den Boden. Das dumpfe Geräusch erinnerte ihn an einen letzten Paukenschlag nach einem großartigen orchestralen Finale.

Es war vorbei.

Er zog rasch einen Handschuh aus, schob ihren Jackenärmel hoch und tastete nach dem Puls.

Nichts. Gut.

Sie lag obszön verdreht vor ihm. Ihr Rock war nach oben gerutscht. Er konnte ihre weißen Schenkel sehen. Ihre Arme lagen weit von sich gestreckt auf dem Boden. Sie gefiel ihm. Ihr Körper war warm. Noch warm.

»Du bist schön. So schön …«, entfuhr es ihm.

Nach zwei Minuten war er fertig.

Bevor er ging, hob er seine Brille auf und zog die Feder aus seiner Manteltasche. Er legte sie neben ihren Kopf, öffnete vorsichtig die Tür und lauschte in den Hausflur.

Nichts. Nur weit entfernt hörte er eine Fahrradklingel und das Klappen einer Autotür.

Er trat hinaus, zog die Wohnungstür hinter sich zu und strich mit der behandschuhten Hand über das Messingschild neben der Tür. PETRA WEINHOLD stand da in schwarzen Buchstaben.

Als er die Treppen hinabstieg, musste er lächeln.

Es ging ihm gut. Wirklich gut.

19

In unseren Seelen befindet sich etwas, das die Eigenschaft von Wachs hat. Alles, was sich darin abdrückt, bleibt uns in Erinnerung. Konnte es nicht eingedrückt werden, vergessen wir die Sache und erinnern sie nicht. So einfach beschrieb es Platon.

Erik Bergmann hatte diese Passage einmal in einem zerfledderten Buch seines Vaters gelesen, als er noch ein sehr junger Mann mit Träumen gewesen war. Aber erst heute, viele Jahre später, an diesem warmen Sonnabend im Oktober, erkannte er die Bedeutung dieser Worte. Er verstand, wie tief die Spuren waren, die Ikarus bei den Familien der Opfer hinterlassen hatte. Es war, als hätte der Maskierte seinen Fuß in ihre Seelen gerammt, um sich unauslöschlich in ihre Erinnerung einzubrennen.

Bergmann brauchte die Fotos der Beerdigungen. Sieben tote Mädchen. Sieben Fälle, in denen er als Kommissar gescheitert war. Jeder Anruf tat ihm weh. Es waren Demütigungen, die er nur ertragen konnte, weil sein Hass jedes andere Gefühl überschattete. Eine Frau legte sofort auf, als er seinen Namen nannte. Einmal wurde er wüst beschimpft. Eine Mutter begann schon nach einer Minute am Telefon zu weinen und bat sich mehr Zeit zum Überlegen aus. Viele der Familien waren an dem Schmerz zerbrochen. Alkohol. Scheidungen. Selbstmord.

Am Ende blieben drei Angehörige übrig, die sich zu einem Treffen bereit erklärten. Vielleicht, weil Bergmann die Väter am Apparat hatte. Es waren Männer. Männer, die wie er die Trauer durch Hass ersetzt hatten und die in den langen Jahren an nichts anderes gedacht hatten als an Rache.

Bergmann setzte sich in seinen kleinen Fiat. Die Sonne blendete ihn. Einen Moment ließ er es zu. Er genoss das Gefühl, wieder am Leben teilzuhaben. Er schloss die Augen und griff unter sein Sakko. Mit seinen Fingern berührte er den sterilen Stahl seiner Waffe.

Es war eine alte Makarow. Eine Neun-Millimeter-Pistole, die das Ministerium des Innern für die Nationale Volksarmee eingeführt hatte. Noch bevor seine Karriere beendet war, hatte er die Waffe verschwinden lassen. Bergmann lächelte bei dem Gedanken, wie er die dreisten Westbeamten ausgetrickst hatte. Diese Pistole hatte ihn Jahrzehnte begleitet, keiner würde sie ihm nehmen.

Niemals hatte Erik Bergmann in seiner Dienstzeit auf einen Menschen schießen müssen. Dafür hatte er Gott immer gedankt. Doch bei diesem Fall war er bereit, eine Ausnahme zu machen. Er hatte sich auf diese Möglichkeit vorbereitet. Die Makarow ruhte in ihrem Holster – wie das Symbol eines Versprechens, das er sich selbst gegeben hatte.

Bergmann legte die Hand auf das Lenkrad, drehte den Zündschlüssel um und gab kraftvoll Gas. Neben ihm, auf dem Beifahrersitz, thronte die Metallkiste mit Henriette Wagners Asche wie ein unheimlicher Passagier, schweigsam, aber präsent. Eigentlich erstaunlich, dachte er, wie die große Gestalt eines Menschen sich auf so wenige Gramm Asche verringern ließ. Neben der Kiste lag eine alte Wollmütze, die Henriette Wagner viele Jahre getragen hatte.

Christine Lenève hatte sie ihm für die DNA-Analyse mitgegeben.

199

Sein erster Halt war das Kriminallabor im Süden Berlins. Mit seinem uralten Fiat rumpelte Bergmann durch die graue Hightech-Wüste.

Im dritten Stock eines verglasten Hochhauskomplexes traf er Dr. Bernd Wolff. Der Doktor war einer aus der guten alten Zeit. Ein Kampfgefährte vom alten Schlag, wie Bergmann immer gesagt hatte, und wenn er Freunde hätte, dann käme Wolff dieser Bezeichnung sicher am nächsten.

Dr. Wolff saß in seinem Büro, die Sonne im Rücken. Als Bergmann durch die Tür trat, stand er sofort auf. Er öffnete im Gehen seinen Kittel und streckte lächelnd die große Hand aus. Dabei musterte er Bergmann mit seiner dicken Brille von oben bis unten. »Meine Güte, Erik, wann hast du das letzte Mal geschlafen?«

»Bernd, es geht wieder los. Ikarus ...«

Die Veränderung in Wolffs Gesicht war kaum merklich. Man musste ihn schon genau kennen, um die beiden feinen Falten, die sich über seinem Nasenbein gebildet hatten, als Ausdruck absoluter Sorge zu verstehen.

Bergmann fasste die Fakten zusammen, erläuterte, berichtete von seinen zwei ungeliebten Mitstreitern und vom Fall Sarah Wagner. Dann wartete er. Die Kiste stand die ganze Zeit auf dem Holztisch. Dr. Wolff nahm sie schließlich ganz ruhig in die Hand, öffnete sie und starrte in die graue Asche. Er war ein besonnener Geist, der Mördern mit Abstand begegnete, was ihm sicher durch seine klinische Laborarbeit erleichtert wurde.

»Na schön. Ich mach das. Ich mach das sofort. Ich tue es für dich. Nur für dich, Erik. Ich möchte, dass du das weißt. Ich frage auch nicht, warum ein pensionierter Kriminalkommissar vor mir steht und nicht das Kripoteam der zuständigen

Polizeidirektion. Die Antwort kann ich mir übrigens selbst geben.« Er legte den Deckel auf die Kiste, klopfte zweimal auf das Blech und stellte sie auf den Tisch.

»Wir testen gerade ein neues Verfahren. Es ist nicht mehr so ungenau wie damals. Wir können viel präziser arbeiten und nach Auffälligkeiten suchen. Wenn hier ...«, er klopfte noch einmal auf das Blech, « ...etwas drin ist, das nichts da drinnen verloren hat, dann werden wir es finden. Das kann ich dir versprechen.«

»Sehr gut, Bernd. Sehr, sehr gut.«

Die sorgenvollen Falten über Wolffs Nasenbein vertieften sich noch mehr. »Erik, ich weiß nicht, wie ich es sagen soll ...«

Er ging um den Tisch herum und legte Bergmann seine großen Hände auf die Schultern. »Ich bin Wissenschaftler. Ich sehe die Welt mit ganz anderen Augen als du, aber ich will dir einen Ratschlag geben. Hör ihn dir an, bevor du mich wie so oft auslachst.«

Bergmann nickte. Auf Standpauken hatte er eigentlich keine Lust, aber er wusste, dass jetzt eine kam, die er über sich ergehen lassen musste.

»Lass dich nicht wieder mit Haut und Haaren von diesem Fall auffressen. Du bist zu alt dafür. Viel zu alt. Ikarus hat uns damals das Leben zur Hölle gemacht. Niemand im Osten war auf so etwas vorbereitet. Du hast die Jagd auf ihn zu deinem persönlichen Krieg erklärt. Du warst besessen von ihm. Du hast deine Ehe zerstört. Meine Güte, Ruth hat so oft weinend vor mir gesessen, und du hast immer weitergemacht. Immer weiter. Tag und Nacht. Und immer allein, weil du niemandem vertraut hast. Mach heute nicht wieder die gleichen Fehler. Geh ihn nicht allein an. Diese Journalistin und ihr Freund, die beiden, von denen du mir erzählt hast, versuche, ihnen zu vertrauen. Komm schon, alter Freund, das tust du jetzt mal für mich.«

Bergmann brummte nur etwas und fuhr sich durch den dichten Haarschopf. Wolff mochte recht haben, aber nur vielleicht. Der lachte laut auf, als würde er seine Gedankengänge erahnen.

»Weißt du, in grauer Vorzeit galt bei Besessenen der Kopf als Sitz der bösen Geister. Deshalb wurden diesen armen Kreaturen Löcher in den Kopf geschraubt, aus denen die Geister entweichen sollten. Du möchtest doch nicht, dass ich zu diesem Mittel greife? Du bist ein sturer Bock, Erik. Du hast mich schon verstanden.«

Bergmann hatte verstanden. Aber das bedeutete nichts. Ein Mensch ließ sich nicht so einfach ändern. Darüber dachte er nach, als er die Treppen nach unten stieg.

Mit seinem Fiat fuhr Bergmann über holpriges Kopfsteinpflaster, durch Alleen und vergessene Dörfer im Osten. Diese Christine Lenève war ihm ein Rätsel. Wie konnte eine so zierliche Frau so tief in diese Materie eintauchen? Er erinnerte sich an den Abend, als er mit seinem Projektor den grauenvollen Film an die Wand geworfen hatte. Er hatte sie beobachtet. Das leichte Zittern ihrer Unterlippe. Die langen Finger zu Fäusten verkrampft. So hatte er eine Frau noch nie erlebt. Kein Anzeichen von Angst oder Ekel. Sie hatte jedes Bild mit ihren riesigen Augen in sich aufgenommen und alles mit nur einer Reaktion kommentiert: stiller Wut.

Vielleicht hatte Bernd recht. Vielleicht war sie der richtige Partner an seiner Seite, um Ikarus zu jagen. Er konnte ihr unter Umständen vertrauen, selbst wenn sie bloß Journalistin war.

Dumm nur, dass in diesem Paket auch noch der halbgare Albert Heidrich enthalten war, den sie wie eine Löwin verteidigte. Na gut, man kannte das ja aus Sortimentsangeboten im Supermarkt. Wenn man ein schönes Teil haben wollte, waren auch immer minderwertige Artikel im Paket enthalten. Bergmann lächelte bei dem Gedanken in sich hinein. Mit dieser Vorstellung von Albert Heidrich konnte er gut leben.

Er drückte das Gaspedal durch. An seinen Scheiben rasten von Unkraut überwucherte Straßen und baufällige Häuser mit zerbrochenen Fensterscheiben vorbei.

Es war einfach nur trostlos hier. Der Bus fuhr nur selten. In der Nähe des verödeten Dorfplatzes saßen zwei unrasierte Männer mit Bierflaschen in den Händen. Sie hockten auf einem verrosteten Klettergerüst, das wohl einmal Teil eines Spielplatzes gewesen war. Überall nichts als bröckelnde Fassaden und verschmutzte Fenster, leere Wohnungen und vergessene Lagerhallen. Verstaubte Schaukästen mit der Mode vergangener Jahre. Neben einem verfallenen Fußballplatz saß eine Frau im Rollstuhl. Ihr graues Haar wehte leicht im Wind. Sie blickte Bergmann direkt in die Augen, als er an ihr vorbeifuhr. Er konnte es nicht ertragen. Warum nur? Ob die Abrissbirnen des Westens dieses Dorf vergessen hatten? Oder hatten sie es mit Absicht stehen lassen, um so einem wie ihm zu sagen: Guck nur, das habt ihr aus der DDR gemacht. Ohne uns würde es überall im Osten so aussehen wie hier. Guck nur gut hin.

Bergmann guckte hin. Am Straßenrand spielten zwei Mädchen mit einem Puppenwagen, an dem die Räder fehlten. Dann richtete er stur den Blick nach vorn, griff nach einem Mars-Riegel, riss die Verpackung während des Fahrens mit den Zähnen auf und biss in die Schokolade, als würde er einem

203

imaginären Angreifer den Kopf abbeißen wollen. Zwei Happen später war er mit dem Schokoriegel fertig. Er musste als erstes Frühstück reichen. Eine Pause wollte er sich nicht gönnen. Nicht jetzt.

Bergmann war fast sein ganzes Leben lang professioneller Ermittler gewesen. Er wusste, dass jetzt jede Stunde zählte. Für Sarah Wagner sowieso. Nicht dass sie ihm besonders am Herzen lag. Sie war nur der rote Faden, dem er folgte. Er konnte Ikarus spüren, ihn förmlich riechen. Er hatte das Gefühl, ihm näher zu sein als je zuvor.

Er war in Kriele angekommen, seinem Ziel. Nach fünf weiteren Minuten hatte er das Haus der Schreibers erreicht.

Das Mädchen Mareille war Ikarus' drittes Opfer gewesen. Marianne Schreiber hatte er noch immer vor Augen, an dem Tag, als das Kästchen mit der Asche angekommen war. Sie hatte nicht geweint. Ganz still war sie gewesen, fast wie erstarrt. Ihre blauen Augen waren leer, ohne Leid und Wut, als ob ihr Geist aufgehört hätte zu existieren. Marianne Schreiber hatte sich ein halbes Jahr nach dem Mord an Mareille das Leben genommen. Eine weitere Niederlage in der Bilanz von Bergmanns Karriere. Er konnte es nur so sehen. Nicht anders.

Er klingelte an der Tür eines kleinen Backsteinhauses, und Horst Schreiber öffnete. Gott, wie alt der Mann geworden war. Seine gelichteten grauen Haare, sein Bauchansatz und die leicht gelblich schimmernde Haut – wie sehr mehr als zwanzig verstrichene Jahre einen Menschen doch verändern konnten. Aber genau dasselbe dachte Horst Schreiber vermutlich auch über ihn.

»Ist lange her«, murmelte Bergmann, und Horst Schreiber nickte stumm.

Die beiden betraten das Haus. Auf einem kleinen, krummen Holztisch in der Mitte des Wohnzimmers lag ein Stapel Fotos. »Hab alles rausgesucht, wie Sie gesagt haben. War nicht schön. Da kommt einem alles wieder hoch.« Schreiber blickte Bergmann in die Augen. »Alles.«

Die Bilder der Beisetzung glitten durch Bergmanns Hände. Die schwarze Urne. Die Trauergäste. Die verzweifelten Gesichter.

Marianne Schreibers gesenkter Kopf und der Arm ihres Mannes, der beschützend auf ihrer Schulter lag. Bergmann prägte sich jedes Detail ein und kratzte mit den Fingern über sein Stoppelkinn. »Sagen Sie mal, können Sie jede Person auf diesen Bildern benennen? Warten Sie, wir machen das gleich richtig mit einem Stift.«

Bergmann fingerte in der Tasche seines Sakkos herum und reichte Horst Schreiber einen Filzstift mit dem Aufdruck einer Wäscherei, doch der zögerte.

»Ich weiß, es ist nicht schön, die Bilder so vollzuschmieren, aber Sie haben doch bestimmt noch die Negative, oder? Glauben Sie mir, das ist wichtig. Schreiben Sie die Namen über alle Köpfe.«

Wieder nickte Horst Schreiber nur still. Er hatte ein gutes Gedächtnis. Völlig problemlos ordnete er jedem Gesicht einen Namen zu. Dann schob er Bergmann den Stapel hinüber, der kontrollierte jedes Bild und sortierte schließlich drei Fotos aus. Mit seinem Zeigefinger tippte er auf das oberste Bild. Eine gewaltige Eiche breitete ihre Äste über die Trauergemeinde aus. Es war Winter, und der Himmel sah aus wie gebürsteter Edelstahl. »Sagen Sie mal, hier gehen ein paar Leute durch das Bild, und dort hinten, da steht neben dem Baum ein Typ in einem dunklen Mantel. Kennen Sie die auch?«

Horst Schreiber ließ seine Hände über das Foto gleiten. Er nahm sich Zeit.

In der alten Schrankwand entdeckte Bergmann eine rostbraune Schweißer-Schutzbrille, die Schreiber wohl getragen hatte, als er noch einen Job hatte. Daneben lagen ein Stapel Fernsehzeitschriften und eine halbleere Likörflasche. Das Wohnzimmer passte zu Kriele. Es war genauso trostlos wie der gesamte Ort.

»Nein. Diese Leute kenne ich nicht«, sagte Schreiber. »Kann aber sein, dass das Angestellte vom Bestattungsunternehmen sind. Walter hieß es. Der alte Gerd Walter. Seine Söhne haben später die Firma übernommen. Na ja, lohnt sich ja irgendwie, oder? Arbeitslos wird man da jedenfalls nicht so schnell.«

Das Lächeln auf Horst Schreibers Gesicht wirkte gequält. Er schloss für einen Moment die Augen. »Ich weiß es noch genau … wir haben unsere Kleine an einem Sonntag beerdigt. Da war einiges los auf dem Friedhof. Die Personen auf dem Foto könnten auch andere Besucher gewesen sein.«

Bergmann nickte. Er steckte die Bilder in die Innentasche seines Sakkos und verabschiedete sich. In seinem Wagen trat er das Gaspedal fast bis zum Anschlag durch. Im Rückspiegel sah er einen immer kleiner werdenden Horst Schreiber, der im Türrahmen seines Hauses stand, bis er schließlich ganz aus seinem Blickfeld verschwand.

Den ganzen Nachmittag fuhr Bergmann kreuz und quer durch Brandenburg, klapperte die kriminalistischen Stationen seines Lebens wie in einem irrealen Zeitraffer ab, sammelte Fotos ein, suchte nach Spuren – und landete schließlich mit Einbruch der Dunkelheit im luxuriösen Anwesen der Familie Kühn in Potsdam.

Hier hatte sich Ikarus das fünfte Mädchen geholt. Bergmann hatte diesen Termin vor sich hergeschoben wie eine alte Karre mit stinkenden Abfällen. Er musste sich schwer überwinden, den Klingelknopf der alten Jugendstilvilla in dem großen Parkgrundstück zu drücken.

Frank Kühn war Arzt. Ein eitler Fatzke, der schon zu DDR-Zeiten genau gewusst hatte, wie sich aus jeder Situation das Beste herausholen ließ. Während andere Familien auf den Tod ihrer Kinder mit tiefer Trauer reagiert hatten, war Kühn ihm mit offener Aggression und Arroganz entgegengetreten. Er hatte ihm minutiös aufgezeigt, wo er versagt hatte. Kühn hatte keine Gelegenheit ausgelassen, um Bergmann seine Überlegenheit zu demonstrieren, wobei er ihn wie einen schäbigen, lohnabhängigen Sklaven des DDR-Regimes behandelte.

Als der Arzt den großen Aufenthaltsraum seines Hauses durchschritt und ihm die ausgestreckte Hand hinhielt, spürte Bergmann einen ungeheuren Widerwillen, die Haut dieses Mannes zu berühren. Er tat es dennoch. Lasch und kurz erwiderte er den kräftigen Händedruck, wobei ihn Kühn aus zusammengekniffenen Augen anstarrte.

»Sieh an, sieh an. Der Herr Kommissar ist wieder da. Erstaunlich. Wissen Sie, ich dachte immer, es ist der Verbrecher, der an den Ort der Tat zurückkehrt, aber nun stehen Sie hier vor mir. Wirklich bemerkenswert nach all den Jahren.«

Bergmanns Mund war total trocken. Am liebsten hätte er Kühn die Faust ins Gesicht geschlagen.

»Es gibt eine neue Spur im Fall Ikarus«, sagte er leise.

Als hätte er das Licht in Kühns Gesicht angeknipst, lächelte ihn dieser mit seinen großen Zähnen an. »Das haben Sie schon am Telefon angedeutet. Wissen Sie, Herr Bergmann, es pas-

207

siert nicht jeden Tag, dass ein Mensch nach zwanzig Jahren an meine Tür klopft, um mich an den schrecklichsten Tag meines Lebens zu erinnern. Zwanzig Jahre, Bergmann«, seine Stimme wurde leise, »Sie haben wirklich über zwanzig Jahre gebraucht, um eine Spur zu dem Mann zu finden, der meine Anja ermordet hat? Wie fühlen Sie sich dabei eigentlich, wenn ich mal fragen darf?«

Beschissen. Aber das dachte sich Bergmann nur. Stattdessen bemühte er sich, dem Blick Kühns standzuhalten. Frank Kühns Augen blickten in unterschiedliche Richtungen, offenbar eine Nervenstörung. Bergmann musste sich für ein Auge entscheiden. Guckte er auf das rechte, wanderte das linke zur Decke, und er dachte, na gut, dann eben das linke. Ich bleibe bei dem linken, und genau dann rollte das linke Auge wieder nach unten. Es war zum Verrücktwerden. Es störte seine Konzentration. Er wollte Kühn schon fast Absicht unterstellen.

»Ich kann verstehen, dass Sie noch immer unter dem Verlust Ihrer Tochter leiden. Das tun alle, die ich heute getroffen habe. Meinen Sie, das macht mir Spaß? Ich bin nicht mal mehr Kommissar. Ich bin pensioniert. Ich sollte meine Tage mit Kreuzworträtseln verbringen. Stattdessen jage ich einen Mörder. Ich tue es auch für Sie.« Beim letzten Satz klang Bergmanns Stimme selbst in seinen Ohren fast flehentlich.

Frank Kühn lachte laut. »O nein, Bergmann, o nein. Sie tun das alles ausschließlich für sich selbst. Das ist doch die Wahrheit. Sie suchen Absolution für das, was Sie getan haben, beziehungsweise für das, was Sie nicht getan haben. Also tun Sie uns beiden einen Gefallen«, er beugte den Kopf vor, »und seien Sie endlich mal ehrlich. Belügen Sie sich nicht mehr. Ich habe meine Tochter verloren. Bei Ihnen war es nur die Würde. Die wollen Sie jetzt wiedererlangen, aber ich, ich habe mein Kind für immer verloren. Für immer.«

Kühn ließ die Schultern sacken und senkte den Kopf.

Bergmann hätte das mit Genugtuung registrieren können. Stattdessen fühlte er sich noch elender. Die vielen Leben, mit denen er konfrontiert worden war, die vielen zerstörten Familien, die Ikarus hinterlassen hatte – es waren Lebenswege, alte ausgetrampelte Pfade, über die er noch einmal wandern musste. Er sagte: »Es tut mir leid.«

Kühn nickte knapp. Er ging zu einem schwarzen Holzschreibtisch, öffnete eine Schublade und legte einen Stapel Bilder auf die rote Schreibunterlage. »Ich habe keine Ahnung, wonach Sie eigentlich suchen. Aber bitte, Geistesblitze brauchen ja manchmal ihre Zeit.«

Bergmann setzte sich in einen Sessel, der sicher der Gründerzeit entstammte. Das gemusterte Rückenpolster mit seinen wulstigen Nähten drückte ihm in den Rücken. Er legte die Arme auf die Lehnen und betrachtete ein Foto nach dem anderen. Frank Kühn ließ ihn dabei nicht aus den Augen.

Die Fotos waren im Sommer aufgenommen worden. Sie wirkten strahlend und frisch mit einem blauen Himmel, unter dem die schwarze Kleidung der Trauernden unwirklich anmutete. Kühn war auf den Fotos jünger; mit seinem dunklen Haar und der geraden Haltung sah er aus wie ein Feldherr, der seine Niederlage einfach nicht akzeptieren wollte. Neben ihm stand seine Frau. Ihr blondes, hochtoupiertes Haar war in dieser Szenerie genauso unpassend wie er.

Bergmann ließ die Bilder vor seinen Augen auf und ab wandern. Er nahm die vielen kleinen Details in sich auf. Die teuren, maßgeschneiderten Anzüge der Männer und daneben ihre Frauen, die mit ihrem Schmuck und ihren aufwendigen

209

Frisuren aussahen, als wären sie einem Hollywoodfilm entsprungen.

Gerade wollte er Frank Kühn bitten, die Namen der Anwesenden neben deren Köpfe zu schreiben, als ihm eine Person am Rand eines Fotos auffiel. Es war ein Mann, der an der Mauer eines grauen Gärtnerhäuschens lehnte und zu den Trauernden hinüberblickte. In dem Gebäude wurden wohl die Geräte für das Friedhofspersonal aufbewahrt. Neben der Tür standen ein paar Harken und Besen. Der Mann tauchte auf zwei Bildern fast unmerklich am Rand auf, verborgen im Schatten des Häuschens.

Bergmann stand auf, schwenkte die Schreibtischlampe vor Kühns Gesicht rasch zu sich und ging ganz nah an das Bild heran. Der Mann war nur undeutlich zu erkennen. Seine Haare waren voll, die Körperhaltung gerade. Er trug ein dunkles Sakko. Bergmann war sich sicher. Er legte die beiden Bilder auf den Tisch und tippte mit seinem Zeigefinger auf die Person am Bildrand. »Wer ist das? Kennen Sie diesen Mann?« Nach nur einer Sekunde verneinte Kühn. »Da ist nicht viel zu sehen. Ich glaube nicht, dass einer meiner Angehörigen oder meiner Freunde sich im Halbdunkel eines Häuschens verstecken würde, während meine Tochter beigesetzt wird. Ein Journalist war es auch nicht. Über unseren Fall wurde nicht berichtet. Wir wissen ja beide, warum. Vielleicht war es jemand vom Bestattungsunternehmen.«

»Wie hieß das Bestattungsunternehmen?«

»Das steht auf der Rückseite der Fotos. Die Bilder wurden vom Bestatter gemacht.«

Bergmann drehte das Foto um und atmete die Luft scharf aus. Müller. Der Bestattungsunternehmer hieß Müller. Nicht Walter. Er zog einen anderen Stapel Bilder aus der Tasche seines

210

Sakkos, durchwühlte ihn und fand schließlich das Foto, das Horst Schreiber ihm gegeben hatte. »Schauen Sie sich mal dieses hier an. Sehen Sie genau hin«, bat er leise.

Kühn legte die Bilder nebeneinander und inspizierte sie. »Eine andere Beerdigung, aber höchstwahrscheinlich derselbe Mann.«

Bergmann nickte. Die Haarlänge und die Gesichtskonturen des Mannes stimmten überein. Auf beiden Fotos trug er dunkle Kleidung. Die aufrechte Körperhaltung und die Schulterpartie waren identisch. »Verstehen Sie, was das heißt? Es handelt sich um zwei verschiedene Beerdigungen. Die eine in Kriele, die andere in Potsdam. Zwischen diesen beiden Orten liegen achtzig Kilometer. Ich bin die Strecke heute gefahren. Und nun frage ich mich, was hatte dieser Mann auf den beiden Beerdigungen verloren? Es waren auch zwei unterschiedliche Bestattungsunternehmen. Ein Mitarbeiter wird es somit auch nicht gewesen sein. Auf beiden Fotos wurden die Urnen von getöteten Mädchen beigesetzt. Beide waren Opfer von Ikarus. Auf beiden Fotos ist ein und derselbe Mann zu sehen. Weder Sie noch der Vater des anderen Opfers konnten den Fremden identifizieren. Ein unbekannter Mann, der sich möglichst weit vom Grab aufhält, aber dennoch nah genug, um alles unauffällig verfolgen zu können. Das ist kein Zufall. Das kann kein Zufall sein.«

»Sie wollen sagen, der Mann, der meine Tochter getötet hat, ist auch noch zu ihrer Beisetzung gekommen?«

Bergmann starrte auf die Fotos. »Das will ich damit sagen. Ja, genau das.«

Mit zitternden Knien stand er auf und verabschiedete sich. Kühn begleitete ihn zur Tür und blickte ihm tief in die Augen. »Machen Sie's diesmal richtig, Bergmann.«

Er nickte und klopfte auf seine Brusttasche, in die er die Fotos gesteckt hatte.

Draußen war es dunkel. Bergmann stieg in seinen klapprigen Fiat und atmete tief durch. Er machte das Licht an und ließ seinen Blick den beiden Scheinwerfern folgen, die das Schwarz durchbohrten.

Noch einmal kramte er die Fotos heraus. Vielleicht war die unbekannte Person auf den Bildern ja schon wieder verschwunden? Oder es handelte sich doch nur um einen Spaziergänger, der bei einer Beerdigung zufällig kurz stehen geblieben war. Aber nein. Da war der Mann. Abseits und beobachtend.

Bergmann legte die Fotos auf den Beifahrersitz. Er konnte seinen eigenen Schweiß riechen. Kühn hatte im ersten Stock seiner Villa das Licht angemacht. Er sah seinen Schatten hinter den bleiverglasten Fenstern der Villa. Ein paar Vögel zwitscherten auf dem Parkgrundstück.

Jahrelang hatte Bergmann ein Phantom gejagt, und nun stand er plötzlich vor einer Tür, die sich einen Spaltbreit geöffnet hatte. Jeden Moment könnte sie sich wieder schließen. Ein Fehler, nur ein kleiner Fehler, und die Tür fiel wieder zu. Bergmann zitterten die Hände.

Der schrille Ton seines Handys durchschnitt die Stille. Er drückte ungelenk auf den Tasten des Gerätes herum, dann hörte er die klare, sachliche Stimme am anderen Ende der Leitung. Es war Wolff. »Erik, wir sind noch nicht ganz fertig mit der Untersuchung der Asche. Aber gleich vorab: Es sind wirklich die Überreste von Henriette Wagner. Das konnten wir ohne jeden Zweifel nachweisen. Wir haben ein paar verkohlte Haare entdeckt. Aber da ist noch was anderes. Ich glaube, wir sind auf etwas sehr Merkwürdiges gestoßen.«

»Was denn?« Fast hätte Bergmann in die Leitung gebrüllt.

Wolff schien einen Moment zu überlegen. »Das Verfahren, das wir hier angewendet haben, ist schwierig und komplex. Und wir sind noch nicht ganz fertig. Wenn ich nicht zusätzlich vier wissenschaftliche Mitarbeiter eingebunden hätte, dann ...«

»Bernd, bitte.«

»Also, ich mache es so einfach wie möglich. Das Feuer hat die Knochen von Henriette Wagner in ihre zwei wesentlichen Bestandteile aufgelöst: einen anorganischen, der aus Mineralien wie Kalziumkarbonat besteht, und einen, der aus komplexen organischen Verbindungen zusammengesetzt ist. Die menschliche Knochensubstanz enthält eine bestimmte Form von Kollagen, die sich von der tierischen unterscheidet. Und jetzt kommt das Erstaunliche: In Henriette Wagners Asche finden sich tierische Stoffe wieder, feine Splitter, die wir wahrscheinlich den Cerviden zuordnen müssen. Also, wir haben Spuren eines Geweihs wie von einem Hirsch entdeckt. Wir konnten sogar Bast nachweisen. Damit meint man eine feinhaarige Haut mit Blutgefäßen, über die das wachsende Geweih wichtige Nährstoffe erhält. Das ist, würde ich mal meinen, schon sehr seltsam. Aber das ist noch nicht alles. Wir haben auch feine Spuren von Steinsalz gefunden. Ganz simples Steinsalz.«

»Moment. Einen Moment mal«, sagte Erik Bergmann in den Hörer.

Steinsalz und Reste eines Hirschgeweihs. Mineralische Gesteine und tierische Stoffe. Es hing alles zusammen. Da war er sich sicher.

Vor seinen Scheinwerfern schwirrten Insekten herum. Am Himmel zogen dichte graue Wolken vor dem Mond entlang.

Als sie weitergewandert waren, fiel ein heller Schein auf die Straße.

Natürlich. Auf einmal machte alles Sinn. Wenn er Wolffs Informationen verknüpfte, gab es nur ein logisches Ergebnis.

»Kannst du damit was anfangen, Erik?«

Bergmann konnte förmlich spüren, wie sich ein schwerer Vorhang über ihm hob und die Erkenntis, rabenschwarz und grauenhaft, in sein Gehirn vordrang.

»Verdammt. Mein Gott. Dieses verdammte Schwein. Warum sind wir damals nicht daraufgekommen?«

20

FERNSEHFRAU SARAH WAGNER
OHNE JEDE SPUR VERSCHWUNDEN

Die schwarzen Lettern auf der Titelseite des Boulevardblattes
sahen bedrohlich und endgültig aus.

ENTFÜHRT, UNGEKLÄRT,
POLIZEI VOR EINEM RÄTSEL

Das waren nur ein paar der Worte, die die Menschen an diesem Tag im Vorbeigehen an den Zeitungskiosken lesen konnten. Die nachfolgenden Informationen, episch über drei Seiten ausgebreitet, verrieten zwar einiges über die Moderatorin,
ihr Faible für kostspielige Designerklamotten und ihr man-
gelndes Feingefühl für Studiogäste, jedoch nichts über die
Hintergründe ihres Verschwindens. Doch das spielte keine
Rolle. An diesem Tag machten allein schon die Schlagzeilen
das Blatt zu einem Verkaufsschlager.
Christine fluchte laut und zerknüllte die Zeitung mit einer
Hand. »Phantastisch. Da ist was durchgesickert. Jetzt schwär-
men die Boulevardgeier aus und zerstören die letzten brauch-
baren Spuren. *Merde*.«
Es war früh am Nachmittag. Die Sonne stach mit erstaun-
licher Intensität zwischen den sich herbstlich lichtenden Bäumen hindurch. Wie verkrüppelte Wächter standen die hölzernen Riesen vor dem Seehaus. Christine blinzelte. Sie steckte

sich eine Zigarette an und paffte hektisch den Rauch gegen die Decke.

Albert beunruhigte sie. Seit Stunden saß er mit zerzaustem Haar und Dreitagebart über seinem Computer und durchforstete die europäischen Kriminalarchive. Seine roten übermüdeten Augen hingen am Bildschirm, seine Stirn ließ tiefe Falten sehen. Er hatte kaum mit ihr gesprochen. Stattdessen klammerte er sich an seinen Computer, als sei die Maschine ein ihm besonders nahestehendes, lebendiges Wesen.

Christine setzte sich auf den Tisch und blickte ihn über die Kante seines Laptops an. »Was ist los? Du kannst es mir erzählen, wenn du willst. Ich mache auch keine blöden Witze. Versprochen.« Sie hob die Hand in die Höhe wie bei einem großen Indianerehrenwort.

Albert blickte nicht einmal eine Sekunde auf. »Also, pass auf«, sagte er. »Wir haben jetzt mehrere Archive angezapft. Europol in Den Haag. Interpol in Lyon. Die zentralen kriminalpolizeilichen Dienste beim BKA. Interpol Wiesbaden. Kriminalpolizeiliche Organisationen in Osteuropa und den nordischen Ländern und noch ein paar andere. Die Grundlage der Systemsoftware, die von denen verwendet wird, ist teilweise identisch, das macht die Sache einfacher. Ich habe die Verschlüsselungsalgorithmen in den Sourcecodes geknackt. Es war simpel, aber ohne meine alten Freunde aus der Kreuzberger Connection hätte ich es wohl kaum geschafft. Wenn die Systeme einwandfrei arbeiten, müssen wir nur noch auf die Ergebnisse der Suchworteingabe warten. *Entführung, Feuer, Federn, Asche* und so weiter. Wenn es in einem Archiv Treffer gibt, landen die Files auf meinem Rechner. Meine Übersetzungssoftware druckt sie automatisch aus. Das kann ein paar Stunden dauern, ist aber bestimmt schneller als dieser

Bergmann mit seinen Beerdigungsfotos. Er hat sich noch nicht gemeldet, oder?«

Diese kalte, mechanische Art, mit der Albert seine Ergebnisse vortrug, wie er nur auf seinen Computer starrte und ihrem Blick auswich, hatte sie an ihm noch nie erlebt. Er war distanziert – wie ein Fremder, den man zufällig in einem Bahnabteil trifft. Sie beugte sich über seinen Laptop, um den Blickkontakt zu erzwingen. »Von Erik habe ich noch nichts gehört. Es ist ja noch früh am Nachmittag. Diese Besuche fallen ihm bestimmt nicht leicht. All die Angehörigen der Opfer, die er enttäuscht hat. Das wird eine emotionale Tortur für ihn. Er ist alt und verbittert. Du musst ihn auch ein wenig verstehen.«

Albert blickte auf. Er schaute Christine wie erstarrt an. Dann sprang er von seinem Stuhl auf. »Ach, muss ich das? Verdammte Scheiße! Muss ich das? Wirklich?« Er klappte seinen Laptop zu. »Ich muss gar nichts, Christine. Gar nichts! Und wenn ich mit Ikarus fertig bin, dann war's das – mit dem Fall und mit uns.«

»Albert …«

Doch der stürzte schon mit rotem Kopf aus dem Seehaus. Draußen wirbelte das Laub auf.

Christine blickte ihm nach. Albert war ein vernünftiger Mensch, ein Logiker. Oft genug hatte er sie bei ihren Einsätzen gebremst, wenn sie wieder einmal zu weit gegangen war. Er sorgte sich um sie und passte auf sie auf. Albert war der beste Freund, den sie je hatte. Nun drehte er durch. Vielleicht, weil ihn der Fall überforderte. Er brauchte ihre Hilfe, aber womöglich wollte er sie gar nicht.

Ehe sie das Für und Wider rational abwägen konnte, stand sie auch schon neben ihm, legte ihm eine Hand auf die Schulter

217

und zog ihn langsam an sich. »Albert ...« Sie sprach mit leiser Stimme.

Er drehte sich zu ihr um. In seinen Augen standen Tränen. »Petra hat mit mir Schluss gemacht. Gestern Abend, einfach so. Der Grund bist du. Sie glaubt, dass zwischen uns etwas läuft. Du würdest mich nur ausnutzen, sagt sie. Dass du mich schon einmal hängengelassen hast und es wieder tun wirst. Und weißt du, was das Schlimmste ist? Ich weiß nicht, ob sie recht hat. Hat sie recht? Stimmt das? Sag es mir einfach. Servierst du mich wieder ab, wenn wir Ikarus haben? Du weißt doch immer alles.«

Die ganze Zeit hatte Christine es gespürt. Albert suchte noch immer nach den wirklichen Gründen für den Bruch ihrer Freundschaft. Sie sah es in seinen geröteten Augen, in seiner verkrampften Körperhaltung, den geballten Händen. Hätte sie ihm den Grund gesagt, dann wäre eine Geschichte über ihren Vater dabei herausgekommen. Über seinen Tod und ihre Angst, noch einmal einen Menschen, den sie liebte, vor ihren Augen sterben zu sehen. Eine Geschichte über ihre Einsamkeit und ihren besten Freund, den sie zurückgelassen hatte, um ihn vor Gefahren zu schützen. Es wäre so einfach gewesen. Doch sie vermochte es nicht. Nicht jetzt, vielleicht gar nie.

Gedanken wurden Worte. Die zwei folgenden wählte sie mit Bedacht: »Küss mich.«

Albert stand reglos da. »Warum?«, stotterte er.

»Weil es schön ist.« Ehe er reagieren konnte, drückte Christine ihre Lippen auf seinen Mund. Später würde sie sich daran erinnern und sich sagen, dass es folgerichtig und unausweichlich gewesen war. Sie hatte es immer gewollt. Sie hatte ihn immer geliebt.

Albert erwiderte ihren Kuss. Er tat mehr als das. Er küsste sie, als würde er sein ganzes Leben in ihre Hände legen. Er gab sich ihr hin, so vollständig, dass es schon fast verzweifelt wirkte.

Christine spürte seine Hände an ihren Hüften. Er öffnete ihr Kleid am Rücken, zog die messingfarbenen Knöpfe aus den Schlaufen und berührte ihre Haut, ihren Bauchnabel, ihre Brustwarzen.

Sie blickte ihm dabei in die Augen. Seine langen Wimpern ließen ihn unschuldig und jungenhaft aussehen.

Ihre Zunge glitt in seinen Mund, zärtlich, langsam, aber fordernd. Dann zog sie ihn an der Hand. »Komm.«

Und Albert kam mit ihr. Zurück ins Seehaus.

Das Bett stand am Ende des Raumes in einer Nische. Die Kissen lagen noch zerwühlt von der vergangenen Nacht am Fußende. Christine ließ sich auf die Matratze fallen und zog Albert mit sich.

Sie saßen sich auf dem Bett gegenüber. Als sie ihre Arme zur Decke streckte, zog er ihr das Kleid über den Kopf. Sein Blick glitt über ihren Körper, ihre Brüste. Für einen Moment sah sie den Schrecken in seinem Gesicht. Was er sah, konnte sie nicht verbergen. Eine lange Narbe verlief als roter Strich über ihren Bauch und wanderte von dort über ihre rechte Hüfte.

»Christine, was …«

»Pst …« Sie ließ ihre Zunge für einen Moment in der Höhle seiner Ohrmuschel kreisen. Dann gab sie Albert einen Schubs und drückte ihn ins weiße Laken. Er lag auf dem Rücken. Sie zog ihm seine Jeans aus und setzte sich auf ihn. Ganz nah spürte sie ihn. Und als er tief in sie eindrang, vergaß sie alles. Alles. Es gab nur noch sie und Albert. Albert und sie. Sie spürte seine Haut. So nah. Sie roch ein wenig süßlich nach

219

Milch. An seinem Bauch zählte sie drei kleine Muttermale, angeordnet in einem Dreieck.

Er hielt sich an ihrer Schulter fest, zog sie zu sich, drückte sie weg, immer schneller, immer wilder. Jede Bewegung ihres Spiels nahm an Kraft zu. Christine schloss die Augen. Es fühlte sich so richtig an. Sie war irgendwo angekommen, ohne dass sie zuvor gewusst hätte, wo genau das sein würde. Sie wollte an diesem Gefühl auf ewig festhalten. Doch das war nur ein Wunsch.

Dann war es vorbei.

Sie lag auf Albert. Mit den Fingerspitzen strich sie langsam über seinen Hals. Albert verschränkte die Arme auf ihrem Rücken und presste sie ganz fest an sich. Ihre Haare waren feucht. Er strich ihr ein paar Strähnen aus dem Gesicht, fuhr mit dem Finger über den Kratzer an ihrer Schläfe und lächelte sie an. »Wenn dich jemand zum ersten Mal sieht, denkt er vielleicht, du hast dir den Kopf beim Fensterputzen angeschlagen. Ich mein ja nur, weil du so einen zierlichen Körper wie eine Balletttänzerin hast und dabei ...« Albert brach ab und blickte sie an.

Erst dann spürte Christine die feinen Tränen in ihren Augenwinkeln. Sie wischte mit der Hand über ihr Gesicht und lächelte. »Alles ist in Ordnung. Zum ersten Mal seit langer Zeit. Wirklich.« Sie legte einen Finger auf Alberts Lippen.

»Ehrlich.«

Draußen brannte die Sonne noch immer viel zu stark für diesen Sonnabend im Oktober. Die Strahlen fielen durch die wenigen Blätter der Bäume und erwärmten Christines Haut. Aber was war schon in diesen Tagen normal? Und dabei dachte sie an Ikarus. In ihrem Leben gab es keine Sicherheiten. In keinem Leben. Das hatte ihr das Loslassen so leicht gemacht. Aber da lag Albert nun und schaute sie aus großen Augen an wie einen Diamanten, der gerade aus dem Dunkel eines Bergwerkstollens geborgen worden war. Es war ihr peinlich. Gleichzeitig genoss sie diesen Moment.

Albert strich über die rote Furche auf ihrem Bauch. Mit den Fingerspitzen ertastete er die feinen Vertiefungen, folgte ihnen wie einem Weg, den man entlanglief, ohne zu ahnen, was man am Ende wohl finden mochte. Es war eine Narbe, die eine Geschichte erzählte, eine, die nicht für ihn gemacht war. Christine griff nach einem der weißen Laken und verhüllte sich.

»Irgendwann erzähle ich dir mal alles. Du wirst wieder mit mir schimpfen. Ich hebe es mir noch auf. Du musst Geduld mit mir haben, Albert.« Sie streichelte über sein Kinn, und die Bartstoppeln unter ihren Fingerspitzen knisterten.

»Habe ich ja. Du weißt doch, wie stoisch ich sein kann. Aber weißt du, was ich mich immer gefragt habe?«

Die sichelförmigen Falten zwischen Alberts Augenbrauen zeichneten sich nun besonders tief ab. Das taten sie immer dann, wenn er sich mit einer schwierigen Frage herumquälte. Sie setzte sich aufrecht hin. »Ja?«

»Hast du noch einen zweiten Vornamen?«

Eigentlich hatte Christine ein ernstes Gespräch zwischen Mann und Frau erwartet, und nun war sie mitten in einem Verhör. Sie beugte sich vor. »Wie kommst du denn jetzt darauf? Und überhaupt, denk bloß nicht, dass ich jetzt mein ganzes Leben vor dir ausbreite.«

Er zuckte mit den Schultern. »Ich habe keinen zweiten Namen. Nur Albert. Und das ist ein Scheißname. So hieß schon mein Urgroßvater. Ich komme aus einer alten Apotheker-

221

familie. Da werden die Namen einfach weitergereicht. Aber du, du hast bestimmt noch einen Namen. Du bist irgendwie der Typ dafür.«

Albert war hartnäckiger, als sie angenommen hatte. »Willst du ihn wirklich wissen?«

»Möchtest du ewig ein namenloses Phantom bleiben? Natürlich will ich deinen zweiten Namen wissen«, brummte er und fuhr sich über sein Brusthaar.

»Sicher?«

»Verrätst du ihn mir nun oder nicht?«

»Ich kann ihn dir schon sagen, aber ich weiß nicht, ob er dir gefallen wird.«

»Wenn du ihn mir nicht sagst, wirst du es nie wissen.«

»Aber wenn ich ihn dir sage und er dir nicht gefällt, ärgere ich mich vielleicht.«

»Wenn du ihn mir jetzt nicht verrätst, werde ich sauer.«

»Na gut, du trägst die Verantwortung.«

Albert reckte den Hals vor. »Also?«

Am liebsten hätte sie sich das Laken über den Kopf gezogen. »Ich heiße Amélie. Christine Amélie.«

»Das ist ja ... das ... also wirklich ... wie dieses Mädchen in dem Film. Also echt, wo die Leute doch schon sowieso immer sagen, dass du ...«

Diese Reaktion kannte Christine. Meist wurde sie auch noch gefragt, ob sie wie die Amélie im Film ein besonderes Faible für Gartenzwerge hatte. Nein, hatte sie nicht.

Albert legte den Arm um ihre Schulter. »Das ist doch ein wunderschöner Name. Wunderschön.«

Dann musste er lachen, und Christine konnte nicht anders, sie lachte mit. Das sonore Brummen, das vom Schreibtisch kam, bemerkte sie erst ein paar Sekunden später.

Der Drucker an Alberts Laptop fuhr über die weißen Seiten und hinterließ tiefschwarze Buchstaben auf dem Papier. Albert warf das Laken zur Seite und sprang aus dem Bett. »Wir haben was! Das Programm muss was gefunden haben. Warte mal. Warte …«

Er zog die ersten bedruckten Seiten aus dem Papierfach und überflog die einzelnen Sätze. Dann hielt er die Blätter weit von sich gestreckt. Christine bemerkte, wie sein Gesicht leichenblass wurde. »Portugal. Salema, ein kleiner Ort an der Küste. Federn im Körper eines siebzehnjährigen blonden Mädchens: tot. Es wurde zuvor vergewaltigt. Die Kiele steckten in ihren Schultern und den Armen. Und Ungarn, Szentendre, wieder Federn, diesmal im aufgeschlitzten Bauch einer Achtzehnjährigen. Wieder blondhaarig. Christine, das ist Ikarus. Das muss er sein. Du hast recht gehabt. Mein Gott … Der war nach der Wende noch immer aktiv.«

Christine riss ihm das Blatt aus der Hand. »Von wann sind die Fälle?«

»Der eine vor fünf Jahren, der andere liegt drei Jahre zurück.«

Christine schwieg. Sie verarbeitete, analysierte und versuchte zu verstehen. Ikarus hatte seine alten Jagdreviere aufgegeben. Er war von Land zu Land gezogen und hatte weiter gemordet. Aber sein Modus Operandi war nicht mehr derselbe. Die Leichen der Mädchen waren nicht verbrannt worden.

Dann setzte das Brummen des Druckers wieder ein, und die Blätter in der Papierablage wuchsen zu einem kleinen Stapel an. *Federn im Mund, mit Plastikfolie erstickt, Arme zusammengebunden.* Christine konnte nur einzelne Worte lesen, und der Tintenstrahler der Maschine ratterte immer weiter. Sie betrachtete den Drucker wie einen Feind. »Er hört nicht mehr auf.«

223

Albert griff nach ihrer Hand und umklammerte sie fest.

»Christine, ich will nicht wie ein Feigling dastehen, aber meinst du, dass wir dem noch gewachsen sind? Sollten wir das nicht Profis überlassen und die Polizei einschalten? Ich mach mir echt Sorgen.«

Sie presste die Lippen hart aufeinander und griff nach Alberts Kinn. Sanft strich sie ihm über die Wange. Er machte sich Sorgen um sie. Das konnte sie spüren. »Ich gebe nicht auf. Das weißt du doch. Niemals. Wir bringen diese Sache zu Ende. Wir sind zwei, mit Bergmann sogar drei. Wenn wir auch noch Ermittler von der Mordkommission einschalten, verlieren wir zu viel Zeit. Wir wissen mehr über Ikarus als jeder andere. Und für Sarah zählt jetzt jede Stunde, wenn sie überhaupt noch am Leben ist.«

Albert lächelte, als er sich seine Jeans anzog. »Musstest du Bergmann wirklich erwähnen? Der hat seine Chance doch schon vor zwanzig Jahren verspielt. Ich glaube nicht, dass er uns weiterbringt.« Er griff nach dem Stapel Papier, heftete jedes einzelne Blatt an die Wand und betrachtete sein Werk. »Hier, irgendwo auf diesen Blättern, beginnt unsere Fährte. Wenn wir ihn kriegen, dann wegen etwas, das auf diesen Seiten steht. Es sind zu viele Fälle. Er muss einen Fehler gemacht haben. Davon bin ich überzeugt.«

Und so fingen die langen Stunden an. Die Sonne nahm eine dunkelrote Färbung an, bevor sie völlig verschwand. Die Vögel zwitscherten nicht mehr. Der Wind gewann an Kraft und schlug gegen die Fenster des Seehauses.

Auf einer Europakarte markierte Christine mit Alberts Hilfe alle Fälle, die ihnen bekannt waren. Diejenigen, die sich nach dem Fall der Mauer ereignet hatten, bekamen eine grüne Nadel. Rote Nadeln standen für Fälle aus der Zeit davor. Ein merkwürdiges Muster ergab sich. Die roten Nadelköpfe ballten sich in Ostdeutschland. Zwei grüne Ausläufer zogen sich bis nach Norwegen und Finnland, die anderen grünen Nadeln steckten in Portugal, Ungarn, Rumänien, Italien und Polen.

Das Muster erinnerte Christine an ein Krebsgeschwür, das nach allen Richtungen streute. Aber sie behielt den Gedanken für sich. Sie stützte sich mit ausgestreckten Armen an der Wand ab und senkte den Kopf.

»Sieben neue Fälle, die dein kleiner Drucker ausgespuckt hat. Sieben Fälle, und der erste davon liegt im Jahr 1992, drei Jahre nach der Wende. In allen diesen Fällen wurden die Leichen gefunden. Keine Asche. Die Mädchen wurden nicht verbrannt. Erstaunlich.«

»Warum? Meinst du, das war gar nicht Ikarus? Wir wissen es ja nicht wirklich.«

»Doch. Davon gehe ich aus.« Christine strich über die Nadelköpfe. »Das war Ikarus. Die Vorgehensweise passt hundertprozentig. Die Mädchen sind alle zwischen sechzehn und achtzehn Jahre alt. Alle sind blond. Und immer wieder die Federn. Allerdings gibt es bei diesen Fällen keine Kisten mit Asche und auch keine Filme, mit denen er die Angehörigen terrorisiert hat. Die Leichen wurden gefunden, und alle Opfer weisen Spuren sexuellen Missbrauchs auf. Damit wissen wir nun auch, was Ikarus den jungen Frauen damals in der DDR angetan hat, bevor er sie verbrannte. Er hat sie vergewaltigt. Alle Opfer hat er im Umfeld ihrer Wohnungen erwischt. Auch das passt zu seiner Methode. Sieben Mal. Allerdings wissen wir nicht, ob das schon alle Fälle sind. Aber jetzt überleg mal. Warum hat Ikarus diese Leichen nicht verbrannt? Er hat sein Tötungsritual ja förmlich perfektioniert. Weshalb geht er jetzt einen Schritt zurück?«

225

Albert zuckte mit den Schultern. »Keine Ahnung. Ich esse gern in schönen italienischen Restaurants und trinke dazu einen feinen Merlot. Aber nur, wenn ich Zeit habe. Wenn ich gehetzt bin, muss es schnell gehen. Da reicht ein Brötchen oder …«

Christine betrachtete die grünen Nadeln in der Karte. Es war die Spur eines Mannes, der sich über weite Strecken bewegt hatte. »Genau«, rief sie, »ganz genau! Wenn wir keine Zeit haben, dann können wir auch unser dringendstes Bedürfnis nur notdürftig befriedigen. Ikarus hatte nicht genügend Zeit, um seine höchsten Ansprüche zu erfüllen. Er mordete, weil er seinem inneren Drang folgen musste. Für die Kunst blieb aber keine Zeit mehr. Bei den Morden in Europa fehlte ihm die Logistik für den aufwendigen Verbrennungsprozess. Wir dürfen nicht vergessen, er bewegte sich auf fremdem Terrain. Ein Mord in Norwegen ist etwas ganz anderes als einer in seiner Heimat, oder? Als er Henriette Wagner tötete, konnte er wieder auf seine alten Mechanismen zurückgreifen. Im Ausland ging das nicht.« Sie tippte mit dem Finger auf die Karte. »Und nun frage ich dich: Was hat er dort gemacht? War er ein Geschäftsreisender? Hat er in den fremden Ländern eine Zeitlang gelebt? Das ist die Frage.«

Albert starrte die Blätter an der Wand an. Jedes einzelne. Einen Moment stutzte er. Dann nahm er eine Seite ab, kontrollierte sie und verglich sie mit einer anderen. Christine bemerkte den harten Zug um seine Lippen.

»Sieh an. Schau mal, Christine, dieser Fall hier ist interessant. Vor vier Jahren, am 16. August, hat Ikarus eine siebzehnjährige Finnin ermordet. Die Mordkommission in Turku konnte das Sterbedatum genau ermitteln.«

»Gut. Weiter.« Das andere Blatt an der Wand trug in der

Kopfzeile einen fett gedruckten Schriftzug. Christine konnte die Worte *Polizia di Stato* entziffern. Albert nahm die Seite von der Wand.

»Dann haben wir hier eine Tote im Süden Italiens, in Ercolano. Dieser Fall ist sogar bis zum Chef der Staatspolizei gegangen. Und wieder haben wir ein Sterbedatum.«

»Weiter, Albert.« Christine biss sich mit den Schneidezähnen auf die Unterlippe.

»Das Sterbedatum ist der Abend des 14. August.« Albert brach die Stimme, als er das Datum nannte. »Der 14. August desselben Jahres.«

Sein Gesicht war ohne Ausdruck. Er hielt Christine die beiden Blätter hin, als erwarte er von ihr eine Antwort. Sie wischte sich die Haare aus der Stirn.

»Zwischen den Taten liegen nur zwei Tage? Das bedeutet, dass Ikarus sich in Windeseile von einem zum anderen Ort bewegt haben muss.«

Albert stolperte an den Tisch und tippte auf seinem Laptop herum. »Zwischen Ercolano in Italien und Turku in Finnland liegen 3100 Kilometer. Die Sterbedaten der beiden toten Mädchen stehen in den Protokollen. Es sind etwa sechsunddreißig Stunden, die zwischen beiden Taten vergangen sind. Wenn Ikarus mit dem Auto gefahren ist, hätte er mindestens anderthalb Tage ohne Pause gebraucht. Halte ich für unwahrscheinlich. Mit der Bahn würde es vielleicht etwas schneller gehen, aber auch das würde ich ausschließen. Der Kerl muss doch seine Opfer, die ganze Location und die Umstände vorher wenigstens kurz gecheckt haben, und außerdem hat er wohl kaum völlig übermüdet zugeschlagen. Da bleibt doch eigentlich nur eine Möglichkeit.«

Christine klappte ihr Feuerzeug auf und zu. Das metallische

227

Klicken erinnerte sie an Patronen, die in das Magazin einer Waffe geschoben wurden. »Er ist geflogen. Ikarus ist mit dem Flugzeug von Italien nach Finnland geflogen. Ikarus. Wie passend.«

Albert hämmerte, noch während sie sprach, in die Tasten seines Laptops. »Das ist der Fehler! Christine, jetzt haben wir eine Chance. Wir versuchen es erst mal mit einer direkten Flugverbindung. Ich werde sämtliche Flughäfen um Ercolano auf Finnlandflüge zwischen dem 14. und 16. August überprüfen, dann wissen wir bald, von wo aus er geflogen ist. Und wenn wir das erst einmal wissen, dann …«

» …prüfst du die Passagierlisten. Wir suchen einen Einzelreisenden mit deutschem Pass.«

»Genau.«

Christine strich Albert über den Hinterkopf. Seine lockigen Haare kringelten sich zwischen ihren Fingern. »Sehr gut, Albert. Sehr gut.«

Sie lächelte und beugte sich zu ihm, um ihn zu küssen. Da wurde mit einem lauten Ruck die Tür aufgerissen. Ein Windstoß peitschte in den Raum, und ein leichenblasser und zitternder Erik Bergmann wankte ins Seehaus.

Er blickte Christine starr an. Seine Augen hatte er zu kleinen Schlitzen verengt. »Ich weiß, wo Ikarus die Mädchen verbrannt hat.«

21

Wann wurde ein Mensch zur Bestie? Wurde er es, oder war er schon immer eine Bestie gewesen und hatte nur mühsam kontrolliert, was da in seinem Innersten wütete? Und warum verlor er die Kontrolle? Was war da passiert?

Christine betrachtete die Fotos im schummrigen Licht des Autos. Erik Bergmann saß am Steuer und riss wie wahnsinnig an seinem Lenkrad. Unkontrolliert hämmerte sein Fuß auf dem Gaspedal herum.

Christine hielt sich die Bilder ganz nah vor die Augen. Das vergilbte, muffige Fotopapier roch nach Keller und feuchten Wänden. Die Aufnahmen der Beerdigungen erinnerten sie an eine unwirkliche Filmszene mit einem anonymen Beobachter im Hintergrund. Der Mann hatte dunkelblonde Haare, er war vielleicht eins fünfundachtzig groß. Er wirkte stolz, was an seiner aufrechten Haltung liegen konnte. Und das war auch schon alles, was sie den unscharfen Fotos zu entnehmen vermochte. Man würde die Bilder vergrößern und die Gestalt des Mannes morphen müssen, um einen Eindruck davon zu bekommen, wie er heute aussah. Das Ergebnis würde dennoch ungenau ausfallen. Der Computer würde keinen Namen ausspucken, der Prozess Zeit kosten. Doch sie hatten keine Zeit. Und Sarah Wagner noch weniger.

Christine steckte die Fotos in die Innentasche ihrer Lederjacke und starrte durch die Frontscheibe in die dunkle Waldlandschaft. Die Buchen am Rand der Straße neigten sich, vom Wind getrieben, über die Fahrbahn. Im Licht der Scheinwer-

229

fer verwandelten sie sich in einen braun-goldenen Tunnel, durch den der Fiat raste.

Erik Bergmann war aufgeregt. Mit einer Hand steuerte er den Wagen, mit der anderen malte er imaginäre Bilder in die Luft. Seine Finger tanzten vor Christines Nase auf und ab und unterstrichen jedes seiner Worte mit einer kraftvollen Geste. Es schien, als würde sich Bergmann selbst immer wieder von der Folgerichtigkeit seiner Entdeckung überzeugen wollen.

»Verstehst du, wie lange ich nach Ikarus' Scheiterhaufen gesucht habe? Dabei lag die Lösung auf der Hand. Die ganze Zeit.«

Bergmanns Kinn zitterte. Die langen Jahre der Last hatten ihn fast zerstört. Was für ein Mann wäre er wohl heute, wenn er Ikarus damals gestellt hätte? Vielleicht würde Christine in dieser Nacht einen Eindruck davon bekommen. Sie wünschte es sich. Für Bergmann. Für sich. Für Albert. Aber vor allem für Sarah.

Schon seit über einer Stunde fuhren sie auf verlassenen Straßen durch die Dunkelheit. Irgendwo im tiefsten Brandenburg. Ein Dorf folgte dem nächsten. Die Scheinwerfer des Fiats streiften immer wieder Bäume, ließen sie wie erstarrte braune Ungeheuer kurz aufblitzen und wieder in der Nacht verschwinden.

»Wir hätten Albert mitnehmen sollen.« Christine schaute aus dem Seitenfenster. Ein paar Regentropfen schlugen gegen die Scheibe.

Bergmann betrachtete sie voller Irritation. »Wie bitte? Du wolltest das doch nicht. Du hast ihn dazu verdonnert, an seinem Computer irgendwelchen Passagierlisten nachzujagen, obwohl er protestiert hat. Das warst doch du. Kapier ich nicht.«

Christine steckte sich eine Zigarette an, balancierte sie zwischen den Lippen und blickte starr nach vorn in den dunklen Tunnel aus Blättern, durch den sie fuhren. »Ich wollte ihn nicht in Gefahr bringen. Kapieren Sie es jetzt?«

Bergmann lachte laut auf. »Und stattdessen übernimmst du die Sache lieber selbst, was? Du erstaunst mich wirklich. Für eine Frau bist du irgendwie erfrischend anders. War 'n Kompliment. Kann ich ja ruhig mal sagen, obwohl ich 'n bisschen aus der Übung bin.«

Christine lächelte zaghaft. Dabei kippte ihre Zigarette so schief aus dem Mundwinkel, dass sie sich fast das Kinn verbrannte.

Bergmann bemerkte es und lächelte zurück. »Mach dir mal keine Sorgen, Christine. Ich hab meine Makarow mit. Die hat mich die meiste Zeit meines Lebens begleitet. War der beste Partner, den ich je hatte. Wenn es Ärger geben sollte, sind wir vorbereitet.« Er klopfte auf das Schulterholster, das sich kaum merklich unter seinem grauen Baumwollsakko abzeichnete.

Christine nahm einen langen Zug an ihrer Zigarette. Sie öffnete das Seitenfenster einen kleinen Spalt und blies den Rauch in die Nacht. »Wäre schön, wenn Sie mir endlich verraten würden, was genau Sie entdeckt haben. Stattdessen wedeln Sie mir mit Ihrem Geheimnis vor der Nase herum wie ein Hund, der stolz seinen Knochen präsentiert.«

Bergmann kurbelte am Lenkrad, und der Fiat bog scharf rechts ab, in einen kleinen Waldweg. Er drosselte das Tempo auf Schrittgeschwindigkeit und schaltete auf Standlicht um. »Wir sind gleich da. Erinnerst du dich noch an die Spuren, die wir im Haus eines der Opfer auf dem Boden entdeckt haben? Eine Amphetamintablette und Steinsalz.«

»Ja, natürlich.«

231

»Steinsalz. Lächerliches Steinsalz. Ikarus muss es während des Kampfes mit seinem Opfer verloren haben. Oder vielleicht war es auch einfach nur an seiner Kleidung. Ein paar Krümel an der Hose oder an seinem Ärmel. Eine Unachtsamkeit, die sich jetzt rächt.«

»Was ist an dem Steinsalz so interessant? Damit kann man hervorragend ein fades Essen aufmotzen. Mehr fällt mir dazu nicht ein.«

»Kristallines Steinsalz. Ganz genau. Es geht hier aber nicht um Küchentipps. Und nur zur Information: Wir haben damals in der DDR etwas simplere Methoden einsetzen müssen, um mit dem Westen mithalten zu können. Meine Mutter hat Steinsalz in Wasser aufgelöst und sich damit die Zähne geputzt. Manch einer hat es sogar als eine Art Deo benutzt und sich das Zeugs unter die Achseln gerieben.«

Christine verzog angewidert die Mundwinkel. »Hübsche Jugenderinnerungen haben Sie da. Sehr hübsch, wirklich. Sie wollen mir jetzt aber wohl kaum erklären, dass Ikarus seine Zähne mit Steinsalz geputzt hat, oder? Kommen Sie schon, Erik, packen Sie endlich aus.«

Bergmann strahlte über das ganze Gesicht. Er genoss sichtlich seinen Wissensvorsprung. Was ihm Christine trotz ihrer Ungeduld nach all den Jahren seiner Frustration gönnte.

»In der DDR musste man kreativ sein. Sehr kreativ. Das habt ihr im Westen ja nie kapiert. Jedenfalls war das bei der Jagd auch nicht anders. Der feine Wessi schoss mit Schrotpatronen auf Wildtiere. Schrotpatronen, gefüllt mit Metallkugeln. Viele Jäger nahmen bei uns als Ersatz für die Kügelchen oft Chili, Pfefferkörner oder eben grobes Steinsalz. Verstehst du? Diese Ladungen streuen verdammt stark nach. Damit kann man schon mal Wild erlegen.«

232

»Schön. Fein. Ich verstehe. Sie gehen davon aus, dass Ikarus Wild gejagt hat. Und?«

Mit seinen Fingern trommelte Bergmann auf dem Lenkrad herum, als wollte er Christine anpeitschen, selbst eine Lösung zu finden. Sie warf genervt die Zigarette aus dem Fenster.

»Ich weiß nicht, ob Ikarus Wild gejagt hat. Keine Ahnung.« Bergmann schien Christines Unmut zu spüren, denn er sprach nun schneller. »Heute Nachmittag habe ich jedenfalls im Labor Henriette Wagners Asche untersuchen lassen. Sie haben Salzkristalle und feine tierische Spuren entdeckt, die dort nichts zu suchen haben. Sie stammen von einem Hirschgeweih. Ganz feine Splitter. Kapierst du, worauf ich hinauswill?«

Christine ließ ihr Feuerzeug auf- und zuschnappen. »Salzkristalle und tierische Spuren in der Asche … Der Ort, an dem Ikarus seine Opfer verbrannt hat, hängt mit der Jagd zusammen.« Mit dem Daumen drehte sie das Reiberad ihres Feuerzeugs und starrte in die aufflackernde Flamme. »Wenn es Splitter von einem Geweih sind, dann könnte es sein, dass an diesem Ort … getötete Tiere verarbeitet wurden?«

Bergmann schlug mit der Faust auf das Lenkrad. »Richtige Fährte, Christine. Richtige Fährte. Ganz genau. Es gibt einen Ort, wo Ikarus mühelos und unbeobachtet seine Opfer quälen und töten konnte. Du erinnerst dich doch noch an seine Filme, diese merkwürdige Bewegung der Mädchen, als ob sie auf die Kamera zuschweben würden?«

Christine erinnerte sich. Sie hatte sich schon die ganze Zeit gefragt, wie Ikarus die Mädchen zum Fliegen gebracht hatte. »*Mon dieu* … natürlich.«

»Richtig. Fleischhaken. Fleischhaken an der Decke.«

Der Wagen stoppte abrupt. Bergmann schaltete mit einer

schnellen Bewegung die Scheinwerfer ab. Der Motor stotterte noch einmal kurz, bevor er ihm den Saft abdrehte. Vielleicht hundert Meter entfernt vor ihnen, zwischen den Bäumen, konnte Christine auf einer Lichtung ein kleines helles
Gebäude erkennen. Es war ein Betonklotz mit verbarrika-
dierten Fenstern. Der Bau stand still und fremd im Wald. Er
wurde direkt vom aufgehenden Mond angestrahlt, als wollte
irgendwer alle Aufmerksamkeit auf ihn richten.
Bergmann öffnete die Wagentür. Er setzte vorsichtig einen
Fuß auf die Erde – wie ein Schiffsreisender, der prüfen will,
ob er nach langer Zeit tatsächlich wieder festen Boden unter
sich hat. »Das ist eine Wildkammer. Hierher haben die Jäger
in der DDR ihr geschossenes Wild geschleppt, es auf Haken
gehängt, abgeschwartet und aufgebrochen. Die Reste, die un-
verwertbar waren, haben sie vor der Kammer verbrannt.«
Christine packte Bergmann am Arm. Wenn ihr eine Geschichte zu plausibel erschien, wurde sie skeptisch. Genau das war
jetzt der Fall. »Perfekt. Absolut perfekt, Erik. Aber von diesen Kammern muss es doch mehrere geben. Wie kommen Sie
ausgerechnet auf diese hier?«
Bergmann langte unter seinen Sitz und zog einen schweren,
rostigen Stab hervor, der sich im Mondschein als Stemmeisen
entpuppte. Er öffnete das Handschuhfach und griff hinein.
Zwei kleine Stablampen lagen in seiner Hand. Er hielt sie
Christine hin. Sie nahm eine Lampe, legte den Kippschalter
um und schirmte den feinen Lichtstrahl prüfend mit ihrer
Handfläche ab.
»Also, warum ausgerechnet diese hier?«, raunte sie ihm zu.
Alles in Bergmann drängte danach, mit gezogener Waffe und
dem Stemmeisen in der Hand die Wildkammer zu stürmen,
so ungeduldig war er. Christine sah es ihm an. Seine Hände

zitterten. Doch hier war sie, direkt neben ihm. Auch wenn Bergmann längst verlernt haben mochte, anderen Menschen zu vertrauen und sich auf sie zu verlassen – in diesem Moment waren sie Partner.

Vielleicht spürte Bergmann ihre Gedanken. Er knirschte mit den Zähnen und inspizierte die Wildkammer mit zusammengekniffenen Augen. »Ich hab mir am Nachmittag noch mal den Bewegungsradius von Ikarus angeschaut. Und ich hab dann 'n bisschen rumtelefoniert. Alte Freunde. Kleine Gefallen. Du verstehst schon … ist ja auch egal. Jedenfalls, wenn ich Ikarus wäre, dann wäre dieser Ort hier für mich perfekt. Keine Autos. Kaum Menschen. Außerdem hatten damals in der DDR nur ganz wenige Zugang zu dem Gebäude. Das Areal war ein Sonderjagdgebiet für streng geschlossene Gruppen. Die Öffentlichkeit musste draußen bleiben. Nur wer stramm auf Linie war, konnte hier jagen. Klar? Das Wild durfte von Funktionären, Militärs und ihren Freunden geschossen werden. Handverlesene Personen eben. Klingt nicht besonders sozialistisch, aber so war es nun mal. Darum durfte es auch keiner wissen.«

Christine nickte.

Bergmann brummte zufrieden. »Und jetzt denk noch mal an die Tablette, die wir im Haus eines der Opfer gefunden haben. Amphetamin wurde einigen Militärs unter der Hand verabreicht. Die NVA hatte das Zeugs bis '89 eingelagert. Im Ernstfall eines Krieges hätte man unsere Soldaten schön aufputschen können. Aber du verstehst, worauf ich hinauswill? Es geht hier um einen ausgewählten Personenkreis. Und diese Kammer da«, Bergmann zeigte mit dem Lauf seiner Makarow auf das flache Gebäude, »diese Kammer passt einfach zu gut ins Gesamtbild. Einfach zu gut.«

235

»Wem gehört das Gelände?«

»Irgendeinem stinkreichen Finnen, der sich einen Dreck drum kümmert. Seit der Wende wird hier nicht mehr gejagt, zumindest keine Tiere mehr.«

Bergmanns Anspielung war überdeutlich. Christine betrachtete den platten Bau. Es war unwahrscheinlich, dass die Schreie einer gefangenen Frau durch den schweren Beton dringen konnten und Spaziergänger alarmierten. Dafür lag das Gebäude ohnehin viel zu gut versteckt. »Kann es wirklich sein, dass Sarah Wagner da drin ist?«, fragte sie ganz leise.

»Schauen wir doch einfach mal nach. Wenn ich mich geirrt habe, stehe ich natürlich da wie ein Idiot. Das ist mir schon klar.« Ein verschmitztes, jungenhaftes Lächeln lag auf Bergmanns zerfurchtem Gesicht. Und dann, als hätte er einen Schalter umgelegt, presste er die Lippen hart aufeinander und verengte die Augen zu Schlitzen. Er griff zu seiner Waffe und gab Christine ein Zeichen, ihm zu folgen.

Im Schutz der Bäume tasteten sie sich schweigend voran. Die Kronen der sechzig Meter hohen Fichten schaukelten sanft im Wind. Christine berührte im Gehen ihre Stämme, fühlte die Furchen und die feinen, abstehenden Nadeln an den Zweigen. Unter ihren Ledersohlen knackten abgefallene Zapfen. Es war kühl, aber sie spürte den Schweiß in ihren Achselhöhlen. Sie stellte den Kragen ihrer Lederjacke hoch. Hinter der Wildkammer zogen Nebelschwaden auf, die Bäume dort waren nur noch schemenhaft zu erkennen. In der Nähe musste ein Gewässer oder ein Moor liegen. Christine verfluchte den Nebel. Er machte das Gelände noch unüberschaubarer. Wenn Ikarus sich hier aufhielt, war er ganz klar im Vorteil.

Bergmann blickte starr nach vorn und fixierte die Wildkam-

236

mer. Er setzte einen Schritt vor den anderen. Und noch einen. Ganz vorsichtig pirschte er sich an.

Christine machte sich Sorgen um den alten Mann. Das Herz schlug ihm sicher bis zum Hals. Die Finger seiner rechten Hand hatten sich um den Knauf seiner Makarow gekrallt, so hart, als hielte er sich an einem rettenden Seil fest, an dem sein Körper hing. Er fuhr sich mit der Zunge kurz über die Lippen, wie man es tat, wenn der Mund völlig ausgetrocknet war. An einer rissigen alten Fichte hielt er inne und legte einen Finger an seine Lippen. Christine stoppte ebenfalls und nickte ihm zu.

Aus dem Wald drangen leise Knackgeräusche. Der Wind rauschte in den Ästen, und weit entfernt hörte Christine den dumpfen und abgehackten Ruf einer Eule.

Die Kammer lag direkt vor ihnen, nur noch zehn Meter entfernt. Die Fenster waren mit Holzbrettern vernagelt. Wenn sich jemand drinnen aufhielt, so ließ sich das von außen nicht erkennen.

Bergmann gab Christine ein Zeichen, ihm in kurzem Abstand zu folgen. Er verließ den Schutz der Bäume, die Waffe schussbereit in den Händen. Sie umrundeten die Kammer, schlichen an den Wänden entlang. Sie wies sechs kleine Fenster auf, alle verrammelt. Niemand war zu sehen, nichts zu hören.

Sie standen vor der Tür. Bergmann knipste seine Lampe an, dämmte den Strahl ein wenig und richtete ihn auf den Boden. Christine folgte blinzelnd dem Licht. Waren da irgendwo Reifenabdrücke? Schwer zu sagen. Die Regenschauer der vergangenen Tage hatten die Erde aufgeweicht. Bergmann schwenkte die Lampe auf die Tür. Solides Eisen. Das Schloss musste defekt sein. Jemand hatte ein schweres Eisenscharnier an der Tür befestigt und einen zusätzlichen Metallriegel über

237

die ganze Breite gelegt. Ein massives Hängeschloss hielt die
Tür verschlossen.

Bergmann lächelte grimmig. Er gab Christine ein Zeichen,
und einen Moment später setzte er im Schein ihrer Lampe das
Stemmeisen unter dem Schloss an. Mit seinem ganzen Gewicht drückte er auf das Werkzeug. Christine konnte den
Hass spüren, mit dem Bergmann zur Sache ging. Dagegen
hatte der Riegel keine Chance.

Das Schloss gab krachend nach. Das Stemmeisen flog durch
den unglaublichen Druck in die Luft, die Tür war offen. Tri-
umphierend blickte Bergmann sich zu Christine um, die sich
rasch nach allen Seiten umschaute. Sie dachte an Marius, den
Schlüsselmann in ihrem Kiez. Er hätte die Tür bestimmt
kunstvoller geöffnet.

»Was ist denn?«, raunte ihr Bergmann zu.

»Warum flüstern Sie eigentlich?«, zischte Christine zurück.
»Sie haben eben so viel Krach gemacht, dass es wahrscheinlich noch Albert vor seinem Computer gehört hat.«

Bergmann zuckte mit den Schultern. Er ging durch die offene
Tür in die Wildkammer. Die Lampe und die Waffe hielt er
übereinander, wie er es wohl vor vielen Jahren während seiner Polizeiausbildung gelernt hatte.

Christine entspannte sich ein wenig. Ikarus war nicht hier.
Hinter einer von außen verriegelten Tür konnte sich nur ein
Gefangener aufhalten. Es war unmöglich, dass Ikarus sich
selbst so eingeschlossen hätte. In den vergangenen Jahren
hatte sie jedoch viel Unwahrscheinliches erlebt, deswegen
blieb sie wachsam.

Die Strahlen beider Lampen tasteten die gefliesten Wände ab
und erfassten einen Kühlschrank. Sie glitten über einen Zerlegetisch, eine Doppelspüle und die Neonröhren an der Decke.

Vor den Fenstern waren Insektenschutzgitter befestigt. In einer Ecke hingen Messer, Zangen und Sägen sauber sortiert an der Wand. Dazwischen standen ungleichmäßig verteilt Regale aus Stahl, die den Raum merkwürdig unübersichtlich machten.

Es war ruhig. Kalt.

Christine ließ den Strahl ihrer Lampe über den Betonboden gleiten. »Hier ist niemand.« Sie leuchtete Bergmann an.

»Absolut niemand.«

»Nein, Sarah ist nicht hier. Die Kammer sieht wirklich unbenutzt aus.« Er wirkte ernüchtert.

Christine ging auf einen der Haken zu, die in einer Laufschiene von der Decke hingen. Schwungvoll zog sie an ihm und ließ ihn klirrend durch die Schiene gleiten. Mit dem Lichtstrahl ihrer Lampe folgte sie ihm. Dann glitt das Licht über einen Metallcontainer, der in einer Ecke stand, daneben lag ein aufgerolltes Seil. »Erik, ich muss ehrlich sagen, ich habe hier ein komisches Gefühl.«

»Was meinst du?«

»Dieser ganze riesige Raum hat etwas Beunruhigendes. Empfinden Sie das nicht so?«

Bergmann zuckte mit den Schultern und fuhr sich durch die Haare. »Hier wurden die Brustkörbe von Tieren aufgebrochen. Man hat sie ausbluten lassen. Solche Räume sind immer beunruhigend. Das hier war praktisch eine Leichenkammer für Tiere.«

»Nein, das meine ich nicht. Lassen Sie uns den Raum untersuchen.«

Bergmann drückte auf einen Schalter, doch in der Wildkammer blieb es dunkel. »Das Licht funktioniert nicht. Die haben den Strom abgestellt. Lass mich mal ein paar Fenster frei machen. Ich stemme die Bretter mit dem Eisen weg, dann haben wir wenigstens was von dem Mond. 'n bisschen Romantik kann nicht schaden.«

Bergmann ging nach draußen, und einen Moment später hörte Christine das Geräusch berstenden Holzes. Der Mond strahlte schwach in die Kammer und tauchte sie in seinen weichen Schein.

Christines Augen hatten sich an die schummrigen Lichtverhältnisse in der Wildkammer gewöhnt. Sie wanderte zwischen den Regalen auf und ab, ließ ihre Lampe kreisen und ging dann in die hinterste Ecke des Raumes. Das war es, was ihr vorhin aufgefallen war und dieses beunruhigende Gefühl verursacht hatte.

Da stand ein Metallcontainer mit sechs Schubladen. Buchstaben waren mit einem schwarzen Filzstift auf weiße Etiketten gekritzelt worden. A–E, F–J, K–O, P–T, U–Z. Nur die unterste Schublade hatte kein Label. Was hatte dieser Container hier in einer Wildkammer verloren?

Christine öffnete die Schublade P–T. Im Innern klirrte etwas. Sie griff vorsichtig hinein und zog ein kleines Apothekerfläschchen heraus. Auf dem Etikett standen die Buchstaben M.S. Vielleicht ein Betäubungsmittel für Tiere.

Sie hielt das dunkelbraune Glas vor die Lampe. Ein pulvriger Inhalt zeichnete sich ab.

Sie dachte einen Moment nach. Ikarus hatte die Mädchen vergewaltigt, sie aufgehängt und verbrannt. Wer seine Morde so perfekt inszenierte, der brauchte auch Trophäen, Erinnerungsstücke, um sich in den Tagen danach immer wieder zu berauschen. Sie drehte die Glasflasche zwischen Zeigefinger und Daumen hin und her. Einmal. Und noch einmal. Es war nur ein Verdacht, doch auf einmal machte er Sinn.

240

Sie riss die Schublade U–Z auf und tastete darin herum. Sie fand mehrere Fläschchen. Und dann einen dunklen Glasbehälter mit den Buchstaben H.W.

Es waren Initialen. *Henriette Wagner.*

Christine öffnete den schwarzen Verschluss des Fläschchens. Das Gewinde schob sich langsam nach oben. Sie kippte ein wenig von dem Inhalt auf den Betonboden. Das Licht der Lampe fiel auf ein Häufchen Asche.

Natürlich.

Christines Hände zitterten. Hektisch riss sie alle Schubladen auf. Insgesamt fand sie sieben braune Fläschchen. Als sie die unterste Schublade öffnete, stoben Federn durch die Luft, die sie durch ihre schnelle, ruckartige Bewegung aufgewirbelt hatte. In ihrem Lichtstrahl schwebten die Federn durch den Raum, drehten sich um sich selbst und segelten langsam zu Boden.

Sie hatten Ikarus' Scheiterhaufen gefunden.

Bergmann hatte recht behalten.

Erst jetzt fiel Christine die Stille auf. Da knackte es an der Tür, als würde jemand auf einen trockenen Ast treten.

»Erik?«

Schweigen.

»Erik, gucken Sie sich das mal an«, rief sie in Richtung der geöffneten Tür.

Keine Antwort. Christine trat einen Schritt auf die Tür zu und lauschte nach draußen. Sie knipste die Taschenlampe aus und stand im Dunkeln. Nur von einem der Fenster drang schwach graues Licht in die Kammer.

Sie hörte ein leises Stöhnen. Dann das Geräusch eines fallenden Körpers, gefolgt von gedämpften Schritten auf grasigem Grund.

Eine Gestalt stand im Türrahmen. Das silberne Licht verschwand hinter ihr, als hätte sich eine Wolke vor den Mond geschoben.

Die Klinge in der rechten Hand des Fremden blitzte auf, als wäre sie auf wundersame Weise lebendig.

Ikarus war gekommen.

22

Die zerknüllte Blechdose flog gegen die Wand, prallte von ihr ab und verfehlte während ihres unkoordinierten Rückflugs Alberts Kopf nur haarscharf.

Er war sauer. Eigentlich war er sogar richtig wütend. Er behämmerte die Tasten seines Laptops wie ein irrsinniger Hufschmied.

Er fluchte. Er jammerte.

Christine war mit Bergmann aufgebrochen, und er war zurückgeblieben. Weil es angeblich zu gefährlich sei. Weil er darauf nicht vorbereitet war. Weil, weil, weil …

Eine ein Meter fünfundsechzig große Journalistin und ein dicklicher Rentner, der irgendwann mal im Osten Kommissar gewesen war – dieses Gespann wollte Ikarus an der Front zur Strecke bringen? Ohne ihn? Albert schlug mit der Hand auf die Tischplatte. Einfach lächerlich.

Leg dich hin, Kleiner, und schlaf schön. Ist schon spät. Christine hätte es ihm auch direkt ins Gesicht sagen können. Was wirklich dahintersteckte, konnte Albert nur ahnen. Christine sorgte sich um ihn, so, wie er sich um sie sorgte. Und weil sie beide Beschützer sein wollten, funktionierte ihr Zusammenspiel nicht. Völlig ausgeschlossen.

Albert schwitzte. Er öffnete die Knöpfe seines Hemdes und riss wütend die Verschlusslasche seines nächsten Energydrinks auf.

»Verdammtes Mistzeug«, murmelte er, lehnte sich in seinem Stuhl zurück und betrachtete die hin und her wabernden

Zahlenkolonnen auf dem Bildschirm des Laptops. Er hatte sich in das System einer finnischen Airline gehackt, die den einzigen Direktflug zwischen Ercolano und Turku in ihrem System hatte.

»Der Logarithmus einer Summe ist nicht die Summe der Logarithmen«, flüsterte er vor sich hin, drückte die F10-Taste und betrachtete die neuen Zahlenwirbel, die sich auf dem Bildschirm bildeten.

Ein Hacker ist ein einsamer Angreifer, der sich von Fast Food, Pizza und billigem chinesischem Essen ernährt. Ein gammliger Nerd, der womöglich noch mit Badelatschen durch den Alltag läuft. Albert war durchaus einmal ein Vertreter dieser Spezies gewesen, bevor ihn Christine aus dieser Welt befreit hatte. Er verdankte ihr viel. Nun fühlte er sich wieder zurückversetzt, ausgetauscht gegen Bergmann, und das nervte ihn ungeheuerlich.

»Sieh an, sieh an. Was haben wir denn da.« Es war eine Veränderung in seinen Tabellen, ein Wurm, der in den Zahlenkolonnen auftauchte. »Aha, ein kleiner, mieser Meilenjäger.«

Ein anderer Hacker war in demselben System wie er unterwegs, um sich mit Manipulationen Bonusmeilen zu erschleichen. Albert hasste diese Typen. Er war immer ein *grey hat* gewesen, ein Hacker, der gegen Gesetze verstieß, weil er ein höheres Ziel verfolgte. Aber niemals hatte er ein Zielsystem beschädigt oder Daten gestohlen, um sich dadurch zu bereichern.

»Raus mit dir, du mickriger Travel-Ninja«, zischte er und drückte acht Tasten gleichzeitig. Er war wütend, und der andere sollte das ruhig auch zu spüren bekommen. Albert kickte ihn aus dem System, und die Zahlen liefen wieder flüssig ohne Störungen über seinen Bildschirm.

Nach einer Weile hatte er die Bordlisten des Flugs nach Turku ausfindig gemacht und auf seinen Harddrive kopiert. Dreißig Minuten später legte er erschöpft den Kopf in die ausgestreckten Hände.

Nichts.

Auf dem Flug von Italien nach Finnland befanden sich gerade einmal drei Deutsche unter den Passagieren. Es handelte sich um einen behinderten älteren Mann, seine Frau und ein Kind. Ansonsten spuckte die Passagierliste nur italienische und finnische Namen aus. Natürlich musste man die auch alle überprüfen, ein schneller Erfolg erschien Albert allerdings unwahrscheinlich. Nun musste er seine Suche auch noch auf Flüge mit Zwischenstopps nach Finnland ausdehnen und die *Passenger Records* checken.

Wie gern hätte er einen Triumph vermeldet. Einfach nur, um Christine und Bergmann, vor allem Bergmann, eins auszuwischen. Wie ein stolzer Gockel war der alte Mann vorhin im Seehaus aufgelaufen und hatte sich mit seiner Entdeckung gebrüstet, ohne wirkliche Details zu verraten. Es war widerlich. Einfach nur widerlich.

Aber Albert hatte nichts zu bieten, mit dem er jemanden hätte beeindrucken können. Seine Hände waren leer. Er jagte die Chipskrümel von seiner Tastatur, lehnte sich zurück und schloss die Augen.

Da klingelte sein Handy. Der Name Ralf Breinert flackerte auf dem Display auf.

»Toll. Der hat mir gerade noch gefehlt.«

»Heidrich, kommen Sie sofort in die Redaktion. Es ist dringend. Verdammt dringend.« Breinerts Stimme an seinem Ohr wirkte angespannt. Und ernst, sehr ernst.

»Was ...«

»Kommen Sie so schnell wie möglich. Die Mordkommission ist auf dem Weg hierher. Albert, bitte …«

Er nannte ihn beim Vornamen. Breinert tat das normalerweise nie. *Mordkommission.* Es musste etwas Furchtbares passiert sein.

Mit dem Taxi brauchte Albert genau achtunddreißig Minuten bis in die Redaktion. Nun stand er vor Breinerts wuchtigem Schreibtisch. Der Chefredakteur saß in seinem schweren Ledersessel und drehte ihn immer wieder in kurzen Stößen von rechts nach links und wieder zurück. Er schwieg.

Eine Stehlampe warf ein weiches, bleichgrünes Licht gegen die Decke. Ansonsten lag das Büro im Dunkeln. Die Topfpflanzen, von Breinert lieblos an die Wand gedrängt, streckten ihre verästelten Arme aus. Albert hatte das Gefühl, er würde in einer Tauchglocke unter dem Meeresspiegel schweben. Er spürte einen merkwürdigen Druck auf seinen Ohren, ein dumpfes Pochen, das sich stimmig in sein Unterwasserweltszenario einreihte.

Er zuckte zusammmen, als er auch noch Tom Gobner, offensichtlich frisch frisiert und nach einem fruchtigen Eau de Toilette riechend, auf einem Stuhl in der Ecke entdeckte. »Was macht der denn hier?«, fragte Albert.

Breinert blinzelte Albert aus kleinen Augen an. Er gähnte und krempelte die Ärmel seines Hemdes nach oben, als würde er sich auf eine Schlägerei in seiner Lieblingsbar vorbereiten. Er seufzte und forderte Albert auf, sich zu setzen. »Tom ist mein Neffe.«

»Ach, natürlich. Klar. Ging ja auch hopphopp die Karriereleiter hinauf, was?« Albert hatte sich wirklich nicht im Griff. Sein Gerede war ihm im nächsten Moment total peinlich.

246

Unter normalen Umständen hätte Breinert bedrohlich gewirkt, doch er saß nur in seinem Stuhl zurückgelehnt da, die
Hände im Schoß gefaltet. »Um mal eines klarzustellen: Sie
wissen ja, dass Tom mit Sarah eine Beziehung hat. Das ist Ihnen bekannt, Heidrich. Meinen Sie, ich finde es amüsant,
wenn meine Moderatorin verschwindet und als Erstes mein
Neffe ins Visier der Fahnder gerät? Nein, das ist nicht lustig.
Deswegen, *auch* deswegen, lag mir natürlich daran, dass Sie
mit Christine Lenève die Spur aufnehmen. Ich kenne Ihre
Hackervergangenheit. Sehr gut sogar.«
Albert senkte den Kopf, obwohl in Breinerts Worten Respekt
mitschwang.
»Ich weiß, wie man ein gutes Team aufstellt. Das können Sie
mir glauben.« Breinert stand auf und ging zu einem der Fenster. Er spähte durch die heruntergezogene Jalousie, als würde
er jemanden erwarten. »Die Mordkommission hat mich vor
einer Stunde aus dem Bett geklingelt.«
Albert richtete sich auf. »Wieso das denn?«
»Sie haben einen meiner Mitarbeiter gesucht.«
»Wen?« Albert hatte keine Ahnung, worauf Breinert hinaus-
wollte.
»Sie. Die haben *Sie* gesucht, Albert.« Breinert drehte sich um
und stützte sich auf dem Schreibtisch ab. Er blickte Albert
direkt ins Gesicht.
Ihm war plötzlich ganz kalt. Sein rechtes Bein zuckte.
Immer wenn Albert als Kind aufgeregt gewesen war, hatte
sein Bein wie irre gewippt. Ferse, Bein und Knie bebten auf
und ab. Jahrelang hatte er den alten Tick unter Kontrolle gehabt. Er legte beide Hände aufs Knie und versuchte, es gewaltsam nach unten zu pressen. Es gelang ihm nicht.
»Albert, deine Freundin wurde gestern Vormittag fast umge-

247

bracht.« Tom Gobner flüsterte die Worte nur und wich Alberts Blick aus.

Wie ähnlich ihre Situation plötzlich war. Doch während Tom Gobner genügend Zeit hatte, mit Sarahs Verschwinden umzugehen, verfiel Albert in Schockstarre. Er konnte seine Gedanken nicht mehr kontrollieren. Sie schossen in alle Richtungen. Petras kluge Augen hinter ihrer Brille, ihre Empörung über Christine und ihr trauriger Gesichtsausdruck, als sie ihre gemeinsame Beziehung beendet hatte – die Bilder zerflossen in Alberts Kopf, ließen sich nicht fassen. »Petra …«

Breinert reichte Albert ein Glas Wasser. Er legte ihm die Hände auf die Schultern. In diesem Moment betraten zwei Beamte der Mordkommission den Raum. Der Ältere trug ein dunkelblaues Sakko über dem Arm. Er blieb vor Breinert stehen und stellte sich als Kommissar Tobias Dom vor. Im Schein der Lampe zeichnete sich unter seinem weißen Hemd in Höhe des Oberarms die dunkle Tönung einer Tätowierung ab. Das und seine halblangen Haare hätten Albert unter normalen Umständen amüsiert. Doch er schwieg.

Doms Kollege mit der standesgemäßen schwarzen Lederjacke blieb bei der Tür.

Breinert baute sich vor den beiden Männern auf. »Versuchen Sie hier keine krummen Touren, klar? Wenn ich nur einen Moment das Gefühl habe, dass hier was schiefläuft, sind Sie draußen, und mein kleines Heer von Ku'damm-Anwälten macht Sie fertig. Verstehen wir uns?«

Kommissar Dom nickte. Er mochte Mitte dreißig sein und war offensichtlich routiniert genug, um Breinert nicht zu widersprechen. Er ging vor Albert in die Knie und legte ihm eine Hand auf den Arm. »Sie lebt. Der Täter, wer immer es war, hat versucht, sie zu erwürgen. Aus irgendeinem Grund ist es ihm nicht gelungen.« Er wählte seine Worte mit Bedacht. »Sie wurde … vergewaltigt. Sie ist im Krankenhaus. Sie wird es schaffen.«

Albert sprang von seinem Stuhl auf. Er hätte erleichtert sein müssen, aber er fühlte nur ein dumpfes und schweres Gefühl in seinem Magen, als hätte er eine Bleikugel verschluckt. »Ich muss zu ihr. Sofort. Ich muss ins Krankenhaus, bitte …«

Dom drückte ihn behutsam in den Sessel. Das Leder knirschte, als Albert sich wieder setzte. »Herr Heidrich, wir müssen jetzt erst mal alles rekonstruieren. Herr Breinert hat mir schon einiges erzählt. Dieser Fall, an dem Sie arbeiten – es könnte ein Zusammenhang bestehen. Erzählen Sie mir jetzt alles. Wirklich alles. Wer immer es war, wir müssen ihn stoppen, bevor er wieder zuschlägt. Das wollen Sie doch auch, oder?«

Albert wusste nicht mehr, was er wollte. Christine anrufen und ihr alles erzählen, Petra im Krankenhaus besuchen – oder einfach weglaufen und sich irgendwo verstecken, bis sein Kopf wieder klar war. Doch er blieb nur auf seinem Stuhl sitzen. Mechanisch kamen die Worte über seine Lippen. Er fügte alle Ereignisse zusammen, die er in den vergangenen Tagen erlebt hatte. Sein System lief auf Autopilot. Ikarus. Die Kiste. Die Asche. Die Filme. Die Federn. Erik Bergmann. Magdalena Wagner. Die Bilder der Beerdigung. Petra. Der Streit. Bergmanns unerklärte Entdeckung.

Er redete minutenlang, ließ nichts aus. Ihm war, als hätte er seinen Körper verlassen und guckte nun von der Decke auf die Hülle hinab, die er einmal ausgefüllt hatte.

Dom schrieb kein Wort mit. Er hörte nur zu und verarbeitete. An einigen Stellen nickte er. Breinert und Gobner schwiegen, warfen sich aber immer wieder Blicke zu, die Albert nicht zu deuten verstand. Ratlosigkeit oder Entsetzen, alles wäre möglich gewesen.

Dann war Albert fertig. Mit heiserer Stimme fragte er: »Wie geht es ihr? Seien Sie ehrlich, bitte. Ich habe Ihnen doch alles erzählt, was ich weiß.«

Dom richtete sich auf und nickte kurz. »Ihre Freundin hat sich vor die Wohnungstür geschleppt. Nachbarn haben sie gefunden. Sie kann nicht sprechen. Ihr Kehlkopf ist stark gepresst. Hirnschäden durch den vorübergehenden Sauerstoffentzug haben die Ärzte bisher nicht festgestellt. Es wird vergehen. Hoffentlich.«

Tränen schossen Albert in die Augen. Sein Körper schüttelte sich unter Krämpfen. Vor ein paar Tagen waren Petra und er noch ein Paar gewesen. Das alles hier fühlte sich unwirklich an, und doch waren die Ereignisse real.

Breinert ging einen Schritt nach vorn und stellte sich schützend vor Albert. »Genug jetzt. Sie sehen doch, das bringt nichts mehr.«

Dom holte tief Luft. Er wollte noch etwas sagen. Die tiefen Sorgenfalten auf der Stirn des Kommissars entgingen Albert nicht. Der Überfall auf Petra konnte kein Zufall sein, gerade jetzt, wo sie einen Serienmörder jagten. Er richtete sich auf. »Nein. Da ist noch was. Ich spüre es. Sie haben mir nicht alles verraten.«

Niemand im Büro sagte ein Wort. Dann nickte Dom seinem Kollegen zu.

»Eine Feder. Wir haben eine Feder am Tatort gefunden«, verkündete der Mann in der Lederjacke.

Obwohl er in seinem Innersten die Wahrheit schon längst geahnt hatte, explodierte Albert. Er sprang von seinem Stuhl auf, der krachend auf den Boden schlug.

Gobner zuckte zusammen. Breinerts Mund stand weit offen. Der Beamte in der Lederjacke wollte Albert festhalten, doch Dom winkte ab.

Albert trat ganz dicht an den Kommissar heran. »Eine Feder? Eine Feder?«, schrie er ihn an.

»Ja«, sagte Dom leise. »Sie haben bei Ihren Nachforschungen wohl in die richtigen Stellen gestochen. Sie werden angegriffen.«

Albert ballte die Fäuste und starrte sie alle an: Breinert. Gobner. Dom. Den Mann in der schwarzen Lederjacke.

Wir werden angegriffen. Die Worte hämmerten in seinem Kopf. *Er greift uns an.*

Dom zog langsam sein Jackett über. Er blickte zu Boden und rieb sich die Hände. »Diese Christine Lenève, wir müssen rauskriegen, wo sie jetzt ist.«

23

Ikarus wirkte wie eingefroren. Reglos. Abwartend.
Er stand im Türrahmen und schien Christine zu analysieren. Seine Gegnerin. Sein Opfer.
Ikarus sah alles. Die geöffneten Schubladen des Containers. Die Federn auf dem Boden. Er nahm es mit eisiger Gelassenheit wahr. Sein Gesicht hatte er unter einer Skimaske verborgen, nur die Augen und der Mund, die durch die Aussparungen in der Wolle zu erkennen waren, wirkten lebendig. Sein kräftiger Brustkorb zeichnete sich unter dem eng anliegenden schwarzen Pullover deutlich ab. Seine Muskeln waren wie gespannte Stahlfedern. Er öffnete den Mund ein wenig. Leise sog er die Luft ein und stieß sie wieder aus. Das Messer in seiner Hand, eine breite, monströse Klinge, verlängerte wie natürlich seinen Arm.
Christine konnte die bevorstehende Explosion spüren. Ihr Herz pumpte das Blut durch die Adern. In ihren Ohren rauschte es. Christines Unterlippe zitterte. Sie biss hinein, als könnte sie so das Beben stoppen und ihre Aufregung verbergen.
Sie blickten sich an.
Zwanzig Meter lagen zwischen ihnen.
Christine prüfte instinktiv alle Fluchtmöglichkeiten. Durch die Tür konnte sie es nicht schaffen. Ikarus würde sie vorher überwältigen. Es waren vielleicht dreißig Schritte. Christine hatte die Distanz geschätzt. Dreißig unmögliche Schritte. Eine unendlich weite Strecke.

Erik Bergmann lag still hinter Ikarus auf dem Boden. Wahrscheinlich tot. Ikarus hatte ihn wohl von hinten niedergestochen, als der alte Kommissar die Fenster der Wildkammer aufgestemmt hatte.

Die Fenster.

Das nächste befand sich zu dicht an der Tür. Es war ohnehin zu hoch, um mit einem Satz ins Freie zu gelangen. Völlig aussichtslos.

Ikarus starrte Christine hinter seiner schwarzen Skimaske an. Sie spürte seinen Blick, den stillen, gewalttätigen Hass, der von seinen Augen ausging. Er würde sie töten. Es musste nicht laut ausgesprochen werden.

Auf seinen wollumrandeten Lippen lag ein feines Lächeln, als er kurzen, gelassenen Schritts auf sie zuging. Ganz geschmeidig – wie ein hungriges Raubtier, das sich an der Angst seines Opfers labt.

Schritt für Schritt. Immer näher.

Christine hätte ihren Fluchtinstinkten nachgeben können. Sie spürte das Zucken in ihren Oberschenkeln. Sich umdrehen und einfach fortlaufen – es wäre so einfach gewesen. Aber sie durchschaute seinen Plan. Ikarus wollte sie in Panik versetzen und weiter in die Wildkammer hineintreiben, weg von der Tür. Sie schloss die Augen. Ruhe. Konzentration. Kontrolle. Die Angst nach unten drücken. Sie beherrschbar machen. Ihr Vater hatte es sie gelehrt.

Einen Moment später war sie bereit.

Neben ihr der Zerlegetisch, die Messer an einer viel zu weit entfernten Wand. Die Regale teilten den Raum, machten ihn unübersichtlich. Hindernisse. Dunkle Ecken. Fluchtpunkte. Christine speicherte alles ab. Dann verlagerte sie ihr Gewicht kaum merklich nach hinten und spannte die Muskeln an.

253

Mit aller Kraft warf sie die Taschenlampe auf Ikarus. Es war ein guter Wurf. Fast hätte sie ihn am Kopf erwischt, doch er war blitzschnell abgetaucht.

Die Taschenlampe prallte gegen die Wand und trudelte über den Boden. Christine sprang hinter ein Regal. Sie brauchte Abstand, Gegenstände, die sie zwischen sich und Ikarus bringen konnte.

Ihre katzenhafte Bewegung hatte ihn offensichtlich überrascht. Doch nun war er am Zug. Mit lautlosen Schritten lief Ikarus auf das Regal zu und brachte es mit einem Stoß zum Kippen. Es krachte auf den Boden. Aufbrechhaken, Wildwannen und Schneidbretter polterten durch die Wildkammer. Doch Christine war längst verschwunden.

Sie verbarg sich hinter dem nächsten Regal. Es stand mitten im Raum. Christine duckte sich dahinter, spähte vorsichtig zwischen den Metallstreben hindurch, versuchte, ihren Gegner zu lokalisieren, seine nächste Aktion zu erahnen.

Die Wolken vor dem Mond zogen weiter, durchs Fenster drang weiches Licht, doch von Ikarus keine Spur. Regen schlug gegen die Scheiben. Das Rauschen des Windes drang in die Wildkammer. Christine konnte ihren eigenen Herzschlag hören. Ikarus machte keine Geräusche. Sie würde ihn dazu zwingen müssen. In ihrer Hosentasche spürte Christine die Cornflakes. Sie zog sie heraus. Ein paar der Krümel fielen lautlos neben ihr zu Boden. Sie warf die harten Flocken so unter dem Regal hindurch, dass sie wie ein Fächer weit über den Raum verteilt lagen. Ein falscher Schritt, und sie würde wissen, wo Ikarus sich befand. Sie wartete und hörte das knackende Geräusch. Direkt neben ihr.

Zwei schwere Arme packten sie von hinten und pressten ihr die Luft aus der Lunge. Ein Ruck ging durch ihren ganzen

Körper. Ikarus hatte sich von hinten angeschlichen. In der rechten Hand hielt er die Klinge gefährlich nah an ihrem Hals. Sie wand sich, sie warf ihren Oberkörper hin und her. Vergeblich. Ikarus war stark. Er war groß. Er beugte seinen Kopf hinab. Seine leise Stimme tönte direkt an ihren Ohr.

»Wehr dich nicht. Es tut nur einen Moment weh.«

Er schleppte sie quer durch die Kammer, sein warmer Atem immer an ihrem Ohr. Er roch nach Schweiß. Die gespannten Muskeln seiner Arme lagen wie ein Schraubstock über ihrer Brust.

Christine trat wild um sich. Ikarus lief mit ihr auf eine Wand zu. So sah es zumindest aus. Erst als sie den Kopf hob, verstand sie.

Die Fleischhaken hingen direkt unter der Decke. Am Ende der Laufschiene. Er würde sie aufspießen.

Im nächsten Moment hob er Christine in die Höhe, als wollte er ihr die Logik ihrer Gedanken bestätigen. Ein Stahlhaken baumelte vor ihrem Gesicht, berührte sie an der Wange. Das Metall auf ihrer Haut war eiskalt.

Er hob sie noch ein wenig höher, so dass der Haken direkt vor ihrem Brustkorb hing. Er würde ihr das Metall durch die Rippen treiben, sie ausbluten lassen wie ein erlegtes Tier und sie dann verbrennen. Wie all die anderen. Vielleicht würde er am Ende mit einem Lächeln ihre Asche in eines der kleinen Fläschchen füllen und den Kopf schütteln über ihre lächerlichen Versuche, ihn zu stoppen.

Einen Moment lang sah Christine Henriette Wagner vor sich, wie das Mädchen auf dem Schwebebalken in der Turnhalle die Balance hielt, bevor ihr Leben zerstört wurde. Und dann überkam sie die Wut. Christine riss beide Beine hoch und stemmte sie gegen die Wand vor ihr. Instinktiv erhöhte sie den Druck und presste den Rücken mit aller Gewalt gegen Ikarus' harte Brust.

Und sie schrie. Sie brüllte ihren ganzen Zorn heraus, bis die Luft in ihrer Lunge verbraucht war. Ihr Schrei hallte von den gefliesten Wänden der Wildkammer wie ein wütendes Echo wider.

Sie fiel – und mit ihr Ikarus. Sie landeten beide auf dem Boden. Das Messer fegte über den Beton. Ikarus war ohne Waffe. Er lag auf dem Rücken.

Christine rollte sich zur Seite, die Taschenlampe kam in ihre Reichweite. Ein schneller Griff, und sie hatte sie in der Hand. Ohne Zögern schlug sie mit der Lampe auf Ikarus' Schädel ein, der sich unter der wollenen Skimaske verbarg.

Einmal. Ein zweites Mal mit mehr Kraft. Sie führte die Lampe wie einen Hammer.

Ikarus atmete schwer, er kam nicht auf die Beine, fegte ihr aber mit einer kurzen Bewegung die Lampe aus der Hand. Er holte stoßweise Luft und sammelte sich für die nächste Attacke.

Christine kroch auf allen vieren über den Boden. Umgekippte Regale, Seile, Schrauben und Pappkartons lagen vor ihr verstreut herum. Sie klammerte sich an den massiven Metallcontainer neben ihr, den Ort, an dem Ikarus die Asche seiner Opfer gesammelt hatte. Sie zog sich an den Schubladen hoch, Lade für Lade, bis sie wieder aufrecht stehen konnte.

Und da war er.

Ikarus stand ihr in gebückter Haltung gegenüber wie ein wildes Tier, das zum Todessprung ansetzt.

Christine packte den Griff einer Schublade. Sie zog daran, vielleicht, um ihrem Angreifer das Metall gegen den Kopf zu rammen oder nur, um das Gefühl zu haben, überhaupt etwas in den Händen zu halten. Die Schublade krachte polternd aus dem Schrank. Braune Glasflaschen schlugen klirrend gegeneinander, bevor sie auf dem Beton zerbarsten. Die Asche der toten Mädchen staubte durch die Wildkammer. Jahrzehntealter, grauer Staub, der einmal lebendig gewesen war.

Ikarus hielt inne und schrie auf. Christine verstand. Seine Trophäen wurden vor seinen Augen zerstört, seine Kunst entwürdigt. Er war rasend. Selbst die Skimaske über seinem Gesicht konnte das nicht verbergen.

Er machte einen unkontrollierten Satz und holte zu einem Schlag mit der Faust aus, als wollte er Christine das Gesicht zerschmettern.

Sie versuchte, unter der Faust abzutauchen. Sie ging in die Hocke. Der Schlag streifte ihre Stirn. Ikarus wurde nach vorn gerissen. Er stürzte über sie und schlug hart auf dem Boden auf. Im Fallen griff er in die Scherben der zerstörten Flaschen. Sein Schrei war furchtbar. Blut tropfte von seiner Hand, doch nur einen Moment später stand er schon wieder auf den Beinen. Zitternd vor Wut, wankend. Doch selbst in diesem Zustand ließ er Christine keine Sekunde aus den Augen. Er streckte ihr beide Hände entgegen.

»Ich zeige dir die Angst. In einer Handvoll Asche.« Die Worte stiegen wie geschliffene Rasierklingen aus seinem Mund.

Christine zitterten die Knie. In ihrem Kopf dröhnte es, immer wieder verschwammen die Bilder vor ihren Augen. Sie lief rückwärts, tastete sich an den kalten Fliesen entlang. Abstand. Sie brauchte mehr Abstand.

Doch Ikarus kam immer näher.

Er streckte seine Arme weit nach ihr aus – wie ein hilfloses Kleinkind, das nach seiner Mutter verlangt. Wenn sie jetzt nicht handelte, war sie tot.

Sie tat ein paar schnelle Ausfallschritte nach links und griff nach den Kanten des Zerlegetischs. Die rostigen Rollen unter dem Gestell gaben mühsam nach. Sie riss den Tisch mit einer Drehung über den Boden. Die Rollen polterten dumpf, doch dann stand der Tisch zwischen ihr und Ikarus. Unter der Skimaske sah sie sein Lächeln, als würde er sie verhöhnen. Mit aller Gewalt rammte sie ihm die Tischkante in den Magen. Ein hilfloser Versuch, der Ikarus nicht beeindruckte.

Stillstand.

Zwei Meter und der Zerlegetisch trennten sie.

Ikarus starrte sie an. Dann öffnete der Mann, der so viele Leben zerstört hatte, den Mund im Loch seiner Skimaske.

»Ihr … werdet mich nicht stoppen. Ihr werdet … beide hier sterben. Wie die anderen auch. Genau wie die anderen.«

Christine zischte: »Dafür bist du nicht gut genug. Schwächling …« Sie konnte nur noch mit Worten angreifen und hoffen, dass ihre Provokation ihn unvorsichtig machte.

Er blickte sie überrascht an. Nur einen Moment.

Dann zog er den Tisch mit einer kraftvollen Bewegung zur Seite. Die Rollen polterten über den Boden. Zwischen ihnen gab es kein Hindernis mehr.

»Du wirst fliegen.«

Der sachliche Ton seiner Stimme schmerzte Christine mehr als ein Schlag ins Gesicht. Sie rang nach Luft. Es gab nichts, was sie noch hätte sagen können. Sie ließ die Schultern hängen und wartete. Er sollte ihre Hilflosigkeit spüren. Er sollte sich sicher fühlen. Sie aber hatte sich längst für die Messer an der Wand entschieden. Alles auf eine Karte. Sie würde schnell reagieren müssen. Die nächste Bewegung zählte.

Da bemerkte sie die Konturen eines Mannes am Eingang der Wildkammer.

Erik Bergmann.

Mit einer Hand hielt er sich gebückt am Türrahmen fest, die Makarow in der anderen Hand.

Er lebt. Mein Gott, er lebt.

Christines Herz machte einen Riesensprung, dann ließ sie sich fallen und kroch über den kalten Boden. Aus den Augenwinkeln sah sie Ikarus, der nun Bergmann fixierte, die größere Gefahr.

Der erste Schuss krachte so laut, dass er die Wildkammer zum Vibrieren brachte. Die Kugel schlug in der Wand neben Ikarus' Kopf ein, wo sie die weißen Fliesen zerfetzte. Feine Splitter rieselten auf ihn herab.

Bergmann versperrte mit seiner Waffe den Eingang. Er keuchte schwer. Seine Hand zitterte, er konnte die Makarow kaum noch halten. Sein Kopf war gesenkt.

Ikarus schien die Situation zu analysieren. Seine Augen wanderten hinter der Skimaske zwischen Christine und Bergmann hin und her.

Christine wusste, dass Bergmann mit seiner Waffe gefährlich war, solange genügend Distanz zwischen ihm und Ikarus lag. Im Nahkampf hatte der verletzte alte Mann keine Chance.

Ikarus war wohl zu demselben Schluss gelangt. Mit einem lauten Schrei rannte er auf Bergmann zu. Er machte sich nicht einmal die Mühe, Haken zu schlagen, um ein schwierigeres Ziel zu bieten. In gerader Linie sprintete er auf seinen alten Feind zu.

Bergmann schoss. Der Knall dröhnte in Christines Ohren.

Daneben.

Noch einmal.

Die Kugel schlug knapp neben Christines Bein ein und riss dort den Beton auf.

259

Der Kampf wurde jetzt entschieden, in dieser Sekunde.

Ikarus rammte seinen Kopf gegen Bergmanns Stirn. Die Makarow flog in hohem Bogen durch die Kammer und blieb vor Christines Füßen liegen.

Bergmann brach wimmernd zusammen.

Christine packte die Waffe. Der kalte Stahl lag ruhig in ihren Händen. Konzentration. Sie zog den Abzug der Makarow ohne zu überlegen durch.

Die Kugel schlug im Türrahmen ein.

Der Knall hallte durch die Kammer, ebbte langsam ab und erstarb.

Unter Christines Schuhen knirschten die Cornflakes. Sie hörte ihren Atem. Mit beiden Daumen spannte sie den Hahn der Waffe, wie sie es einmal bei ihrem Vater gesehen hatte.

Das leise Klicken ließ Ikarus herumfahren.

Sie würde ihn töten, wenn sie könnte.

Das wusste er.

»Komm schon«, flüsterte Christine.

Dann schrie sie ihn an: »Komm schon!«

Doch Ikarus ging.

Er hechtete durch den Türrahmen und gelangte in einen Winkel, in dem ihn Christine unmöglich treffen konnte. Langsam entfernten sich die dumpfen Schritte auf dem feuchten Erdboden. Sie hetzte zur Tür. Die Konturen des Mannes verschwanden hinter den Bäumen.

»Lass ihn nicht ... abhauen. Mach ihn fertig ... erschieß das Schwein ...« Bergmann lag zusammengekrümmt seitlich auf dem Boden. Das Blut auf seinem Hemd nahm fast den ganzen Oberkörper ein. »Bitte ... Christine ...«

Sie war erschöpft. Kaputt. Aber sie war eine ausgezeichnete Läuferin. Sie würde es vielleicht schaffen. Sie könnte Ikarus einholen. Sie blickte auf Bergmann hinab. Speichel lief ihm aus den Mundwinkeln. Er würde sterben.

»Nein, Erik. Nicht so. Ich lass dich hier nicht liegen.«
Bergmann lächelte sie an.

»Wir ... duzen uns jetzt? Schön ...«
Dann verlor er die Besinnung.

24

Christine brauchte über eine Stunde mit dem klapprigen Fiat. Immer wieder hielt sie an und horchte, ob Bergmann, der zusammengekauert hinter ihr auf dem Rücksitz lag, noch atmete.

»Erik, kannst du mich hören? Sprich mit mir. Sag doch etwas, bitte!«

Doch Bergmann schwieg.

Über mehrere Umwege erreichte sie schließlich ein Klinikum. Nun saß Christine in einem der langen Gänge mit gelblich fahlem Licht. Fünf Ärzte umringten Bergmann. Es herrschte ein Durcheinander aus weißen und grünen Kitteln, hektischen Handbewegungen und Kommandos, die sie nicht verstand. Ein weiterer Arzt wurde aus dem Bett geklingelt. Sie alle kämpften auf der Intensivstation um das Leben des Mannes, den sie, wenn sie ehrlich war, trotz seiner ruppigen Art irgendwie liebgewonnen hatte. Ein kleines Wunder, wenn man bedachte, wie schwer es war, auch nur einen Zentimeter ihres Herzens zu erobern.

Nun lag Bergmann im Sterben.

Christine atmete tief aus. Ihre Hände waren schmutzig. Zwei Nägel waren abgebrochen. Unter den restlichen hatten sich schwarze Erde und Blut festgesetzt. Kleine dreckige Finger. Finger, mit denen sie seit Jahrzehnten Klavier spielte. Finger, mit denen sie Briefe an ihren Vater geschrieben hatte, mit denen sie zärtlich war oder als junges Mädchen Papierflugzeuge gebastelt hatte, die nie richtig fliegen wollten. Ihre Finger hatten vieles getan. Auch weniger Schönes, Schreckliches. Heute hatten sie eine neue Erfahrung gemacht.

Sie ballte die Finger zu Fäusten. Diese Sache war noch längst nicht zu Ende.

In der Luft hing der Geruch von altem Schweiß. Er brannte in Christines Nase. Sie blickte auf. Vor ihr stand ein Arzt in grünem Kittel. Die Haube auf seinem Kopf unterstrich sein kantiges Gesicht. Der Mundschutz baumelte unter seinem Kinn, als er Christine vorsichtig fragte: »Sind Sie seine Tochter?«

»Nein, eine … Freundin«, antwortete sie knapp. »Es steht schlimm um ihn, oder? Sehr schlimm?«

Der Arzt setzte sich neben sie und faltete beide Hände in seinem Schoß. »Wissen Sie, wer immer das getan hat, wusste genau, wie man vorgeht. Herr Bergmann wurde von hinten niedergestochen, schräg nach oben durch die Rippen in die Lunge. Dann gibt es noch zwei Einstiche im vorderen Bereich des Magens. Es ist neben dem vielen Blut auch Magensäure ausgetreten, die zu Verätzungen führt. Ich will ganz ehrlich sein: Es sieht nicht besonders gut aus.«

Christine blickte zu Boden. »*Merde, merde, merde …*« Ihre Augen füllten sich mit Tränen.

»Ich möchte Ihnen nicht zu nahe treten, aber Sie sehen völlig erschöpft aus. Soll ich Ihnen ein Zimmer richten lassen? Wollen Sie hier schlafen? Ich habe ja schon Ihre Ausweise, aber morgen früh muss die Polizei kommen, um alles zu protokollieren. Eigentlich müsste ich sie schon jetzt rufen.«

Christine hob den Kopf. »Ich will ihn sehen.«

Bergmann blickte sie aus grauen, leblosen Augen an. Seine buschigen Haare lagen wie ausgestreckte Fühler auf dem Kopfkissen. Die Laken umhüllten ihn wie Leichentücher. Seine Herzfrequenzkurve auf dem Monitor war nur ein kleiner Punkt, der flach über einer Linie schwebte und jeden Moment verlöschen konnte. Zahlreiche Schläuche verbanden seinen Körper mit Maschinen, deren Funktion Christine nicht kannte. Der dicke, durchsichtige Doppelschlauch in seiner Nase vibrierte bei jedem Atemzug.

Christine ergriff Bergmanns Hand und hielt sie so fest, als wollte sie den Leib des alten Mannes den Händen des Todes entreißen. Tränen liefen ihr übers Gesicht. Sie legte den Kopf auf seine Schulter. Sie atmete ein, was Erik Bergmann war – ein süßlicher Geruch, an den sie sich noch Jahre später erinnern würde.

Dann spürte sie einen kaum merklichen Druck an ihrer Hand. Sie hob den Kopf.

Auf Bergmanns Gesicht lag ein dünnes Lächeln. Er blickte ihr in die Augen. Seine Haut war durchscheinend wie Porzellan. Darunter zogen sich seine Adern wie feine bläuliche Linien entlang. Bergmanns Lippen zitterten.

»Nicht ... schlimm ... nicht weinen ...« Seine Stimme war ein feines, weit entferntes Rauschen.

Christine weinte noch mehr. Der salzige Geschmack der Tränen lag auf ihren Lippen. Mit der Hand strich sie Bergmann über die Stirn. »Erik, es tut mir so leid. Wenn du nur wüsstest, wie leid es mir tut. Ich werde Ikarus kriegen. Ich kriege ihn. Ich verspreche es dir. Egal wie. Wir schaffen das.«

Er blickte sie konzentriert an. Seine Pupillen weiteten sich. »Sei ... vorsichtig ...«

Es waren die letzten Worte, die er in seinem Leben sprach.

Seine Hand begann zu zittern. Er drehte den Kopf und betrachtete seine Finger. Das Schütteln wurde immer stärker.

Erik Bergmann beobachtete sich selbst beim Sterben.

Und dann war es vorbei. Die Hand fiel schlaff auf das Laken. Seine toten Augen starrten an die Decke. Und was immer diesen Körper bewohnt hatte, es verließ ihn mit einem Geräusch, das an raschelnde Blätter im Wind erinnerte.

Das Herzfrequenzgerät piepte laut. Christine stand auf und ging. Der hohe Ton schrillte in ihren Ohren und begleitete sie durch die Flure des Klinikums.

25

Es war Sonntagmorgen. Die Sonne schien durch die Fenster des Seehauses. Christine hatte sechs Stunden geschlafen, doch es war kein natürlicher Schlaf gewesen. Mit drei Tabletten hatte sie ihren Geist und ihren Körper komplett deaktiviert. Sie hatte schlafen müssen, irgendwie. Es ging nicht anders. Doch im Grunde hatte sie einfach die Realität nicht mehr ertragen können, als sie in das stille Seehaus zurückgewankt war.

Minutenlang starrte sie an die weiße Decke. An dem Tag, an dem ihr Vater gestorben war, hatte es geregnet. Umso unnatürlicher erschien ihr die Sonne an diesem Morgen. Sie passte nicht zu den Erlebnissen der vergangenen Nacht.

In ihrem Kopf war ein dumpfes Hämmern. Ihre Muskeln schmerzten bei jeder Bewegung. Christine hatte keine Tränen mehr. Nach einer Weile wand sie sich aus den Laken.

Sie griff nach ihrem Handy. Als sie die Lautstärke des Gerätes nach oben drehte, erschrak sie. Dreiundzwanzig eingegangene Anrufe. Dreiundzwanzig. Dann erst bemerkte sie, dass sie nicht allein war.

Albert saß in einem der Korbsessel. Sein Hemd ließ Schweißflecken unter den Achseln sehen. Tiefe Falten zogen sich über seine Stirn. Seine Augen waren tiefrot geädert. Er hatte geweint. Schweigend blickte er sie an. Seine Hände lagen ganz ruhig auf den geflochtenen Armlehnen.

Christine richtete sich auf. »Albert, meine Güte …« Ihre Stimme klang verraucht und brüchig. Mühsam kletterte sie aus dem Bett, um ihn zu umarmen. Er wischte sie mit einer kurzen Handbewegung beiseite.

»Lass das, Christine. Fass mich nicht an.« Alberts Lippen waren nur noch ein schmaler Strich. Er kniff die Augen zusammen. »Jemand hat versucht, Petra umzubringen. Er ist eingedrungen … in ihre Wohnung. Vergewaltigt … Er hat sie vergewaltigt … und wollte sie erwürgen.« Die Worte kamen bruchstückhaft und flach aus Alberts Mund. »Und weißt du, was er dagelassen hat? Willst du es wissen?« Albert stand auf und brüllte: »Willst du wissen, was für eine gottverdammte Scheiße er zurückgelassen hat? Du bist doch so superschlau. Kommst du nicht drauf?«

»Albert …«

»Eine Feder, Christine. Eine Feder!«

Christine ging zur Tür des Seehauses. Fast hätte sie das Gleichgewicht verloren. Sie öffnete sie und blickte in den Himmel. Eine kalte Welle durchzuckte ihren Körper, die es ihr unmöglich machte, zu antworten oder zu denken. Sie zitterte. Sie berührte die Träger ihres Unterhemdes und senkte den Kopf.

Albert stand hinter ihr. Er schluchzte. »Wo warst du denn die ganze Nacht? Ich habe versucht, dich zu erreichen. Wie siehst du überhaupt aus? Die Kripo war da und hat mich die ganze beschissene Nacht verhört. Die haben meine Eltern angerufen. Ich war bei Breinert und … Mein Gott, Petra liegt in der Charité. Sie wäre fast draufgegangen. Sie steht unter Schock, sie sagt kein Wort und …«

Christine drehte sich zu ihm um. Sie strich ihm über den Kopf und drehte sein lockiges Haar zwischen ihren Fingern. »Es tut mir so leid. Das alles tut mir so schrecklich leid.«

Albert wandte sich zur Seite und hob eine Hand, als wollte er

267

Christine damit auf Abstand halten. »Das war's. Ich bin fertig mit dieser ganzen Nummer hier. Petra hatte recht. Ich hätte mich nie auf diesen Mist einlassen sollen. Ikarus greift uns an. Verstehst du? Der macht uns fertig. Er jagt uns. Wir sitzen hier und basteln uns irgendeinen Dreck über Fälle zusammen, die vor über zwanzig Jahren passiert sind. Ich hacke mich in sinnlose Passagierlisten, und das Schwein macht uns in der Zwischenzeit einfach von hinten fertig.« Er zerknüllte die Papiere auf dem Tisch mit beiden Händen und warf sie auf den Boden.

Eine Papierkugel landete wie in Zeitlupe vor Christines Füßen. Die schwarzen Buchstaben auf dem Papier wirkten verzerrt.

Sie nickte. »Wir sind ihm gestern begegnet. In der Wildkammer. Er hat Erik erwischt. Ich habe ihn in ein Klinikum gebracht. Erik ist auf der Intensivstation gestorben. Ikarus ist entkommen.«

Alberts Gesicht war erstarrt. Es hätte eine andere Sprache sein können, in der sich Christine ihm mitteilte.

»Bist du verrückt? Kapierst du's endlich? Wie soll das denn gutgehen? Erik Bergmann ist tot. Tot, Christine. Er wird nie wieder zurückkommen. Wir sind am Ende. Erledigt. Diese Geschichte zerstört unser Leben. Du bist Journalistin und keine verdammte FBI-Agentin. Oder meinst du, nur weil du diesen Irren in Italien gestellt hast, kannst du es jetzt mit jedem aufnehmen? Glaubst du das? Ich bin nur ein kleiner Wirtschaftsjournalist. Mehr nicht. Ich will auch nicht mehr sein. Mir reicht das. Und Petra, mein Gott, Petra, sie wird sich nie wieder davon erholen. Wir haben ihr Leben zerstört, und ich habe auch noch mit dir geschlafen. Wie konnte ich ihr das nur antun? Wie konnte ich das nur tun?«

Er schlug die Hände vors Gesicht und rang mühsam um Atem. Kehlige Laute drangen aus seinem Rachen. Nur allmählich erlangte er die Kontrolle über sich zurück.

Christine wandte sich ab und starrte aus dem Fenster. Am Himmel zog ein Schwarm Kraniche vorüber. Mit langsamen, kraftvollen Flügelschlägen verschwanden die Vögel und gaben ihre gewohnten Reviere auf. Einfach fortgehen – es wäre so einfach gewesen. Doch allein der Gedanke war Christine wesensfremd. Wenn sie aufgab, war dies auch das Ende von Sarah Wagner. Da war sie sich sicher. »Petra hat Ikarus gesehen. Wir müssen sie befragen. Wir müssen zu ihr. Jetzt. Sofort.«

Albert schüttelte den Kopf. »Hast du mir denn nicht zugehört? Kapierst du's nicht? Kapierst du überhaupt noch was? Ikarus hat gewonnen. Es ist aus, und ich bin raus, Christine. Für immer, falls du verstehst, was ich meine. Ich hätte dir nie wieder begegnen dürfen. Du bist wie ein Fluch in meinem Leben. Wer in Kontakt mit dir kommt, geht drauf. Petra hatte mich gewarnt. Ich habe es jetzt verstanden. Spät, aber immerhin. Ich möchte dich nie wiedersehen. Nie wieder. Hast du mich verstanden? Ich kann es nicht einmal mehr ertragen, mit dir in diesem Raum zu sein.«

Christine hatte verstanden. Sie nickte.

Albert nahm es nicht mehr wahr. Den Laptop unterm Arm, rannte er schon aus dem Seehaus.

Christine ging zur Tür und blickte ihm nach, wie er im Morgenlicht des warmen Oktobertages verschwand.

Dann brach sie zusammen.

26

Der falsche Himmel über ihr war weiß und konturlos. Sie hörte einen Vogel zwitschern. Helle Vorhänge flatterten vor den Fenstern. Das laute Ticken einer Uhr dröhnte ihr in den Ohren. Christine blinzelte.

»Ruhig, Kindchen, ganz ruhig. Keine Aufregung.« Magdalena Wagner beugte sich über sie und tupfte ihr die Stirn mit einem feuchten Lappen ab.

»Wie lange war ich weg?«, fragte Christine.

»Vier Stunden. Unser Hausmädchen hat Sie am Seehaus gefunden. Mein Arzt hat Ihnen ein Schlafmittel gespritzt. Sie haben phantasiert und um sich geschlagen. Sie haben mich sogar am Kinn erwischt.« Sie zeigte auf eine Stelle unter ihrer Lippe. Dann wrang sie den nassen Lappen über einer Silberschale aus.

»Ich muss aufstehen. Ich kann hier nicht liegenbleiben.« Magdalena Wagner schüttelte den Kopf so bestimmt, dass Christine sich auf das Kissen zurückfallen ließ. Magdalena Wagners edles, aristokratisch anmutendes Gesicht bekam einen sorgenvollen Zug.

»Christine, ich weiß, was passiert ist. Ich habe Albert vorhin am Tor getroffen, und Ralf Breinert hat mich angerufen. Die Polizei war auch schon hier. Ich bin informiert, und genau deswegen gebe ich Ihnen jetzt einen Ratschlag: Bleiben Sie liegen. Vergessen Sie Ikarus. Es sollte gerade mir schwerfallen, das zu sagen. Sarah ist noch immer verschwunden, und mit jedem weiteren Tag sinkt meine Hoffnung. Sie verstehen, was ich meine. Sie waren meine Kinder, beide. Ich habe sie verloren. Das Monster hat sie sich geholt. Und es geht weiter. Albert Heidrichs Freundin. Erik Bergmann. Wollen Sie die Nächste sein? Damit könnte ich nicht leben. Ich habe schon so das Gefühl, dass ich Sie alle über eine Klippe treibe.«

Christine schloss die Augen. Hatte Magdalena Wagner recht? War der Kampf vorbei? War dies wirklich das Ende?

Magdalena Wagner strich über Christines Stirn und ihre Augenbrauen, dann wandte sie sich einem der Fenster zu, wo die Mittagssonne ihre Bahn zog. Sie verschränkte die Arme vor ihrer Brust. Ihr dunkelblaues, eng anliegendes Kleid verlieh ihrem Körper so scharfe Konturen, als würde sie eine Uniform tragen. Sie wirkte streng und unnahbar. Was sie zweifelsohne auch war. Aber genau deshalb konnte Christine ihr vertrauen.

»Das hier war Henriettes Zimmer. Niemand hat bisher je in diesem Raum geschlafen. Wir haben in all den Jahren nichts verändert. Alles steht noch immer wie damals an seinem Platz. Wir achten darauf. Wenn die Hausmädchen hier Staub wischen, dann sind sie besonders vorsichtig. Das ist bei vielen Eltern so, wenn sie ein Kind verlieren. Sie können nicht loslassen.«

Christine erschrak. Es war ihr unangenehm, in Henriettes Bett zu liegen. Es fühlte sich auf einmal viel zu weich an, fast so, als würde die Matratze sie aufsaugen wollen.

Magdalena Wagner bemerkte Christines Unwohlsein und lächelte. »Keine Sorge. Ich bin auch eine pragmatische Frau. Es ist das schönste Zimmer, zur Sonnenseite, und das haben Sie sich wirklich verdient.« Sie stellte die Schale mit dem Wasser auf dem kleinen Nachttisch ab, zog schwungvoll an einem der Vorhänge und blickte in die Ferne. Die Kugelbäume neigten im Herbstwind ihre dichtbelaubten Kronen wie Köpfe, die den Bewohnern des Hauses zunickten. »Es ist schön heute. Ein wirklich schöner Tag. Wissen Sie, Kindchen, ich bin schon so alt. Ich kann mich nicht beschweren. Ich bin immer dankbar gewesen für die schönen Dinge, die ich erleben durfte. Wenn sie dann vorbei waren, habe ich mich nie gegrämt. In meinem Kopf lebt alles immer weiter. So war es mit Henriette. Und so wird es ... so wird es wohl auch mit Sarah sein. Ich kann nicht einmal mehr Zorn auf diesen Ikarus empfinden. Da ist einfach nur eine Leere, die nie ganz vergehen wird, die ich irgendwie mit meiner Erinnerung ausfüllen muss. Jeden Tag ein klein wenig mehr.« Sie drehte sich zu Christine um. In ihren Augen lag ein feiner Tränenschleier. Magdalena Wagner reckte das Kinn vor und fuhr sich mit einer Hand über die Augen.

Christine richtete sich auf. »Ich gehe rüber ins Seehaus. Ich packe meine Sachen.«

Magdalena Wagners Augenbrauen hoben sich. »Sie müssen nicht gehen. Bleiben Sie doch ein paar Tage bei mir. Ich passe auf Sie auf, so gut ich kann. Mein Mann ist auf dem Rückweg von Denver. Wir haben hier genug Platz. Aber das wissen Sie ja. Ich würde Sie gern hier bei mir haben. Wirklich.«

»Ich kann nicht bleiben. Es geht nicht. Für mich ist diese Geschichte noch längst nicht erledigt.«

Magdalena Wagner ging zur Tür, drückte die schwere Messingklinke hinunter und lächelte ihr stolzes Lächeln.

»Dann bleiben Sie wenigstens noch ein paar Minuten liegen. Mein Hausarzt bringt mich um, wenn ich Sie so gehen lasse.« Dann zog sie die Tür hinter sich zu.

Christine war allein. Sie hob ihren Oberkörper, doch das Zimmer fing sofort an, sich zu drehen, und sie legte sich zurück auf das weiche Kopfkissen. »Na gut«, flüsterte sie, »ein paar Minuten können ja wirklich nicht schaden.«

Auf dem Nachttischchen stand eine Karaffe mit Wasser, daneben ein Teller mit Pilzcrêpes und Rote-Bete-Salat. Christine seufzte. Eine Spezialität aus Frankreich. Magdalena Wagner schien sie mit mütterlicher Gewalt in ihrem Haus halten zu wollen. Sie nahm die schwere silberne Gabel mit dem Barockdekor in die Hand und stocherte in der Pilzmasse herum. Die vergangenen Tage hatte sie sich fast ausschließlich von Zigaretten, den Cornflakes in ihren Hosentaschen, Schokolade und Energydrinks ernährt. Vorsichtig nahm sie einen Happen und schämte sich fast dafür, weil sie noch immer die Bilder des sterbenden Erik Bergmann vor Augen hatte. Jede weitere Sekunde im Bett, jeder Moment, den sie Ikarus nicht jagte, kam ihr verwerflich vor. Was natürlich blanker Unsinn war. Sie musste essen. Sie brauchte Kraft.

Sie kaute langsam – Pinienkerne, Schalotten, Petersilie und Fontinakäse. Ihre Zunge fühlte sich pelzig an. Das Aroma drang kaum an ihre Geschmacksnerven.

Draußen jagte der Wind ein paar Blätter über den Rasen, als würde er auf dem Grundstück der Wagners aufräumen wollen.

Christine konzentrierte sich darauf, nichts zu denken. Sie brauchte Ruhe. Dann nahm sie einen Schluck Wasser und richtete sich auf.

Henriettes Zimmer wirkte aufgeräumt, fast schon zu sachlich. Eigentlich zu ernst für ein Mädchen ihres Alters.

Neben der Tür befand sich ein fragiler Pontus-Schreibtisch mit weißen Schubladen, dünnen Beinchen und Eichenholzelementen. Alte Füllfederhalter standen aufrecht in einem Glasbehälter. Christine sah Henriette an ihrem Schreibtisch

273

sitzen und Notizen mit einem der Federhalter auf ein Stück Papier kratzen. Durch die großen Fenster des Zimmers fiel das Licht auf Henriettes Gesicht. Wie oft sie während des Schreibens wohl hinausgeblickt und nach Worten gesucht hatte, die sich nicht so einfach finden lassen wollten?

Christine stand auf. Vorsichtig fuhr sie mit der Hand über die hölzerne Tischplatte. In einer Ablage entdeckte sie eine Silberlupe von Bottega Veneta. Sie spielte damit herum, vergrößerte ihre Finger und legte das Glas wieder auf seinen alten Platz. Sie wollte die Ruhe der Dinge nicht stören, die Magdalena Wagner so offensichtlich über die Jahre erhalten hatte.

Christine setzte sich auf einen eleganten Holzstuhl, stützte die Ellbogen auf dem Tisch ab und betrachtete ein kleines Bild, das etwas abseits auf dem Tisch stand. Es steckte in einem schlichten Holzrahmen. Die Frau auf dem Bild saß in einem Café und blickte zur Seite. Die grünen und gelblichen Farben wirkten auf Christine unwirklich. Es war die Reproduktion eines Bildes von Antonio Donghi, eines gebürtigen Römers, der in den dreißiger Jahren für seinen magischen Realismus bekannt war. Ein solches Bild auf dem Tisch einer Sechzehnjährigen zu entdecken war ungewöhnlich. Henriette war wohl ein romantisches Mädchen gewesen, sicher empfindsamer als ihre Schwester.

Das hohe Holzregal neben dem Tisch war voller Bücher. Christine konnte einige der Autoren auf den Buchrücken entziffern: Salinger, Kundera, Bulgakow und Marías. Eine gute Wahl. Daneben standen Sachbücher: großformatige Bildbände, Wälzer über Mikrobiologie und Astronomie, die allein schon von außen anstrengend wirkten.

Alles in diesem Zimmer war wie ein riesiges Fenster in die Welt. Henriette hatte alles sehen wollen, was es da draußen gab. Sie hatte teilhaben, hatte verstehen wollen. Christine konnte es spüren. Es war das Zimmer eines Mädchens, dem es in seiner eigenen Gesellschaft nie langweilig wurde, das früh wusste, wer es war und wohin es wollte.

Christine stand auf und tastete sich durch das Zimmer. Als sie einen leichten Schwindel verspürte, legte sie sich wieder aufs Bett. Die Sonne schien ihr direkt ins Gesicht. Die Wärme tat ihr gut.

Auf dem Nachttisch neben ihr stand ein massiver gusseiserner Leuchter mit zwei heruntergebrannten Kerzen. Auf dem Holz konnte Christine Spuren von getropftem Wachs ertasten. Die Flecken befanden sich dort seit über zwanzig Jahren, das alte Wachs war brüchig und gelbstichig. Magdalena Wagner hatte wohl nicht erlaubt, es zu entfernen. Hinter dem Kerzenständer standen einige Fotografien. Die meisten der kleinen Rahmen waren aus Silber, einige verschnörkelt. Sie ließen Fotos von Sarah und Henriette sehen.

Wie unterschiedlich die beiden doch waren. Sarah, die ewig Strahlende in hübschen Kleidchen, immer in Bewegung, immer von Freunden umgeben, das typische Partymädchen. Und daneben die ernsthafte, zurückhaltende Henriette beim Üben auf dem Barren, Henriette mit ihrem Vater auf dem Flugplatz. Henriette beim Reiten. Die Fotos erzählten von der Kindheit zweier Mädchen, die wie aus einem Bilderbuch zu kommen schien, bevor es einen zerstörerischen Ikarus gab. Christine schloss die Augen. Sie war ruhig. Sie war entspannt. Sie befand sich in einem Übergangsstadium zwischen Wachsein und Schlaf, einem dritten Bewusstseinszustand, der sie befähigte, klarer zu denken.

Ein Zustand der völligen Schärfe.

Und dann tauchte dieses Gefühl auf.

Es war eine Ahnung, die sich nicht lautstark anmeldete, die sich ein wenig zierte, aber schon seit ein paar Minuten vorsichtig bei ihr anklopfte.

Mit einem Mal sah sie das Bild des Flugplatzes vor sich. Sie richtete sich auf und griff nach einem der Fotos. Ganz nah hielt sie es sich vors Gesicht.

Es war nicht Henriette und auch nicht ihr Vater, der mit einer Fliegerlederjacke bekleidet den Arm um seine Tochter gelegt hatte, die Christines inneren Radar aktivierten. Es war der Mann neben Henriettes Vater, ein Pilot. Seine Haltung und seine Größe wirkten vertraut, auf fast schon unheimliche Weise.

Er hatte ein freundliches Gesicht, wie man es von einem zurückhaltenden und höflichen Menschen erwarten würde. Es war sehr klar konturiert, durchaus attraktiv mit markant geschnittenen Augenbrauen. Der Mann mochte Anfang dreißig sein. Sein blaues Hemd mit dem Kentkragen verlieh ihm einen Businesstouch. In einer Hand hielt er eine weiße Kappe mit goldenem Emblem, wie sie Piloten überall auf der Welt trugen. Er wirkte wie ein Freund der Familie, so, wie er da mit den Wagners posierte. Und dennoch …

Christines Lederjacke lag im Seehaus. Die Fotos der Beerdigungen steckten in der Innentasche. Sie zog ihr Hemd und die Jeans an, stülpte sich die Lederstiefel über die Füße und strich eine dunkle Strähne aus dem Gesicht. Fast hätte sie das Gleichgewicht verloren. Ihr Körper warnte sie. Christine ignorierte ihn.

Sie nahm das Foto aus dem Rahmen. Zurück blieb ein silbernes Quadrat, das, seiner Funktion beraubt, nackt und sinnentleert dastand.

Auf wackligen Beinen lief Christine ins Seehaus und riss die Tür auf. Sie stieß einen tiefen Seufzer aus.

Hier hatte sich einmal die Kommandozentrale für die Jagd auf Ikarus befunden. Nur ein Trümmerhaufen war davon geblieben. Sämtliche Papiere lagen auf dem Boden. Die Fotos und Landkarten hingen schief an der Wand. Dort, wo Alberts Laptop gestanden hatte, gähnte ein kahler Fleck.

Ihre Lederjacke lag zusammengeknüllt vor dem Bett. Sie zerrte die Beerdigungsfotos aus der Innentasche. Die Fotografien entglitten ihrer zittrigen Hand. Christine ging auf die Knie und legte alle Bilder nebeneinander auf den Boden.

Beerdigung. Flugplatz. Beerdigung.

Sie schob die Bilder vor sich hin und her und kam sich fast vor wie ein routinierter Croupier in einem Spielcasino. Immer wieder veränderte sie die Anordnung.

Nebeneinander. Übereinander. Untereinander.

Die Ähnlichkeit zwischen dem Piloten und dem Beobachter auf dem Friedhof war unleugbar. Könnte passen. Der Eindruck blieb und ließ sich nicht auslöschen.

Sie starrte den Mann auf dem Flugplatz an, als würde sie ihn in feine Einzelteile zerlegen und wieder zusammensetzen wollen.

Seine Haltung, die Kinnpartie, die Kopfform und die Frisur auf den Fotos glichen sich wie das zweite, unscharfe Bildchen eines Memory-Spiels. Wenn der Mann auf den Friedhofsfotos doch bloß deutlicher wäre. Sie hatte Ikarus' Augen unter der Skimaske gesehen. Waren es die Augen des Mannes, der hier zweidimensional vor ihr lag? Konnte das sein? War er es, dem sie gestern gegenübergestanden hatte?

Vielleicht. Vielleicht auch nicht.

Sie war übermüdet. Völlig fertig. Ihr Urteilsvermögen war

endgültig auf dem Nullpunkt angekommen. Sie spürte es und ließ ermattet die Schultern hängen.

Jeder konnte Ikarus sein – der stinkfaule Briefträger, der jeden Morgen bei ihr klingelte. Der schweigsame Mann im Bioladen an der Ecke. Jeder nörgelnde Taxifahrer, mit dem sie je durch die Straßen Berlins gefahren war. Jeder Mensch auf der Straße, ob hinkender Zwerg oder buckliger Rentner, konnte Ikarus sein, und Christine würde nicht daran zweifeln. Es war sinnlos. Albert und Magdalena Wagner hatten recht. Sie musste die Sache auf sich beruhen lassen. Sonst bekäme sie das Gefühl, langsam wahnsinnig zu werden.

Die Sonne warf ihre warmen Strahlen ins Seehaus, und an der Stelle, wo Alberts Computer einmal gestanden hatte, blitzte etwas auf. Es war eine absonderliche Kette, ein Bastelwerk aus den Verschlusslaschen der Energydrinks, die er in den letzten Tagen in sich hineingeschüttet hatte. Christine nahm das eigenwillige Gebilde in die Hand und lächelte.

Sie setzte sich auf einen Stuhl. Sie konnte diesen Fall nicht mehr lösen. Erik Bergmann war tot, Albert verschwunden. Ihre Partner waren erledigt. Sie war allein. Ikarus hatte ihr Team zerschlagen und den Triumph davongetragen. Ihre Partner mussten dafür bezahlen.

Wäre Albert in der Wildkammer dabei gewesen, hätten sie Ikarus vielleicht zu dritt stellen können. Es war ihre Entscheidung gewesen, ihn nicht mitzunehmen, ihr Fehler. Für immer. Denn so, wie sich Magdalena Wagner ewig an die schönen Momente ihres Lebens erinnerte, würde Christine niemals ihr Scheitern vergessen. Ikarus hatte sie bezwungen. Es war vorbei.

Sie steckte sich eine Gauloise an. Langsam, ganz langsam trieb der Rauch durch ihren Mund. Sie spürte, wie sie langsam ruhiger wurde. Dann begann sie, die Papiere auf dem Boden unsortiert übereinanderzustapeln. Die Landkarten nahm sie von den Wänden, sie hob jede einzelne Markierungsnadel auf und ließ sie in einer der Boxen verschwinden, in denen Bergmann vor über zwanzig Jahren alle Indizien zum Fall Ikarus zusammengetragen hatte. Die alten, verbeulten Pappkisten standen im Raum herum. In einer lag das kleine Plastikbeutelchen mit der Tablette, die Bergmann damals am Tatort gefunden hatte.

Christine setzte sich auf den Boden. Sie zog die Tablette aus der Plastikfolie, schob sie zwischen ihren Fingern hin und her und betastete sie. Wieder meldete sich ein Gefühl, wie vorhin, als sie das Foto mit dem Piloten entdeckt hatte.

Es war ein Gefühl, das sich geschickt hinter ihren Selbstzweifeln verborgen hatte und nun umso intensiver war.

Sie brauchte mehr Nikotin. Rasch steckte sie sich eine zweite Zigarette an. Nach drei Zügen entspannte sie sich. Das Nachdenken fiel ihr leichter.

Amphetamin, hatte Bergmann gesagt, das jemand benutzte, der unter allen Umständen wach bleiben musste. US-Kampfpiloten verwendeten Amphetamine als Aufputschmittel. Womöglich war das bei den Piloten damals in der DDR nicht anders gewesen. Wie immer Ikarus an die Tabletten gekommen war, er musste zu einem exklusiven Personenkreis gehören.

Und dann war da ja noch die Wildkammer. Bergmann hatte erwähnt, dass das Gelände heute einem reichen Finnen gehörte. Finnland. Ausgerechnet Finnland. Ikarus hatte seine mörderischen Spuren in diesem Land hinterlassen.

Der Direktflug von Italien nach Finnland. Von Ercolano nach Turku. Es gab nur diesen einen Direktflug, der zwischen den

279

beiden Morden in Frage kam. Ikarus hatte in beiden Fällen nicht unweit der Flughäfen zugeschlagen.

Christine legte das Flugplatzfoto auf ihre ausgestreckte Hand, drehte es hin und her, brachte es näher an ihr Gesicht heran. Der Mann war groß und durchtrainiert. Alles passte einfach zu gut zusammen. Viel zu gut, als dass sie es hätte ignorieren können.

Sie kroch über den Boden. Irgendwo mussten doch die Bordlisten sein. Jeder an Bord war in diesen internen Unterlagen der Fluggesellschaften aufgeführt, hatte Albert gesagt. Also theoretisch auch das Flugpersonal. Womöglich hatte er sich nur auf die Passagierlisten konzentriert.

Sie betete. Sie hoffte. Sie riss zerknitterte Papiere auseinander, strich sie glatt und schimpfte auf Albert, weil er alles zerknüllt hatte. Mühsam entzifferte sie die viel zu kleinen Buchstaben auf den Unterlagen und fand endlich den richtigen Flug. »Na also, da bist du ja«, flüsterte sie.

Auf dem Papier prangte das Logo einer finnischen Airline. Die gesamte Liste war ein heilloses Buchstabenwirrwarr, in dem einzelne Namen auftauchten. Natürlich alles auf Finnisch. Wirre Lautspiele. Christine hasste diese Sprache. Sie klickte sich fluchend durch ein Übersetzungsprogramm auf ihrem Handy. Insgesamt zwölf unsortierte Seiten lagen vor ihr. Christine brauchte zwei Minuten, um die Liste mit den Passagieren, den *Matkustaja,* zu finden.

Albert hatte recht gehabt. An Bord waren nur drei deutsche Passagiere gewesen, ein Kind und ein Ehepaar, wahrscheinlich die Großeltern. Das hatte er recherchiert und mit einem schwarzen Filzer an den Rand gekritzelt.

Wo war das Flugpersonal?

Lentoemäntä stand über einer Spalte und dazu sechs Namen.

Helmi Quickström. Aada Forsman. Viivie Pajula. Sanni Kramsu. Pinja Kilpinen. Ilona Hietela – die Stewardessen des Fluges. Dann eine Seite weiter, unter *Lentäjä*, war die Cockpitbesatzung aufgeführt. Die Piloten. Peter Hartzmann und Andreas Richter. Zwei Deutsche.

Christines Herz setzte für einen Moment aus.

Zwei deutsche Piloten.

Sie flüsterte die beiden Namen vor sich hin: »Peter Hartzmann. Andreas Richter.«

Immer wieder ließ sie die Namen über ihre Zunge gleiten und hoffte dabei auf eine Eingebung, die den einen Namen plausibler als den anderen machte.

»Welcher der beiden bist du?«

Christine stand auf. Es gab jetzt nur eines zu tun.

Sie stürmte den Pfad zum Haus der Wagners hinauf. Die Hausherrin stand mit verschränkten Armen am Steg. Die Nachmittagssonne tauchte die Bäume in satte Rottöne. Der Wind fuhr in Magdalena Wagners Rock und versetzte ihn in Wellenbewegungen, die viel hektischer als der ruhig vor ihr liegende See wirkten. Sie sah aus wie eine Figur im Traum eines Impressionisten.

Christine ging auf Magdalena Wagner zu. Sie würde das Gemälde zerstören müssen. »Ich habe meine Sachen gepackt«, verkündete Christine. »Ich werde jetzt gleich verschwinden.«

Magdalena Wagner zog Christine an sich. Sie hielt sie ganz fest in den Armen. »Ich möchte mich noch einmal bedanken für alles, was Sie für meine Familie getan haben. Sie sind jederzeit herzlich bei mir willkommen. Jederzeit.«

Christine blickte ihr in die Augen. Sie musste ihre Worte vorsichtig wählen. Vielleicht überlegte sie einen Moment zu lang.

Magdalena Wagner hob die Augenbrauen, als hätte sie die Veränderung an ihr bemerkt, und stutzte.

»Christine …?«

»Ich habe noch eine Frage zum Abschied.« Sie hielt Magdalena Wagner das Flugplatzfoto vor die Augen. »Ich habe mich gefragt, wer dieser Mann hier auf dem Bild ist, der hier, direkt neben Ihrem Ehemann.«

Magdalena Wagner griff nach dem Foto. »Das ist doch das Bild aus Henriettes Zimmer. Christine, das gehört hier nicht her. Es hat seinen Platz im Zimmer meiner Tochter.«

»Ich bringe es sofort zurück. Aber wer ist dieser Mann?«

Magdalena Wagner winkte ab. »Ach, das ist der Andi.«

Ein kalter Windstoß schlug Christine ins Gesicht. »Der Andi?« Sie bemühte sich, die Frage so belanglos wie möglich klingen zu lassen.

»Andreas Richter. Den kennen wir schon ewig. Sie wissen ja, mein Mann hat für Politiker und Großindustrielle gearbeitet. Bei denen brannte es immer. In dieser unkultivierten und rastlosen Zeit ist das nichts Besonderes. Mein Mann musste oft in einer Stunde in München oder Frankfurt sein, weil die Herrschaften einen Anwalt brauchten. Das klappte nur mit einer Privatmaschine. Der Andi ist Pilot. Vor ein paar Jahren hat er meinen Mann regelmäßig geflogen. Heute nicht mehr. Heute arbeitet er wieder bei einer großen Airline. Aber wir sind immer noch mit ihm befreundet.« Magdalena Wagner zog die Ärmel ihrer Jacke über die Hände und blickte in den Himmel. »Wissen Sie, damals hat er Henriette öfter mal mitgenommen, wenn er ab Tempelhof geflogen ist. Er hat ihr die Armaturen erklärt und sie sogar ins Cockpit gelassen. Henriette hat sich für alles interessiert. Sarah brauchte man mit so was nicht kommen. Ach Gott, wie lange ist das her? Die

Richters leben hier übrigens ganz in der Nähe, in Kleinmachnow. Mein Mann braucht heute keine Privatjets mehr. Er lässt
es ruhiger angehen. Aber, ich verstehe nicht … Warum fragen
Sie nach Andi?«

Christine presste die Zähne zusammen. Sie starrte auf ihre
Schuhspitzen und tippte einen kleinen grauen Stein vor ihr
an. Nichts ist trügerischer als eine offenkundige Tatsache, das
hatte sie bei ihrer journalistischen Arbeit gelernt.

Sarahs Mutter war nicht reif für die Wahrheit, nicht heute –
vielleicht nie.

Magdalena Wagners Gesicht erstarrte, zwischen ihren Augenbrauen bildete sich eine tiefe Falte. Ihr Mund stand halb
offen, als würde sie Christines Gedanken lesen. »Wie sind Sie
ausgerechnet auf dieses Foto gekommen? Es ist über zwanzig
Jahre alt. Was ist damit?« Sie fasste Christine an beiden Armen und schüttelte sie, als könnte sie ihre Vorahnung auf diese Weise vertreiben.

Christine stieß den Stein vor ihrem Schuh weg. Sie blickte
Magdalena Wagner in die Augen. »Ich weiß, wer Ikarus ist.«

27

Das Haus in der kleinen Seitenstraße war nichts Besonderes. Die Außenfassade wies den leicht gräulich grünen Ton der meisten Häuser in dieser Gegend auf. Die Farbe am rostroten Gartenzaun war witterungsbedingt an einigen Stellen abgeblättert. In der Garagenzufahrt stand ein Chrysler Voyager, daneben ein dunkelblaues Motorrad, Marke BMW. An der Lenkstange klemmte ein Helm, auf den eine amerikanische Fahne gedruckt war.

Das Haus mochte sechs Zimmer haben. Der Garten davor war klein, aber gepflegt. Spielzeug lag darin herum. Die Äste einer gewaltigen Kastanie erstreckten sich über das Grundstück, und oben, dort, wo sich der mächtige Stamm in viele Verzweigungen teilte, war ein Baumhaus zu sehen, das sich über eine herabhängende Leiter aus geflochtenen Kordeln erreichen ließ.

Unter der Kastanie standen ein Junge und ein Mädchen. Sie waren vielleicht um die acht Jahre alt. Mit einem Rechen harkten sie ungeschickt die Blätter zusammen, die der Oktoberwind auf den Rasen geweht hatte. Sie lachten. Immer wenn der Junge den Rechen fallen ließ und ihn aufheben wollte, gab ihm das Mädchen einen Schubs.

Im Erdgeschoss stand eine Tür offen, die direkt in die Küche führte. Die Gestalt einer Frau war erkennbar. Sie hantierte mit mehreren Tellern herum.

Es war ein warmer, friedlich ausklingender Sonntag in Kleinmachnow. Das Einzige, was an diesem Tag nicht in die spieß-

bürgerliche Idylle passen wollte, war der schwarze Citroën,
der, direkt vor dem Haus geparkt, aus einer anderen Welt zu
kommen schien. Genau wie die schwarzhaarige Frau, die,
beide Hände in den Taschen ihrer Lederjacke vergraben, provozierend über den Zaun starrte. Sie stand breitbeinig und
reglos da – wie eine Statue, die so unheimlich wirkte, dass ein
älteres Ehepaar, das des Weges kam, sich mehrmals nach ihr
umdrehte.

Er war nicht zu sehen, aber Christine würde auf ihn warten.
Bis in die Nacht hinein, wenn es sein musste. Schließlich bemerkten die Kinder Christine. Der Junge legte den Rechen
auf den Boden und ging auf sie zu. Er lächelte sie durch die
Latten des Zauns an.

»Wer bist du denn?«

»Ich bin Christine.«

»Und was machst du hier?«

»Ich warte.«

»Auf wen denn?« Der Junge legte beide Hände auf den Gartenzaun.

»Auf deinen Vater.«

Frau Richter in der Küche bemerkte das Gespräch am Zaun.
Sie kam in den Garten. Im Gehen steckte sie ihr blondes,
schulterlanges Haar hoch. Sie war hübsch, so hübsch wie eine
Frau um die vierzig sein konnte. Mit ihrer Familie, dem Haus
und dem Garten hatte sie sich wohl eine Welt geschaffen, von
der viele Menschen nur träumen konnten. Als sie Christine
sah, zog sich eine Falte über ihre Stirn.

»Kann ich Ihnen helfen?«

Sie musterte Christine am Gartenzaun von oben bis unten
und noch einmal von unten bis oben.

»Ich warte auf Ihren Mann. Ist er hier?«

285

»Er ist hinter dem Haus im Garten. Worum geht es denn?«

»Würden Sie ihn bitte holen?«, fragte Christine.

»Was soll ich ihm sagen?«

»Sagen Sie ihm, Christine Lenève wartet am Zaun auf ihn.«

»Kennen Sie sich?«

»Ja. Seit gestern.«

Frau Richter kniff die Augen zusammen. Womöglich hielt sie Christine für eine Affäre, die in ihr Familienglück platzte. Die Wahrheit ahnte sie wohl nicht. Sie nahm ihren Sohn an der Hand und zog ihn zu dem Mädchen, ging in die Knie und flüsterte etwas, woraufhin die beiden Kinder ins Haus liefen. Dann verschwand sie selbst, nicht ohne sich noch einmal nach Christine umzudrehen.

Eine Minute verging. Eine Minute, in der Christine weiter reglos vor dem Haus stand. Ihr Kopf war ganz klar. Sie sah alles, was um sie herum geschah, jedes Detail. Die Taube auf dem Fenstersims im ersten Stock. Den ausgeblichenen Aufkleber eines Marienkäfers auf dem Briefkasten mit dem Namen Richter. Den kleinen Blumentopf neben der Garageneinfahrt, in dessen Erde ein buntes Windrad steckte. Das ältere Ehepaar, das in der Nähe des Zauns stehen geblieben war und unbeteiligt wirkte, jedoch mit größter Anstrengung jedem Wort zu lauschen schien.

Dann kam er.

Der Mann, der um die Ecke des Hauses bog, erblickte Christine, und für den kaum wahrnehmbaren Bruchteil einer Sekunde verlangsamte er seinen Schritt. Was Christine nicht entging. Andreas Richter hatte beide Hände in den Hosentaschen, als er sich auf der anderen Seite des Gartenzauns aufstellte. Er war groß und mochte knapp über fünfzig sein. Dunkelblondes Haar. Durchtrainiert. Braungebrannt. Unter seinen Jeans kamen Sandalen zum Vorschein, in denen pedikürte Füße steckten. Das hellblaue Polohemd spannte sich über seine Brust. Er hatte mehrere Pflaster an der Stirn, hinter denen sich eine deutliche Schwellung verbarg. Er starrte Christine über den Zaun hinweg an und schwieg.

Weiter hinten im Garten tauchte Frau Richter auf. Sie schob ihren Oberkörper leicht vor. Mit den Fingerspitzen berührte sie ihre Lippen. Sie schien das Ungewöhnliche, das nicht Fassbare der Situation zu spüren.

Christine stand Andreas Richter gegenüber, wie sie in der Nacht zuvor Ikarus in der Wildkammer gegenübergestanden hatte. Die beiden musterten sich ohne Worte, fast wie alte Bekannte, die an ihrem Gegenüber aufmerksam nach den Spuren vergangener Zeiten suchten.

Schließlich zog Christine die geballte Faust aus der Tasche ihrer Lederjacke. Mit einer blitzschnellen Bewegung streckte sie sie aus. Die weißen Federn, die sie eben noch gehalten hatte, flogen über den Zaun, schwebten taumelnd ins Gras, direkt vor die Füße Andreas Richters.

Seine Augen waren dem kurzen Flug der Federn gefolgt. Ganz sicher spielte er in diesem Augenblick alle möglichen Szenarien durch, die ihn aus dieser Situation retten könnten. Retten vor ihr, der Frau, die ihm die Maske vom Gesicht gerissen hatte. Für Christine war die Jagd zu Ende und Richter erledigt. In ihrer Erinnerung würde er bald nicht mehr sein als ein vergessener Kadaver in einer menschenleeren Einöde. Zumindest hoffte sie das.

Er starrte auf die Federn vor seinen Schuhen und hob die Augenbrauen, was seinem Gesicht einen hilflosen Ausdruck verlieh. Richter kam einen Schritt näher, zog beide Hände aus den Hosentaschen und legte sie auf den Zaun.

Christine bemerkte die Bandagen, die nun sichtbar wurden.

»Wir müssen das nicht machen«, sagte er leise.

Christine trat ebenfalls einen Schritt heran. Wo soeben Andreas Richter gestanden hatte, sah sie nur noch Ikarus. Es waren seine Lippen, die sie gestern durch die Maske hindurch gesehen hatte, Lippen, mit denen er ihr den Tod verkündet hatte. »Aber es geschieht doch schon«, sagte sie ebenso leise.

»Ich habe Geld«, flüsterte Ikarus.

»Ich auch«, entgegnete Christine.

Ikarus drehte sich zu seiner Frau um. Mit weit geöffnetem Mund beobachtete sie die Szene. Hinter dem Küchenfenster schlugen die beiden Kinder mit Kochlöffeln gegen die Scheiben und lachten. Tränen bildeten sich in Ikarus' blauen Augen. Er beugte sich über den Zaun. »Bitte, nicht vor meiner Familie …«

Christine griff in ihre Tasche und zog eine kleine Filmrolle heraus. »Doch. Ich will, dass sie sich das ansieht. Unbedingt.« Der Unglaube in Ikarus' Gesicht verwandelte sich in nackten Hass. Seine Muskeln spannten sich. Er drückte seine Brust heraus, seine Lippen zitterten. Ikarus zerrte an den Spitzen der Zaunlatten, er rüttelte vor Wut an ihnen.

»Du kleine Schlampe«, sagte er scharf und doch so leise, dass nur Christine seine Worte hören konnte. »Meinst du, du kannst hier einfach so antanzen und mein Leben zerstören? Sind das deine ganzen Beweise? Mehr nicht?«

Christine trat einen Schritt zurück. »Kennt deine Frau denn schon deine kleinen, kranken Filmchen?« Sie verlieh ihrer Stimme einen weichen Klang. »Wollen wir sie ihr nicht zeigen? Vielleicht steht sie ja darauf.«

Die Strickleiter am Baumhaus schlug im Wind hin und her. Die Tür eines Gartenhäuschens auf dem Nachbargrundstück knarrte leise. Im Gras lag eine Spielzeugfeuerwehr aus Holz, daneben eine Puppe mit weißem Stoffkleid.

Ikarus' Augen waren rot geädert. Seine Lippen, auf denen ein feiner Film von Speichel lag. Die gesteigerte Atemfrequenz. Seine unheimliche Größe, die ihm gestern in der Wildkammer noch einen Vorteil eingebracht hatte, ihn heute aber nur noch jämmerlicher wirken ließ – dieser Anblick würde sich Christine für immer einprägen.

Er machte einen Satz gegen die Zaunlatten, so schnell, dass Christine nicht mehr ausweichen konnte, packte sie an den Schultern und riss sie an sich. »Ich werde dich töten. Ich töte dich«, brüllte er ihr ins Gesicht. »Du wirst fliegen.«

Christine bewegte sich nicht. Sie hing starr in Ikarus' Armen und blickte in seine geweiteten Pupillen. Richters Frau kam auf die beiden zugelaufen. »Andreas. Mein Gott, Andreas …«

Er sah zuerst seine Frau an, dann Christine. Sie lächelte. Ikarus standen Tränen in den Augen. Und dann plötzlich, als würde ein geheimnisvoller Knopf in seinem Innersten gedrückt, sackte er zusammen. Aller Energien beraubt, fiel er vor Christine auf die Knie, verdeckte mit den Händen sein Gesicht und weinte.

Noch als die Beamten eintrafen, ihm die Handschellen anlegten und ihn zum Auto führten, begleitete ein tiefes Schluchzen seinen Weg.

Christine blickte ihm nach. Sie stand noch immer am Zaun. Der Wind strich über die Gräser, nahm die Federn auf, wirbelte sie durch die Luft und trug sie davon.

Dritter Teil

DER UNSICHTBARE
GORILLA

28

Das ist das gefährlichste Monster, das mir in meiner ganzen Laufbahn je begegnet ist. Kalt. Absolut berechnend. Hochintelligent. Auf der anderen Seite aber auch ein fürsorglicher Familienvater, der abends mit den Kindern die Hausaufgaben macht, seiner Frau Geschenke kauft und den Nachbarn bei den Gartenarbeiten hilft. Er hat sich sogar nach dem Befinden von Erik Bergmann erkundigt. Können Sie sich das vorstellen? Er hat es ernst gemeint. Und hat sogar betroffen gewirkt.« Kommissar Tobias Dom schüttelte den Kopf.

Sein dunkelblaues Sakko hing über einem Stuhl. Unter Doms Hemd bemerkte Christine in Höhe des Oberarms die unscharfen Umrisse einer Tätowierung. Von einem Kommissar hätte sie etwas anderes erwartet. Aber das hier war eben Berlin.

Christine spielte an ihrer Zigarette herum und knirschte mit den Zähnen. Der Tod von Erik Bergmann bedrückte sie noch immer. Sie war verantwortlich. Selbst wenn ihr Verstand ihr eine andere Geschichte weismachen wollte. Ihr Herz war unbestechlich und ließ nur eine Antwort zu: Schuld. Sie war schuld.

Sie rollte die Zigarette zwischen ihren Fingern hin und her. Rauchen war in den Räumen des Landeskriminalamtes strikt verboten. Sie würde sich so gern eine anstecken. Aber sie unterließ es dann doch lieber.

Dom bemerkte ihre Unruhe. »Zünden Sie sich ruhig eine an. Die haben Sie sich wirklich verdient.«

Sofort ließ Christine ihr Feuerzeug aufschnappen. Drei Sekunden später zog sie leidenschaftlich und erleichtert an der Zigarette. Der Rauch stieg in kleinen, nebligen Spiralen bis zur Decke auf.

Das Büro war ein Raum mit dem Charme eines antiquierten Schulzimmers. Die Wände waren gelbstichig. Ein schwerer grüner Vorhang bedeckte einen Teil der Wand. Der Holzstuhl, auf dem sie saß, knarrte bei jeder Bewegung. Selbst die angeschlagene Kaffeetasse vor ihr hätte einem Lehrer gehören können, der sich nach der Züchtigung eines Schülers mit dem Rohrstock eine stille Sekunde gönnte. Nur das geöffnete Fenster zur Straße, durch das hektischer Verkehrslärm drang, störte das Bild einer anderen Zeit.

Die wärmende Nachmittagssonne fiel Christine ins Gesicht. Sie kniff die Augen zusammen. Gern war sie nicht hier. Sie hielt sich in demselben Gebäude wie Ikarus auf. Womöglich lag der Zellenbereich nur ein paar Räume weiter, hoffentlich aber in einem anderen Stockwerk. Sie brauchte jetzt Abstand zwischen sich und der Bestie. Sie wollte ihre Geschichte für die Zeitungen und Magazine schreiben und dann das Kapitel Ikarus schließen. Doch statt zu schreiben, saß sie hier. Zusammen mit Kommissar Dom, der kerzengerade auf seinem quietschenden Bürostuhl thronte und wie ein eitler Fatzke in der Sonne sein halblanges Haar mit einem Schwung nach hinten warf.

Ihr Vater war ein anderer Schlag Kriminalbeamter gewesen, Inspektor einer Eliteeinheit. Er brauchte keine trendigen Körperbemalungen und keinen hippen Haarschnitt, um als Mann zu gelten. Seine rauchige Stimme, sein klarer Blick und sein messerscharfer Verstand reichten aus, um sich den Respekt seiner Kollegen zu verschaffen – wie auch den seiner

294

Feinde. Als Kind hatte sich Christine immer vorgestellt, wie ihr Vater durch die Köpfe der Mörder wanderte, durch Gehirnwindungen, die einem Labyrinth nicht unähnlich waren. Doch wo andere Ermittler sich verliefen, gelangte er zum Ausgang und nickte ihr mit einem Lächeln zu, bescheiden und doch mit einer natürlichen Selbstverständlichkeit.

Remy Lenève war tot. Aber der Kriminalkommissar auf der anderen Seite des Schreibtisches vor ihr lebte und ahnte nichts von ihren Gedanken.

Dom knabberte an einem halben Stück Himbeertorte herum. Es lag völlig zerbröselt vor ihm. Wahrscheinlich war der Kuchen seine einzige Mahlzeit an diesem Tag. Dom pickte die Früchte aus dem Gelee der Torte und schob sie sich in den Mund. Mochte ja sein, dass er Hunger hatte, es störte Christine dennoch, dass er gerade jetzt essen musste. Wenigstens begegnete ihr der Kommissar mit einer Riesenportion Respekt.

Tobias Dom studierte Christine. Er konnte seine Augen nicht von ihr lassen. Wahrscheinlich war es für den Kommissar unvorstellbar, dass ausgerechnet sie den Mann überführt hatte, der seit zwei Tagen in den Räumen der Berliner Mordkommission verhört wurde. In seiner Welt der Wunder mochte nun sie den ersten Platz einnehmen. Er wischte einen Krümel aus seinem Mundwinkel und lächelte sie an.

»Sie erinnern mich … an eine französische Schauspielerin … nur mit einer kleinen Beule an der Schläfe. Merkwürdig.«

»Ich bin aber Christine Lenève – mit einer Beule an der Schläfe«, entgegnete sie mit schiefem Grinsen und beugte sich ein Stück vor. »Ich hätte allerdings nicht gedacht, dass Sie der Typ für Mädchenfilme sind.« Christine bemühte sich, nicht in völliger Unfreundlichkeit zu versinken. Doch Dom nahm ihr den Seitenhieb nicht übel. Er musste lachen.

»Kommen Sie schon«, sagte Christine, »erzählen Sie mir von Ikarus und vor allem von Sarah Wagner. Sie haben sie doch gefunden, oder? Bringen wir's hinter uns. Deswegen bin ich doch hier.«

Tobias Dom stand auf. Er sammelte ein paar Krümel auf seinem Teller zusammen und legte sie auf die Fensterbank. Dabei blickte er aus dem Fenster, als erwartete er einen prächtigen Adler, der gleich auf dem Fenstersims landen würde, um sich der Kuchenreste zu bemächtigen. Mit einer Hand schob er den rechten Ärmel seines Hemdes so hoch, dass der Rand seiner Tätowierung zu sehen war. Der geschwungene Stachel eines Skorpions kam zum Vorschein. Unglaublich originell. Ein Meisterstück gelebter Individualität. Einfach nur peinlich. Christine blickte auf das offen stehende Fenster. Doms Gesicht spiegelte sich in der Scheibe. Er sah ernst aus.

»Ich fange von vorn an. Ganz von vorn, bevor ich zu Sarah Wagner komme. Wir haben noch Lücken. Ist ja klar. Aber wir wissen auch einiges. Ikarus hat ausgepackt. Wir mussten nicht einmal Druck ausüben. Es ist nur so aus ihm herausgesprudelt. Er wollte wohl alles möglichst schnell hinter sich bringen. Wir haben ein Bild. Kein schönes. Aber wenigstens ist es schlüssig.« Er steckte die Hände in die Hosentaschen und starrte aus dem Fenster. »Andreas Richter wurde vor zweiundfünfzig Jahren in Lüchow geboren. Das ist ein Kaff in Mecklenburg-Vorpommern, so ein plattes Niemandsland inmitten von Feldern und Wiesen. Nicht mein Geschmack, wenn Sie mich fragen. Und der Ort war auch nicht unbedingt der Traum der Richters. Sie sind nach der Geburt ihres Sohnes nach Brandenburg gezogen. Andreas Richters Vater war ein regimetreuer Genosse. Karriere bei der Nationalen Volksarmee in der Luftverteidigungsdivision. Ganz sicher war das auch der Grund für die Flugbegeisterung des Jungen. Sein Vater hat ihn überall mit hingeschleppt. Ins Cockpit der Maschinen, Rundgänge im Hangar. Was Väter eben so machen, um ihre Söhne zu beeindrucken.

Andreas Richter war ein mittelmäßiger Schüler. Nicht auffällig. Furchtbar normal, wenn wir ihn uns vor dem Hintergrund seiner späteren Taten anschauen. Aber er wollte fliegen. Genau wie sein Vater. Die Fliegerei war der Ausweg aus der Mittelmäßigkeit. Besser sein als die anderen, über ihnen stehen. Darum ging es ihm. Seine Selbstüberschätzung war schon als Kind ausgeprägt, wahrscheinlich anerzogen. Sein Vater hat es dann auch möglich gemacht. Ein Anruf hier, ein Anruf da. Und *schwups* landete das Söhnchen bei der Gesellschaft für Sport und Technik, der Anfang war gemacht. Jugendliche konnten da schon ab vierzehn Jahren den Segelflugschein absolvieren. Und wer sich bewährte, durfte später sogar die Motorfluglizenz machen.«

Christine fuhr sich mit den Fingern über die Augenbrauen. Wenn Andreas Richter so stark auf seinen Vater fixiert war, könnte etwas im Familiengefüge nicht stimmen. »Was ist mit der Mutter?«, fragte sie.

Tobias Dom zog die Hände aus den Hosentaschen und trommelte mit den Fingern auf seinem Schreibtisch herum. »Sehr gute Frage. Maria Richter war das Problem. Ein Problem für ihren Mann. Und wenn man es ganz platt betrachtet, war sie eigentlich auch der Auslöser des ganzen Ikarus-Dramas. Sie war Lehrerin, hatte aber auf die marxistisch-leninistische Soße keine Lust. Klingt wie ein Widerspruch. War aber keiner. Sie war ein kritischer Geist. Sie rief zu Diskussionen im Staatsbürgerkundeunterricht auf und lockte Kollegen mit provokanten Fragen aus der Reserve. Grenzen austesten, sich

297

nicht verbiegen lassen – darum ging es ihr wohl. Die Position ihres Mannes schützte sie. Zumindest eine ganze Weile. Dann krachte es, weil sie Schüler unterstützt hatte, die die Teilnahme am Wehrlager verweigerten.«

»Wehrlager?«

»Wehrlager. Genau.« Dom zuckte mit den Schultern, als sei der Begriff ganz alltäglich. »Die Schüler mussten Fenster im Keller abdichten, atomare Angriffe simulieren und auf dem Sportplatz Granatenattrappen werfen. Ich hätte da auch nicht mitmachen wollen.«

»Wirklich nicht? Sie sind Polizist. Vielleicht hätten Sie ja Ihren Spaß gehabt.«

Dom zog die Nase kraus. »Egal. Auf jeden Fall ließ sich der alte Richter scheiden. Das Verhalten seiner Frau schadete ihm. Maria Richter wurde vom Dienst suspendiert. Sie ging zurück nach Lüchow. Es wurde ihr untersagt, jemals wieder mit ihrer Familie in Kontakt zu treten. Zu diesem Zeitpunkt war der Junge siebzehn Jahre alt. Er fühlte sich von seiner Mutter verraten. Er ist fast daran zerbrochen. Und dann musste er auch noch mit der Schande leben. Stellen Sie sich das nur mal vor: Eben noch genoss Andreas Richter durch seinen Vater einen Sonderstatus, der das übersteigerte Ego des Jugendlichen fütterte. Und auf einmal redeten die Nachbarn hinternrum über die Familie. So was ist auch im Osten nicht geheim geblieben. Für Richter war das eine Demütigung, mit der er nicht umgehen konnte. Er hatte es nie gelernt, darum traf es ihn gleich doppelt so hart.

Schließlich zeichnete sich auch noch ab, dass ihm wegen dieser Geschichte mit seiner Mutter der Weg in die Luftverteidigungsdivision für immer versperrt bleiben würde. Niemals würde er die Karriere seines Vaters einschlagen können. Das

298

war den NVA-Herrschaften dann doch zu heikel. Sie haben ihm nur noch die Interflug als Möglichkeit offengelassen. Langweilige Passagierflüge. Da brannte etwas in ihm durch. Irgendetwas passierte. Etwas, das niemand mitbekam.«

»Sie werden mir jetzt erzählen, dass der gefährlichste Serienmörder der DDR aus der Seele eines gekränkten Einzelkindes geboren wurde? Richtig?« Christine nahm einen letzten, besonders langen Zug an ihrer Zigarette. Ein Mann hatte gemordet, und seine Mutter war schuld. Natürlich, immer die gleiche Geschichte.

Doms geballte Fäuste zeichneten sich wie Kugeln in seinen Hosentaschen ab. »Christine, die menschliche Seele ist kein Computer. Es genügen oft kleine Anlässe, um einen Menschen radikal zu verändern. Finanzielle Probleme, Beziehungsstress, Ärger im Job. Jeder Mensch reagiert anders. Niemand ist automatisch zum Mörder geboren. Haben Sie nie eine Erfahrung gemacht, die Sie verändert hat? Sogar tiefgreifend verändert?«

Christine schwieg. Sie dachte an ihren Vater, wie er unter der alten Korkeiche vor dem Haus in Cancale gestanden hatte und ihr zuwinkte. Es war der Morgen, an dem sie ihn zum letzten Mal gesehen hatte. Christine blickte auf den Boden.

»Na also.« Dom nahm ihr Schweigen als Bestätigung. Eine schwarze Taube hatte sich auf dem Fenstersims niedergelassen und fixierte die Krümel seines Kuchens. »Andreas Richter hat das erste Mal mit siebzehn gemordet. Es war das Jahr, in dem seine Mutter die Familie verließ. Das Opfer war ein sechzehnjähriges Mädchen. Richter kannte sie nicht. Sie sprach seine Schlüsselreize an. Lange blonde, in der Mitte gescheitelte Haare, seiner Mutter nicht unähnlich. Diesem Opfertypus blieb er auch später treu. Er betäubte das Mädchen, vergewaltigte es und erstickte es mit einer Plastiktüte. Die Leiche hat er vor der Wildkammer verbrannt. Sein Vater hatte ihn öfter zum Jagen mitgenommen. Die Wildkammer und das umliegende Areal wurden nur von Militärs genutzt. Und auch das nur selten. Der Junge konnte hier völlig unbeobachtet agieren. Ein Auto und die Schlüssel hatte er sich vom Vater besorgt. Ganz einfach. So fing alles an. Es war sein erster Versuch, und der war bestens gelaufen. Bei seinem zweiten Opfer begann er dann mit den Federn und der Asche und schnürte seine Päckchen für die Eltern der toten Mädchen.«

Christine schaukelte die schwarze Brühe in ihrer Tasse hin und her und nahm einen letzten Schluck. Auf dem Tassenboden hatte der Kaffeesatz eine dunkle Trübung hinterlassen, die wie zwei Vogelschwingen aussahen. »Die Federn … sie waren die ganze Zeit ein Indiz für das Fliegen. Richter hat den Ermittlern in der DDR sein jobtechnisches Profil mitgeteilt. Wie überlegen er sich bei seinem Spiel mit Erik Bergmann gefühlt haben muss.«

Dom stützte sich auf das Fensterbrett und blickte nach draußen in die rötliche Nachmittagssonne. »Überlegen und allmächtig, so hat er sich in der DDR wohl gefühlt. Und dann fiel die Mauer, und Richter machte weiter. Er war damals noch bei der Interflug. Das Unternehmen wurde erst 1991 abgewickelt. Wie viele andere Piloten wechselte er dann zu einer europäischen Airline, einer finnischen. Und letztendlich haben Sie ihn genau dort ja entlarvt.«

»Aber Richter war auch Privatjetpilot. Nur so ist er doch in Kontakt mit den Wagners gekommen.«

Dom lächelte. »Andreas Richter hatte geheiratet. Natürlich wollte ihn seine Frau gern bei sich in Deutschland haben und nicht ständig im Ausland. Er musste dort ganze Tage verbringen, das typische Pilotenschicksal. Und das war wohl Gift für seine Ehe. Richter wollte eine Familie gründen, so pervers dieser Gedanke auch sein mag. Ob er sie nur als Fassade benutzen wollte oder nicht, ich habe keine Ahnung. Viel entscheidender war, dass er nun nicht mehr im Ausland morden konnte. Das muss ihn in den Wahnsinn getrieben haben. Die Familie Wagner kam ihm da gerade recht. Der alte Wagner ist ein sehr prominenter Rechtsanwalt. Richter hat ihn oft geflogen.

Und dann war da Henriette – das erste und einzige Mordopfer in seiner Historie, bei dem wir eine persönliche Bindung nachweisen konnten. Sie war der Einzelfall. Die Abweichung von der Regel. Sie begeisterte sich für das Fliegen. Sie besuchte ihn oft auf dem Flugplatz. Als klar war, dass sie in die USA gehen würde, hat er zugeschlagen. Es war seine letzte Chance. In der Turnhalle hat er auch noch Sarah vergewaltigt. Er war wie ein ausgehungertes Tier, das seinen Trieb zu lange unterdrückt hatte. Es war riskant. Aber er konnte nicht mehr anders. Er musste es tun. Nach einem Jahr arbeitete er wieder für die finnische Airline. Er riskierte sogar seine Ehe dafür. Seinen Trieb konnte er nicht beherrschen. Er mordete weiter. Immer weiter.«

Die schwarze Taube auf dem Sims pickte alle Kuchenkrümel auf. Christine beobachtete die flinken Bewegungen des Vogels. Dom beugte sich zu seinem Schreibtisch hinüber und sammelte in seiner Hand ein paar Biskuitbrocken, die auf seinem Teller lagen. Vorsichtig legte er sie auf das Fenstersims. Die Taube blickte ihn kurz an, stufte ihn offensichtlich als vertrauenswürdig ein und pickte weiter. Dom war ein merkwürdiger Kommissar. Auf Christine wirkte er viel zu weich für diesen Job, Tätowierung hin oder her. Sie konnte sich

301

nicht vorstellen, wie er einen Mörder mit der Waffe in der Hand stellen würde.

»Wem gehört das Areal um die Wildkammer eigentlich?«, fragte sie. »Ich habe in den vergangenen Tagen darüber nachgedacht. Erik Bergmann erwähnte einen finnischen Investor.«

»Die Wildkammer. Ja, die ist wirklich interessant. Sie ist nach dem Fall der Mauer erst zur Treuhand gewandert und von dort zu einem Finnen, der mit Andreas Richter befreundet war. Auf diese Weise konnte Ikarus seinen Opfertempel behalten, und zwar auch noch anonym, ohne dass sein Name je in irgendwelchen Dokumenten auftauchte. Sehr smart, wenn Sie mich fragen. Zum Morden hat er die Kammer das letzte Mal bei Henriette Wagner benutzt. Aber sie ist für immer sein ganz spezieller Platz geblieben. Ein Ort für ihn, nur für ihn ganz allein. Er brauchte diesen Ort. Er hat es nicht mehr gewagt, so nah in seinem Umfeld zu morden. Das hat er im Ausland gemacht. Aber die langen Phasen zwischen den Taten mussten überbrückt werden. Ich möchte es mal so ausdrücken: Wir haben im Gemäuer der Wildkammer die Original-Filmrollen von seinen Morden gefunden, und wir haben die Stoffreste der Kleider seiner Opfer analysiert. Das alles hat er säuberlich dort gehortet. Im Gewebe fanden sich Spuren von Sperma. Er hat sich mit seinen Erinnerungsstücken in Rage gebracht, sich aufgeheizt für die nächste Tat. Und danach ist er ganz entspannt nach Hause gefahren zu seiner Frau und den Kindern.« Dom drehte sich zu Christine um und holte tief Luft. Auf seinem Gesicht lag ein Zug, den sie noch nicht an ihm kannte. Er kaute mit den Schneidezähnen auf seiner Unterlippe herum und blickte sie mit großen Augen an, fast so, als hätte er etwas zu beichten.

»Es gibt nur einen Punkt, der uns ratlos macht. Sogar zwei,

wenn ich ehrlich bin. Richter hat gestanden. Er hat die Morde in der DDR zugegeben. Er hat Finnland, Italien, Polen, Rumänien, Ungarn, Portugal und Norwegen gestanden. Er hat zugegeben, Henriette Wagner ermordet zu haben. Auch die Vergewaltigung ihrer Schwester vor zwanzig Jahren hat er bestätigt. Aber zwei Taten bestreitet er ...«

Nach einer Sekunde hatte Christine die grammatische Struktur dieses Satzes analysiert und nach einer weiteren Sekunde die Bedeutung der Wörter erfasst. »Nein«, entfuhr es ihr.

»Doch.« Tobias Dom blickte sie entschuldigend an. »Mit Sarah Wagners Verschwinden will er nichts zu tun haben. Ebenso wenig mit dem Mordversuch an Petra Weinhold.«

»Er lügt. Er muss lügen.« Christine knallte ihre Tasse auf den Tisch. Die Taube auf dem Fenstersims fuhr aufgeschreckt hoch. Sie pickte den letzten Krümel auf und verschwand mit zwei, drei schnellen Flügelschlägen. Christine blickte dem Vogel hinterher, als würde er die Antworten auf alle ihre Fragen einfach in seinem Schnabel wegschleppen. Sie legte ihre Hände flach an die Stirn und konzentrierte sich. Ein Chaos an Bildern flutete ihr Gehirn. Die brennenden Mädchen, Ikarus in der Wildkammer, der sterbende Erik Bergmann – Christine suchte nach einem Fehler, der ihr womöglich unterlaufen war. »*Incroyable.* Er muss lügen. Er muss ... « Sie wiederholte die Worte und versuchte, sich damit von deren Wahrheit zu überzeugen.

Tobias Dom ging ruhig um seinen Schreibtisch herum. Er ließ Christine nicht einen Moment aus den Augen. Mit einem Ruck zog er den schweren grünen Stoffvorhang an der Wand zur Seite.

Eine Spiegelglaswand. Dahinter lag ein Verhörzimmer. Christine durchfuhr ein kalter Schock.

Ein Tisch. Und da saß die Bestie. Der Mann, der Erik Bergmann getötet hatte.

Sie sprang von ihrem Stuhl auf und legte beide Hände ans Glas. In ihr war nur noch Wut. Sie sah Bergmanns leblose Augen im Klinikum vor sich, und nur ein paar Meter von ihr entfernt befand sich sein Mörder.

Richter saß aufrecht auf einem Holzstuhl, die Hände im Schoß gefaltet. Er trug ein weißes Polohemd und sah dabei so entspannt aus, als wolle er an einem sonnigen Tag zu einer Partie Golf aufbrechen.

»Sehen Sie ihn sich an, Christine. Ganz genau. Warum sollte dieser Mann, der vierzehn Morde gesteht, plötzlich in zwei Fällen die Unwahrheit sagen? Es ergibt keinen Sinn.«

»Er lügt. Er hält euch alle zum Narren.« Die Worte schossen schnell wie Pfeile aus Christines Mund. »Was hat er ausgerechnet in dieser einen Nacht in der Wildkammer gesucht? Was wollte er da? Was? Sagen Sie's mir.«

»Spuren beseitigen.« Dom zuckte leidenschaftslos mit den Schultern. Mit eindringlicher Stimme fuhr er fort: »Richter hatte, wie jeder andere auch, vom Verschwinden Sarah Wagners gehört. Es stand in der Zeitung, und er hat sofort begriffen, dass ein loses Ende in seiner Vergangenheit für ihn zum Fallstrick werden könnte. Und das auch noch in nächster Nähe. Er hat Panik bekommen.«

»Nein. Nein. Das finde ich nicht plausibel«, widersprach Christine leise. Ikarus wollte sie und Bergmann in der Wildkammer erledigen, seine Verfolger töten. Er war mit einem Messer bewaffnet gewesen. Die Klinge hätte er nicht gebraucht, wenn er nur Spuren beseitigen wollte.

»Würde es denn zu Ikarus passen, eine sechsunddreißigjährige Frau wie Sarah Wagner zu entführen?«, konterte Dom.

Er zog die Augenbrauen hoch und legte seine Stirn in Falten. »Oder schauen wir uns doch mal Petra Weinhold mit ihrer Brille und dem Zopf an. Entspricht sie seinem Beuteschema?« Christine war in Rage. Dom hatte gute Argumente, das glaubte er zumindest. Aber es waren nur Theorien.

»Petra Weinhold hatte Glück. Wirkliches Glück.« Dom sprach langsam, beruhigend. »Sie hat von Geburt an einen Herzfehler. Ihr Blutdruck ist extrem niedrig, schon fast nicht mehr tastbar. Aber eben nur fast. Ihr Angreifer hat sie auf dem Boden überwältigt. Er schlug ihren Kopf auf die Dielen. Sie hat das Bewusstsein verloren. Er hat ihren rechten Ärmel ein Stück hochgekrempelt und in der Hektik keinen Puls gefunden, obwohl er noch da war. Petra Weinhold ist am Leben. Wäre das Ikarus passiert? Schauen Sie sich diesen Typen hinter der Scheibe an. Gucken Sie genau hin. Wäre ihm das passiert? Ikarus mordete mit Perfektion. Er hat die Frauen nicht erwürgt. Er hat sie erstickt. Mit einem Plastiksack. Zumindest die, für die er wenig Zeit hatte. Die Muster stimmen einfach nicht überein.«

Christine ballte die Fäuste. Sie sezierte den Mann im Verhörzimmer mit Blicken. Wie ruhig er dasaß. Christine hatte ihn bezwungen, aber vielleicht wollte er sie mit seinen Lügen ja persönlich treffen. Sie stemmte sich mit aller Gewalt gegen die Dummheit der Mordkommission und den außergewöhnlichen Mangel an Scharfsinn, den sie hier vermutete. Sie stemmte sich gegen Tobias Dom, der offensichtlich ein entscheidendes Ikarus-Motiv übersehen hatte. »Die Feder. Erklären Sie mir die Feder in Petra Weinholds Wohnung.«

»Es kann die Tat eines Nachahmungstäters sein. Es gab im Osten genug Leute, die über den Fall Ikarus informiert waren. Geheimhaltung hin oder her.«

Christine trat nah an Dom heran, als könne sie ihn so von der Wahrheit überzeugen. Dabei richtete sie ihren Zeigefinger wie eine Waffe auf den Mörder im Raum nebenan.

»Er spielt ein Spiel mit Ihnen. Ikarus ist größenwahnsinnig. Das dürfen Sie nicht vergessen. Er fordert Sie heraus. Es ist seine letzte Runde. Ist das nicht plausibel?«

Christine spürte die Anspannung in ihrem Körper. In ihrem Innersten umarmten sich Wut und Starrsinn. Sie kannte sich gut genug und musste sich beherrschen, Tobias Dom nicht anzubrüllen, als er den Kopf schüttelte.

»Nein, Christine, das ist emotional nicht plausibel. Ein Mann, der lebenslang hinter Gittern landen wird und eine Familie hat, die er liebt, der will nach seiner Enttarnung als Mörder ein schnelles Ende. Ich bin berufsbedingt von gerissenen Verbrechern umgeben, und ich sage Ihnen, da passt etwas nicht. Er hat Sarah Wagner nicht entführt und Petra Weinhold nicht attackiert. Sie waren mutig, Christine, sehr mutig sogar, aber Sie müssen diese Tatsache akzeptieren.«

Nein, das würde sie nicht. Christine verpasste dem Holzstuhl vor ihr einen Tritt. Er schrammte polternd über den Boden.

»Was ist mit Petra Weinhold? Sie hat den Mann gesehen. Sie hat doch sicher eine Personenbeschreibung abgegeben, oder?«

Zweimal schüttelte Dom den Kopf, was sein halblanges Haar in tanzende Bewegungen versetzte. Es war die Bewegung eines Mannes, der seine Gesten vor dem Spiegel bis zur Perfektion einstudiert haben mochte. Sein Manierismus brachte Christine fast zur Weißglut.

»Was hat Petra Weinhold erzählt?«, fragte sie.

»Sie steht noch immer unter Schock. Natürlich haben wir ihr Fotos von Andreas Richter vorgelegt. Sie hat ihn weder identifiziert noch verneint, dass er es war.«

Christine stieß die Luft aus. »An mehr kann sie sich nicht erinnern? Mehr konnten Sie nicht ermitteln?«

Doms Mundwinkel verkrampften sich. »Sie verstehen doch gar nicht, was wir hier geleistet haben. Ich bin seit neunundzwanzig Stunden im Dienst. Ich habe mich durch Erik Bergmanns Kuriositätenkabinett gekämpft. Was glauben Sie denn, Christine? Wir ersticken hier in Arbeit. Wie die Staatsanwaltschaft auch. Was meinen Sie, wie oft solche Fälle einfach so abgehakt werden? Überall in Europa. Staatlicher Stempel drauf und fertig. Ich bin einer von denen, die immer nachfragen, die nicht so schnell aufgeben. Ich verdiene mehr Respekt.« Dom seufzte.

Christine lief in dem Raum hin und her. Dabei ließ sie den Mörder hinter der Spiegelglaswand nicht aus den Augen. Sie prüfte jeden ihrer Gedanken und wog ihn angesichts der Bestie ab. Nur eine Person konnte Klarheit in den Fall bringen.

»Ich muss zu Petra Weinhold. Ich muss zu ihr.«

Dom trat nah an Christine heran. »Das bringt doch nichts. Glauben Sie mir. Sie ist jetzt bei ihren Eltern in Hamburg. Aus dieser Frau kriegt im Moment keiner was raus. Ihr Gehirn ist blockiert. Sie kann sich nur an eine Kleinigkeit erinnern. Fast schon zu banal und auch eher eine intuitive Sache.«

»Und die wäre?«, fragte Christine. Jedes Detail konnte entscheidend sein.

»Es war ein Flashback. Unsere Psychologen bezeichnen diesen Vorgang als Traumainformationen des impliziten Gedächtnisses. In einem so speziellen Fall wird nur die selektive Erinnerung des Opfers für Bilder, Töne oder Gerüche aktiviert.«

»Ja, ja. Natürlich. Ich weiß, was Sie meinen. Woran hat sie sich erinnert?«

»An einen Geruch.«

»Einen Geruch?«

»Als der Mann seinen Mantel geöffnet und sich auf sie gelegt hat, roch sie etwas Süßliches. Sie konnte es nicht genau beschreiben. Ein bisschen wie verbrannte Milch, rauchig, verqualmt, irgendwie vanillig.«

Es kam ihr vor, als würden sich Doms Informationen durch ihren Kopf schlängeln und neue Muster ausbilden. Hinter der Glasscheibe strich Ikarus die Falten seines Poloshirts glatt und fuhr sich durch die Haare. Wie einen Magneten benutzte Christine ihr Gehirn, um alle Momente der vergangenen Tage gewaltsam an sich zu ziehen.

Sie fand eine Antwort, die so offensichtlich war, dass sich ihre Muskeln vor Wut verkrampften. »*Mon dieu*«, flüsterte sie.

»Ja. Toll. Ein Geruch. Sollen wir nun sämtliche Backstuben in Berlin und Brandenburg durchsuchen nach einem Kerl, der in der beginnenden Vorweihnachtszeit irgendwie süßlich riecht? Das ist doch sinnlos.«

Christine schwieg.

»Das ist doch sinnlos, oder?«, fragte Dom.

»Ja, Ihnen muss das völlig sinnlos erscheinen.«

Christine hätte Kommissar Dom Zeit lassen können, um über ihre Antwort nachzudenken, doch sie verabschiedete sich.

Sie warf einen letzten Blick auf Ikarus, sah sein selbstzufriedenes Gesicht und seine entspannte Körperhaltung. Über zwanzig Jahre hatte er gemordet und so viele Leben zerstört. Sie hatte die Bestie zu Fall gebracht. Aber diese Geschichte war noch nicht zu Ende.

David Bowie röhrte dumpf durch die Zimmer. Er sang davon, wie er ein Feuer mit Benzin löschen würde.

Christine ging unter die Dusche. Die heißen Wasserstrahlen aus dem Duschkopf prasselten auf ihren Leib, hämmerten auf ihre blauen Flecken und Hämatome, die Ikarus auf ihrem Körper hinterlassen hatte. Sie ignorierte den Schmerz. Die Wassertropfen liefen langsam an den Fliesen herab. Die Ruhe in ihr war absolut.

Sie zog ein schwarzes Kleid an, schminkte sich die Lippen und deckte den blauen Fleck an ihrer Schläfe ab. Aus ihrem Schuhregal wählte sie ein dunkelgraues Paar Absatzschuhe mit rutschfester Sohle. Sie drehte sich in dem Kleid vor dem Spiegel hin und her und überprüfte ihre Beweglichkeit.

Erik Bergmanns Waffe lag im Seehaus. Sie hatte die Makarow vor den Kriminalbeamten versteckt. Sie war alles, was ihr von dem alten Mann geblieben war. Ein Stück Erinnerung, das sie hüten würde. Jetzt könnte sie die Waffe gut gebrauchen, aber ihr fehlte die Zeit, um noch einmal nach Potsdam zu fahren.

Sie griff nach ihrem Elektroschocker und verbarg ihn in der rechten Tasche ihres schwarzen Mantels. Ihre Kreditkarte schob sie in die linke. Sie schickte Albert eine SMS. Sie musste es tun. Er hatte nicht mehr mit ihr gesprochen, all die Tage nicht. Falls diese Sache schiefging, sollte er wenigstens wissen, warum. Er war ihr Freund, zumindest war er es einmal gewesen.

Einen Moment blieb sie stehen. Was hätte ihr Vater ihr wohl in diesem Moment geraten?

Remy Lenève würde wahrscheinlich in dem alten, zerfurchten Ledersessel sitzen. Die Beine übereinandergeschlagen, die Ärmel seines blauen Hemdes nach oben gerollt, und er würde sie besorgt anschauen.

Meinst du, das ist der richtige Weg? Du musst dir nichts beweisen.

Ich habe einen Fehler gemacht. Ich begleiche meine Schulden. Ich muss das tun. Du würdest es auch nicht anders machen.

Remy Lenève lachte. Er stand auf und legte seine Arme um ihre Schultern. *Christine, du willst das für mich tun. Wenn du es für mich tust, dann lass es. Ich bin tot. Die Toten brauchen niemanden mehr, der für sie kämpft, Kind.*

Sie schüttelte den Kopf. *Wenn die Welt ein Paradies für Mörder geworden ist, dann bin ich eben die Schlange, die durch den Garten kriecht.*

Er nickte ihr zu. *Sei vorsichtig.*

»Das werde ich sein«, flüsterte sie, streifte ihren Mantel über und zog die Tür hinter sich zu.

29

Das Weltall gähnte. Zumindest kam es ihm so vor. Es war ein Gefühl, wie es sich nach einem verbummelten Sonntagnachmittag einstellte. Er wusste, dass die Langeweile ein Grundzustand der menschlichen Existenz war. Wiederholung folgte auf Wiederholung. Wie eine Verkettung öder Momente, die in einem Leben endlos wiedergekäut wurden. Er aber musste in Bewegung bleiben, sonst würde er das Spiel verlieren. Stillstand machte blind. Stillstand war bedrohlich. Stillstand. Tödlicher Stillstand.

Er würde es nicht zulassen. Nicht in seiner Welt.

Er stand vor dem Käfig und betrachtete die schlafende Sarah wie ein exotisches Tier im Zoo. Ihre dünnen Ärmchen schlackerten aus ihrem weißen Kleid. Er hatte es für sie ausgesucht. Es war ein Geschenk.

Sarahs Wangenknochen wirkten eingefallen. Ihr Haar klebte strähnig an der Stirn. So lag sie da, auf dem weißen Laken ihres Bettes. Ein zutiefst unbefriedigender Anblick. Wie wenig Zeit er doch gebraucht hatte, um aus dem überheblichen Fernsehsternchen wieder die sechzehnjährige Sarah zu machen.

Sarah weinte. Sarah hatte Angst. Sarah wollte sich verstecken. Sie war nur noch das kleine Mädchen aus der Turnhalle, das dem Monster nicht entkommen konnte.

Das war Sarah. Und er war das Monster.

Er verstand nicht, wie es Ehepaare geben konnte, die fünfzig Jahre ihres Lebens miteinander verbrachten. Ihm war schon nach wenigen Tagen die Lust auf sein Opfer vergangen. Sie hatten eine Beziehung geführt, Leid und Freude geteilt. Seine Freude.

Aber war, was er hatte, so anders als die Beziehungen, wie sie die Leute da draußen führten? Er hatte Sarah geliebt. Nun war das Gefühl aufgebraucht. Seine Leidenschaft für sie glich nur noch einem laut stotternden Motor, dem der Sprit auszugehen drohte. Ihre anfänglichen Schmerzensschreie, wenn er sie sich nahm, ihre Hoffnung auf ein Ende der Tortur, dieses kleine Glimmen, mit dem er so gern gespielt hatte – es war verloschen. Sie hätte ihm zeigen können, dass sie noch leidet. Aber sie tat es nicht. Im düsteren Licht des betonierten Kellers war Routine eingekehrt.

Gut nur, dass es Petra Weinhold gegeben hatte. Sie war ihm eine willkommene Abwechslung gewesen. Sehr willkommen sogar. Er war einen Schritt weiter gegangen. Die nächste Phase war eingeleitet worden. Er hatte ein Opfer getötet. Es war sein erster Mord. Er tat ihm gut.

Seine Hände, seine wundervollen Finger, jeder einzelne von ihnen war ein Mordinstrument, der das Leben aus dem Leib der jungen Frau einfach herausgequetscht hatte.

Aber Petra Weinhold war nur eine strategische Nebelgranate gewesen. Ein billiges Opfer, von dem er sich schnell getrennt hatte, um eine übergeordnete Strategie zu verfolgen. Mit ihrem Tod hatte er eine Fährte zu dem Maskierten mit der Feder gelegt, während er selbst im Schatten stand, unsichtbar wie ein Marionettenspieler mit allen Fäden in der Hand.

Christine Lenève und ihre Partner waren blind durch den Nebel getappt. Wie einfach es gewesen war, ihnen zum Anwesen der Wagners zu folgen und sie durch die Fenster des Seehauses zu beobachten. Stundenlang hatten sie Fotos und

Papiere durchwühlt und sich in die Vergangenheit gegraben, während er unter einer alten Eiche stand und sein leises Kichern kaum unterdrücken konnte. Er hatte sie zu seinen Erfüllungsgehilfen gemacht, ohne dass sie es auch nur ahnten.

Doch da war noch mehr gewesen. Dieser junge Kerl mit dem lockigen Haar, der stundenlang vor seinem Laptop gesessen hatte – zwischen ihm und Christine Lenève bestand wohl eine besondere Beziehung. Er konnte ihre Blicke deuten, ihre Gesten verstehen. Als der Typ das Seehaus in der Nacht verlassen hatte, folgte er ihm. Es war ein innerer Drang. Er musste es tun. Kreuz und quer war er ihm durch die Straßen Brandenburgs und Berlins hinterhergefahren, und als die Reise vor einem Kreuzberger Mietshaus endete und dort oben im dritten Stock die Lichter angingen, da wusste er, was er tun musste.

Petra Weinholds Tod würde in Christine Lenèves Team ein Beben auslösen. Je mehr Chaos er schuf, desto unwahrscheinlicher war es, dass sich die Spur der entführten Sarah zu ihm zurückverfolgen ließ. Es war ein Plan, wie ihn nur sein brillanter Geist zu entwickeln vermochte.

Schade nur, dass sich in den Zeitungen nichts über seinen Mord finden ließ. War Petra Weinhold noch nicht einmal entdeckt worden? Lag sie immer noch auf dem Boden in ihrer kleinen Altbauwohnung? Nach vier Tagen ohne Kühlung waren sicher erste Anzeichen einer beginnenden Verwesung eingetreten.

Er atmete tief durch. Die deutliche Venenzeichnung unter der Haut der Toten, die geschwärzten Augen – solche Bilder ölten seine Assoziationsmaschinerie aufs vortrefflichste. Diese Tat würde er bis an sein Lebensende feiern. Er hatte sie vollbracht. Und er würde es wieder tun.

Er durchschritt den Keller auf weichen Ledersohlen. Mit den Fingerspitzen berührte er das kalte Metall der Eisenstäbe. Der Käfig hatte seine Aufgabe erfüllt. Er gab den Zahlencode ein, wartete auf das dumpfe elektrische Brummen und öffnete die Tür.

Sarah reagierte nicht. Er hatte damit gerechnet, dass dieses in langen Tagen ritualisierte Geräusch bei ihr eine Panikattacke auslösen würde. Was aber nicht der Fall war. Sarah schlief.

Ihre Sensoren für Gefahr waren viel schneller ausgebrannt, als er es erwartet hatte. Wie ruhig sie während ihres Schlafes aussah. Nur wenn er genauer hinschaute, nahm er das unruhige Zucken unter ihren Augenlidern wahr. Ein heimliches Pulsieren. Der Stress und die Angst der vergangenen Tage hatten dunkle Ringe unter ihren Augen hinterlassen. Er hatte Sarah verändert. Diesen Gedanken genoss er.

Ihre Träume mochten wie schwere elektrische Kopfgewitter durch ihr Gehirn jagen. Ein Wirbelsturm aus Wut und Verzweiflung. Als er auf sie hinabblickte, konnte er ahnen, wie Sarah die Erlebnisse des Tages in ihrem Schlaf neu organisierte. Er fragte sich, ob es ihr je gelingen würde, das Geschehen zu verarbeiten. Jeder Mensch hatte bis zu acht Träume pro Nacht. Er war sich sicher, dass er ausnahmslos alle Hauptrollen in Sarahs Kopf spielte.

Er trat einen Schritt näher an sie heran.

»Im Traum gibt es weder Vergangenheit noch Zukunft. Man ist einfach nur da. Und nicht einmal das wird dir die Realität bald bieten können.« Er flüsterte die Worte ganz leise hinter seiner Maske hervor. »So wird es sein. Weil ich es will, Sarah. Weil ich es so will.«

Er hatte ihr Morphin gespritzt. Tagelang. Ihre Muskeln hatten die Flüssigkeit geschluckt wie ein Verdurstender das Wasser. Die Opiate klammerten sich an ihren Rezeptoren fest und versprachen Erlösung vor dem Grauen.

Doch das war eine Lüge.

Es ging nicht darum, ihr Empfinden für Schmerz zu reduzieren. Er beabsichtigte eine völlig andere Wirkung, die perfekte Täuschung. Er durfte nicht menschlich wirken. Ein unwirklicher Alptraum wollte er sein, einer, der ohne Vorwarnung in Sarahs Leben wiedergeboren worden war. Die Drogen halfen ihm dabei.

Sarah erlebte seine Gewalt in einem wolkigen Rausch. Er steuerte sie. Die falschen Fotos ihrer gefangenen Schwester – Lügen. Er zehrte von den Taten eines anderen. Sarahs Angst vor der Vergangenheit ließ ihn wachsen. Sie verlieh ihm übermenschliche Größe. Es war so einfach.

Vor ihren Augen musste sich alles abspielen wie unter Wasser. Dumpf. Hämmernd. Und wenn dann endlich die Droge nachließ, kam die Wahrheit mit doppelter Wucht zurück.

Sie war eine Gefangene. Er hatte sie gebrochen. Die großartige Fernsehfrau, die über allem stand, die angetreten war, um Millionen ihre Einzigartigkeit zu demonstrieren – sie war nur noch ein Sack menschlichen Fleisches, der seinen Zweck erfüllt hatte. Mehr nicht.

Dabei war er nicht undankbar. Er war an Sarah gewachsen. Nun musste die Sache enden. Sie war vorüber. Er war der Mann in Schwarz, der das Spiel nun abpfeifen würde. Er war Herr über Leben und Tod. Er war allmächtig.

Fast schon spürte er einen leichten Trennungsschmerz, als er die fünf Ampullen Morphin in seiner Kanüle zu einer letzten Überdosis aufzog.

Noch einmal rückte er seine Strumpfmaske zurecht. Dieser wunderbare Fetzen Nylon, der die Illusion so perfekt gemacht hatte. Der letzte Vorhang würde sich nun heben, und mit ihm würde seine Maske fallen. Es war der letzte Schock, den er Sarah in ihrem Leben zufügen würde. Der Mensch, dem sie vertraut hatte, würde zu ihrem Vollstrecker werden. Es war ein so vollkommenes Gefühl der Vorfreude, dass es ihn fast zum Weinen brachte.

Mit der Zunge berührte er das schwarze Nylon vor seinem Mund. »Wach auf, Sarah. Es ist so weit.« Die Worte klangen fast heiser, aber dennoch deutlich.

Seine Stimme schlug in ihren Körper ein wie ein Blitzschlag. Ein kurzes Zusamenzucken, dann war sie hellwach.

»Was …?«, entfuhr es ihr schwach.

»Nicht was. Wer? Das ist die Frage. Vielleicht wäre auch ein Warum angemessen.«

Sie richtete sich mühsam im Bett auf. Seine klatschenden Hände machten ihr Angst.

»Bravo«, flüsterte er. Immer wieder: »Bravo, bravo. Willkommen im letzten Akt, Sarah. Willkommen.« Er näherte sich ihr mit kleinen Schritten. Noch näher. Ganz nah.

Sein ganzer Körper war ein Lächeln. »Es ist so weit, Sarah. Endlich ist es so weit.«

Wie eine geladene Waffe hielt er die volle Kanüle mit der fahlen Flüssigkeit in der Hand. »Reis hat mehr Gene als der Mensch, wusstest du das, Sarah?«

Sie war sichtlich verwirrt und schwieg.

Er zog die Schultern hoch, wie es ein Lehrer machen würde, der längst die Lust an seinem untalentierten Schüler verloren hat. Ein wenig wippte er auf den Zehenspitzen. Es war eine Geste, die sie wiedererkennen sollte, die ihr vertraut vorkommen müsste. Aber in ihrem Gesicht sah er nur eine große Erschöpfung, die keinen klaren Gedanken entstehen lassen wollte. Er drehte ihr den Rücken zu. Ein Zeichen seiner vollendeten Geringschätzung. Im Spiegel betrachtete er sich selbst, wie er die Gummihandschuhe über die Ärmel seines Sakkos zog, als würde er eine Krawatte richten.

»Dem meisten, was wir sehen und zu verstehen versuchen, mangelt es an der richtigen Einordnung. Die grobe Masse ist zu sehr von der Überlegenheit des Menschseins überzeugt, von ihrer eigenen Komplexität und Einzigartigkeit. Eine krasse Fehleinschätzung, wenn man mich fragen würde. Sieh dich doch nur selbst an, Sarah. Wir reden hier über mäßig sortierte zweiundsiebzig Prozent Wasser, die dich ausmachen. Wasser. Einfach nur Wasser. Und der Rest? Was ist der Rest, Sarah?«

Er drehte sich um und hoffte auf ein Zeichen von Verständnis in ihrem Gesicht. Ein Hauch von Erkenntnis nur. Er wäre schon mit wenig zufrieden. Es würde den letzten Akt um so vieles süßer machen. Aber in ihrem Gesicht fand er nur eine ernüchternde Hoffnungslosigkeit. Sie sah ihn schweigend an und suchte nach seinen Augen, die er unter der schwarzen Maske verbarg.

»Sie haben nichts verstanden … Sie haben Ihr ganzes Leben vergeudet, wenn Sie nicht verstanden haben, was es heißt, ein Mensch zu sein.« Ihre Stimme klang heiser und brüchig.

Er lachte laut. »Aber sicher habe ich das. Ganz sicher sogar. Deswegen habe ich mich doch vom Menschsein gelöst. Genau deswegen. Und du hast mir dabei geholfen.«

Auf Sarahs Unterarm stellten sich die feinen Härchen auf. Er registrierte es mit innerer Erregung. Sie spürte wohl, dass sich die Situation verändert hatte. Sehr gut. Er dämpfte seine Stimme nicht mehr. Sie war nun ganz klar, kein Flüstern mehr. Er wollte ihr die Wahrheit in kleinen Portionen servieren.

»Sie wollten mich nie gehen lassen, oder? Die ganze Zeit haben Sie gelogen. Sie wollten mich töten. Von Anfang an. So ist es doch.« Sie stand von ihrem Bett auf, knickte ein und hielt sich nur mühsam aufrecht.

Er senkte den Kopf ein wenig und betrachtete seine Schuhspitzen. Das dunkelgraue Leder glänzte im schummrigen Licht. »Ja. So ist es. Dein Tod ist die einzig logische Lösung. Wenn ein Experiment in einem Chemielabor beendet ist, werden die Substanzen entsorgt. Das hast du sehr gut erkannt. Aber tröste dich, Sarah, mein Liebling. Die Zeit ist eine zerstörerische Fee. Ich rette dich. Ich rette dich vor der Unwürde des Alterns. Ich rette dich auf meine Weise. Ist das nicht … schön? Würdest du mir nicht zustimmen? Nein?«

Sarah richtete sich vollständig auf. Sie stand jetzt kerzengerade vor ihm und blickte konzentriert auf seinen Kopf. »Es ist noch nicht zu spät. Warum lassen Sie mich nicht einfach gehen? Ich werde niemandem davon erzählen.« Sie flehte ihn an. »Bitte, noch können wir beide es ändern. Es muss nicht so enden. Sie müssen doch irgendwo noch ein paar Gefühle haben. Irgendwo … bitte …« Sie brach in Tränen aus. Sie zitterte und schluchzte.

Er regte sich nicht. »Was meinst du, Sarah, warum gäbe es einen Grund, auf seine Gefühle stolz zu sein? Warum beklagst du meinen Mangel daran? Wie viele Gefühle gibt es überhaupt? Was meinst du, hm?«

Sarah schwieg. Wie sehr sie ihn doch enttäuschte. Sie wusste einfach gar nichts mehr. Die Ödnis ihres Wesens war für ihn nicht mehr zu akzeptieren. Tage hatte sie mit ihm verbracht, und dennoch hatte sie nicht mehr zu bieten. Nun würde sie sterben. Nur das stand mit Sicherheit fest. Der letzte Akt war gleich vorbei.

»Sag es mir, Sarah. Gib dir ein wenig Mühe«, zischte er unter seiner Maske hervor.

»Ich … weiß es nicht. Warum ist das jetzt noch so wichtig?« Sie ließ sich schlaff auf das Bett sinken.

»Es sind genau einhundertvierundvierzig Millionen und zweihundertdreiundsechzigtausendvierhundertfünfundneunzig Gefühle. Allerdings nur, wenn man einem Neurologen aus Indien Glauben schenkt, der vor einer Horde Studenten ein Experiment mit roten Linsen vorgeführt hat. Glauben wir ihm, Sarah? Wollen wir ihm wirklich Glauben schenken? Und sagt so eine Zahl etwas über die Qualität eines Gefühls aus?«

Sie schüttelte den Kopf. Vielleicht wollte sie so ihr Leben wenigstens für ein paar Minuten verlängern. Wie töricht.

»Möchtest du jetzt nicht ein neues Gefühl lernen? Eine neue emotionale Qualität? Das müsste dir doch entgegenkommen. Ich denke, du bist jetzt bereit dafür.«

Er drehte ihr den Rücken zu und betrachtete sich noch einmal im Spiegel. Ein letztes Mal. Er war ein Feldherr, der gleich die letzte Schlacht gewinnen würde. Hinter dem Nylon seiner Maske schloss er die Augen und konzentrierte sich auf diese besonderen letzten Sekunden, die nun durch den Raum gingen. Er spürte Sarahs Blicke auf seinem Rücken, dem Rücken ihres Mörders. Denn der würde er sein.

Reglos stand er vor dem Spiegel und öffnete die Augen. Er genoss es. Seine breiten Schultern, an denen das Sakko wie ein dunkler Vorhang herabhing, und seine Hände, die er nun langsam wie in Zeitlupe hob.

Er drehte sich auf dem Absatz um, ganz langsam und starr, wie er es bei Schaufensterpuppen im Laden gesehen hatte, die sich um die eigene Achse drehten. Die Handschuhe zog er von seinen Fingern und warf sie auf den Boden.

319

Dann riss er sich mit einem Ruck die Nylonmaske vom Gesicht und verwandelte den schwarzen Fleck über seinem Hals zu einem menschlichen Antlitz.

Und endlich war der Moment gekommen.

Sarahs riesige Augen, ihr aufgerissener Mund – bei seinem Anblick war sie erstarrt. Sie verstand.

Er konnte ihr Innerstes spüren. Ihr Blut stand still, zirkulierte nicht mehr. Sie blickte in sein Gesicht.

Die wundervolle Sekunde, in der der Schock in ihrem Gehirn ankam und sie versuchte zu begreifen: Wie war es nur möglich?

Lawinenartig überkam sie die Erkenntnis und begrub sie unter ihrer Last. Ihr dünner Körper erbebte unter dem Licht des Deckenstrahlers – wie eine Marionette, an deren Fäden ruckartig gezogen wird. Sie lag auf dem Bett und zitterte. Ihr weißes Kleid war nach oben gerutscht. Sie presste ihre Oberschenkel aneinander und verkrallte sich mit den Fingern im Laken der Matratze.

Wunderschön. Wie perfekt. Dieser eine Moment war alles, was er sich erhofft hatte, dafür hatte er die vielen Monate gelebt. Ewig würde er davon zehren. Jedes Detail prägte er sich ein. Für immer.

Sarah hätte schreien, die ganze Verzweiflung aus sich herausbrüllen und wütend mit den Fäusten um sich schlagen können. Doch sie tat nichts.

Sie blickte ihn nur ungläubig an. Der Ausdruck, der auf ihrem Gesicht lag, der Schock und die Hoffnungslosigkeit – er sog all das in sich auf.

»Gefällt dir mein Menschsein? Spürst du es, Sarah? Spürst du das neue Gefühl?« Er strahlte sie auffordernd an. »Ist es nicht wunderbar, was wir hier geschaffen haben? So einzigartig.

Und so endlich …« Er lief mit drei kurzen Schritten auf Sarah zu, die Spritze in seiner Hand mit aller Kraft umklammernd. Mit der anderen Hand packte er ihren Hals, presste ihn zusammen, bis er das Pulsieren ihrer Halsschlagader an seinen Fingerspitzen fühlen konnte.

Sarah wehrte sich nicht, sie starrte ihn nur an. Ihre Pupillen weiteten sich; dunkle Murmeln, aus denen sich langsam das Leben verabschiedete. Es enttäuschte ihn. Dennoch spürte er die Hitze seiner Erektion. Er warf den Kopf nach hinten, ließ ihn kreisen, fühlte die Bewegungen seiner Haare.

Die Erfüllung. Schön. So schön.

Er hob die Spritze in seiner Hand, bog Sarahs Hals noch weiter zurück, suchte die richtige Stelle und verharrte.

Da war ein feines, rhythmisches Brummen. Es kam von oben.

Jemand stand vor der Tür. Jetzt. In dieser Sekunde.

Wer wagte es? Wer störte sein großartiges Finale?

Er war nicht amüsiert. Aber seine Instinkte sagten ihm, dass er auf das Klingeln reagieren musste. Warum auch immer.

Verärgert ließ er von Sarah ab. Sie fiel wie eine leblose Puppe in sich zusammen. Er keuchte voller Enttäuschung über den Verlust seines prachtvoll orchestrierten Schlussakkords. Mit einer schnellen Bewegung richtete er sein Haar und fuhr mit dem Handrücken über seine vom Schweiß feuchte Stirn.

Ein geknurrtes »Verdammt« entfuhr ihm.

Hastig verließ er den Käfig.

30

Christine drückte den Finger mit aller Gewalt auf den messingfarbenen Klingelknopf. Dann wartete sie kurz. Kaum erhob sich der Knopf schwerfällig aus seiner Fassung, drückte sie ihn wieder herunter. Immer wieder. Christine bemühte sich, das Klingeln nicht aufgeregt wirken zu lassen. Es sollte ein normales Läuten sein, unschuldig, unverdächtig und ganz ohne den Stress, den sie selbst empfand.

Sie wartete auf ein Lebenszeichen des Mannes, der sich in der weißen Villa verbarg. Irgendwo da oben, hinter den beleuchteten Fenstern des nüchternen Gebäudes, dort war er. Versteckt in seiner Festung, die er wohl für uneinnehmbar hielt. Die Zufahrt zum Grundstück war durch ein schweres Eisentor versperrt.

Durch die Baumkronen konnte Christine den dunkelblauen Himmel sehen. Es war wie ein letztes Aufbäumen, bevor die Sonne verschwand und er sich ganz in sein schwarzes Gewand hüllte. Die über hundert Jahre alten Eichen neben dem Eisentor standen fest und stark, als würden sie den Mann dort oben beschützen wollen. Irgendwo zwitscherten noch ein paar Vögel. Ein kleiner Fluss plätscherte zwischen den Bäumen dahin.

Es roch nach Erde. Es roch nach Grunewald.

Christine fuhr mit den Fingern über das Namensschild, sie ertastete die geschwungenen Buchstaben, jeden einzelnen, als könnte sie so die Wahrheit erfühlen, die sich hinter dem Namen Dr. Viktor Lindfeld verbarg.

Sie presste die Zähne zusammen, entspannte sich aber sofort wieder. Die Überwachungskamera über ihr würde sicherlich jede Mimik in ihrem Gesicht erfassen und in das Innere des Hauses übertragen.

Mit der Schuhspitze schob sie ein paar Steine und einige der herabgefallenen gelbgoldenen Blätter vor sich her und türmte sie zu einem kleinen Haufen auf. Sie war müde. Ihre Rippen schmerzten. Das Nikotin von den vielen Zigaretten lag pelzig auf ihrer Zunge. Aber ihre Gedanken waren klar. So schrecklich klar, als hätte sie ihre Gefühle wie auf Knopfdruck abgeschaltet.

Sie musste fokussiert bleiben. Was ihr fast misslungen wäre, als sie ein Knistern aus der Gegensprechanlage und die hallende Männerstimme hörte.

»Ja? Bitte?« Die Anlage rauschte, doch selbst durch die Übertragung verzerrt war noch die unterschwellige Arroganz in der Stimme vernehmbar.

»Ich bin es, Christine Lenève. Herr Dr. Lindfeld, wir müssen sofort reden. Es gab eine Verhaftung im Fall Sarah Wagner.« Christine log nicht. Die Festnahme war ihr Eintrittsticket in die Villa des Arztes. Wenn sie erst einmal drinnen war, würde sich der Rest schon ergeben.

Das Knacken in der Leitung vermengte sich mit dem Rauschen des Windes. Eine Böe fegte durch Christines Blätterhaufen, den sie so kunstvoll vor dem Tor aufgetürmt hatte. Dann sagte Lindfeld durch die Anlage: »Oh? Frau Lenève, kommen Sie herein. Ich mache Ihnen auf.«

Christine entging die unterdrückte Atemlosigkeit in der Stimme nicht. Das Tor brummte elektrisch und öffnete sich. Sie verpasste den Steinen vor ihren Schuhen einen Tritt und ging die Zufahrt zum Haus hinauf.

Lindfeld stand an der geöffneten Tür. Er lächelte. Seine Haare wirkten ungekämmt und hatten nichts von der Strenge, die Christine aus seiner Praxis kannte. Er reichte ihr die Hand. Sie ergriff sie und spürte die leichte Feuchtigkeit im Innern seiner Handfläche. Nun fiel ihr auch der feine Schweißfilm auf seiner Stirn auf.

»Das ist ja mal eine ganz tolle Nachricht, die Sie da überbringen.« Lindfeld klang direkt euphorisch, als er sich mit einer einladenden Geste umdrehte und ins Haus hineinging. Christine zog leise die Tür hinter sich ins Schloss.

Das Erdgeschoss des Hauses glich einem römischen Palast. Der dunkle Granitfußboden unterstrich die Weite des Raumes. Die Villa war übertrieben sparsam eingerichtet: ein schwarzes Ledersofa mit breiten Sitzpolstern und schlanken Beinen; eine fragile Stehlampe, die in hohem Bogen in den Raum ragte und ihr kugelförmiges Licht in die untergehende Abendsonne streute. Weiter hinten, in der Nähe einer Wendeltreppe, stand eine Corbusier-Chaiselongue aus Leder und gebürstetem Stahl neben einer schmalen weißen Bücherwand, die fast nur mit Bildbänden bestückt war. Riesige Panoramafenster mit Spezialfolie erlaubten Blicke ins Freie, verboten jedoch draußen Stehenden, in Lindfelds Reich zu schauen. Die weißen Ziegelwände brachten es bis zur Decke auf fünf Meter Höhe und machten Christine fast schwindelig. Von irgendwoher war klassische Musik zu hören. Ganz dezent und weit entfernt schien die Musik die bemühte Perfektion des Hauses vollenden zu wollen.

Christine erkannte das Sterile, das nicht Fassbare aus Lindfelds Praxis in der Villa wieder.

Der ganze Raum schien sie wie ein Vakuum anzuziehen, gleichsam in sich aufsaugen zu wollen. Alles an ihm wirkte geometrisch, mit kraftvollen Linien, schlicht und schnörkellos, einfach und fokussiert.

Und in der Mitte stand er: Dr. Viktor Lindfeld.

Er streckte die Arme weit von sich wie ein Entertainer aus den siebziger Jahren, der gerade die rotsamtene Showtreppe hinunterstolziert war und nun auf den Applaus des Publikums wartete. »Herzlich willkommen, Frau Lenève. *Vous êtes ici chez vous.* So sagt man doch in Frankreich, oder?«

Christine hatte den Eindruck, als gierte Lindfeld danach, Begeisterung für seine Villa in ihr auszulösen. Sie zwang sich zu einem Lächeln. »Ich werde mich bei Ihnen so zu Hause fühlen wie in meinem eigenen Heim. Versprochen.«

Und das war keine Lüge. Ganz sicher nicht. Sie ballte die Faust in ihrer Tasche und umklammerte ihren Elektroschocker.

Noch einmal würde sie nicht lächeln. Sonst bemerkte Lindfeld womöglich die Lüge. Ein ernsthafter Ausdruck war sinnvoller, so konnte sie auch innerlich die Ruhe bewahren und sich besser konzentrieren.

Lindfeld winkte sie zu einem kleinen runden Tisch neben einem der Fenster und bot ihr einen Platz in einem der beiden schwarzen Ledersessel an. Der kleine Tisch, die zwei Sitzmöbel, die sich direkt gegenüberstanden – die ganze Anordnung wirkte, als sollte Christine in eine Arzt-Patient-Situation gedrängt werden. Sie ging langsam durch den Raum, blickte sich dabei wie zufällig um und sagte halblaut: »Sehr beeindruckend. Wirklich beeindruckend.«

Tatsächlich speicherte Christine jedes Detail der Räumlichkeiten ab. Auf dem Ledersofa lag eine aufgeschlagene Tageszeitung vom Sonnabend. Ein Schwarzweißfoto von Sarah Wagner, aufgenommen während einer Studiomoderation, war darin abgedruckt. Auf dem Boden vor dem Sofa stand eine halbleere Flasche Moët & Chandon.

Lindfeld hatte die Arme hinter seinem Rücken verschränkt, wie es manche Senioren machten, die den Tag dahinplätschern ließen und alle Geschehnisse um sich herum unbeteiligt aus einer Art Warteposition betrachteten.

Er sah harmlos aus. Viel zu harmlos, als dass sein Gehabe echt sein konnte.

»Ach. Vieles hier hat noch mein Vater zu seinen Lebzeiten gestaltet. Er würde sich über das Kompliment freuen. Man muss seinem Vater dankbar sein, nicht wahr? Würden Sie mir nicht recht geben?« Er ließ eine Pause verstreichen. »Unsere Väter haben es verdient, nicht wahr?«

Ihr Vater. Er spielte auf ihren Vater an. Lindfeld setzte das Spiel fort, das er in seiner Praxis mit Christine begonnen hatte. Soeben hatte er die Schlacht eröffnet. Sie war gewarnt.

»Möchten Sie etwas trinken? Ein Glas Rotwein vielleicht? Wasser? Tee? Ich habe hier sogar Kusmi-Tee, frisch aus Frankreich importiert. Der könnte Ihnen schmecken.«

»Ein Wasser würde mir reichen.«

Lindfeld zog eine chrombeschlagene Tür am Ende des Raumes auf. Eine Küchenzeile wurde sichtbar. Er öffnete den Kühlschrank und blickte Christine dabei über den Rand der Tür hinweg an. Ihre Blicke trafen sich. Sie waren wie zwei wilde Tiere, die sich in der Nebelwüste Namib gegenüberstanden und musterten. Nichts war klar, die Bewegung des Angreifers verborgen hinter wirbelndem Sand, und dabei war jeder Schritt entscheidend. Wer zu lange auf einer Stelle verharrte, würde sich die Füße im heißen Sand verbrennen, was der Gegner für sich zu nutzen wüsste. Worte waren Schritte. Und jeder einzelne zählte.

Christine wandte sich ab. Am Ende des Raumes neben der Chaiselongue prunkte ein riesiger Architekturkamin. Er war weiß, mit großen Glasscheiben. Eingelassen in einer Wand knisterte das Feuer still vor sich hin. Ein paar Holzscheite glühten noch. Erstaunlich eigentlich, dass Lindfeld den Kamin angemacht hatte. Die milden Oktobertemperaturen verlangten nicht nach einer zusätzlichen Wärmequelle. Was Christine irritierend fand. Im Vorbeigehen warf sie einen Blick durch die Sichtscheibe.

Etwas abseits der verkokelten Holzscheite und ganz nahe an der Scheibe lag ein goldfarbenes Stück Metall. Es erinnerte Christine an eine kleine Schnalle. Weiter hinten, zwischen den Scheiten, klemmte etwas, das wie ein Absatz aussah. Es war ein Schuh. Zumindest die Reste von ihm. Ein Absatzschuh, an dessen Leder die Flammen züngelten.

Der Schuh einer Frau.

Kein Schock. Keine Regung. Ihr Äußeres wirkte unbeeindruckt. In ihrem Innern aber kämpfte Christine eine Welle von Zorn nieder. Sie musste Abstand von ihren Gefühlen nehmen. Sie brauchte einen klaren Kopf.

»Ist es denn wirklich so kalt, dass Sie schon jetzt den Kamin brauchen?« Ihre Frage glich einem Dolchstoß, das wusste Christine.

»Nein, nicht unbedingt«, rief Lindfeld aus der Küche. »Es gibt viele Arten und Methoden, wie man sich bei kälteren Temperaturen ein bisschen Wärme verschaffen kann. Manchmal ist innere Wärme viel bedeutsamer als äußere.« Wieder machte er eine dieser unnatürlichen Pausen. »Mich beruhigen einfach nur die Flammen. Ich finde es immer wieder erstaunlich, dass etwas so Destruktives wie Feuer bei uns Menschen wohlige Gefühle auslösen kann. Bemerkenswert, oder?«

Wusste er, was sie gesehen hatte? Natürlich wusste er es.

Christine nahm in einem der Sessel Platz. Lindfeld stellte zwei Gläser Wasser auf den Tisch und setzte sich ebenfalls. Die feinen Ziernähte des Leders drückten gegen Christines Handflächen. In den zwei Gläsern auf dem Tischchen schaukelte sanft das klare Wasser. Draußen vor den Fenstern hatten sich die letzten Spuren Blau langsam in einer orangefarbenen Dämmerung verloren.

Bald kam die Finsternis.

»Jetzt bin ich aber wirklich gespannt, Frau Lenève. Wer ist denn verantwortlich für das Verschwinden von Sarah Wagner? Wie geht es ihr überhaupt?«

Christine ließ die Frage einen Moment in der Luft hängen. Sie betrachtete das Wasser auf dem Tischchen vor ihr und entschied, nichts davon zu trinken. »Das lässt sich nicht ganz so einfach beantworten.«

Lindfeld schlug ein Bein über das andere, faltete die Hände und stützte sein Kinn darauf. Eine seiner einstudierten Praxisgesten.

Es widerte Christine an, wie er vor ihr den gelassenen Psychiater spielte.

»Das lässt sich nicht so einfach beantworten?« Er zog eine Augenbraue nach oben. »Aber Sie sagten doch, es gab eine Festnahme im Fall Sarah Wagner.«

»Henriette Wagner wurde vor über zwanzig Jahren von einem Serienmörder entführt und getötet. Die Beamten nannten ihn Ikarus. Wir haben den Mann.«

»Er ist der Mann aus der Turnhalle?«

»Ja.«

»Sie haben ihn gefasst, oder?«

Christine nickte. »Ich und meine Partner.«

»Der Mann hat Sarah Wagner entführt?« Lindfeld deutete ein Kopfnicken an, als wollte er Christine die Antwort auf seine Frage diktieren.

»Nein.«

»Das verstehe ich nicht, Frau Lenève.«

Er beugte sich vor. Sein Mund war halb geöffnet, die Augenbrauen so hoch gezogen, wie es Christine nur aus Stummfilmen kannte, in denen Schauspieler besonders übertrieben agierten.

»Der Mann behauptet, dass er es nicht war.«

»Und Sie glauben ihm? Einem Serienmörder?«, fragte er.

»Ja, das tue ich. Ganz einfach, weil er keinen Grund mehr hat zu lügen. Es gibt keine Beweise für die Tat, keine Zeugen, keine Fingerabdrücke. Nichts.«

Lindfelds Finger verkrampften sich in den Lehnen des Sessels.

»Sind Sie sicher, dass er nicht mit Ihnen spielen will? Solche Menschen sind dazu durchaus in der Lage.«

»Ich bin mir sicher. Er will nicht mit mir spielen.«

Über Lindfelds Stirn zog sich eine tiefe Falte. Er presste die Knie aneinander, verkrampfte sich. Was Christine nicht entging. Die Adern an seinem Hals traten hervor. Seine Muskeln bekamen nicht genug Blut.

Etwas geschah in ihm. Mit einer spielerischen Geste zog er die Schultern hoch.

»Ich weiß nicht recht, ob ich das alles richtig verstehe.«

Christine stand auf und blickte auf Lindfeld herab. Sie hatte die Patientenebene verlassen. Das Knistern im Kamin wurde lauter. Ihre Schuhe knirschten, als sie einen Schritt auf ihn zuging. »Wissen Sie, was es mit dem unsichtbaren Gorilla auf sich hat?«

Lindfeld lächelte. »Natürlich weiß ich das. Das Experiment fällt doch schließlich in mein Fachgebiet, oder?«

Christine verschränkte die Arme vor der Brust. »Ja, damit müssten Sie sich auskennen. Christopher Chabris und Daniel Simons, die beiden haben Ende der neunziger Jahre ein psychologisches Experiment durchgeführt. Sie haben ihren Testpersonen ein einminütiges Video gezeigt, in dem Basketball gespielt wird. Das eine Team trägt schwarze Trikots, das andere weiße. Die Versuchsgruppe sollte nun zählen, wie oft sich das weiße Team den Ball zuspielt. Und dann …«

Lindfeld stand ebenfalls auf. Er ging um seinen Sessel herum und legte die Arme auf das Leder der Rückenlehne. »Natürlich weiß ich, wie es weitergeht. Nach einer Weile läuft eine Frau in einem schwarzen Gorillakostüm durchs Bild. Sie geht mitten durch die Basketballspieler, bleibt stehen und trommelt sich mit den Fäusten auf die Brust. Das Ganze dauert neun Sekunden. Dann geht sie wieder aus dem Bild. Der Hälfte der Testpersonen ist der Gorilla nicht aufgefallen. Sie haben sich darauf konzentriert, die Ballwechsel des weißen Teams zu zählen. Das ist ein Klassiker der Wahrnehmungspsychologie.«

Christine nickte. Sie war ganz ruhig. »Manche Dinge hat man direkt vor der Nase und sieht sie trotzdem nicht.« Ihre Stimme klang fest, mit einem fast dozierenden Ton. »Unser Geist ist manchmal sehr begrenzt. Konzentration macht blind. Ein Fischer rammt mit seinem Kutter einen Leuchtturm. Ein Pilot bemerkt einen Transporter mitten auf dem Rollfeld nicht. Manchmal sind wir so blind, dass wir selbst einen großen, brüllenden Gorilla übersehen … oder einen potenziellen Mörder, der sich direkt vor unserer Nase befindet.«

»Das ist in der Theorie sicherlich zutreffend. Aber was wollen Sie damit wirklich sagen? Es geht doch hier um den Fall Sarah Wagner.«

Christine ging zwei Schritte auf Lindfeld zu. Eigentlich ging sie nicht. Sie schlenderte. »Sie sind der unsichtbare Gorilla«, sagte sie mit nüchterner Beiläufigkeit. Harte Beweise hatte sie keine, doch das konnte Lindfeld ja nicht wissen. Ihr gelassenes Auftreten musste reichen, um ihn in die Enge zu treiben. »Sie waren die ganze Zeit der unsichtbare Gorilla. Fast wäre ich darauf hereingefallen.« Die Worte wirkten unspektakulär, und dennoch waren sie ihr Fehdehandschuh, den sie offen in den Raum geworfen hatte. Da lag er nun.

Lindfeld richtete sich zu seiner vollen Größe auf. Anzeichen von Überraschung oder Panik konnte Christine in seinem Gesicht nicht entdecken, aber dennoch hatte sich eine Veränderung vollzogen. Die Atmosphäre in dem Raum war eine andere. In der Leere der Villa hatte sich die Luft aufgeladen.

»Frau Lenève, ich könnte Ihnen jetzt die Fehlbarkeit Ihres Denkens vorwerfen. Aber das ist nicht meine Absicht. Sie betreten mein Haus und unterstellen mir, für die Entführung einer Patientin verantwortlich zu sein. Etwas anderes ist das ja wohl nicht, oder?« Lindfeld hatte den Fehdehandschuh aufgehoben.

Er drehte sich um und lief in geraden, kleinen Schritten eine imaginäre Linie ab, als wäre sie, nur für ihn sichtbar, auf den Boden gemalt. Seine grauen Schuhe verschmolzen fast mit dem Granitfußboden, es sah aus, als würde er schweben. Er redete mit sich selbst, wirkte gedankenverloren. Doch das war nur ein Trick, ein Manöver für Christine. Sie war sich sicher.

Lindfeld blieb stehen und legte den Zeigefinger auf seine Unterlippe. »Ja. Sie meinen genau das. Sie halten mich für einen

Entführer und womöglich für einen Mörder. Ich bin Psychiater, Sie sind Journalistin. Mit Sicherheit haben Sie Beweise für Ihre Behauptung. Zeigen Sie mir, was Sie haben. Zeigen Sie mir die Fakten.«

Christine steckte die Hand in ihre Jackentasche und umklammerte den Elektroschocker. Lindfeld wirkte ruhig, so ruhig wie eine Wildkatze vor dem Sprung. »Amüsant, Herr Dr. Lindfeld. Genau das hat Ikarus auch gesagt. Er wollte auch die Fakten sehen. Hier kommt ein Faktum: Petra Weinhold lebt.«

Lindfeld lächelte gequält. Er fragte nicht, um wen es sich bei Petra Weinhold handelte. Was Christine als stilles Eingeständnis seiner Schuld wertete.

»Fahren Sie fort, Frau Lenève. Fahren Sie fort. Ich bin ganz Ohr.«

Lindfeld wippte auf den Zehenspitzen. Er spielte den Gelassenen, aber seine Lidschlag-Frequenz hatte in den vergangenen zwei Minuten zugenommen. Christine war dieses Detail nicht entgangen.

»Petra Weinhold hat die Attacke ihres Angreifers überlebt. Sie wurde vergewaltigt und fast getötet, weil sie die Freundin meines Computerexperten war. Sie sollte sterben, weil sich auf diese Weise mein Team zerstören ließ. Der Angriff auf Frau Weinhold hat für Unruhe gesorgt. Hinzu kam noch die dramatische weiße Feder, die die Spur eindeutig auf unseren Serienmörder lenkte. Sie hat uns weiter in Ikarus' Richtung getrieben. Das hätte vielleicht klappen können, nur … Herr Dr. Lindfeld, wie Sie selbst schon anmerkten: Sie sind Psychiater. Ihre kriminellen Fähigkeiten erscheinen mir doch eher mittelmäßig. Petra Weinhold hat überlebt. Ikarus wäre das nicht passiert.«

332

Lindfeld zog das Revers seines schwarzen Sakkos gerade. Er wirkte gekränkt, und diesmal war es keine Show. »Sind das Ihre Beweise, Frau Lenève? Soll das schon alles gewesen sein? Das kann ich nicht glauben. Oder erwarten Sie etwa von mir, dass ich Ihnen das abkaufe?«

Lindfeld wollte sie aushorchen, weil er nicht wusste, welche Beweise sie tatsächlich hatte. Christine erkannte seine Unsicherheit. Die musste sie nutzen, um ihn in die Enge zu treiben.

»Ich denke, als Nächstes können Sie Ihre esoterisch verklärte Sekretärin feuern. Diese ständigen Räucherstäbchen in Ihrer Praxis. Dieser verqualmte Geruch von Vanille, der sogar in Ihrer Kleidung hängt. Nicht viele Menschen riechen so, Herr Lindfeld. Sie wissen ja sicher, dass Vergewaltigungsopfer oft eine gesteigerte Sensibilität haben. Plötzlich werden ganz andere Sinne aktiv. Das wissen Sie doch, oder? Konnten Sie sich vorher nicht wenigstens umziehen? Sie haben Petra Weinhold in der Mittagspause vergewaltigt? Nachlässig. Sehr nachlässig. Ich meine, sogar hier und jetzt noch diesen Geruch wahrzunehmen.«

Lindfeld lachte laut. Er beugte seinen Oberkörper wie eine gespannte Gerte nach vorn. »Das ist alles?« Er lachte noch lauter. »Mehr haben Sie nicht? Der Vergewaltiger und Beinahemörder von Petra Weinhold roch nach einer handelsüblichen Packung Räucherstäbchen der Sorte Vanille?«

Sein enges Jackett spannte unter den Achseln, die Haare fielen ihm in die Stirn. Er wirkte befreit. Aber auch das konnte nur ein Trick sein, um Christine zu verunsichern.

Ihre Finger bohrten sich in ihre Handflächen. »Was würden Sie sagen, wenn Petra Weinhold Sie bereits identifiziert hätte?«

333

»Dann würde ich mich fragen, weshalb Sie vor mir stehen und nicht die Beamten der Kriminalpolizei.«

»Weil ich mir gern anschauen wollte, wie Sie Sarahs Kleidungsstücke in Ihrem schicken Kamin verbrennen.« Sie deutete mit den Fingern in Richtung Wand. »Ich wollte so was schon immer mal sehen.«

»Ach«, Lindfeld winkte ab, »das sind bloß die Schuhe meiner ungeliebten Ex-Freundin Claudia. Ich bewältige meinen Trennungsschmerz. So ist das eben, wenn man seine aufgebrachten Gefühle im limbischen System beherrschen möchte, der Geist und die Ratio aber im Cortex liegen. Da verbrennt man schon mal ein Paar Schuhe seiner Ex. Verstehen Sie? Wenn nicht, dann beweisen Sie mir doch bitte das Gegenteil.« Er lachte leise und dann, als würde er einen Schalter in seinem Innern umlegen, presste er die Lippen aufeinander und verengte die Augen zu Schlitzen. »Vielleicht glauben Sie sogar, ich würde Sarah Wagner in meinen eigenen vier Wänden gefangen halten, nur weil dort ein Schuh im Kamin verbrennt. Habe ich recht?«

Es war naheliegend. Christine hatte diesen Gedanken, seit sie den brennenden Schuh gesehen hatte. Lindfeld war ein Mann, der sich sicher fühlte. Wenn er die Beweisstücke seiner Tat in seinem Haus verbrannte, war sein Opfer vielleicht nicht weit entfernt. Tot oder lebendig.

»Sie glauben das wirklich, oder?« Lindfeld senkte den Kopf und schüttelte ihn. »Christine, Christine … Das wäre doch schlichtweg tolldreist. Wobei – vielleicht halte ich Sarah wirklich hier gefangen. Manchmal ist ja gerade das Naheliegendste das Wahrscheinlichste. Das bestätigt ja wunderbar die Gorilla-Theorie. Ganz wunderbar.«

Er zog ein blütenweißes Stofftaschentuch aus der Tasche und

wischte sich damit über die Augen. Mit einer schnellen Bewegung rollte er es zusammen. Er ging um seinen Sessel herum und näherte sich Christine.

»Nein, Frau Lenève. Nein. Die Wahrheit ist doch eine andere. Sie haben keine Beweise, absolut gar keine. Sie stehen hier einem prominenten Psychiater gegenüber. Mein Name gilt einiges da draußen. Und das wissen Sie auch. Ich behandle Politiker höchster Ebene. Sie haben keine Chance.« Er war nur noch vier Schritte von Christine entfernt. »Natürlich, rein theoretisch, könnte sich Sarah Wagner jetzt im Untergeschoss meines Hauses befinden.« Er zeigte mit dem ausgestreckten Finger auf den Boden vor ihm. »Vielleicht liegt sie dort unten, angekettet in einem Käfig aus Metallstäben, den ich eigenhändig gebaut habe. Vielleicht habe ich Sarah bei einem Interview in ihrem Sender kennengelernt, und genau das war einer der Gründe, warum sie meine Patientin wurde. Sie vertraute mir so sehr, dass sie mir die Geschichte von der Entführung ihrer Schwester in allen Einzelheiten erzählt hat. Und was tue ich? Der grausige, widerwärtige Psychiater nutzt das aus. Er ist ein Monster. Er liebt Sarah, wie nur er es kann. Er liebt die Risse in ihrer mentalen Hülle und will sie endgültig brechen, ihre schlimmsten Ängste ans Tageslicht befördern, sie benutzen, vergewaltigen, psychisch foltern und am Ende töten. Dieser Gedanke reizte ihn schon immer. Die Lust am absoluten Extrem der Angst. Gefühle, die er selbst geschaffen hat und von denen er kosten kann, wann immer es ihm beliebt. Denn diesmal würde Sarah nicht einfach nach der Sitzung durch die Tür seiner Praxis verschwinden. Er würde sie beherrschen, ihren Geist und ihren Körper. Die perfekte Kontrolle. Klingt das nicht nach einem wundervollen Experiment?

335

Und dann ist da noch Petra Weinhold. Natürlich hat unser Ungeheuer die Figuren auf seinem Schachbrett keine Sekunde aus den Augen gelassen. Er ist schlau. Er attackiert die Schwachstellen. Seine Strategie beruht auf Logik. Petra Weinhold war nur ein kleines Ablenkungsmanöver, um seine Spuren zu verwischen. Der Psychiater weiß, was er damit bewirken kann. Unruhe, Chaos, eine weitere Fährte, die in die falsche Richtung führt.«

Genau so hatte Christine sich alles zusammengereimt. Es war erschreckend plausibel.

»Und was sollte unserem Ungeheuer schon passieren? Die Beamten jagten schließlich einen anderen. Den Mann mit der Feder. Irgendein Unbekannter, der auf den Tag genau vor zwanzig Jahren zugeschlagen hat und von dem unser Psychiater praktisch nichts weiß. Ein Mann, den er nur aus Sarahs Schilderungen kennt. Aber es reicht, um ihn als Schutzschild gegen mögliche Verdächtigungen zu benutzen.« Er straffte seine Haltung und schien auf Christines Gesicht nach Spuren des Schreckens zu suchen.

Doch da war nichts. Christine ließ keine Gefühlsregung zu. Er wollte sie ängstigen, mit ihr ein Experiment machen.

»Ach ja, und was passiert am Ende mit Sarah?« Lindfeld verlieh seiner Stimme einen gutmütigen Unterton, als würde er mit einem Kind sprechen. »Nun, unser Monster pumpt sie seit Monaten langsam mit Morphium voll, getarnt als Antidepressiva. Schon während ihrer langen Behandlungszeit. Er legt ihr eine unsichtbare Kette an, macht sie abhängig von sich. Das Morphium ist in ihrem Körper nachweisbar. Und dann, am Ende, stirbt sie an einer Überdosis. Für die da draußen ist es nur eine Geschichte. Immer die gleiche Geschichte. Wieder ein kaputtes, kleines, drogensüchtiges Fernsehsternchen, das über die Klinge gesprungen ist. Nach drei Wochen hat man Sarah Wagner vergessen. Alltag. Routine. Klingt doch schön einfach, oder, Frau Lenève?«

»Ja, das tut es sehr wohl.« Es war ein ausgereifter Plan, der nicht während ihres Gespräches entstanden sein konnte. Lindfeld sagte die Wahrheit. Christine hatte keinen Zweifel.

»Es bleibt dabei: Sie haben keine Beweise. Das wissen Sie auch. Deswegen sind Sie auch allein hier aufgetaucht. Sie wollten ausgerechnet denjenigen psychisch bezwingen, der ein Experte auf diesem Gebiet ist. Absurd. Schlichtweg bizarr. Es erheitert mich. Ihnen bringt das rein gar nichts. Aber mir hat es gezeigt, was in Ihrem Innersten wirklich passiert. Unser Gespräch in meiner Praxis, diese Geschichte mit Ihrem Vater ... Meinen Sie, er hat geschrien, als er im Wasser umkam?«

Christine biss auf ihre Unterlippe. Lindfeld attackierte sie. Er hatte ihre Schwachstelle längst ausfindig gemacht.

»Es war kein Unfall, nicht wahr? Nein. Kein Unfall, da bin ich mir sicher.«

Christine schwieg. Ihr Mund war trocken.

»Es schmerzt noch immer, nicht wahr? Ach, diese herrlichen Posttraumata. Was ist damals wirklich passiert, als Ihr Vater starb? Was ist da geschehen? Was hat Sie so verändert? Ich habe Sie in den vergangenen Tagen studiert, Christine, studiert und analysiert, Ihre Interviews und Artikel gelesen. Ihre ganzen Einsätze, wo immer Sie auch waren, sind Bestrafungsaktionen Ihrer selbst. Sie sind einem Mörder in Verona entgegengetreten. Allein. Sie haben nicht einmal Ihre Redaktion informiert. Niemand wusste von Ihrem Plan. Sie haben bereitwillig Ihr Leben riskiert. Wie Sie es vielleicht auch jetzt tun ...«

Christine hörte ihr Atmen. Es war viel zu laut. Lindfeld hatte ihre Aufregung bemerkt und lächelte sie an, als würde er genießen, was er in ihr ausgelöst hatte.

»Es muss eine schreckliche Last sein, die Sie zu einem solchen Handeln treibt. Was ist damals wirklich passiert? Vertrauen Sie mir, Christine. Ich kann Ihnen helfen. Sie müssen es nur zulassen. Ich kann Ihre Medizin sein.«

Er stand nun direkt vor ihr. Über sein Kinn lief ein dünner blutroter Kratzer, wie ihn oft Männer haben, die sich beim Rasieren schneiden. Das Kaminfeuer warf ein weiches Licht auf sein Gesicht. Er stand reglos vor ihr auf dem Granitboden, auf dem seine grauen Schuhe fast verschwunden waren, als sei er mit dem Haus verwachsen.

»Wissen Sie, Christine, mir war von Anfang an klar, dass ein Schlagabtausch mit Ihnen zu einer kostspieligen Angelegenheit werden könnte. Sie sind eine einzigartige Frau, ganz einzigartig ...« Er strich zärtlich über ihr Kinn. Mit seinen Fingerspitzen fuhr er über ihre Wange, tastete kaum merklich ihre Haut ab. Sanft schob er eine Haarsträhne aus ihrem Gesicht.

Seine Berührungen waren wie kleine elektrische Stromschläge auf ihrer Haut. Christine ließ es geschehen. Sie brauchte mehr Zeit und einen Plan. Vielleicht konnte sie die Situation für sich nutzen.

»Lassen Sie sich fallen, Christine. Lassen Sie die Gedanken los. Sarah war doch bloß ein Vorwand, damit du zu mir kommen kannst. Ist es nicht so? Ich kann die Erlösung sein. Du kannst mich erfüllen, und ich kann dich erlösen. Du bist etwas Besonderes, etwas ganz Besonderes ...«

Sie spürte seinen Atem an ihrem Gesicht. Sein Körper war nur wenige Zentimeter von ihr entfernt. Noch immer roch er

338

nach Vanille. Eine feine Schweißperle lief an seinem Hals entlang und verschwand unter dem Kragen seines Hemdes. Die Musik im Hintergrund wurde leiser, ein allmähliches Decrescendo, das ganz zart und weit entfernt verebbte. Die entstandene Stille musste gefüllt werden. Christine musste handeln, etwas sagen, irgendetwas.

Dann hörte sie das Geräusch.

Es hätte aus der Heizung kommen können – wie ein hoher Ton aus einer Gastherme oder das anschwellende Jaulen einer Katze, die über das Grundstück vor dem Haus lief. Doch dann war Christine sich sicher.

Es war ein Schrei.

Ein laut ausgestoßener Hilferuf aus dem Untergeschoss. Er vermischte sich mit der verklingenden Musik, den Bassstreichern und den Bläsern, bis er verebbte.

Christine wich abrupt zwei Schritte vor Lindfeld zurück. Dort drüben, neben der Tür zur Küche, befand sich die Wendeltreppe. Sie erstreckte sich über mehrere Stockwerke. Aus ihrer Perspektive konnte Christine die obere Kante der Tür im Untergeschoss sehen. Sie war nicht komplett geschlossen. Ein kleiner Spalt stand offen, durch den leise die Stimme drang.

»Also doch das Untergeschoss. Wenigstens haben Sie nicht gelogen«, sagte Christine.

Lindfeld warf einen kurzen Blick zu der Tür. Er presste die Lippen aufeinander. Offenbar hatte er in der Hektik den Eingang zum Untergeschoss nicht richtig verschlossen. Lindfeld zog etwas aus der Tasche seines Jacketts. Eine Spritze lag in seiner Hand. Die milchige Flüssigkeit darin sah harmlos aus. Die Geste, mit der er die Kanüle hielt, war es nicht. Den Arm zum Stich erhoben, hielt er die Spritze über Christines Kopf.

339

»Ich könnte dich töten. Einfach nur so. Wenn ich es wollte. Und weißt du was, Christine?« Er trat einen Schritt auf sie zu. »Ich glaube, ich will.«

Christine wich aus. In ihrer Hand knisterten die fünfhunderttausend Volt des Elektroschockers. Sie schwenkte die Waffe vor sich hin und her, zog mit ihr zitternde Stromstoßlinien durch die Luft.

Lindfeld betrachtete das Gerät und schüttelte den Kopf. »Wie in Verona, Christine? Wie in Verona? Glaubst du, das klappt noch einmal?« Er flüsterte die Worte. »Glaubst du das wirklich? Denkst du, es ist so einfach?« Er warf sein Sakko auf den Boden und drehte sich dabei so geschmeidig um die eigene Achse wie ein Torero, der mit seinem Tuch einem wilden Stier zufächert. »Wie töricht, Christine. Wie töricht, mich mit einem anderen Mann gleichzusetzen. Ich bin einzigartig.«

Christine wartete. Sie blickte Lindfeld an. Er war nur einer von vielen. Der Frauenkiller in Verona. Der Serienmörder Ikarus. Und nun Viktor Lindfeld. Sie alle waren Männer in ihrem Leben, die tiefe Spuren hinterlassen hatten. Aber angeführt wurden sie alle von einem allein: von dem Mann, der ihren Vater getötet hatte. Lindfeld war nur ein fader Abglanz dieses Ungeheuers. Sie sagte es sich immer wieder. Es beruhigte sie und nahm ihr die Angst.

Sie sprang nach vorn. Ein schneller Satz, der für Lindfeld wohl völlig unerwartet kam. Er riss den Mund auf. Das knisternde Gerät hätte ihn fast am linken Ellbogen berührt. Doch er reagierte wie ein Fechter und schlug Christine die Waffe mit der rechten Hand aus der Faust. Der Elektroschocker polterte über den Granitboden und blieb in der Nähe des Kamins liegen. Es waren mindestens zwölf unerreichbare Meter, die Christine von ihm trennten.

Einen Moment kniff Lindfeld seine zitternden Lippen zusammen. Er atmete schwer. »Und nun, Christine? Was nun? Was ist dein Plan? Hast du überhaupt einen?« Er verhöhnte sie. »Du bist allein gekommen. Du hast niemandem etwas davon gesagt. Weil du niemanden in Gefahr bringen wolltest. Es ist alles wie immer. Das stimmt doch, Christine, oder? Alles wie immer. Nur eines ist diesmal anders: Du wirst dieses Haus nicht mehr verlassen. Vielleicht spiele ich noch ein wenig mit dir, bevor ich dich töte. Oder noch besser: Ich töte zuerst Sarah, und du darfst mir dabei zuschauen. Ja, das ist gut. Bestens. Perfekt.«

Die Situation war aussichtslos. Christine hatte ihr Überraschungsmoment verloren. Sie musste hier raus, irgendwie zur Haustür gelangen. Lindfeld ging einen Schritt auf sie zu. Er hob die Schultern wie ein Boxer vor dem Kampf. »Du bist so schweigsam, Kleines. Du willst mich verlassen? Ja?«

Er versperrte Christine den Weg zur Haustür. »Abwärts. Das ist der einzige Weg für dich. Wir werden miteinander spielen. Ich werde dein Vater sein. Das wird dir gefallen. Du bist Papas kleines Mädchen. Alles wird wieder gut, Christine. Alles.«

Fokussieren. Konzentriert bleiben. Nicht auf seine Worte hören. Es fiel Christine schwer. Ihre realistische Einschätzung der Situation ließ nämlich nur einen Schluss zu: Wenn sie jetzt die Kontrolle verlor, war dies ihr Tod. Sie wollte leben, diese ganze Geschichte überstehen und Sarah befreien. Die Haustür war zu weit entfernt. Ihr Handy lag im Auto. Christine hatte es zum Navigieren benutzt und auf dem Beifahrersitz vergessen. Wieder ein Fehler, der auf ihr Konto ging. Vielleicht hätte sie es in die Küche geschafft, aber die Chromtür sah aus, als ließe sie sich nicht abschließen.

341

Nur die Wendeltreppe blieb.

Aus dem Untergeschoss drangen ein langer, durchdringender Schrei und klopfende Geräusche. Sarah musste mitbekommen haben, dass Lindfeld nicht allein im Haus war. Die Geräusche ließen ihn aufhorchen. Er stützte die Hände auf die Hüften und rief in Richtung Keller: »Einen Moment noch, Schatz. Ich komme gleich. Wir haben Besuch.« An Christine gewandt sagte er: »So ein hübscher, hübscher Gast.«

Es gab nur eine Möglichkeit. Christine musste nach oben, die Wendeltreppe hinauf und dann raus aus einem der Fenster im Obergeschoss. Sie setzte zu einem Spurt an. Lindfelds Blicke wanderten zwischen ihr und der Wendeltreppe hin und her. Sie nutzte den Moment, und zwei Sekunden später stand sie an der untersten Stufe. Dann hörte sie auch schon Schritte hinter sich. Sie packte den metallischen Handlauf der Wendeltreppe und zog sich hoch, mehrere Stufen auf einmal nehmend. Lindfeld war größer als sie. Er war im Vorteil. Ihre einzige Chance war die Geschwindigkeit.

»Lauf. Ich mag es, wenn du läufst«, rief er ihr hinterher.

Ihre hohen Schuhe. Das kurze Kleid. Sie hatte es bewusst gewählt. Lindfelds Blicke in der Praxis waren ihr nicht entgangen. Sie wollte seine Konzentration stören, ihre Reize einsetzen. Dass sie in Stöckelschuhen eine schmale Wendeltreppe hochhetzen musste, hatte sie nicht geplant. Es war eine irre Idee gewesen, allein hierherzukommen. Zehn Stufen hatte sie erklommen, dann knickte sie um.

»*Merde!*«, entfuhr es ihr. Christine schlüpfte aus den Schuhen und nahm sie in die Hand. Kurz wartete sie, bis sie Lindfelds Kopf sah, dann warf sie einen Schuh mit aller Wucht auf ihn. Lindfeld wich aus. Das Poltern des Schuhs auf dem Granitboden vermengte sich mit dem Klopfen aus dem Untergeschoss. Sarah schien zu spüren, was sich über ihr abspielte. Christine warf den zweiten Schuh. Der Absatz erwischte Lindfeld an der Stirn. Sofort zeigte sich ein feiner roter Striemen, der sich mit Blut füllte.

Lindfeld fuhr sich mit der flachen Hand übers Gesicht und betrachtete das Blut an seinen Fingern. »Ah, ich mag das. Sarah hatte schon nachgelassen.«

Christine lief weiter, Stufe für Stufe, bis zum Obergeschoss. Ein langer Gang mit drei Türen erstreckte sich zu ihrer Rechten. Sie entschied sich instinktiv für die letzte. Der Raum lag direkt über den Panoramafenstern im Erdgeschoss. Dieses Zimmer würde Fenster haben. Fenster, durch die sie fliehen konnte. Sie lief weiter, spürte die feinen Rillen des Parketts unter ihren Füßen. Die Musik wurde mit jedem Schritt leiser, ein Stück kam zum Schluss, und von weit unten tönte wieder ein Schrei. Für einen Moment verharrte Christine, um einen Blick über die Schulter zu werfen. Lindfeld hatte das Ende der Wendeltreppe fast erreicht. Auf seinen Lippen lag ein dünnes Lächeln, als er sie erblickte.

Christine rannte zur Tür. Sie drückte die geschwungene Edelstahlklinke nach unten und schob sich in das Zimmer. Die Tür vibrierte, als Christine sie hinter sich zuschlug.

Es war dunkel hier oben. Sie tastete den Türbeschlag ab und stieß einen Seufzer der Erleichterung aus, als sie die feinen Konturen eines Schlüssels spürte. Sie drehte ihn einmal herum und lehnte sich mit dem Rücken gegen die Tür. Draußen hörte sie die Schritte, seine Schritte. Stille. Dann ein Rütteln an der Tür. Ein wütendes Hämmern gegen das Holz, Lindfeld bearbeitete mit beiden Fäusten dumpf und synchron das Türblatt. Die Schwingungen übertrugen sich auf Christines Körper, ließen ihren Rücken erbeben.

Sie schloss die Augen. Sie dachte an Albert. Wie sehr würde er auf sie schimpfen, wenn er sie in dieser Situation sehen könnte. *Irre, Christine. Das ist einfach nur irre,* würde er sagen, und er hätte recht. Aber Albert war nicht hier. Sie war allein, nur sie und das Monster vor der Tür. Christine legte ihr Ohr ans Holz und lauschte.

Als hätte Lindfeld auf der anderen Seite ihre Bewegung geahnt, flüsterte er in ihre Muschel: »Sackgasse, Christine. Sackgasse.«

Darauf folgte das leise Tapsen sich schnell entfernender Schritte.

Wollte Lindfeld die Tür mit einem Beil einschlagen? Was hatte er vor? Sie musste sich beeilen und raus aus der Villa kommen. Sie drückte den Lichtschalter zu ihrer Rechten.

Sie befand sich in Lindfelds Schlafzimmer. Das riesige Bett aus gewachster Erle thronte wie ein hölzernes Monstrum in der Mitte des Zimmers. An der Wand hing ein Baum, zumindest eine Hälfte davon. Der Stamm war in der Mitte aufgeschlitzt und mit Metallspangen an der Wand befestigt. Daneben prunkten die cremeweißen Stoßzähne eines Elefanten. Sie ragten fast zwei Meter in den Raum wie überdimensionierte Kleiderhaken. Auf dem kleinen Nachttisch stand ein Glas mit langen Stäbchen. Sie sahen aus wie die Holzteilchen, mit denen Christine als Kind Mikado gespielt hatte.

Sie trat näher heran und fuhr mit den Fingerspitzen über die Stäbe. Sie waren scharf, federleicht und hatten dunkelbraune Ringe. Erst jetzt erkannte sie, dass es die Borsten eines Stachelschweins waren. An der Wand neben dem Bett hing ein Foto, das Lindfeld in einem Khaki-Anzug zeigte. Bewaffnet mit einem Repetiergewehr stand er neben einem getöteten Wasserbüffel.

Wie Christine das alles anekelte. Das Zimmer war der Traum eines Größenwahnsinnigen. Und nun wollte er sie erlegen wie ein wildes Tier.

Die Fensterfront des Zimmers war so breit wie die in dem Raum darunter. Es gab nur einen Unterschied: Sie bestand aus einer einzigen Scheibe – eine dieser Sonderanfertigungen, die in ihren Dimensionen an die Glasfront der neuen Berliner Nationalgalerie erinnerten. Christine lief auf das Fenster zu. Sie suchte nach einem Griff, doch es gab keinen.

Ihr erschöpftes Gesicht spiegelte sich in der Scheibe. Sie sah müde aus. Das Haar hing ihr in Strähnen über die Augen. Christine berührte die Schwellung an ihrer Stirn, die Beule, die ihr Ikarus zugefügt hatte. Sofort durchzuckte sie ein ziehender Schmerz, aber er machte ihren Kopf klar.

Das Fenster musste sich doch irgendwie öffnen lassen. Es war nicht möglich, die Scheibe einzuschlagen. Das Glas war viel zu dick. Und nichts in diesem Zimmer gab auch nur im Ansatz ein taugliches Wurfobjekt ab, dem sie die Zerstörung der Scheibe zugetraut hätte. Eine Sekunde dachte sie über die Stoßzähne nach, verwarf den Gedanken aber im selben Moment. Sie waren mit Eisenhaken in der Wand verankert und viel zu schwer für sie.

Draußen herrschte Dunkelheit. Die Spitzen der Fichten, die das Haus umgaben, wogten sanft. In weiter Entfernung sah Christine die Scheinwerfer von vorbeifahrenden Autos. Da draußen war das Leben. Sie würde sterben. Allerdings nur, wenn sie aufgab. Doch das würde sie sich nicht erlauben, dafür war sie in ihrem Leben viel zu weit gekommen. Ihr Vater hatte sie gelehrt, dass es immer einen Ausweg gab.

Sie prüfte jeden Winkel des Zimmers: die weiße Bettwäsche, die geschwungenen Beine des Bettes, die flache Wandlampe aus Aluminium und den kleinen, fast verborgenen Knopf an der Wand über dem Nachttisch. Das war die Lösung.

Sie brauchte nur zwei Sekunden, um ihn zu drücken. Mit einem feinen Surren schob sich die Fensterscheibe ganz langsam nach unten. Zentimeter für Zentimeter. Christine atmete die frische Luft ein, die durch den Spalt drang.

»Das Spiel ist aus, Dr. Lindfeld«, murmelte sie. In diesem Moment verstummte das Surren, das Licht ging aus. Der Spalt am Fenster war gerade breit genug, um ein Buch hindurchzuschieben.

Lindfeld hatte ihren Plan durchschaut und am Sicherungskasten den Strom ausgeschaltet. Eine minimale Bewegung mit der Fingerspitze, die Christines Überlebenschancen nun drastisch reduzierte.

Sie stand in völliger Finsternis in ihrem Gefängnis. Welche Möglichkeiten blieben ihr noch? Zu warten, bis Lindfeld die Tür aufgesprengt hätte, wäre falsch. Sie musste hier raus.

Christine lauschte an der Tür. Schritte waren nicht zu hören. Der Sicherungskasten befand sich vermutlich im Erdgeschoss. Wenn sie Glück hatte, sogar noch eine Ebene tiefer. Je größer der Abstand zu Lindfeld war, desto besser für sie. Sie drehte langsam den Schlüssel um und öffnete die Tür.

Der Gang war leer. Das Licht brannte hier noch und warf einen schwachen Schein in das Schlafzimmer. Christine ging zurück zum Nachttisch. Sie griff nach den messerscharfen Stacheln, umklammerte sie mit der Faust und drückte die Spitzen mit der flachen Hand auf eine Höhe. Die Borsten, die am unteren Ende ihrer Faust herausragten, brach sie ab. Ein trockenes Knacken. So laut, dass Christine zusammenfuhr. Jetzt hatte sie wieder eine Waffe. Keine gute, aber besser als nichts.

Sie lief aus dem Zimmer und tastete sich an der Wand des Ganges entlang. Das Parkett unter ihr knackte, und sofort verlagerte sie ihr Gewicht auf eine andere Stelle. In diesem Moment brandete Musik auf. Mozarts Requiem schallte durch die Villa wie ein Brachialschlag, hämmernd und hart. Christine bekam eine Gänsehaut.

Dies irae – Tag des Zorns. Mozarts letzte Komposition. Wie passend. Der Chor übertönte alle Geräusche um sie herum. Auch die Schritte von Lindfeld. Christine hätte sich am liebsten die Ohren zugehalten. Sie kannte sich nicht aus in der Villa. Alle Vorteile lagen bei ihrem Gegner. Sie blickte den Gang hinunter in Richtung Wendeltreppe. Sämtliche Türen waren geschlossen. Sie konnte nicht riskieren, erneut in eine Sackgasse zu geraten. Die anderen Zimmer wiesen sicher die gleichen Fenster auf. Es blieb nur eine Möglichkeit: Sie musste zurück ins Erdgeschoss.

Die Wendeltreppe mit den Holzstufen war ihr Ziel. Christine hetzte los. Sie war eine ausgezeichnete Läuferin. Ihre letzten Kraftreserven verlagerte sie in die Beine. Je weiter sie rannte, desto lauter wurde die Musik, der Chor tosender. Sie griff nach dem Handlauf der Wendeltreppe. Als sie die Stufen hinunterglitt und über die Windungen der Treppe einen Blick in die Tiefe warf, sah sie ihn. Nur einen Sekundenbruchteil. Und er sah sie. Er war im Untergeschoss.

Schneller. Sie musste noch schneller sein.

Lindfeld lief die Stufen vom Untergeschoss nach oben.

Christine umklammerte die Stacheln noch fester. Die Musik wurde immer lauter. Sie verschluckte Lindfelds Schritte.

Sie nahm fünf Stufen auf einmal. Dann stolperte sie, drehte sich halb, versuchte, das Gleichgewicht zu halten, doch der rechte Fuß rutschte ihr weg. Ihre Strumpfhose riss an der

347

Ferse. Der Handlauf krachte gegen ihre Rippen, gegen die Schulter. Christine schluckte den Schmerz herunter. Sie landete im Erdgeschoss auf dem Boden. An ihrem Bauch spürte sie den kalten Granit.

Nun war auch Lindfeld fast da. Er zog sich mit einem Ruck am Handlauf hoch und wagte einen Sprung von den letzten Stufen. Seine langen Beine verloren kurz den Bodenkontakt. Er streckte die Arme von sich und torkelte durch die Luft. Lindfeld schlug hart auf. Noch im Fallen griff er nach Christines Knöchel. Er hatte sie.

Christine schrie auf. Mit ihrem freien Fuß trat sie Lindfeld ins Gesicht. Sofort schoss Blut aus seiner Nase. Es schien ihn nicht zu stören. Er nickte, als würde ihn ihr Widerstand begeistern. Langsam zog er sie an sich. Christine wurde rücklings über den Granitboden geschleift. Die glatte Fläche bot ihr keinen Halt, ihre Finger rutschten ab. Neben der Wendeltreppe stand die Chaiselongue mit dem Stahlgestell. Christine streckte ihren linken Arm nach ihr aus, um sich daran festzuhalten. Doch ein halber Meter fehlte. Noch immer umklammerte sie die Stacheln mit ihrer geballten rechten Faust. Sie waren ihre einzige Waffe, Lindfeld durfte sie nicht sehen. Christine verbarg ihre Hand unter der Brust.

Der Chor brauste auf, die Fanfaren wurden lauter, die Musik hallte vom Gemäuer der Villa wider. Lindfeld atmete schwer. Er stand auf, ohne Christines Fuß loszulassen. Wie ein Riese blickte er auf sie hinab, packte sie auch noch am zweiten Bein und hievte sie dann wie ein kleines Kind in die Höhe. Ein Kind, mit dem er spielen wollte.

Christines Kleid rutschte hoch, ihre Oberschenkel lagen frei. Lindfeld atmete noch schwerer. *Jetzt.* Christine legte alle Kraft in ihren rechten Arm. Sie umklammerte die Stacheln in ihrer Faust so fest, als wären sie ein Rettungsanker. Dann rammte sie die Stäbchen mit voller Wucht in Lindfelds Bein, trieb sie in sein Fleisch.

Lindfeld schrie nicht. Nur seine Augenbrauen schossen hoch, und er ließ Christines Füße fallen. Bäuchlings landete sie auf dem Boden und drehte noch im Sturz den Kopf über ihre Schulter.

Mit den Fingerspitzen strich Lindfeld kurz über die Enden der Stacheln, die in seinem Oberschenkel steckten, ohne zu begreifen, was passiert war. Mit einer schnellen Bewegung riss er die Borsten dann aus seinem Bein und warf sie neben Christine auf den Granitboden. Die Stäbchen landeten neben ihrem Kopf, sie konnte die dunkle Trübung des Blutes an den Spitzen erkennen. Christine kroch über den Boden, fort von Lindfeld, der ihr den Weg zur Haustür versperrte. Mit einem schnellen Sprint könnte sie die Tür vielleicht doch noch erreichen.

Lindfeld packte Christine an der Hüfte, drehte sie um und zog sie an sich. Er presste ihre Brüste an seinen Körper und ließ seine Hand unter ihr Kleid fahren. Christine spürte den Druck seiner langen Finger. Sie riss ihren Oberkörper hin und her, doch es war ihr unmöglich, sich aus seiner Umklammerung zu lösen.

Er schien ihr Gesicht zu studieren, den Schrecken aufzusaugen, den sie mit aller Gewalt zu beherrschen versuchte. Mit der Zunge fuhr er ihr über die Lippen.

»Das ist nur der Anfang. Nur der Anfang ...«

Christine wollte mit dem Kopf angreifen, ein Schlag gegen seine Schläfe konnte sie befreien. Doch schon als sie Schwung holte, wich Lindfeld aus.

Langsam. Viel zu langsam.

349

Seine Hand lag schwer in ihrem Schritt, Blut lief ihm in einer feinen Bahn von der Nase über die Lippen. Er verstärkte den Druck seiner Hand und stöhnte dabei laut auf.

Christine konzentrierte sich auf ihren Atem und beruhigte sich so. *Es gibt immer einen Ausweg. Immer.*

Lindfeld presste sie noch fester an seinen Oberkörper, als wollte er ihr das Gegenteil beweisen.

Sie waren noch nahe an der Wendeltreppe. Gefährlich nahe. Christine berührte nur noch mit einem Bein den Boden.

Sie stieß sich mit dem Fuß ab.

Lindfeld kippte nach hinten, und sie fielen.

Zwei Feinde in innigster Umarmung, die die Wendeltreppe hinabstürzten.

Oben, ich muss oben bleiben. Christine lag auf ihrem Gegner, als würde sie bäuchlings auf einem Schlitten eine holprige Piste hinuntergleiten. Lindfelds Mund war nur noch ein schmaler Strich. Ihre Gesichter berührten sich fast. Christine verkantete ihre Zehen unter einer Stufe. Sie schob sich nach vorn, stieß sich ab und nahm so neuen Schwung auf, der sie weiter nach unten trieb.

Die Stufen schlugen gegen Lindfelds Rücken, sein Kopf knallte gegen das Holz der Treppe. Er schrie nicht. Nur seine Augen waren riesengroß, seine Pupillen blau und gewaltig.

Sie waren fast unten, rollten über die Stufen. Beinahe wäre Christines Plan aufgegangen.

Doch Lindfeld drehte seinen Körper im Fallen auf den letzten Stufen so unglücklich, dass es Christine war, die nun hart mit dem Rücken auf dem Boden aufschlug. Beim Aufprall blieb ihr die Luft weg, ihre Lunge brannte. Es war vorbei.

Lindfeld erhob sich keuchend. So stand er da. Breitbeinig. Überlegen.

Christine wollte sich aufrichten, doch ihre Rippen schmerzten, und jeder Atemzug drückte auf ihre Brust. Da drang die Stimme an ihr Ohr. Die Stimme von Sarah Wagner.

Christine lag auf dem Rücken. Sie legte ihren Kopf noch weiter in den Nacken und blickte von außen durch die Gitterstäbe des Käfigs, der den gesamten Raum teilte. Christines Welt stand auf dem Kopf, und dennoch sah sie alles ganz klar. Sarah war leichenblass, ein Bild der Verzweiflung. Tiefe, dunkle Ringe zogen sich unter ihren Augen entlang. Der rote Nagellack an ihren Zehen war abgeblättert, in ihrem geöffneten Mund klaffte neben dem Schneidezahn eine schwarze Lücke. Mit ihren langen Fingern umklammerte Sarah die Gitterstäbe. Ihre eingerissenen Nägel, das weiße Kleid, ihr strähniges Haar und ihre verquollenen Augen erinnerten nur noch entfernt an die Fernsehmoderatorin, die Christine von Fotos und Aufzeichnungen kannte.

»O Gott ... nein ... « Der Unglauben über das, was sich da direkt vor ihr abspielte, schien Sarah zu lähmen. Sie blickte in Christines Augen. Dann lief sie zu dem kleinen Tisch, auf dem Lindfeld ihr offenbar das Essen serviert hatte, und griff nach einem schweren weißen Teller. Sie schleuderte ihn mit einem wütenden Schrei gegen die Gitterstäbe vor ihr, wo er in viele kleine Scherben zersprang. Splitter prasselten auf Christine herab.

Eine große Scherbe des Tellers war direkt neben ihr aufgeschlagen. Sie griff zu und schloss die Augen. Abrupt bäumte sie ihren Oberkörper auf und rammte das spitze Ende in Lindfelds Bein. Christine hatte genau die blutende Stelle getroffen, in die sie zuvor schon die Stacheln getrieben hatte. Diesmal schrie Lindfeld laut auf. Er brüllte seinen Schmerz gegen die Decke und riss die Arme hoch, bis sein tailliertes

Hemd unter den Achseln zerfetzte. Dann packte er den Handlauf der Wendeltreppe und stützte sich ab.

Von oben war das Finale von Mozarts Requiem zu hören. Dann verstummte der Chor. Die eingetretene Stille hatte für Christine etwas Unwirkliches. Sie schnappte nach Luft und kämpfte gegen die Schwärze einer Bewusstlosigkeit an.

Sarah umklammerte die Stäbe ihres Gefängnisses. Lindfeld riss sich das Hemd vom Leib und warf es von sich. Sein Gesicht war schmerzverzerrt. In der dicken Ader an seiner Stirn pumpte hektisch das Blut. Aber er stand. Er hatte gewonnen.

»Das Spiel ist aus. Oder beginnt es jetzt erst?«, keuchte er in die Stille des Raumes. Er presste die flache Hand auf die Wunde am Bein und betrachtete die roten Schlieren. Sein Blut. Er wischte es an der Brust ab, als würde er einem geheimnisvollen afrikanischen Ritual folgen.

Dann packte er Christine an den Schultern, hob sie wie eine erschlaffte Puppe hoch und presste sie gegen das Gitter des Käfigs. Christine spürte die kalten Stäbe des Metalls an ihren Wangen. Sie blickte in Sarahs bleiches Gesicht.

»Sie verdammtes Schwein.« Heisere Worte kamen aus Sarahs Mund. »Wenn ich könnte, würde ich Sie umbringen. Sie haben es nicht verdient, zu leben. Schwein!«

Das Blut in Lindfelds Gesicht, seine weißen Zähne, sein nackter Oberkörper und die wirren Haare – auf Christine wirkte er wie ein wahnsinniges, verletztes Raubtier, das nun besonders gefährlich war.

»Ach, Sarah. Du könntest mich nicht töten. Du nicht. Aber die hier …«, er rüttelte ein wenig an Christines Schultern, als würde er mit einem Taschentuch wedeln, »… die brächte es fertig. Das sieht man ihren Augen an. Du hast einen Ritter in strahlender Rüstung erwartet, der dich im Morgengrauen vor der Bestie rettet. Bekommen aber hast du sie.« Wieder schüttelte er Christine. Sarah spuckte ihm ins Gesicht, ihr Speichel traf ihn an der Wange. Christine rechnete mit einem Wutausbruch Lindfelds, er würde diese Demütigung sicher nicht hinnehmen. Doch er wischte sich nur über die Wange und schüttelte den Kopf.

»Pathetisch, Sarah. Das war einfach nur pathetisch.«

Christine wollte sich fallen lassen, sich auf seine Beine stürzen. Wenn es ihr gelänge, ihn vor den Gitterstäben in Sarahs Reichweite zu Fall zu bringen, hatte sie noch ein Chance. Sarah war wütend genug, um ihr zu helfen. Doch als Christine ihren Oberkörper hochriss, wurde ihr schwindelig, und der Raum verschwamm vor ihren Augen zu einem grauweißen Schleier.

»Nicht so hastig, Christine. Wir haben Zeit. Ganz viel Zeit«, flüsterte ihr Lindfeld ins Ohr.

Christines Augenlider fielen wie ein Vorhang über ihre Pupillen, und selbst in der Dunkelheit ihres Geistes sah sie noch immer Lindfelds irre Fratze und hörte seine Worte in ihren Ohren hallen.

Sie hatte ihm die Maske vom Gesicht gerissen. Der fürsorgliche Psychiater war verschwunden. An seiner Stelle stand ein Entführer, Vergewaltiger und letztendlich ein Mörder – wenn sie ihn nicht aufhielt. Christine musste diesem Keller entkommen. Doch die Wendeltreppe mit ihren verwinkelten Stufen erschien ihr wie ein unbezwingbares Hindernis. Vielleicht wollte Lindfeld sie in den Käfig sperren, zu Sarah. Oder er plante, Sarah zu töten und sie beide gegeneinander auszutauschen. Der Moment, in dem er die Käfigtür öffnete, war entscheidend. Genau dann musste sie sich mit aller Kraft wehren. Es war ihre letzte Möglichkeit. Der Kampf hatte

353

Lindfeld sicher mehr mitgenommen, als er es zeigte. Aber selbst dann schätzte sie ihre Fluchtchancen gering ein. Die Lage war fast aussichtslos. Sie hatte versagt.

»Wollen wir beginnen?« Lindfeld stellte die Frage mit sachlichem Unterton, während er Christine an seinen Körper presste. Durch ihren Rock spürte sie seine Erektion. Sie ahnte, was er mit ihr vorhatte.

Es war alles gesagt. Alles getan. Ende.

31

Ein lauter Knall in der Kammer brachte die Wände zum Vibrieren. Es war ein mechanisches Donnern, das dumpf in Christines Ohren widerhallte. Lindfeld ließ sie fallen. Er prallte mit dem nackten Oberkörper gegen die Gitterstäbe und hielt sich daran fest. Auf seinem linken Oberarm war ein roter Fleck, der immer größer wurde. Lindfeld kämpfte um sein Gleichgewicht. Voller Unglauben schaute er auf seinen blutenden Arm. Die abgefeuerte Patrone hatte sich durch seine Haut gebohrt und einen Flächenschaden hinterlassen.

Christine stützte sich an der Wand ab. Hinter ihr schrie Sarah. Es war ein ängstlicher Schrei. Oder hatte sich in ihre Stimme ein Hauch von Hoffnung geschlichen?

Und jetzt sah Christine einen Mann oben auf der Treppe. Er war unrasiert, sein Gesicht bleich und ernst. Seine lockigen Haare standen nach allen Seiten ab. Seine weit aufgerissenen braunen Augen fixierten Lindfeld. In der Rechten hielt er eine Makarow.

Albert. Er war gekommen.

Sein starres Gesicht hinter der Mündung des Pistolenlaufs erstaunte Christine. So hatte sie ihren alten Freund noch nie gesehen.

Lindfeld grinste. Er schüttelte immer wieder den Kopf und blickte wie in Zeitlupe von der Treppe zum Käfig, zu den Scherben auf dem Boden und zu Albert. Die Menschenansammlung im Untergeschoss seines Hauses schien ihn irgendwie zu amüsieren. »Freunde kommen und gehen. Aber

Feinde sammeln sich an. Durchaus, durchaus …« Bei diesen
Worten nickte er Christine zu.

Albert stieg die Treppe hinunter. Er umklammerte die Makarow so fest, als wollte er das Metall zwischen seinen Fingern
zermalmen. Der Lauf zeigte auf Lindfelds Kopf.

»Albert …« Christine flüsterte seinen Namen.

Lindfeld richtete sich auf: »Ich frage Sie, Albert, kennen Sie
Sturgeons Gesetz? Es besagt, dass neunzig Prozent von allem
unfertig ist. Von allem. Man möchte es kaum glauben. Sie
haben jetzt die einmalige Chance auf hundert Prozent. Sie
müssen nur abdrücken. Töten Sie mich. Machen Sie mich
komplett.« Er bäumte sich vor dem Käfig auf und flüsterte:
»Komm schon, du Versager, du willst dich doch an mir rä-
chen für den Spaß, den ich mit deiner kleinen Freundin hatte,
oder? Wie war noch mal ihr Name? Petra?«

Im Käfig sackte Sarah auf dem Boden zusammen. Alberts
Unterlippe zitterte. Er ging zwei Schritte auf Lindfeld zu und
nahm seinen Kopf ins Visier. Christine bemerkte, wie Albert
die feine Krümmung des Abzugs ertastete.

»Nein!« Christine streckte eine Hand aus. »Albert, nicht, tu
das nicht! Ich bitte dich, mach nicht … diesen Fehler …
bitte …«

Albert wandte seine Augen nicht von Lindfeld ab. Er ging
einen weiteren Schritt auf ihn zu. Christine konnte seine Entschlossenheit spüren. Er hielt Bergmanns Waffe mit starrem
Blick in den Händen, als würde er aus ihr seine Kraft ziehen.
Wenn Lindfeld jetzt ein falsches Wort sagte, würde Albert
abdrücken.

Lindfeld hatte eine Schulter zwischen die Stäbe gezwängt.
Nur so konnte er sich noch aufrecht halten. Sein verwundeter
rechter Arm hing schlaff am Körper herunter. Blut lief aus

der Wunde und tröpfelte in einer kleinen Lache auf den Boden. Sein Kopf schaukelte bei jedem Atemzug hin und her. Der Mann war fertig. Aber noch am Leben.

Albert hielt die Waffe auf Lindfelds Kopf gerichtet.

»Das bist nicht du, Albert … Nein!« Christine ließ ihn nicht aus den Augen. »Tu's nicht«, sagte sie noch einmal ganz leise. Albert liebte Bücher über mittelalterliche Brücken. Er hatte eine kindliche, unbegründete Angst vor Blitzen, und er hörte beim Autofahren grundsätzlich klassische Musik, weil sie ihn beruhigte. Das war Albert. Der alte Albert, den sie kannte. Der Mann mit der Waffe, der jetzt vor ihr stand, war ein ganz anderer. Er musste Lindfeld nicht einmal mit den eigenen Händen umbringen. Er musste ihm nicht den Hals mit Gewalt zudrücken und ihm dabei ins Gesicht sehen. Er musste nur den kleinen Abzug mit dem Finger bedienen, und es war vorbei.

Die Deckenstrahler im Keller flackerten. Lindfeld atmete schwer. Sarah hielt sich die Hände vor die Augen.

»Bitte …«, sagte Christine.

Albert ließ die Waffe langsam sinken. Dann schlug er zu. Der Knauf der Makarow erwischte Lindfeld genau am Hinterkopf. Er brach mit einem leisen Aufstöhnen zusammen und fiel in die Blutlache auf dem Boden. Nur wenige Zentimeter von Christine entfernt blieb er liegen.

Sie richtete sich auf und lächelte den zitternden Albert an. »Du hast es geschafft. Sehr gut, Albert … Du bist besser als ich … viel besser.« Dann überkam sie tiefste Dunkelheit.

357

32

Alles um sie herum schwankte wie auf einem Schiff bei hohem Wellengang. Christine brauchte einen Moment, um zu begreifen, dass sie getragen wurde. Sie lag in den Armen eines Mannes. Er hievte sie vorsichtig über die Stufen der Wendeltreppe. Kommissar Tobias Dom lächelte sie an.

»Das war dumm, Christine. Sehr dumm sogar. Aber auch sehr, sehr mutig.«

Sie lächelte müde zurück. »Das haben Sie mir schon mal gesagt.«

»Ja, aber Sie haben ja auch schon wieder einen Alleingang gemacht. Schlau war das nun wirklich nicht.«

Christine hob den Kopf. Sofort spürte sie einen stechenden Schmerz in der Stirn. »Wie lange war ich weg?«

»Über eine halbe Stunde. Sie waren völlig entkräftet. Unser Arzt hat Ihnen was gespritzt.«

»Wo ist Albert?«

»Er ist draußen bei unserer Psychologin. Das war knapp. Es hätte nicht viel gefehlt, und ihr Freund hätte Lindfeld ins Jenseits befördert. Aber er hat sich wieder gefangen. Dem ist eine Riesenlast von den Schultern gefallen. Er hat die Polizei angerufen, und wir sind sofort gekommen. Sie haben hoch gepokert, Christine. Sehr hoch sogar. Aber dieses Mal haben Sie wenigstens einem Menschen vertraut, oder?«

»Ich habe Albert nur eine SMS geschickt. Ich wusste nicht, ob er wirklich kommt. Es ist schwierig … zwischen uns.«

Dom warf seine Haare beim Treppensteigen nach hinten und

grinste Christine an. »Sie wussten genau, dass er kommt. Sie haben das Tor zur Villa mit ein paar Steinchen am Zufallen gehindert. Und neben der Haustür haben wir dann auch noch Ihre Kreditkarte gefunden, mit der Sie den Schnapper im Schloss blockiert haben. Freier Zugang für Ihren Freund. Sie hatten das alles geplant.«

»Ja, das stimmt.«

Dom kniff die Lippen zusammen. »Es wäre einfacher gewesen, mich zu informieren.«

»Albert, Erik Bergmann und ich – wir sind zusammen in diesen Fall gegangen. Erik ist tot, Albert ist daran fast zerbrochen. Ich musste die Sache zu Ende bringen. Das war ich Erik und mir selbst schuldig. Und ganz ehrlich: Bis Sie mit einem Hausdurchsuchungsbefehl hier angetanzt wären …«

Dom verdrehte die Augen. Sie hatten das Erdgeschoss erreicht. Fremde Stimmen hallten in Christines Ohren wider. Was für ein Aufruhr. Beamte in Zivil machten sich mit ernsten Gesichtern Notizen. Absperrbänder wurden ausgerollt. Das grelle Licht von zwei Scheinwerfern brannte ihr in den Augen. Das Haus von Viktor Lindfeld war für die Ermittler nur noch ein Tatort. Es wurde genau protokolliert, wer wann welchen Raum betrat. Die Koffer der Spurensicherung klapperten, Männer mit Handschuhen hantierten mit Wattestäbchen, Pinzetten und Kohlefaserpinseln herum. Ein Beamter klebte eine Spurennummer an den Kamin, und Christine konnte gerade noch sehen, wie ein anderer die Überreste von Sarahs Schuh aus den glimmenden Holzscheiten klaubte. Männer mit Papiertüten in den Händen und durchsichtigen Schuhüberziehern, die irgendwie albern wirkten, unterhielten sich leise. Die Villa war kein Wohnraum mehr. Sie war eine Arena, in der zwei wilde Tiere aufeinandergetroffen waren.

359

Christine hatte den Kampf gewonnen. Es war vorbei.

Dom hielt einen Moment inne. Er wirkte fast stolz angesichts des Wirrwarrs um sie herum und drückte seine Brust heraus. Am Hauseingang tauchte ein junger Typ in schwarzer Lederjacke auf. Dom winkte ihm zu. »Hey, Stefan, hol doch mal die Sanitäter.«

Natürlich. Das waren alles Doms Leute, und er präsentierte sie Christine – wie ein kleiner Junge, der seiner Freundin eine neue Eisenbahn vorführte. Ihr fehlte die Lust zum Applaudieren. Stattdessen sagte sie: »Lassen Sie mich runter, bitte. Ich will dieses Haus auf meinen eigenen Beinen verlassen. Das verstehen Sie doch, oder?«

Dom zuckte mit den Schultern, als wäre er beleidigt. Als die zwei Sanitäter mit ihren leuchtend roten Wetterjacken und einer Trage das Haus betraten, schüttelte er den Kopf und rief ihnen zu: »Sie will allein gehen, hat sie gesagt. Was soll ich machen?« Christine flüsterte er ins Ohr: »Immer dieser Starrsinn.«

Fast zeitgleich zogen die Sanitäter, zwei Männer mit grauem Haar, die fast wie Brüder aussahen, die Augenbrauen hoch.

Dom setzte Christine auf dem Boden ab. Sie knickte ein, er fing sie auf.

»Sehen Sie, Christine? Keine gute Idee«, murmelte er.

Die beiden Sanitäter nickten synchron.

»Ich werde selbst gehen.«

Und das tat sie dann auch. Vorsichtig trat sie mit ihren bestrumpften Füßen auf dem Granitboden auf. Er war kalt. Sie lief über den soliden Stein, und ihr Gefühl von Sicherheit kehrte langsam zurück. Als sie sich noch einmal zu Dom umdrehte, warf er gerade mit einer raschen Bewegung seine Haare nach hinten. Die beiden Sanitäter blickten sie mit großen Augen an, als würden sie sich von Christine betrogen fühlen, weil sie für sie nicht die Patientin spielen wollte.

Draußen, vor der Tür der Villa, war es tageshell. Die Scheinwerfer der Polizeiautos blendeten Christine. Schemenhaft nahm sie den Aufruhr vor dem Haus wahr, dann wurden die Bilder klarer. Beamte in Uniform liefen hin und her. Blaulichter rotierten, Funkgeräte knisterten, Maßbänder schaukelten im Wind. Pfade wurden abgesteckt, auf denen die Ermittler ins Haus gelangten. Nur so konnte sichergestellt werden, dass keine Spuren zerstört wurden.

Direkt neben einem Polizeiwagen lagen sich zwei Frauen in den Armen. Sie sprachen nicht, hielten sich einfach nur ganz fest und standen starr wie Statuen in dem Chaos, das sie umgab. Da drehte eine der beiden den Kopf in Christines Richtung. Ihre aufrechte Körperhaltung und ihr hochgestecktes graues Haar erkannte Christine sofort. Es war Magdalena Wagner. Schnell lief sie auf Christine zu, packte sie bei den Händen und zog sie an sich. »Kindchen«, flüsterte sie in ihr Ohr, »ich weiß gar nicht, wie ich dir, ich meine Ihnen … Ich weiß nicht, wie ich mich dafür jemals bedanken soll.« Sie umarmte Christine und hielt sie so fest, als würde sie sie nie wieder loslassen wollen.

Christine ließ es geschehen und legte ihr Kinn auf Magdalena Wagners Schulter, wie sie es immer bei ihrem Vater gemacht hatte. Damals, in längst vergangenen Zeiten.

Weiter drüben stand Sarah. Ein Mann im weißen Kittel kniete neben ihr und zog eine Spritze auf. Eine dicke graue Decke hing über ihren Schultern. Sarah hatte die Zipfel über ihrer Brust gekreuzt, hielt die Enden fest in den Händen und nickte Christine zu. Mit den Lippen formte sie das Wort *Danke*.

Auf die Entfernung war es nicht zu hören, aber deshalb nicht weniger ernst gemeint.

In diesem Moment tauchte Ralf Breinert wie ein Geist neben Sarah auf. Seine viel zu weite Strickjacke reichte ihm bis über die Hände. Er nahm Sarah kurz in die Arme und wandte sich dann Christine zu. Mit verschlafenen Augen und ernster Miene hob er seinen Daumen in ihre Richtung – wie ein Fußballtrainer, der nach einem besonderen Erfolg seine Mannschaft lobt. So war Ralf Breinert. Große Gefühle überließ er anderen.

Vorsichtig löste sich Christine aus Magdalena Wagners Umarmung. »Ich muss Albert suchen. Ich muss zu ihm.«

Magdalena Wagner nickte nur. Bevor Christine im Menschengewirr verschwand, schaute sie sich im Gehen noch einmal um.

Magdalena Wagner wandte sich wieder ihrer Tochter zu und streichelte ihr über den Kopf. Die Leere, die sie nach dem Verschwinden von Sarah empfunden hatte, musste sie nun nicht mit Erinnerungen ausfüllen. Alles war gut. Christine prägte sich dieses Bild ein – für später, wenn die Tage wieder düsterer wurden.

Sie lief auf das Tor zu, das bis auf einen kleinen Spalt geschlossen war, und zwängte sich hindurch. Schaulustige und Kamerateams hatten sich auf der Straße versammelt. Die roten Aufnahmelichter an den Kameras glühten im Dunkeln wie Leuchtkäfer.

Etwas abseits standen Beamte in Uniform vor einem rot-weißen Rettungswagen der Feuerwehr. Im Innern sah Christine einen Mann mit dunklem Vollbart. Er trug einen weißen Kittel und schob einen Tropf mit einer farblosen Flüssigkeit an eine Liege heran, auf der ein Mensch lag. Durch die geöffnete

Schiebetür des Wagens konnte Christine die Details relativ gut erkennen. Einen Moment glaubte sie, Albert würde dort im Rettungswagen liegen.

Aber dann bemerkte sie den Verband mit der dunkelroten Verfärbung am Oberarm des Mannes. Es war Viktor Lindfeld. Er war auf die Liege geschnallt. Der Tropf hing an seinem bandagierten Arm. Die Beamten vor dem Wagen umringten ihn wie ein wildes Tier, das am Ausbrechen gehindert werden sollte. Christine sah Lindfelds Kopf nur kurz hinter dem weißen Kittel auftauchen.

»Keine Sorge, Christine«, hörte sie eine Stimme wie ein feines Flüstern im Wind. »Ich bin nicht lange weg. Ich habe niemanden umgebracht. Niemanden …«

Der Mann im weißen Kittel brachte ihn in eine aufrechte Position, und nun blickte Lindfeld zu Christine herüber. »Wir werden uns wiedersehen. Bald … schon bald …« Sein Blick wirkte seltsam starr, seine Mimik wie eingefroren.

Christine machte sich nicht die Mühe, auf seine Worte zu reagieren. Sie hatte sich einen unerbittlichen Feind geschaffen. Aber sie hatte auch ein Leben gerettet. Das war ihren Einsatz wert. Lindfeld starrte gegen das Dach des Rettungswagens und flüsterte weitere Worte, die Christine jedoch schon nicht mehr hörte.

Albert stand neben dem Tor der Villa an eine Wand gelehnt, vertieft in ein Gespräch mit einer molligen Frau in einem dunkelblauen Anzug. Ihr Haar trug sie schlampig hochgesteckt, was schon einmal passierte, wenn man unter höchstem Zeitdruck das Haus verlassen musste. Sie gestikulierte mit sanften, geschmeidigen Bewegungen, und wenn Christine aus dieser Entfernung auch nichts verstand, so nahm sie doch den beruhigenden Ton ihrer Stimme wahr. Sie musste die Polizeipsychologin sein, von der Dom gesprochen hatte. Albert nickte ihr in unregelmäßigen Abständen zu.

Da wandte sich die Frau abrupt um. Sie hatte wohl bemerkt, dass jemand herankam. Und mehr als das. Sie riss die Augen auf, nestelte eine Brille aus der Innentasche ihres Blazers und setzte sie auf. Dann strahlte sie über das ganze Gesicht.

Und auch Christine wusste, wer ihr da gegenüberstand. Es war die Frau, deren Hustenanfall sie mit ihrem Eiswürfelmanöver gestoppt hatte. Diesen Abend im *Casa Molino* würde sie nie vergessen.

Ja, sie war es tatsächlich. In dieser Nacht trafen sie sich wieder – in einer Nacht, in der alles möglich schien. Die Psychologin zog beide Augenbrauen hoch und nickte Christine kurz zu. Sie lächelte dabei so breit, als würde ihr eine alte Freundin begegnen. Und ein wenig war das ja auch der Fall.

Alberts Blick wanderte zwischen Christine und der Polizeipsychologin hin und her. Ihm war wohl nicht klar, woher die beiden sich kannten. Er wirkte irritiert.

Christine nickte Albert zu. Mehr nicht.

Mit zwanzig Schritten hätte sie ihn erreichen und umarmen können. Sie musste die Schritte nicht zählen, sie wusste auch so, wie viele es waren. Vielleicht hätten sie Scherze gemacht, jetzt, wo Sarah endlich frei war und Lindfeld in Polizeigewahrsam.

Es waren nur ein paar Schritte. Doch Christine ging sie nicht. Sie blickte Albert bloß an, und er tat dasselbe.

Mit quietschenden Bremsen hielt vor der Villa ein Übertragungswagen des Fernsehens. Die Schaulustigen diskutierten lautstark über die Geschehnisse in dem Haus.

Der Hund eines nächtlichen Spaziergängers kläffte laut im Wald.

Die Psychologin flüsterte Albert etwas ins Ohr und berührte dabei leicht seinen Arm. Er blickte zu Boden, als würde er kurz überlegen, dann lächelte er Christine zu.

Es war nur ein sanftes Zucken seiner Mundwinkel, und doch war es mehr, als Christine erwartet hatte. Es war der alte Albert, der da stand. Ihr langjähriger Freund, den sie um nichts in der Welt gegen einen anderen eingetauscht hätte.

Sie schloss die Augen und atmete die frische Luft ein.

Als sie noch ein Kind war, hatte sich ihr Vater in den langen Nächten, wenn sie nicht schlafen konnte, immer auf ihre Bettkante gesetzt und mit ihr geredet. Nun blickte sie in den dunklen Himmel. *Egal wie finster die Nacht auch sein mag,* hörte sie ihn sagen, *es kommt immer ein neuer Morgen.*

Und nun lächelte auch Christine.

13 Tage, 14 Stunden und 28 Minuten später

Der Sand unter Christines Sportschuhen stob nach allen Seiten. Sie lief so schnell, dass nicht einmal der dürre Zwei-Meter-Mann neben ihr mithalten konnte. Er wackelte mit dem Kopf, rückte im Laufen seine fragile Brille gerade und glotzte Christine neben sich aus den Augenwinkeln an. Sie bemerkte die Blicke und erhöhte ihre Laufgeschwindigkeit. In ihren Waden zog es. Das Herz schlug ihr bis zum Hals. Ihre offenen Haare wehten im Wind. Sie fühlte sich lebendig. Frei.

Sie passierte eine Gruppe von Müttern in Jogginganzügen, die auf dem trockenen Herbstlaub lagen und ihre Babys in die Höhe stemmten. Andere vollführten Verrenkungen an ihren Kinderwagen. Der typische Freitagnachmittagssport engagierter Prenzlauer-Berg-Mütter eben.

Ganz nahe an der Laufstrecke stand ein schmaler Typ, der wie Jesus aussah und eine Plastiktüte neben sich stehen hatte. Seine langen Haare hatte er zusammengebunden, sein Bart wucherte wild um sein Kinn. Er wirkte ungewaschen. In der Plastiktüte schleppte er wahrscheinlich sein ganzes Hab und Gut mit sich herum. Er grinste Christine breit an. Sie lächelte zurück.

Vor einem mit Graffiti besprühten Toilettenhaus stoppte Christine schließlich. Mit der Hand schlug sie auf das Wellblech des Flachbaus – ein altes Ritual, mit dem sie ihren Lauf

367

beendete. So hatte sie das schon immer gemacht. Nur das geflüsterte »Hallo« hinter ihr war neu. Sie fuhr herum.

Alberts Hände steckten in den Taschen einer zerbeulten Lederjacke, als er auf sie zustolperte.

Christine stemmte ihre Arme mit gespielter Empörung in die Hüften. »Du rufst mich nicht an. Du schickst mir keine E-Mail. Ich habe seit Wochen nichts von dir gehört, und dann tauchst du hier wie ein Geist hinter einem Klohäuschen im Park auf. Ich mache mir Sorgen.«

»Mann, das weiß ich … Tut mir leid.«

Albert stand mit gesenktem Kopf vor ihr wie ein Schuljunge, der einen Streich beichten will. Er kickte einen kleinen Stein mit dem Fuß weg. »Ich habe eine Weile gebraucht. Ich musste mich sortieren. Mich und Petra und …«

»Mich auch?«

Albert nickte. »Ja. Dich auch. Besonders dich.«

»Bist du jetzt fertig damit?«

»Ja.«

»Komm, wir gehen ein Stück.«

Es regnete. Sie spazierte mit Albert die Strecke zurück, die sie gerade eben gelaufen war. Neben einem ausgetrampelten Pfad stand Jesus mit leeren Pfandflaschen, die er aus seiner Plastiktüte herauskramte. Er rümpfte die Nase, stellte sich unter eine fast kahle Buche und öffnete sein schmutziges Hemd. Geschickt begann er, im Regen mit den leeren Flaschen zu jonglieren.

Christine lächelte dem unbeschwerten kleinen Mann zu. Wie einfach manchmal doch alles sein konnte. Sie zog die Kapuze ihrer Jacke hoch und zerrte an den Kordeln. Mit der Schulter stieß sie Albert an.

»Weißt du, Christine«, fing er an. Auf ein solches Zeichen von ihr hatte er wohl gewartet. »Ich war ungerecht zu dir. Ich hab dich für alles verantwortlich gemacht. Den Überfall auf Petra, diese ganze Geschichte mit Ikarus. Dabei war es meine Entscheidung. Niemand hat mich dazu gezwungen. Ich hab mich die vergangenen Tage richtig geschämt. Deswegen bin ich hier, und eigentlich wollte ich nur danke sagen.« Er kaute auf seiner Unterlippe herum. »Diese Sache mit Lindfeld … du hast mich gerettet. Wenn ich abgedrückt hätte, dann wäre ich ein anderer Mensch geworden … dann wäre ich vielleicht …«

»So wie ich geworden?«

Albert zögerte, doch nur einen kurzen Moment. »Wenn du mir endlich mal verraten würdest, wer dieses Ich wirklich ist. Warum hast du mir nie von deinem Vater erzählt?«

Christine wickelte die Kordeln ihrer Kapuze um die Zeigefinger. Sie blieb stehen und schob mit den Schuhspitzen ein paar Zweige zusammen. Vor Alberts Fragen hatte sie Angst gehabt, schon immer. Jetzt musste sie eine Antwort finden. Oder wenigstens eine gute Frage. »Wer ist dein Lieblings-Beatle?«

»Ist das jetzt wichtig?« Albert zuckte mit den Schultern.

»Ja.«

»Warum?«

»Weil man sich früher oder später für einen Beatle entscheiden muss. Das ist wie die Entscheidung, was und vor allem wie man mal was im Leben erreichen möchte. Mein Vater hat es mir so erklärt, als ich ein Kind war.«

Albert studierte Christines Gesicht, als könnte er darin die richtige Antwort ablesen. Er wollte sie nicht enttäuschen, das spürte Christine. Dabei war bei ihrer Beatles-Frage doch praktisch jede Antwort richtig. Sie klopfte ihm aufmunternd auf die Schulter.

Der Regen tropfte an Alberts Haar herab, rann über seine Nase und lief ihm in einem Rinnsal über die Wangen. »Also, als kleiner Junge fand ich immer Ringo am besten. Der war urkomisch, und irgendwie hat er alles nicht so ernst genommen. Sah zumindest für mich immer so aus. Ja, ich wäre als Kind gern Ringo gewesen.« Er schob die nassen Haare zur Seite. »Und dein Lieblings-Beatle? Lass mich raten. Wahrscheinlich war es Paul. Der war gelackter als die anderen, supersmart und irgendwie dominant. Ja, klar, alle Mädchen fanden Paul toll. Du auch. Richtig?«

Christine hob einen Ast auf. Sie stocherte in der feuchten Erde herum und malte vier Strichmännchen in den Boden. Für jeden Beatle eines. »Siehst du, Albert, und genau da liegt das Problem. Mein Beatle war George. Der ernste, schweigsame George, der nie so richtig verstanden hat, was die kreischenden Mädchen eigentlich von ihm wollten. George war still, zurückhaltend. Er hatte Geheimnisse. Ich mochte ihn. Ich war wie er. Ich hab eine Weile gebraucht, um das zu verstehen.« Sie fegte die Beatles-Figuren mit der Schuhspitze fort. »Ich war nicht immer so.«

Albert schwieg. Zwischen seinen Augenbrauen zeichneten sich zwei sichelförmige Vertiefungen ab. Was nur geschah, wenn er angestrengt nachdachte. Er wollte mehr wissen, das spürte Christine, aber niemals würde er sie bedrängen. Und dennoch hatte er eine Antwort verdient.

»Meine Mutter ist bei meiner Geburt gestorben. Ich hatte nur meinen Vater, die ganzen Jahre.« Ihr Mund war trocken. »Und als er dann auch noch starb, veränderte sich alles. Ich war siebzehn. Es war eine schwierige Zeit für mich. Er ist nicht einfach so gestorben … wenn du verstehst, was ich meine …«

»War es ein Unfall?«, fragte Albert.

370

Christine tippte mit ihrer Schuhspitze in eine kleine Pfütze neben sich. Wenn sie Albert jetzt nicht die Wahrheit sagte, würde sie es vielleicht niemals tun. »Mein Vater hat das Wasser gefürchtet. Oft stand er vor unserem Haus in Cancale auf einer Klippe und blickte auf das Meer hinab. Selbst die kleinsten Wellenbewegungen haben ihm Angst gemacht. Er konnte nicht schwimmen. Ein Mann wie er, den viele in der *Brigade* für perfekt hielten, war nicht in der Lage, seinen Kopf über Wasser zu halten. Seine Schwäche. Die Ärzte nannten es Aquaphobie.«

Albert nickte. Sein linkes Knie wippte auf und ab. Christine konnte seine Aufregung spüren.

»Mein Vater hatte sich seiner Angst gestellt. So war er schon immer gewesen, einfach aufzugeben kam für ihn nicht in Frage. Er hatte sich ein kleines Motorboot gekauft und verbrachte seine freie Zeit auf dem Wasser, allein, nur für sich. Dann legte er sich auf den Boden des Bootes, schaute in den Himmel, schloss die Augen und betrachtete sich dabei von innen.«

Christine sah ihren Vater vor sich, wie er mit hochgekrempelten Hemdsärmeln auf dem Rücken lag, die Arme und Beine weit von sich gestreckt. Über dem Steuerrad hing sein geliebtes Cordsakko, das im Wind flatterte. »Er hat mir immer davon erzählt, wie er versuchte, das feine Zittern seiner Hände zu unterbinden und seinen rasenden Puls zu kontrollieren. Er wollte wissen, warum er so war, wie er war. Er studierte sich, weil er seine Angst nur so bekämpfen konnte.«

»Und du?« Albert legte eine Hand auf sein wippendes Knie.

»Was hast du gemacht, wenn er allein da draußen war?«

»Ich hatte furchtbare Angst, jedes Mal. Erst wenn ich in der Dämmerung das Boot am Horizont entdeckt hatte, konnte ich aufatmen. Für mich war die Rückkehr meines Vaters nie selbstverständlich gewesen. Wenn er sich nur um ein paar Minuten verspätete, rechnete ich schon mit dem Schlimmsten. Und dann, an einem Sonntagabend, ist er nicht mehr zurückgekehrt.« Sie flüsterte die Worte: »Sein Boot war untergegangen, mein Vater ist im Meer ertrunken.«

Albert schluckte. »Also doch ein Unfall?«

Christine starrte auf die verwischten Figuren auf dem nassen Boden. »Jemand hatte sein Boot beschädigt, absichtlich. Es war jemand, der die Schwäche meines Vaters kannte.«

»Ermordet? Er ist umgebracht worden?«

Christine biss die Zähne zusammen.

»Haben sie ihn … Ich meine, den Mörder … Haben sie ihn gekriegt?«

Sie deutete ein Kopfnicken an. »Ich … habe ihn gekriegt.« Sie zerbrach den kleinen Zweig in ihrer Hand mit einem Knacken. »Danach hat sich alles in meinem Leben verändert. Meine Schlaflosigkeit. Meine Essstörungen … Aber das ist eine ganz andere Geschichte für einen anderen Tag. Diese hier ist jetzt zu Ende. Der Fall Ikarus ist erledigt.«

Albert nickte nur. Die Blätter rauschten. In den Pfützen spiegelten sich die Bäume wie graue, unheimliche Riesen.

Christine lief mit Albert zum Ausgang des Parks. Das Blau brach durch den dunklen Himmel. Feiner Nieselregen tröpfelte auf Christines Stirn. Noch immer stand Jesus auf dem ausgetrampelten Pfad. Er trug nur noch seine Unterhose. Breitbeinig jonglierte er mit klatschnassem Haar seine leeren Flaschen und sah dabei glücklich aus. Als Christine und Albert an ihm vorbeiliefen, lächelte der kleine, bärtige Mann ihnen zu.

»Ist doch alles nicht so schlimm!«, rief er. Und in diesem Moment blitzte die Sonne durch die Wolkendecke, und ein

Regenbogen erschien am Himmel. Das halbkreisförmige Lichtband hinter dem Kopf des Mannes wirkte wie eine knallbunte Krone.

Albert deutete nach oben, zum Regenbogen am Himmel, der sich weit über den Park spannte. »Für Rotgrünblinde ist das nur gelb-blau«, sagte er. Ganz offensichtlich erfreute er sich an seinem Talent, völlig sinnlose Informationen in seinem Kopf abzuspeichern, die er jederzeit abrufen konnte. So kannte ihn Christine.

»Und eine durchschnittliche Schönwetterwolke wiegt so viel wie hundert Elefanten«, entgegnete sie.

Albert riss die Augen auf. »Wirklich?«

»Aber sicher.«

Sie passierten das große Tor des Parks, und Albert schwieg. Durch seinen Kopf marschierte wohl gerade eine Armee grauer Dickhäuter. Sie würde sich für immer in einem Winkel seines Gehirns einnisten und bei Bedarf laut trompeten.

Am *Casa Molino* hielten sie an. In dem kleinen italienischen Restaurant stand eines der Fenster offen. Christine beugte sich über das Sims und warf einen Blick in das Lokal. Innerhalb von Sekunden entdeckte sie Luigis elegante Handbewegungen und seine gleitenden Schritte im Menschengewirr. Der kleine Italiener bemerkte auch sie sofort. Er hob seinen Kopf und verschwand aus ihrem Blickfeld. Einen Moment später tauchte er am Fenster auf und stellte zwei Gläser Bordeaux Supérieur auf das backsteinfarbene Sims. Er wartete. Dann schob er auch noch ein Glas mit klirrenden Eiswürfeln zu ihnen herüber.

Christine lachte. »Ich habe dich auch vermisst, Luigi«, rief sie dem davonhuschenden Italiener hinterher.

»Eiswürfel?«, rätselte Albert.

»Eine alte Tradition unter echten Freunden«, sagte Christine. Sie standen auf der Straße und stießen mit dem Wein an.

»Auf Erik Bergmann«, sagte Christine.

»Auf Erik«, erwiderte Albert.

Christine nippte an ihrem Rotwein. Kinder schleppten ihr Spielzeug aus dem Park. Daneben spazierten ihre ehrgeizigen Mütter, die jeden Schritt ihrer Sprösslinge beobachteten. In einigem Abstand trotteten die gestressten Familienväter hinterher.

Es waren Menschen, die sich in den Wirren des Lebens gefunden hatten und nun das Beste daraus machten. So sah der Alltag aus. Christine holte tief Luft.

Ein leichter Wind fuhr durch die Straßen. Er war kälter, schneidender als in den Tagen zuvor, ein Vorbote des Winters. Er rüttelte an den Bäumen, zerrte an den Antennen auf den Dächern. Bald würde die Luft eisig klirren und Schnee den grauen Asphalt der Straßen Berlins bedecken.

Christine umfasste Alberts Hand. Der Winter würde kommen. Doch diesmal freute sie sich darauf.

Dank

Ich bedanke mich bei Lisa Kuppler für die Vermittlung ihres unglaublichen Krimi-Wissens – eine knallharte Lehrmeisterin mit viel Leidenschaft und Herz, die mich immer ein wenig an Minerva McGonagall erinnert und die ich nicht missen möchte.

Für seine mindestens hundertprozentige Verlässlichkeit danke ich meinem Agenten Dr. Harry Olechnowitz. So viel Wissen, Witz und Charme in einer Person ist wirklich eine Seltenheit. Und in Berlin erst recht.

Ich bedanke mich bei Dr. Peter Hammans – ein feinsinniger Spannungsmacher, der mit Entschlossenheit und hochgekrempelten Ärmeln *Federspiel* zu Droemer Knaur gebracht hat. Ein Dank an Jutta Ressel, die mein Manuskript mit mehrfacher Lichtgeschwindigkeit durchgearbeitet hat – ich habe bis heute nicht rausgekriegt, wann sie eigentlich mal schläft.

Ich danke Rita Mattutat, die als Erstleserin so wunderschön an Manuskripten herumnörgeln kann, dass es schon fast Spaß macht, ihr zuzuhören. Aber nur fast. Bei Anja Weinhold möchte ich mich dafür bedanken, dass sie in vielen Nächten mit mir über die Praktiken von Serienmördern diskutiert hat, so lange, dass sie danach wochenlang nachts das Licht in ihrer Wohnung angelassen hat.

Federspiel ist ein Thriller, der ohne das Fachwissen und die Arbeit von Wissenschaftlern, auf die ich mich bezogen habe, so nicht möglich gewesen wäre. Daher möchte ich mich bei Peggy LeMone bedanken, die mich mit ihren Berechnungen des Gewichts von Wolken im Verhältnis zu Elefanten wirklich zum Schmunzeln gebracht hat. Die Analysen der Traumwelten von Ursula Voss, auf die sich Dr. Lindfeld an einer Stelle bezieht, müssen ebenso erwähnt werden wie eine Äußerung des verstorbenen Soziologen Robert Staughton Lynd zum Thema Lügen. Und natürlich sind da noch Christopher Chabris und Daniel Simons, die uns mit ihrem Experiment *Der unsichtbare Gorilla* vorgeführt haben, wie sich unser Gehirn täuschen lässt. Die Arbeit der beiden ist faszinierend, und es lohnt sich zweifelsohne, einen Blick in ihr Werk zu werfen.

Danke dafür, dass T. S. Eliot uns gezeigt hat, wie man einem Menschen die Angst in einer Handvoll Staub zeigt, und ein Dank an den Kriminalisten John Douglas, der uns als ehemaliger FBI-Profiler erklärt, wie das Hirn eines Mörders funktioniert. Die Werke beider Autoren begleiten mich seit vielen Jahren.
Das Gleiche gilt für Sir Arthur Conan Doyle, dem ich als Heranwachsender verfallen war. »Nichts ist trügerischer als eine offenkundige Tatsache.« Dieses Zitat habe ich bis heute nicht aus meinem Kopf bekommen, ebenso wenig wie Edward A. Murphys ironische Ansichten zum Thema Freund und Feind.

Und zum Schluss: Christine Lenève würde an dieser Stelle sicher laut protestieren – ein Dank geht an den Regisseur von *Die fabelhafte Welt der Amélie*. Jean-Pierre Jeunet ist es gelungen, einen Film zu drehen, der völlig zeitlos, auch noch in vielen Jahren, seine ursprüngliche Genialität bewahren wird. Davor kann ich mich nur verneigen.

Oliver Ménard

Saul Black
KILLING LESSONS

Thriller

Bestialische Morde. Scheinbar willkürlich. Ein psychopathischer Killer und sein brutaler Helfer terrorisieren den Westen der USA. Als sie in den verschneiten Bergen Colorados erneut zuschlagen, kann ihnen mit knapper Not ein zehnjähriges Mädchen entkommen. Schwer verletzt findet sie Zuflucht in einer einsamen Hütte im Wald.
Für Detective Valerie Hart vom San Francisco Police Department gibt es nur eine Chance: Sie muss die Handschrift des Killers lesen lernen – und schneller sein als er.

»Lesen Sie das nicht! Kein Leser verdient es, dermaßen in Schrecken versetzt zu werden.«
Linwood Barclay

Glauser-Preisträger Harald Gilbers
im Knaur Taschenbuch

GERMANIA

Berlin 1944: In der zerbombten Reichshauptstadt macht ein Serienmörder Jagd auf Frauen und legt die verstümmelten Leichen vor Kriegerdenkmälern ab. Alle Opfer hatten eine Verbindung zur NSDAP. Doch laut einem Bekennerschreiben ist der Täter kein Regimegegner, sondern ein linientreuer Nazi. Der jüdische Kommissar Richard Oppenheimer, einst erfolgreichster Ermittler der Kripo Berlin, wird von der SS reaktiviert. Oppenheimer weiß, dass sein Leben am seidenen Faden hängt. Erst recht dann, wenn er den Fall lösen sollte. Fieberhaft sucht er nach einem Ausweg …

Glauser-Preisträger Harald Gilbers
im Knaur Taschenbuch

ODINS SÖHNE

Kommissar Oppenheimer ist untergetaucht und muss sich mit Schwarzmarktgeschäften über Wasser halten. Als dabei ein brutaler Mord geschieht, wird seine Unterstützerin Hilde verhaftet, denn der Tote ist ihr Ehemann, SS-Hauptsturmführer Erich Hauser. Zwar sind die beiden seit Jahren getrennt, doch Hilde als Regimegegnerin hätte ein Motiv: Der skrupellose Mediziner Hauser war KZ-Lagerarzt im Osten und hat dort Versuche an Menschen durchgeführt. Oppenheimer muss alles riskieren, um Hilde aus den Fängen der NS-Justiz zu retten. Schon bald findet er Hinweise darauf, dass ein mysteriöser Kult in den Mordfall verstrickt ist …

»Handlung, Hintergrund und Historie gehen eine
selten so gelungene harmonische Verbindung ein,
ohne dass die Spannung darunter leidet.«
Krimi-couch.de